U0723368

桐华——作品

那片星空，那片海

中国友谊出版公司

图书在版编目（CIP）数据

那片星空，那片海 / 桐华著 . —北京：中国友谊
出版公司，2019.8

ISBN 978-7-5057-4780-7

Ⅰ . ①那… Ⅱ . ①桐… Ⅲ . ①长篇小说—中国—当代
Ⅳ . ① I247.5

中国版本图书馆 CIP 数据核字（2019）第 139271 号

书名	那片星空，那片海
作者	桐　华
出版	中国友谊出版公司
发行	中国友谊出版公司
经销	新华书店
印刷	嘉业印刷（天津）有限公司
规格	700×980 毫米　16 开
	19.5 印张　360 千字
版次	2019 年 9 月第 1 版
印次	2019 年 9 月第 1 次印刷
书号	ISBN 978-7-5057-4780-7
定价	45.00 元
地址	北京市朝阳区西坝河南里 17 号楼
邮编	100028
电话	（010）64678009

如发现图书质量问题，可联系调换。质量投诉电话：010-82069336

✦ ✧ ☆ 序：十四年 ☆ ✧ ✦

桐华

2005 年到 2019 年，我已经写了整整十四年的故事，完成了十个长篇。十四年的时光带走了一些东西，也给我留下了一些东西。

2005 年 5 月，我在网上在线写下了《步步惊心》的开篇："正是盛夏时节，不比初春时的一片新绿，知道好日子才开始，所以明亮快活，眼前的绿是沉甸甸的，许是因为知道绚烂已到了顶，以后的日子只有每况愈下。"

也许因为我一直相信"水满则溢，月满则亏"，所以，我在连下面的一千字该写什么都不知道的情况下，却自然而然地写下了这段话。之后，我曾多次修改这个故事，但唯独这段话，我一直没有动过。

那个下午，加州的阳光一如既往地灿烂，我在不知道该做什么的情况下，决定写个东西。我写完上面的那段话后，才开始思考女主该叫什么名字，可见那一瞬间，我完全是一时冲动。

直到今日，回想那一瞬间的冲动，依旧觉得不可思议。当然，事后去分析，似乎也有些蛛丝马迹：比如，我痴迷读小说、看电影；比如，那段时间正好是一段假期。可如果照这种逻辑分析，世间所有的事都会有所谓的征兆。

其实，那就是一时的冲动。生命是偶然中的必然，既有无常的一面，又有因果注定的一面。

如果我在冲动之后，写着写着就不写了，那么这个冲动就如无数澎湃而起的浪花，来得挺漂亮，消失得也挺干脆。

但是，我竟然把这个冲动变成了坚持，每天更新几千字，在五个月内完成了这部四十万字的长篇小说。

10 月底我修订完全稿，发电子邮件给出版社的编辑，给这个冲动正式画上了一个句号。

之后，这本书成了畅销书，被改编成了现象级的电视剧，不在我的预料之内，更不在我的期待之内，甚至完全不在我的控制之内。我唯一做过的事，就是付出全部的精气神写完了它，从此开始了我的写作之路。

我并不是一个很有规划的人，做事随性而致、随遇而安，但我是一个一旦开始做，必然会尽全力做到最好的人。没有规划、没有期许，只是一个个故事写下去。《步步惊心》《大漠谣》《云中歌》《最美的时光》《那些回不去的年少时光》《曾许诺》《长相思》《半暖时光》《那片星空，那片海》《散落星河的记忆》。

十四年时间，写了古风、都市、校园、神话、童话、科幻，虽然故事风格不停变换，但每一个故事都是当时最想写的故事，每一个故事都在当时尽了全力。

这一次把所有故事修订后结集再版，也算对过去时光的一次总结，感谢你们一路陪伴，也感谢过去自己的勤奋努力。不知道未来我还能写下几个故事，只希望我依旧手为心写、尽力而为。

目 / 录

☆ ☆ ☆ 〜 ☆ ☆ ☆

那 片 星 空 ， 那 片 海

目 / 录

☆ ☆ ☆ 🐚 ☆ ☆ ☆

那 片 星 空 ， 那 片 海

楔　子　| Ｗｅｄｇｅ

　　月光下，死神挥起镰刀，准备收割男子的生命。

　　男子问："怎样才能不死？"

　　死神说："找一个少女，只要她愿意放弃生命，把灵魂奉献给你，你就能活下去。"

　　男子问："怎样才能让一个少女放弃生命，把灵魂奉献给我？"

　　死神说："只要你得到她的心，让她爱上你。"

　　男子问："怎样才能得到她的心？"

　　死神微微一笑，说："很简单，用你的心去换取她的心。"

Chapter 1 | 昏倒在院子里的男人 ——————

他立即抬起头看向我，眼神凌厉，表情森寒，像是一
只杀机内蕴、蓄势待发的猛兽。

清晨，第一缕阳光穿过鹿角树的树梢，照到卧室的窗户，
又从窗帘的间隙射到我脸上时，我从梦中惊醒了。

为了贪图凉快，夜晚没有关窗，清凉的海风吹得窗帘一起
一伏。熟悉的海腥味随着晨风轻盈地钻进了我的鼻子，让我一
边紧闭着眼睛，把头往枕头里缩，努力想多睡一会儿，一边下
意识地想着"赖会儿床再起来，就又可以吃爷爷熬的海鲜粥
了"。念头刚起，脑海内已浮现出另一幅画面——我和爸爸、弟
弟三人穿着黑衣，戴着白绢，站在船头，把爷爷的骨灰撒进大
海，白色的浪花紧紧地追逐在船后，一波又一波，翻涌不停，
很像灵堂内的花圈魂幡。

刹那的惶然后，我清醒地知道了哪个是梦、哪个是现实，

虽然我很希望沉浸在爷爷还在的美梦中不醒来，但所谓现实，就是逼得你不得不睁开眼睛去面对。

想到继母可不熟悉厨房，也绝不会心疼爷爷的那些旧盆、旧碗，我立即睁开眼睛，坐了起来。看了眼桌上的闹钟，还不到六点，房子里静悄悄的，显然其他人仍在酣睡。

这几天为爷爷办丧事，大家都累得够呛，爸爸和继母又是典型的城里人，习惯晚睡晚起，估计今天不睡到九点不会起来。

我洗漱完，轻手轻脚地下了楼，去厨房先把粥熬上，没有精神头折腾，只是往锅里放了一点瑶柱，也算是海鲜粥吧！

走出厨房，我站在庭院中，不自觉地去四处茂盛的花木中寻找爷爷的身影，以前爷爷早上起床后，第一件事就是照看他的花草。

院墙四周是一年四季花开不断的龙船花，绯红的小碎花一团团聚在一起，明艳动人，犹如新娘手里的绣球；爬缠在青石墙上的三角梅，粉红的花朵灿若朝阳，一簇簇压在斑驳的旧石墙上，给凉爽的清晨平添了几分艳色；客厅窗下的红雀珊瑚、琴叶珊瑚开得如火如荼；书房窗外的龙吐珠和九里香累累白花，堆云积雪，煞是好看；厨房转角那株至少一百岁的公孙橘绿意盎然，小小的橘仔羞答答地躲在枝叶间。

所有花木都是海岛上的常见植物，不是什么名贵品种，几乎家家户户都会种一点，可爷爷照顾的花木总是长得比别人家好。

这几日忙忙碌碌，没有人打理它们，落花、落叶已经在地上堆了一层，显得有些颓败。我擦了擦有点酸涩的眼睛，提起扫帚开始打扫庭院。

扫完院子，我打算把门口也扫一下，拉开了院门。电光石火间，只感觉一个黑黢黢的东西向我倒过来，我吓了一跳，下意识地后退躲闪，不知道被什么绊了下，跌坐在地上。

"谁放的东西……"我定睛一看，嘴巴半张着，声音没了，倒在我家院子里的竟然是一个人。

一个穿着古怪、昏迷不醒的男人，凌乱的头发半遮在脸上，看不清他的面目，只感觉皮肤暗淡无光、营养不良。上半身套着一件海员的黑色制服，这不奇怪，但他里面什么都没穿，像是穿衬衣那样贴身穿着秋冬款的双排扣制服，下半身是一件游客常穿的、印着椰子树的花短裤，顺着他的腿看下去，赤脚？！

我呆呆地瞪了他半晌，终于回过神来，小心翼翼地戳了他一下："喂！"

没有反应，但触手柔软，因为刚送走爷爷，我对失去生命的身体记忆犹新，立即判断这个人还是活的。但是他的体温好低，低得很不正常。我不知道他是生病了，还是我判断失误，他已经死了。

我屏着一口气，把手伸到他的鼻子下，感觉到一呼一吸的气息，松了口气。

大概因为事情太诡异，我的反应也不太正常，确定了家门口不是"抛尸现场"后，我的第一反应不是思考怎么办，而是……诡异地跑到院门口，左右探看了一下，确定、肯定绝对没有鞋子遗落在门外。

他竟然真的是赤脚哎！

我看看院外那条年代久远、坑坑洼洼的石头路，再看看他的脚，黑色的污痕和暗红的血痕交杂在一起，看不出究竟哪里有伤，但能肯定这段路他一定走得很辛苦。

我蹲在他身边，一边拿出手机准备打电话，一边用力摇他，这里不是大城市，我不可能指望有随叫随到的救护车，何况这条老街，就算救护车能在这个时间赶到，也开不上来，还是得找人帮忙。

电话通了，"江医生……"我刚打了声招呼，觉得手被紧紧抓住了。

"不要医生！"那个昏倒在我家院子里的男人虚弱地说出这句话后，缓缓睁开了眼睛。

我惊异地抬眼看向他，一阵风过，恰好吹开了他覆在眼上的乱发，我的视线正正地对上了他的眼眸。

那是怎样一双惊心动魄的眼眸？漆黑中透着靛蓝，深邃、平静、辽阔，像是风平浪静、繁星满天时的夏夜大海，整个璀璨的星空都被它吞纳，整个宇宙的秘密都藏在其间，让人忍不住凝视、探究。

我呆呆地看着他，他撑着地坐了起来，再次清晰地说："不要医生。"

此刻再看去，他的眼睛虽然也算好看，却没有了刚才的摄人心魄，应该只是因为恰到好处的角度，阳光在一刹那的魔法。

我迟疑着没有吭声，他说："我只是缺水，喝点水就好了。"

他肯定不是本地人，口音很奇怪，我听得十分费力，但他语气不卑不亢，令人信服，更重要的是我还有一堆事要处理，对一个陌生人的怜悯终究有限，多一事自然不如少一事。

"江医生，我没什么事，不小心按错了电话，现在还有事忙，回头再说！"

我挂断电话，扶他起来。当他站起来的一瞬，我才感觉到他的高大，我有一米七三，自小性格比较野，一直当着假小子，可他竟然让我找到了"小鸟依人"的感觉。

我扶着他走到院子的角落，坐在了爷爷平时常坐的藤椅上："等我一下。"

我走进厨房，给他倒了一杯温水，想了想，舀了两勺蜂蜜。

我把蜂蜜水端给他，他先轻轻抿了一口，大概尝出有异味，警觉地一顿。

我说："你昏倒在我家门口，如果不是生病，大概就是低血糖，我给你加了一些蜂蜜。"在我解释的同时，他已经一口气喝完了水，显然在我解释前，他已经辨出我放的是什么了。

"你还要吗？"

他没有说话，只是微微颔了下首。

我又跑进了厨房，给他倒水。

来来回回，他一连喝了六大杯水，到第七杯时，才慢了下来。

他低垂着眼，握着细长的玻璃杯，除了一开始的那句"不要医生"，一直没有说过话，连声"谢谢"都没有，也不知道究竟在想什么。

藤叶间隙筛落的一缕阳光恰好照到玻璃杯上，映得他的手指白皙洁净、纤长有力，犹如最优雅的钢琴家的手，和他伤痕累累、污迹斑斑的脚形成了诡异强烈的对比。

理智上，我知道不应该让一个陌生人待在家里，但因为一点莫名的触动和心软，我又实在狠不下心就这么赶他走。

我走进厨房，掀开锅盖看了看，发现瑶柱粥已经熬得差不多了。

我盛了一碗粥，配了一碟凉拌海带芽和两瓣咸鸭蛋，放在托盘里端给他。

我婉转地说："你吃点东西，等力气恢复了再走吧！"

他没有说话，盯着面前的碗筷看了一会儿，才拿起筷子，大概因为才从昏迷中醒来，手不稳，筷子握了几次才握好。

"我还要做家务活，你慢慢吃，有事叫我。"我怕站在一旁让他局促不安，找了个理由离开了。

我走进客厅，把鞋柜翻了一遍，找出一双男士旧拖鞋。不像别的鞋子，必须要码数合适才能穿，拖鞋是不管脚大一点、小一点都能凑合着穿。

我拎着拖鞋走到院子里的水龙头下，把看着挺干净的鞋子又冲刷了一遍，立放在太阳下曝晒。

估摸着他还要一会儿才能吃完，我拿起抹布，一边擦拭院子里边边角角的灰尘，一边时不时地察看他一眼。

以前爷爷还在时，藤桌、藤椅一般放在主屋的檐下或者庭院正中，乘凉喝茶、赏景小憩，都无比惬意。爷爷卧床不起后，没有人再有这个闲情逸致，藤桌和藤椅被挪放到了靠着院墙的角落里，那里种着两株龙吐珠和几棵九里香，都长了十几年了，九里香有一人多高，攀附而上的龙吐珠藤粗叶茂，恰好把他的身影遮挡住。

我看不清楚他，但隔着扶疏花影，能确定他一直规规矩矩地坐在那里，没有不安分的动作。

我放心了一点，虽然海岛民风淳朴，别说强奸凶杀，就连鸡鸣狗盗也很少发生，爷爷一直骄傲地说自己的老家是桃花源，宁可孤身一人住在老宅，也不肯搬去城市和爸爸住，但我在大城市生活久了，怜悯偶尔还会有一点点，戒备却永远只多不少。

正在胡思乱想，继母的说话声隐约传来，我立即放下了抹布。

沈杨晖兴冲冲地跑出屋子，大呼小叫地说："沈螺，你怎么起这么早？"

沈杨晖是我同父异母的弟弟，典型的独生子性格，没什么坏心眼，但十四岁的少年，正是"中二病"最厉害时，绝不招人喜欢。

我还没回答他，爸爸的叫声从二楼的卫生间飘了出来："沈杨晖，说了多少遍了，叫姐姐！"

沈杨晖做了个鬼脸，满不在乎地嘀咕："沈螺都不叫我妈'妈妈'，我干吗非要叫她'姐姐'？是吧，沈螺？"

继母走了出来，朝我微笑着打招呼："小螺，早上好！"

我也扯出微笑："杨姨，早上好！"继母姓杨，她嫁给我爸爸时，我已经十岁，离婚家庭的孩子都早熟，该懂不该懂的我基本都懂了。从一开始，我就知道她没打算当我后妈，我宁可被爸爸斥骂，也坚决不叫她妈妈，只叫她杨姨，她欣然接受。

杨姨在沈杨晖背上拍了一下，催促说："去刷牙洗脸。"又提高了声音叫，"海生，盯着你儿子刷牙，要不然他又糊弄人。"

我不禁失笑地摇摇头。这么多年过去了，我都已经二十五岁，不再是那个十岁的小丫头，继母却还是老样子，总喜欢时不时地提醒我，在她和爸爸之间，我不是家人，而是个外人，却忘记了，这里不是上海那个她和爸爸只有两间卧室的家，这里是爷爷的家，是我长大的地方，她才是外人。

乡下人没那么讲究，宽敞的厨房就是饭厅。等爸爸他们洗漱完，我已摆好早饭。

杨姨客气地说："真是麻烦小螺了。"

我淡淡地说："不用客气，我已经吃过了，你们随便。"

爸爸讪讪地想说点什么，沈杨晖已经端起碗，大口吃起来，他也只好说："吃吧！"

正在吃早饭，敲门声响起。

我刚想去开门，沈杨晖已经像只兔子般蹿出去，打开了院门。爸爸不放心，放下碗筷，紧跟着走了出去："杨晖，和你说过多少遍，开门前一定要问清楚，认识的人才能开门……"

门外站着一个衣冠楚楚、戴着眼镜的男子，浅蓝色的条纹格衬衣、笔挺的黑西裤，斯文下藏着精明，显然不是海岛本地人，爸爸训斥沈杨晖的话暂时中断了。

他疑惑地打量着来人："您找谁？"

对方带着职业性的微笑，拿出名片，自我介绍："我是周不闻律师，受沈老先生委托，来执行他的遗嘱，您是沈先生吧？我们前几天通过电话，约好今天见面。"

爸爸忙热情地欢迎对方进屋："对，对！没想到您这么早，我还以为您要中午才能到。"从大陆来海岛的船每天两班，一班早上七点半，十一点半到岛上；另一班是中午十二点，下午四点到。

周律师微笑着说："稳妥起见，我搭乘昨天中午的船过来的。"

继母再顾不上吃饭，着急地走出来，又赶紧稳住，掩饰地对我说："小螺，一起去听听，和你也有关系。"

爸爸客气地请周律师到客厅坐，继母殷勤地倒了热茶，我一时间不知道该做什么，只能沉默地站在门边。

爸爸和周律师寒暄了几句，周律师放下了茶杯，爸爸和继母明白周律师是要进入正题了，都有些紧张。继母把沈杨晖拉到身边，紧紧地搂着，似乎这样就能多一些倚仗。

周律师说："沈老先生的财产很清楚，我们的继承手续也会很简单明了。沈老先生的财产有两部分，一部分是固定财产，就是这套房子，宅基地面积一共是……"

继母随着律师的话音，抬眼打量着老房子。房子虽然是老房子，但布局合理、庭院宽敞、草木繁盛，连她这么挑剔的人都很喜欢，可惜这房子不是在上海，而是在一个交通不便的海岛上。虽然这些年，因为游客的到来，这里的房子升值了一点，但毕竟不是三亚、青岛这些真正的旅游胜地，游客只会来看看，绝不会想长居，值不了多少钱。

周律师细致地把老宅的现状介绍清楚后，补充道："虽然房子属于私人所有，但这房子不是商品房，国家规定不得买卖宅基地，所以这房子如果不自住，也只能放租，不能公开买卖。"

继母不禁说："那些靠海的老房子还能租出去改造成客栈，这房子在山上，不靠海，交通也不便利，如果不能卖，租给谁啊？"

周律师礼貌地笑了笑，没有回答继母的问题，而是继续说："除了这套房子，沈老先生剩下的财产都是现金，因为沈老先生不懂理财，所有现金都是定期存款，共有一百一十万，分别存在建行和农行。"

爸爸和继母喜出望外，禁不住笑着对视了一眼，又立即控制住了，沈杨晖却藏不住心思，高兴地嚷嚷了起来："妈、妈，你说对了，爷爷果然藏了钱！别忘了，你答应我的，还完房贷，剩下的钱买辆车，可以送我上学！"

继母瞅了我一眼，意有所指地说："别胡闹，这些钱还不见得是给你的！虽然你是沈家唯一的孙子，可谁叫你不会讨爷爷欢心呢！不过，孙子就是孙子，要是分配得不公，你爸爸可不会答应的。"

继母用胳膊肘撞了一下爸爸，爸爸故作威严地说："继续听周律师往下说，爸爸会一碗水端平的。"

我盯着地面，没有吭声。并不是我宽容大度，也不是我逆来顺受，而是这一刻，想到这都是爷爷生前的安排，恍惚间，我似乎能看到爷爷坐在竹椅上，一字一句细细吩咐律师的样子。在我的记忆中，爷爷从来没有烦扰过后辈，把一切都安排得井井有条，甚至自己的身后事。难言的酸涩涌起，我怕我一开口，就会掉下泪来，只能紧紧地咬着唇，安静地聆听。

周律师看没有人再发表意见了，继续说道："根据沈老先生的遗嘱，财产分为两份，一份是一百一十万的定期存款，一份是妈祖街九十二号的房子，以及房子里的全部所有物。这两份财产，一份给孙女沈螺，一份给孙子沈杨晖……"

听到这里，一直屏息静气的继母"砰"地一拍桌子，愤怒地嚷了起来："老头子太不公平了！把所有钱给了别人，只给杨晖留一套不值钱的老房子，就算是想办法私下卖掉，撑死了卖个二十来万。沈海生，我告诉你，这事儿你必须出头，就算告到法院去，也必须重新分割财产！说到哪里去，也没有孙女比孙子拿得多的道理！"

周律师盯着文件，恍若未闻，等继母的话音落了，他才不急不缓地说："两份财产哪份给孙了、哪份给孙女，沈老先生没有具体分配，而是把选择权给了沈螺和沈杨晖，由两人自行选择。"

继母愣了一愣，紧张地问："谁先选？"

周律师说："沈老先生没有规定。你们自行协商吧！"周律师说完，合上了文件夹，端起了茶杯，专心致志地喝起茶来，似乎自己已经不存在。

继母目光锐利地盯着我，用手不停地推爸爸，示意他开口。

爸爸终是没彻底忘记我也是他的孩子，吞吞吐吐地说："小螺，你看……这谁该先选？"

继母在沈杨晖耳边小声叮咛，沈杨晖的"中二病"发作，没理会妈妈授意的"亲情策略"，反倒毫不客气地说："沈螺，我要先选！"

我心中早有决断，平静地问继母："杨姨想让谁先选？"

继母只得挑明了说："小螺，你看……你弟弟年纪还小，以后读书、找工作、结婚娶媳妇，花钱的地方还很多，你都已经大学毕业了，这些年你的生活费、教育费都是爷爷出的，你弟弟可没花爷爷一分钱……按情按理，你都应该让你弟弟先选。"

我苦笑，我的生活费、教育费都是爷爷出的，是我想这样吗？视线扫向爸爸时，爸爸回避了，我也懒得再纠缠，对继母说："好的，让杨晖先选吧！"

一直装作不存在的周律师立即放下茶杯，抬起了头，询问沈杨晖："请问你选择哪份财产？"

沈杨晖还没说，继母已经说："现金，我们要银行里的现金。"

沈杨晖随着妈妈，一模一样地重复了一遍："现金，我们要银行里的现金。"

周律师看向我，我说："我要房子。"

周律师从文件包里拿出一沓文件："这些文件麻烦你们审阅一下，如果没有问题，请签名。接下来的相关手续，我的助理会继续跟进处理。"

等我们看完文件、签完名，周律师整整衣衫，站了起来，他和我们握手道别："请节哀顺变！"

目送周律师离开后，爸爸关上了院门。

继母一边拿着文件上楼，一边大声说："我去收拾行李，我们赶中午十二点半的船离开。要能买到明天早上的机票，下午就能到家了。"

沈杨晖"嗷"一声欢呼，撒着欢往楼上跑："回上海了！"

爸爸看到老婆、儿子都是"一刻不想停留"的态度，知道再没有反对的余地，只能对我期期艾艾地说："公司假期就十来天……我……我……必须回去上班了。"

这些年我早已经死心，对他没有任何过多的奢求，爸爸不是坏人，只不过，有时候懦弱糊涂、没有原则的善良人会比坏人更让人心寒。我平静地说："嗯，知道了。谢谢爸爸这次及时赶回来。"虽然最后六个月，一直是我陪着爷爷，可爸爸毕竟在爷爷闭眼前赶了回来，也跑前跑后、尽心尽力地操办了爷爷的丧事。

爸爸担忧地说："你这孩子，没有和我商量，就为了照顾爷爷，把工作给辞了，现在工作不好找，你得赶紧……"

"爸，妈让你帮我收拾行李。"沈杨晖站在楼梯上大叫。

爸爸不得不说："我先上去了，反正你记住，赶紧找工作，闲得太久，就没有公司愿意要你了。"

我随在爸爸身后上了楼，走进自己的屋子，把律师给的文件锁进抽屉里。隐隐约约间感觉自己好像遗漏了一件什么事，可继母的声音时不时尖锐地响起，搞得我总是静不下心来想。

我索性走到窗户边去欣赏风景，不管什么事，都等他们离开了再说吧！

几条龙吐珠的翠绿藤蔓在窗户外随风摇曳，一朵朵花缀在枝头，有的刚刚绽放，仍是雪白；有的正在怒放，洁白的花萼含着红色的花冠，犹如白龙吐珠。

我微笑着勾起藤蔓，随手摆弄着，今年一直没有工夫修理花木，龙吐珠的藤蔓竟然已经攀缘到了我的窗户边。突然间，我想起一直隐隐约约忘记的事情是什么了——那个昏倒在我家院子里的男人！

我懊恼地用力敲了自己脑门一下，我竟然忘记了家里还有一个陌生男人！

我拽着窗框，从窗户里探出身子，向下看去，层层绿叶、累累白花下，那个黑色的身影十分显眼，一动不动地坐着，好似已经睡着。

我刚想出声叫他，又想起了继母正在屋子里走来走去地收拾东西，没必要节外生枝。我顺手掐下一枝龙吐珠花，用力朝他掷过去。

大概听到了动静，他立即抬起头看向我，眼神凌厉，表情森寒，像是一只杀机内蕴、蓄势待发的猛兽，把我唬了一跳。虽然我用了很大的力气，可一枝花就是一枝花，

　　　　　　　　　　　　　　　　　　　　那片星空，那片海

不可能变成杀人的利器。微风中,白萼红冠的龙吐珠花飘飘荡荡,朝着他飞过去,颇有几分诗情画意。他眼睛内的锋芒散去,微微眯着眼,静静地看着花渐渐飘向他,直到就要落到脸上的一瞬,他才轻轻抬起手,接住了花。

这一刻,杏花如雪,他指间拈花,慵懒地靠在藤椅上,隔着丝丝缕缕的藤蔓,半仰头,看着我,只是一个平凡落魄的男子,没有丝毫骇人的气势。我被吓得憋在胸口的一口气终于敢轻轻吐出去,只觉得双腿发软,要撑着窗台才能站稳。

这究竟算什么破事?一时好心收留了一只野猫,可我竟然被野猫的眼神给吓得差点跪了。

我板起了脸,狠狠地瞪着他,想表明谁才是老大,爸爸的声音从门外传来:"小螺,我们走了!"

我再顾不上和一只没有家教的野猫计较,匆匆转身,拉开门,跑出了房间。

爷爷因为风湿腿,楼梯爬多了就膝盖疼,后面几年一直住在楼下的大套间,既是书房,也是他的卧室。经过时,我无意扫了一眼,立即察觉不对劲,再仔细一看,放在博古架上的那面镜子不见了。

"杨晖,快点!再磨磨蹭蹭,当心买不到票!"继母已经提着行李箱走到院子里。

我几步冲过去,挡在院门前,不让他们离开。

继母立即明白我想做什么了,尖锐地叫起来:"沈螺,你想干什么?"

爸爸不解地看我:"小螺?"

我说:"离开前,把爷爷的镜子留下。"

沈杨晖很冲地说:"镜子?什么镜子?我们干吗要带一面破镜子回上海?除了礁石和沙子,上海什么东西不比这里好?"

我冷笑着说:"的确是面破镜子,不过就算是破镜子也是清朝时的破镜子,否则杨姨怎么看得上眼?"那是当年爷爷的阿妈给奶奶的聘礼,据说是爷爷的爷爷置办的家产,除了一面铜镜,还有一对银镯、一根银簪,可惜在时间的洪流中,最值钱的两样不知道去了哪里,只有一面铜镜留了下来。

爸爸看了眼紧紧拿着箱子的继母,明白了,他十分尴尬,看看我,又看看老婆,一如往常,完全不知道该怎么办。

继母发现藏不住了,也不藏了,盛气凌人地说:"我是拿了那面旧镜子,不过又怎么样?那是沈家的东西!整套老宅子都给了你,我为杨晖留一份纪念,难道不应该吗?"

"你别忘了，律师说得清清楚楚，我继承的是老宅和老宅里的全部所有物。"我终于明白爷爷为何会在遗嘱上强调这句话，还要求爸爸和继母签字确认。

杨姨也不和我讲道理，用力推我："是啊，我帮沈家的孙子拿了一面沈家的镜子，你去告我啊！"

我拽她的箱子，她用手紧紧捏住，两人推搡争夺起来。她穿着高跟鞋，我穿着平底鞋，又毕竟比她年轻力气大，她的箱子被我夺了过来，她重心不稳，摔倒在地上。

继母立即撒泼哭嚷了起来："沈海生，你看看你女儿，竟然敢打长辈了！"

爸爸被我凌厉的眼风一扫，什么都没敢说，只能赔着小心，去扶继母："镜子是女孩子用的东西，杨晖是个男孩，又用不到，就给小螺吧！"

继母气得又哭又骂又打："放屁！一屋子破烂，就这么一个值钱的东西，你说给就给！我告诉你，没门儿！"

我懒得理他们，把箱子放在地上，蹲下身，打开箱子，开始翻找铜镜。

"啪"一声，一巴掌重重地打在了我脸上。我被打得有点蒙，抬起头直愣愣地看着沈杨晖。沈杨晖的力气不比成年人小，那巴掌又下了狠劲，我的左耳朵嗡嗡作响，一时间站都站不起来。

还没等我反应过来，他又用力推开我，把箱子抢了回去，迅速拉上拉链，牢牢提在手里。

我一直提防着继母和爸爸，却忘记了还有一个沈杨晖，他们是一家"三口"。十四岁的沈杨晖已经一米七，嬉皮笑脸时还能看到几分孩子的稚气，横眉冷对时，却已经是不折不扣的男人了，搁在古代，他都能上阵杀敌了。

沈杨晖恶狠狠地瞪着我说："你先打了我妈，我才打的你。"

继母立即站起来，幸灾乐祸地说："打人的人终被人打！"她拉着儿子的胳膊往门外走，"我们走！"

我不甘心地用力拽住箱子，想阻止他们离开。继母没客气地一高跟鞋踢到我胳膊上，钻心地痛，我一下子松开了手，只能眼睁睁地看着他们走出了院门。

爸爸弯身扶起我："小螺，别往心里去，杨晖还是个什么都不懂的孩子。镜子就给杨晖吧，他是沈家的儿子，你毕竟是个女孩，迟早都要外嫁。"

我忍着疼痛，一声没吭。

爸爸很清楚我从小就是个硬茬，绝不是个任人欺负的人，他扳着我的肩膀，严肃地说："小螺，我知道你担心什么，不是只有你姓沈，你放心，那面镜子我一定让杨晖

那片星空，那片海

好好保管，绝不会卖掉！"

我和那双非常像爷爷的眼睛对视了几秒，缓缓点了下头。

爸爸如释重负，还想再说几句，继母的吼声从外面传来："沈海生，你要不走，就永远留在这里吧！"

爸爸匆忙间把一团东西塞到我手里："我走了，你有事给我打电话。"说完，他急急忙忙地去追老婆和儿子。

不一会儿，刚刚还鸡飞狗跳的院子彻底安静了，只有我一个人站在院子里。

等耳朵不再嗡嗡响，我低下头仔细一看，胳膊上已经是紫红色，再看看手里的东西，竟然是几张卷成一团的一百块钱钞票。我无奈地笑起来，如果这就是爸爸的父爱，他的爱也真是太廉价了！

我已经二十五岁，不再是那个弱小的十岁小女孩，我有大学文凭，还有一大栋爷爷留给我的房子，没有爸爸，我也可以活得很好！但是，不管我的理智如何劝说自己，心里依旧是空落落、无所凭依的悲伤，甚至比当年更无所适从。

也许因为我知道，当年没有了爸妈，我还有爷爷，可现在，我失去了爷爷，失去了这世间我唯一的亲人。从今往后，这个世界上，我真的只有我自己了！疲惫时，再没有了依靠；受伤时，再没有了退路！

看着眼前的老宅子，我笑着把手里的钱扔了出去，粉色的钞票飘飘荡荡还没落地，我的笑容还在脸上，眼泪却已潸然而下。

七岁那年，爸妈离婚时，我就知道我的眼泪没有任何用，从来不愿浪费时间哭泣，但此刻，就像水龙头的阀门被打开，压抑的悲伤化作了源源不绝的泪水，落个不停。

原来失去至亲，就是，你以为你可以理解，可以接受，可以坚强，但永远不可能不难过，某个时刻、某个触动，就会悲从中来。

爷爷、爷爷……

我无声地哭泣着，几次用力抹去眼泪，想要微笑。既然不会再有人为我擦去眼泪，不会再有人心疼我的痛苦，那么只能微笑去面对。但是，每一次努力的微笑都很快就被眼泪击碎。

我哭得站都站不稳，瘫坐在了地上，我紧紧地咬着牙，紧紧地抱着自己，想要给自己一点力量和安慰，但看着眼前的空屋，想到屋子的主人已经不在了，眼泪就像滂沱的雨，纷纷扬扬，落个不停。

我一直哭、一直哭，似乎要哭到地老天荒。

突然，一团龙吐珠花飘到我眼前，像一个努力逗人发笑的顽童，在空中翻了好几个跟斗，扑进了我的怀里。

我一下子停止了哭泣，愣愣地看着，竟然是一个用龙吐珠花编的花球，绿藤做骨、鲜花为饰，恰好一掌可握，十分精巧美丽。

我忘记了悲伤，忍不住拿了起来，正要细细观看，却想到一个问题：这花球是从哪里来的呢？

我像是没上油的机械人，一寸寸僵硬地扭过头，看向花球飘来的方向。那个男人……他什么都看到了……被我深深地藏起来的，我最软弱、最痛苦、最没有形象的一面……

他静静地看着我，沉默不语；我尴尬恼怒下，大脑一片空白，也说不出一句话。

隔着枝叶扶疏、花白如雪的九里香，两人"无语凝噎"地对视了半晌，我一骨碌站起来，抬起手，想要把花球狠狠砸到他身上，终究是不舍得，一转身，拿着花球冲进了屋子。

我看了眼镜子里狼狈不堪的自己，越发尴尬恼怒，又想砸花球，可刚举起，看了看，那么精巧美丽，又放下，宽慰自己，不要用别人的错误惩罚自己家的花！

我迅速地用冷水洗了把脸，把早已松散的头发重新绾好。看看镜子，觉得自己已经改头换面、重新做人了，我气势汹汹地走出屋子，决定严肃处理一下这个昏倒在我家的男人！

Chapter 2 | 眉目如画，色转皎然 ——————

夕阳在天，人影在地，他白衫黑裤，笔直地站在那
里，巍巍如孤松立，轩轩如朝霞举，眉目如画，色转
皎然，几乎不像尘世中人。

日过中天，阳光灼热，这方挨着屋子和院墙的角落却阴凉
怡人、花香馥郁，难怪他能不哼不哈地在这里坐一早上。

我叉腰站在他面前，面无表情地质问："看够了吗？满意我
们唱的大戏吗？"

他没有吭声。

我怒问："你干吗一直躲在这里偷看？"

他平静地说："不是偷看，而是主人没有允许，不方便随意
走动。"今天早上听他说话还很费力，这会儿听，虽然有点古怪
的口音，但并不费力。

我讥嘲："难道我不允许你离开了吗？你怎么不离开？"

"没有合适的机会。"

我被他噎住了，一早上大戏连台，似乎是一直没有合适的机会离开。我不甘心地问："你干吗用……用一团花扔我？"

　　"你不是也用花扔了我吗？"

　　呵！够伶牙俐齿！我恼怒地瞪着他，他波澜不兴地看着我，平静的眼神中带着一点不在意的纵容，就像是汪洋大海不在意地纵容着江河在自己眼前翻腾。

　　我越发恼怒起来，正要发作。

　　突然，一阵风过，落花簌簌而下，犹如急雪。我不禁挥着手，左偏偏头、右侧侧头，他却静坐未动，专注地看着落花残蕊纷纷扬扬，飘过他的眉梢，落在他的襟前。

　　蹁跹花影中，日光轻和温暖，他的眼眸却十分寂静冷漠，仿若无喜无悲、俯瞰众生的神，可是那深远专注的眼神里面明明又掠过惆怅的前尘旧梦。

　　我不知不觉停下了动作，呆呆地看着他——

　　就好像忽然之间，万物变得沉寂，漫天飞扬的落花都放慢了速度，整个天地只剩下了他慵懒而坐，静看着落花如雪、蹁跹飞舞。

　　不过一瞬，他就察觉了我在看他，眸光一敛，盯向了我。

　　和他的视线一撞，我回过神来，急忙移开了目光，莫名其妙地觉得心发虚、脸发烫，原本的恼怒早不知道跑到哪里去了。

　　罢、罢、罢！自家伤心事，何苦迁怒他人？

　　我意兴阑珊地说："你现在可以离开了，时机绝对合适！"

　　他一声没吭地站起，从我身边绕过，向外走去。

　　我弯下身收拾他吃过的餐具，却看到几乎丝毫没动的粥碗和菜碟。我愣了一下，转过身，看到他正一步步向外走去，那么滑稽的打扮，还赤着双脚，可也许因为他身材高大挺拔，让人生不出一丝轻视。

　　"喂——站住！"

　　他停住了脚步，回身看着我，没有疑惑，也没有期待，面无表情、波澜不兴的样子。

　　我问："饭菜不合口？难道我做得很难吃？"

　　他竟然丝毫没见外地点了下头。

　　我简直……简直……要被他气死了！他这样……他这个鬼样，竟然敢嫌弃我做的饭，饿死他吧！

　　我嫌弃地挥挥手说："你走吧，走吧！"

他转身，依旧是一步步地走着，不算慢，却也绝对不快，我忍不住盯着他的脚，想起了外面那条坑坑洼洼的石头路……

"喂——站住！"

他回身看着我，依旧是面无表情、波澜不兴的样子。

我走到庭院中，把那双已经晒干的拖鞋拎起来，放到他脚前："旧拖鞋，你要不嫌弃，拿去穿吧！"

他盯着拖鞋看了一瞬，竟然难得地主动开口提了要求："我想洗一下脚，可以吗？"

"可……可以，跟我来！"

我走到厨房拐角，把塑料软管递给他。拧开水龙头后，我不好意思盯着他洗脚，转身看向别处。

不一会儿，听到他说："好了。"

我接过水管，关了水龙头，眼角的余光瞥到他干净的双脚，没有血色的苍白，一道道红色的伤痕格外刺眼。

他穿上拖鞋，走了两步，看上去很合适。

"谢谢。"

"不用谢，一双不要的旧拖鞋而已。"

他没再多言，向外走去。

我盯着他的背影，突然又叫："喂——站住！"

他回过身，看着我，竟然还是那副面无表情、波澜不兴的样子。

我犹豫了一下，赶在自己后悔前，混乱地问："你从哪里来？为什么会变成这样？你现在有什么打算？你要联系亲人朋友，找人帮忙吗？我有电话，可以借给你用！你要是需要钱，我……我可以借你一点！"

他沉默着没有说话，我竟然比他更紧张，急促地说："江湖救急不救贫，我借你的钱不会太多，最多够你回家的路费。"

他淡淡地说："只我一个。"

他的话很简短，我却完全听懂了，只剩他一个，遇到困难时，没有亲人可以联系求助；受了委屈时，也没有一个避风港可以归去休息。我的眼睛有些发涩又想哭的感觉。我深吸了口气，微笑着说："你有手有脚，长这么大个头，总不会打算去做乞丐吧？总要找一份工作养活自己！"

他想了想说："是应该找一份工作。"

我小心地问："你的受教育程度，大学、中专、职高？或者学过什么手艺没？"

"没有。"

"没有？什么都没有？你长这么大总要学点什么吧！就算读书成绩不好，考不上学，也该学门手艺啊……"

他面无表情、波澜不兴的沉默，却像是无声的鄙夷：我都说了没有，你还废话什么？

我抓狂了："你这些年都靠什么生活？难不成啃老？"

他有点不悦地皱眉："靠自己的力量吃饭。"

好吧！只要不是好吃懒做、作奸犯科，干体力活也是正当职业。我犹豫挣扎着，迟迟没有再说话，他也一点不着急，就那么安静地站在大太阳下，由着我的理智和冲动打架。

我一会儿皱眉，一会儿咬牙，足足考虑了十来分钟，才试探地问："你愿意留在我这里打工吗？管吃管住，工资……看你的表现再定。"刚才挣扎时还觉得自己是活雷锋，最后发现自己本质上是黄世仁。

他沉默，我紧张，却不知道自己紧张个啥，这个海岛上工作机会有限，他现在落魄到此，难道不是应该他谄笑着抱我大腿吗？

终于，他点了点头："好！"

我松了口气，愉快地说："就这么说定了，只要你努力干活，我不会亏待你。我叫沈螺，螺可不是丝萝的萝，是海螺的螺，你叫什么名字？"

他沉默了一瞬，才说："吴居蓝。"

经过简短的自我介绍，我和吴居蓝算是认识了，但接下来我们该做什么？似乎要签署劳动合同，但是，我都不给人家开工资，甚至做好了随时赶他走的打算，这个劳动合同……反正我是绝对不会先提出来的，他要骂奸商就奸商吧！

两人面对面地沉默着，非常难得地，他主动开口问："我该干些什么？"

"什么？"我正沉浸在自己的小九九中，没反应过来。

他说："你让我为你工作，我需要做什么？"

"哦！那个不着急，今天先把你安顿下来。"我打量着他，决定第一件事就是帮他去买几件衣服。

"我现在要出门一趟，你和我一起……"话还没说完，我猛地闭上了嘴。

理论上讲，他仍是陌生人，我不应该把他留在家里，但是，他这个样子，如果我带着他一起上街，我敢保证不用半天，整个岛上就会传遍，说不定晚上就会有好事的人给爸爸打电话，我疯了才会那样做！

找心思几转，一咬牙，斩钉截铁地说："你留在家里！"我指指他之前坐过的地方，"你可以把藤椅搬出来，随便找地方坐。"

我上了楼，一边换衣服，一边还在纠结自己的决定，把一个刚刚知道名字的陌生人留在家里，真的合适吗？不会等我回来，整个家都搬空了吧？

纠结中，我翻箱倒柜，把现金、银行卡、身份证、户口簿，甚至我从来不戴的一条铂金钻石项链，全部塞进了手提袋里。这样子，屋子里剩下的不是旧衣服，就是旧家具了。就算他想要搬空，也不会太容易吧！

关卧室门时，我想了想，去卫生间拿了我的梳子，小心地拿下一根夹在梳子缝里的头发，夹在门缝中。又依样画葫芦，把楼上三间卧室、楼下书房的门缝里都夹上了头发。

这样，只要他打开了门，头发就会悄悄掉落。如此电视剧的手段是我十岁那年学会的，为了验证继母是否有偷看我的日记本，我特意把头发夹在日记本里，最后的事实证明她的确翻阅了，我和她大吵一架，结果还被她指责"小小年纪就心机很重"。

我提着格外沉的手袋，走出了屋子，看到吴居蓝把藤椅搬到了主屋的屋檐下，正靠在藤椅上，看着院墙上开得轰轰烈烈的三角梅。我心里微微一动，娇艳的粉红色花朵和古老沧桑的青黑色石墙对比鲜明，形成了很独特的美，我也常常盯着看。

我说："厨房有水和吃的，自己去拿，虽然你很嫌弃我的厨艺，但也没必要饿死自己。"

他微微一颔首，表示听到了。

"那——我走了！很快回来！"关上院门的一瞬，我和他的目光正对，我是柔肠百转、纠结不已，他却是平静深邃，甚至带着一点点笑意，让我刹那间生出一种感觉，他看透了我的担忧，甚至被我的小家子气给逗乐了！

我站在已经关上的院门前发呆，不可能！肯定是错觉，肯定又是光线角度的原因！

这些年，岛上的旅游业发展很快，灯笼街的服装店都投游客所好，以卖花上衣、花短裤为主，并不适合日常穿着。我又不敢去经常去的几家服装店，店主都认识我，我怕他们问我买给谁，只能去找陌生的店。

逛了好几家，终于买到了吴居蓝能穿的衣服。我给他买了两件圆领短袖白 T 恤、两件格子长袖衬衣、两条短裤、两条长裤、一双人字拖。最后，我还红着脸、咬着牙给他买了两包三角内裤，一包三件，总共六件。

真是作孽！我给爷爷都没买过内裤，平生第一次挑选男人内裤，竟然不是给男朋友，而是给陌生男人！

回家的路上，顺便买了一点菜。我拎着两大包东西，一边沿着老街坑坑洼洼的石头路走着，一边给自己做思想建设：等我回到家，发现他偷了东西跑了的话，也很正常，我就当破财免灾！这样的人越早认清越好！所以我今天的举动虽然有些鲁莽冲动，可也不失为一次精心布置的考验！

走到院子门口，掏钥匙时，我的动作迟疑了，后退两步，仔细地打量着面前的院门。门紧紧地关着，地上只有落花和灰尘，看不出在我走后，是否有人提着东西从这里离开。

我咬着唇，把钥匙插进了门锁，开锁时忐忑紧张的心情，让我想起了等待高考成绩时的感觉。

刚打开院门，就看到了坐在屋檐下的他，我禁不住脸上涌起了笑意，脚步轻快地走到他面前，把一包衣服放在他脚边："都是你的，我估摸着买的，你看看。"未等他回答，我转身进了厨房，把买的菜放进冰箱，"我买了一条活鱼，晚上蒸鱼吃。"用爷爷的话来说，蒸鱼虽然很考验厨师的火候，但最考验的是食材，只要鱼够好、够新鲜，火候稍差一点，也能很鲜美。

洗完手，走出厨房，看到他正一件件翻看衣服，看完衣服裤子，他举起一包内裤仔细看着。我的脸有些烫，忙移开视线，匆匆走进客厅，大声说："你去冲个澡吧，然后换上新买的衣服，万一不合适，我明天拿去换。用一楼的卫生间，换下来的衣服，你要还要就自己洗干净，要不要，就扔到垃圾桶里。"

我站在一楼卫生间的门口，对他说："这是卫生间，洗发水、沐浴露里面都有，我给你找两条干净的毛巾，你挑好要穿的衣服后，就可以洗澡了。"

我正在橱柜里翻找毛巾，他走到我身后，问："这是什么？"

我一回身，看到他拿着一包打开的内裤，满脸认真地看着我。我的血直往脸上冲，几乎吼着说："你说是什么？就算没读好书、不识字，上面也印着图案啊！"

"怎么穿？"

我咆哮："怎么穿？你说怎么穿？当然是贴身穿在裤子里面了，难道你想像超人一样，内裤外穿，还是像蝙蝠侠一样，把内裤穿在头上？警告你，下次再开这么无聊的玩笑，我和你没完！"我气冲冲地把浴巾砸到他身上，疾步冲出了客厅。

我站在院子里，咬牙切齿地发誓，以后绝对不再给非男朋友的男人买内裤！否则好心还被人拿去开玩笑！

吹了一会儿风，才觉得脸上的滚烫退去了，我看看时间，差不多要做晚饭了，但是……还得看看他有没有资格留下来吃晚饭。

我走进客厅，看卫生间的门紧关着，蹑着脚凑到门边听了一下，听到淅淅沥沥的水流声，看来他正在洗澡。我忙跑去了书房，弯下腰仔细查看，发现我的头发仍夹在原来的地方。

我直起身，立即上了二楼，四个卧室的门都仔细查看过，每根头发都还在原来的地方，别说掉落，连断裂都没有。很明显，我离开后，他没有企图进任何一个房间，一直老老实实地待在院子里。

我咬着唇，慢慢地走下楼，凝视着紧闭的浴室门，唇边渐渐浮出了笑意，刚才被戏弄的恼怒消失了。只要不是坏人，偶尔有点讨厌的行为，也不是不能原谅。

###

我做好了饭，吴居蓝竟然仍然没有洗完澡。我跑到浴室门口，听到水流声仍然在响，该不会晕倒在浴室里了吧？我用力敲门："吴居蓝、吴居蓝！"

水流声消失了："马上就出来。"

"没事，你慢慢来吧。"只要不是晕倒，洗久点、洗干净点，我绝对支持。

我把藤桌和藤椅搬到庭院里放好，饭菜也都端上桌摆好，用一个纱罩罩住，防止飞蝇。等吴居蓝出来，就可以开饭了。

这会儿天未黑，却已经不热，微风吹着很舒服。以前不刮风不下雨时我和爷爷都会在院子里吃饭。我坐在藤椅上，一边摇着蒲扇，一边微仰头，看着屋檐上的一角蓝天、几缕白云，四周没有车马喧哗，也没有嘈杂人声，只有风吹草木声和虫鸣声，熟悉的景致，熟悉的静谧，让我在伤感中竟然也感觉到了几分久违的惬意。

感觉到阴影遮挡在眼前，我才惊觉吴居蓝已经站在了饭桌前。我漫不经心地看向他，却猛地一惊，手中的蒲扇掉在了地上。

夕阳在天，人影在地，他白衫黑裤，笔直地站在那里，巍巍如孤松立，轩轩如朝霞举，眉目如画，色转皎然，几乎不像尘世中人。

不知道他是早习惯我这种惊艳的目光，还是压根儿没留意到，泰然自若地坐了下来："衣服很合身，谢谢。"

"哦……哦……不客气，吃……吃饭吧！"我回过神来，借着捡扇子，掩饰尴尬，这真是落魄地晕倒在我家门口的男人吗？他洗刷干净了竟然这么养眼？

吴居蓝拿起筷子，先夹了一筷鱼肉。我一边吃饭，一边偷偷打量他——略长的头发整齐地垂在耳侧，脸不再是半遮半掩，全部露了出来，五官的形状并没变，但洗干净后，皮肤不再是干涩暗淡、营养不良的样子，变得白皙光洁，一下子衬得整个五官都有了神采，就好像蒙尘的宝珠被擦拭干净，终于露出了本来的光辉。

桌上摆了一盘荤菜和两盘素菜，我发现吴居蓝都只尝了一筷，再没有夹第二筷。我后知后觉地发现了一个事实，他宁可只吃白米饭，也不吃我做的菜！我的怒气噌的一下蹿了上来，那两盘素菜就算了，为了蒸那条鱼，我可是一直盯着表，守在炉子旁，丝毫不敢分神。

"你不吃菜，又觉得我做的菜很难吃？"

他头都没抬，直白地"嗯"了一声。

我恨恨地瞪着他，一直恨恨地瞪着他。

他终于抬起了头，看着我，想了想说："我知道你已经尽力了，没有关系。"

什么？他在说什么？我需要他高高在上、宽宏大量地原谅我吗？我究竟做错了什么需要他宽恕？我被气得再不想和他说话，埋下头，一筷子下去，把半条鱼都夹进了自己碗里，你不吃，我吃！

我秉持着自己一定要支持自己的想法，狠狠地吃着饭，吴居蓝早已经放了筷子，我依旧在狠命地吃，一直吃到再吃一口就要吐的境地。吴居蓝沉默地看着我，我恼火地说："看什么看？没见过人饭量大啊！"

他嘴角微扯，似乎带着一点笑意。

我瞪着他说："我做的饭，你去洗碗！"说完，我很想酷帅趿地站起来，扬长而去，给他留下一个潇洒如风的背影。但是，我一抬屁股，就发现吃得太撑，已经达到吃自助餐攻略的最高段位，需要扶墙出去的地步。我摇晃了两下，只能又狼狈地坐了回去。

我拿起蒲扇，装腔作势地扇着："外面挺凉快，我再坐会儿。"

他说："是需要坐一会儿。"

未等我回嘴，他已经收拾了碗筷，走进厨房，只留我瞪着他潇洒如风的背影。

我坐了一会儿，终是不放心，摇摇晃晃地站起来，走进厨房，去看他洗碗。

他没有加洗洁精，为了洗去油腻，只能用冒着热气的热水，还真不嫌烫！

我打开水龙头放了点冷水，又拿起洗洁精，倒了几滴在水里："以后找不到东西就问我。"

他拿起洗洁精的瓶子看了一下说明书，不动声色地说："好。"

我说："等洗完碗，把案台擦干净了，还有炉子，还有柜子，还有地，还有窗户，还有……"

我摆出老板的姿态，提着一个个挑剔的要求，吴居蓝面无表情地简单应了声"好"。

我们俩，一个指挥，一个动手，工作成果完全超出我的预料。他不但把案台、炉子、柜子擦得干干净净，连窗户和炉子周围的瓷砖都擦了个锃亮。我心里给他设置的这一关，他算满分通过。

看看窗明几净的厨房，我对他有点好奇了。这人虽然挑剔毒舌，但做事认真、手脚勤快，不是好吃懒做的人，怎么会沦落到连双鞋子都没有的境地呢？

|||

打扫完厨房，吴居蓝非常自觉主动地去打扫他用过的卫生间。

我坐在空荡荡的客厅里，一边听着卫生间里时不时传来的水声，一边想着心事。

爷爷是因为胃癌去世的，发现时已经是中晚期，他一直瞒着我们病情，直到最后实在瞒不住了，才被我们知道。当时，我正在北京的一家外企做财务工作，得知此事后立即办理了离职手续，带着所有行李，回到了海岛。

爷爷没有反对我任性的决定，我也没有反对爷爷不愿住院做手术的决定，与其躺在医院被东割一刀西割一刀、全身插满管子，不如像个正常人一样，享受最后的时光。

我们刻意地遗忘掉病痛，正常地生活着，养花种草、下棋品茶，天气好的时候，我们甚至会在码头摆摊、出海钓鱼，时光和以前没有任何差别，就好像离家的七年从没有存在过，我一直都留在海岛，只不过以前是他牵着我的手走路，如今是我扶着他的手走路。

从辞职到现在，我已经有半年多没有工作，爸爸在为我的工作担忧，他肯定觉得我任性，丝毫不考虑将来。可他不知道，因为他没有承担起父亲的责任，我一直在考虑将来，也一直在为将来努力。

爷爷生病前，甚至可以说我上大学时，我就想过，要回到海岛定居。只是衣食住行都需要钱，我已经花了爷爷不少的养老钱，不能再拖累他，为了"回家定居"的这个计划，我努力加班、努力赚钱，计划着等攒够了钱就回到海岛，租一套靠海的老房子，改造成咖啡馆，既可以照顾爷爷，又可以面朝大海，享受我的人生。可是，子欲养而亲不在，时光没有等我。

如果我早知道爷爷会这么早走，如果我早点告诉爷爷我并不留恋大城市，也许……但是，世间没有早知道。

正在自怨自艾，忽然听到吴居蓝说："浴室打扫完了，你还有什么活要我干吗？"

我抬起头，看到他从卫生间的方向朝我走过来，步履间，萧萧肃肃，一身廉价的白衫黑裤，却被他穿出了魏晋名士"飘如浮云，矫若惊龙"的气场。我忍不住盯着他看了一瞬，才说："没什么活了，我带你参观一下你要生活的地方吧！"

我站起身，夸张地张开双手，比画了一下："如你所见，这是栋老房子，是沈家的老宅……"

据爷爷说，老宅是他的爷爷年轻时冒险下海，采珠卖了钱后盖的。因为海岛实在太穷，三个姑奶奶远嫁，爷爷离家，老宅再没有人住，逐渐荒芜，屋檐上都长满了青苔。爷爷离开打捞局后，没有选择留在城市，而是回到家乡，把老宅整理出来，定居故土。

不同于大陆上传统的土木结构，老宅是砖石结构，海岛居民就地取材，用青黑色的乱石砌墙，青灰色的瓦覆顶，盖成了敦实的房子，既不怕台风，也能防潮防蛀。

老宅的主屋呈"7"字形，不过是横长、竖短。上下两层，楼下是两间大套房，一间是客厅，一间是书房，客厅在"7"字的横上，书房在"7"字的竖上，都非常宽敞。因为爷爷有风湿腿，上下楼不方便，书房后来也做了卧房用。

上下楼的楼梯在"7"的拐角处，沿着楼梯上去，"7"的横上有两间屋子，"7"的竖上有两间屋子，都是带独立卫生间的卧房。靠近楼梯的两间卧房比较小，摆了一张双人床和几件简单的家具后，就没有什么多余的空间。这两间卧房算是客房，是为了方便爸爸他们回来小住。说起来，老宅能装修得这么"现代化"，还要感谢沈杨晖。沈杨晖六岁那年，回来后住不惯，哭着闹着一定要走。爷爷为了不委屈孙子，用了半年时间，请人做了一次大翻修，给老宅装了淋浴和抽水马桶。可其实，爸爸他们回来得很少，两三年才能回来住个两三天。

两间大的卧房在"7"字的横、竖两头，有内外隔间，放了床、书架、书桌、藤沙发、藤椅后仍很宽敞。横上那一间曾是爷爷的卧室，竖上那一间是我的卧室。

厨房是一间独立的石瓦平房，在主屋的左侧方，和主屋的"7"字构成了一个"门"字形。"门"字那一点的地方是一个花圃，那株至少一百岁高龄的公孙橘就在花圃中。听爷爷讲，他也不知道公孙橘究竟多少岁了，反正听他阿爸说，他小时就会从树上摘了橘仔挤出汁，用来蘸马鲛鱼吃。

"门"字左边的竖头上，是一个长方形的花圃，紧靠院墙的地方种着龙船花和三角梅，靠着厨房的墙边有一个水龙头，用青石和水泥砌了排水沟，方便洗刷东西。"门"字右边的竖头上是一块空地，种着龙吐珠和九里香，正好在书房和我的卧室窗户外。"门"字中间是长方形的庭院，青黑色的石头铺地，零散地放着盆景，"门"字开口的方向就是院子正门。

领着吴居蓝参观完所有房间后，我站在二楼客房的窗户边，俯瞰着整个院子，背对着吴居蓝说："我打算开一家客栈，一个人肯定不行，这就是我留下你的原因。"

藏在心头的小秘密，第一次与人分享，我有些异样的激动，没忍住地说："从回来的那天起，我就没打算离开了。不管北京再大、再繁华，都和我没有丝毫关系，我永远都像是寄人篱下的客人，这辈子我已经尝够了寄人篱下的滋味，就算过得穷一点，我也要待在自己家里。"

话说出口后，我才觉得交浅言深，说得太多了，有点讪讪，我忙转移了话题，装出严肃的样子说："老宅的地段不好，离海有点远，不会是游客的首选，所以我要以特色取胜，有了口碑后，自然会有客人慕名而来。以后，我就是客栈的老板，你就是客栈的服务生，我是靠脑子吃饭，你是靠体力吃饭，所以，所有的脏活、累活都由你来做……"我突然有点担心客栈还没开张就吓跑这个免费的伙计，又赶紧说，"当然，一个客栈而已，又不是建筑工地，也没什么很脏、很累的活，只要勤快一点就好了。"

吴居蓝"嗯"了一声表示明白："我住哪里？"

我说："就这间。"这是我几经思考做的决定，既然要开客栈，理论上讲，应该让他住在楼下的书房，楼上的房间作为客房出租。可是，我现在还没有做好准备，舍不得让别人住进爷爷住过的地方，只能让他住到楼上来。两间客房里，这间和我的卧室挨在一起，方便我"监视"他，毕竟他还是个陌生人。

"这间房子我弟弟刚住过，床下的抽屉里有干净的床单、被罩、枕头套，你自己换上。卫生间你要想打扫，就自己打扫吧，抹布挂在洗手台前，消毒剂在洗手台下的柜子里。"

"好。"吴居蓝爽快地答应了。

"我今天累了，想早点睡，你也早点睡吧！等休息好了，我们还有很多活要做。"

我替吴居蓝关好门，进了自己的卧房。

连着几天没有休息好，今天早上又起得早，我的头有点昏沉，几乎迫不及待想爬上床休息，可是，隔壁还有个人。

虽然他通过了今天下午的考验，但这世界上有一种人，白天看着衣冠楚楚、人模人样，到了晚上，就会变身。人心隔肚皮，谁知道吴居蓝是不是这样的人。

我把门反锁好，搬了个方凳放在门后，方凳上倒放着一个啤酒瓶，只要半夜有人推门，啤酒瓶就会摔到地板上，我能立即醒来。

枕头下放了一个小手电筒；枕头旁放着手机，报警电话设置成紧急呼叫，随时随地能以最快的速度拨打；床下放了一把西瓜刀。

我想了想，似乎再没有遗漏，特意穿上一双厚棉袜，躺到了床上。虽然很不舒服，可电影里总会演一个女人危急时刻不得不赤脚逃跑，以防万一，我觉得还是穿着袜子比较有安全感。

刚开始，我一直抵抗着睡意，竖着耳朵听外面有没有异常的动静，可渐渐地，我被困意淹没，彻底昏睡了过去。

Chapter 3 | 青梅竹马来 ───────────

不管过程如何，都不重要了，重要的是我们都好好地
长大了，这就是最好的事情！

一夜无梦，醒来时，迷迷糊糊看了眼手机，已经快九点。

我闭上眼睛，还想再眯一会儿，脑海里突然浮现出吴居蓝
的面孔，一个激灵，猛地支起身，探头看向门口——那个倒扣
的啤酒瓶笔直地立在那里，像是一个尽忠职守的卫士，向主人
汇报着昨夜绝对没有坏人企图闯入。

我果然没有看错人呢！喜悦如同气泡一般，从心底汩汩冒
出，我忍不住地咧开嘴笑着。一边傻笑，一边又躺回了床上。

这一觉睡了整整十个小时，数日来的疲惫一扫而空，连心
情都好了许多。

我伸了个大大的懒腰，眯着眼想，吴居蓝起来了吗？不知
道他昨天晚上休息得如何……正想着，听到有声音从院子里传

来，我从床上一跃而起，跑到窗口，探头向下望去——

天空湛蓝，阳光灿烂，院子里绿树婆娑、鲜花怒放，彩色的床单被罩挂在竹竿上，随着海风一起一伏地飘扬。吴居蓝白衣黑裤，站在起伏的床单被罩间，正把洗干净的衣服一件件挂起。

也许天空过于湛蓝、阳光过于灿烂，也许树太绿、花太红，这么一幕简单平常的家居景象，竟然让我的心刹那变得很柔软温暖。我含着一丝微笑，一直定定地看着。

随风飘扬的床单和被罩如同起伏的波浪，一时扬起、一时落下，吴居蓝的身影也一时显、一时隐。他挂好最后一件衬衣后，抬起头看向我，碎金的阳光在他身周闪耀，让他的身影看似清晰又模糊，我轻轻挥了下手，扬声说："早上好！"

吴居蓝微微一笑，对我说："早上好。"

"吃过早饭了吗？"

"没有。"

我一边绾头发，一边说："等一下，马上就好。"

我冲进卫生间，飞快地洗漱完，又冲进厨房，开始做早餐。这个点来不及熬粥了，我打算煮两碗龙须面，炒一碟西红柿鸡蛋，就吃西红柿鸡蛋面吧！

我做饭时，吴居蓝一直站在厨房门口看着，我想着人家已经洗了一早上的衣服，就没再使唤他。

吴居蓝问："现在做饭都是用这种炉子吗？"

我一边看着锅里的面，防止溢出来，一边翻炒着西红柿，说："我们用的是液化气罐，大陆上的城市一般都用天然气。"

等做好饭，两人一人盛了一碗面，坐在厨房的檐下，开始吃早饭。

我偷偷看吴居蓝，他没什么表情，慢慢地吃着，倒是没再挑食，不管是西红柿，还是鸡蛋都吃。

我忍了半晌没忍住，问："味道如何？"

吴居蓝淡淡瞥了我一眼，什么都没说。

我明白了，不过已经习惯了他的嫌弃，又是匆匆忙忙做的早饭，也没指望他满意。我嘀嘀咕咕地为自己辩解："我的厨艺虽然不能和饭店的大厨比，可从小就干家务活，家常小菜做得还是不错的，连总是挑我错的杨姨也说我饭做得不错，你估计是吃不惯我们这边的口味。"

吴居蓝低着头，专心吃面，一声不吭。

我很忧郁地发现了吴居蓝的一个"美德"，他不撒谎，即使所有人认为无伤大雅、用来润滑人际关系的小谎言，他也绝不肯说。对着这么个"刚正不阿"的货，我悻悻地唠叨了几句，只能算了。

两人吃完饭，吴居蓝自觉收拾了碗筷去洗碗，已经干得有模有样，不像昨天那样需要我时不时地提醒，我放下心来。

看看认真洗碗的吴居蓝，再看看院子里，昨天买给吴居蓝的衣服、昨晚他换下的床单被罩、爸爸和继母住过的房间的床单被罩，都洗得干干净净，晾晒在竹竿上，把院子挤了个满满当当。

现在这社会，正儿八经去招聘，只怕都找不到这么勤快的人。我第一次觉得自己是好人有好报，做了一个很英明的决定，也越发纳闷，皮相这么好，又这么勤快的人怎么会沦落到衣衫褴褛，晕倒在我家门口？

不过，从小的经历让我明白，每个人都会有一些不足为外人道的经历，他若不说，我也不会刺探，己所不欲，勿施于人。

ⅲ

我跟吴居蓝打了声招呼，去书房工作。

从楼梯旁的卫生间经过时，我突然停住了脚步，卫生间里干干净净，一点都不像用过的样子。洗衣机的电源指示灯黑着，掀开盖子再看，干干的，一滴水都没有。

我不淡定了，几步跑出客厅："吴居蓝，你早上怎么洗的衣服？"

吴居蓝隔着厨房的窗户，看着我，没明白我究竟想问什么。

我问："你有没有用洗衣机？"

吴居蓝摇了下头。

虽然已经猜到，可亲口证实了，依旧觉得难以相信。我指着院子，吃惊地问："这么多衣物，你都是手洗的？"

"手洗不对吗？"吴居蓝反问。

"不是不对。不过，你手不疼吗？下次洗大件的东西用洗衣机，有力气也不是这么浪费的！"

吴居蓝面无表情地说："我手不疼，这点力气对我不算什么。"

我被噎得一时不知该说什么，索性蛮横地说："反正下次洗床单被罩用洗衣机，我的洗衣机不能白买了！"

吴居蓝沉默了一瞬说："好。"

我转身走进书房，坐在电脑桌前，一边等着电脑开机，一边还惊异地看着院子里的床单和被罩，觉得吴居蓝勤快得太不可思议了。

现在手洗衣服的人还很多，可手洗床单被罩的人已经很少了。

不过，也不是没有，就像这条街的邻居黎阿婆，为了省水费和电费，到现在家里也没买洗衣机，当然，黎阿婆家是这条街上最穷的几户人家之一。

吴居蓝家应该也很穷，穷到没有洗衣机，所以习惯于手洗床单和被罩。

电脑启动好了，我收拾起心绪，开始好好工作。

脑子里过了一遍后，我把要做的事一件件罗列出来。第一件事，当然是要去申请营业执照等相关经营私人客栈的文件。我之前已经打听过，这事虽然有点烦琐，但并不难。现在海岛政府大力发展旅游，很支持本地居民做一些有特色的小生意，发展文化旅游、绿色旅游。像我这种"土著"办理这些，只是时间的问题，让我担心的是装修以及未来的经营。

老宅虽然旧了，自住还是挺舒服的，可自己住和让客人住是两个概念，至少每个房间都要翻新一下，安装电视和无线网络，窗帘、床单、被罩、浴巾什么的都要准备新的。

我在北京工作了三年半，省吃俭用，总共存了十二万。辞职回家后，陆陆续续花了一万多，现在银行里还剩十万多。这是我现在除了老宅外全部的资产，我必须考虑到客栈一开始有可能不赚钱，给自己留一些生活费和客栈初始的运营费用，能花在装修上的钱很有限，必须精打细算。

我在网上查阅着别人的装修经验，多了解一些，既能少走弯路、多省钱，又能监督施工、防止被蒙骗。

我正一边看视频，一边做笔记，突然看到一只白净修长的手伸过来，戳了戳电脑屏幕上的人像，戳了几下不够，又抠了几下，似乎很好奇为什么屏幕里会有活灵活现的人。

这是什么状况？

我呆了一会儿，才扭过头，无语地看着不知道什么时候站在我身后的吴居蓝。

吴居蓝面无表情地和我对视着，从容平静，甚至有一种高高在上的冷淡。如果不是亲眼所见，我肯定会觉得刚才又戳又抠电脑屏幕的二货绝对不是眼前这货。

我忍不住问："你没有用过电脑吗？你以前打工的钱都要寄回家吗？"虽然电脑在现代社会已经算普及，但在很多穷的地方，别说电脑，彩电都还用不起。以我对吴居蓝家庭状况的判断，他没有电脑很正常，只是，就算家里买不起电脑，可也有一个地方叫"网吧"。很多买不起电脑的打工仔照样会玩游戏、聊 QQ，除非他和我一样，需要省吃俭用存钱，把一切消费活动全部砍掉了。

我一瞬间脑补了很多，连"吴居蓝的父母身患绝症，吴居蓝必须把打工的钱全部邮寄回家"的感人情节都想出来了。

吴居蓝没有回答我的问题，只是不屑地看着我，冷淡地说："你想多了，不是买不起，而是用不着。"说完，他竟然一转身走了，用挺直的背影表明：大爷不稀罕！

我看着他的背影，又是好笑，又是难受。这个傲娇的男人，即使自尊心受伤了，也不愿撒谎说自己用过电脑，只会简单粗暴地用不屑和冷淡来掩饰自己，我想起了小时候的自己。那一年我六岁，爸妈正又吵又打地闹离婚，谁都顾不上我，连我的裤子短了也没人察觉。一起玩耍的小朋友的妈妈留意到我的窘迫，好心地给我买了两条裤子，可敏感的我第一时间不是感激，而是被戳到痛处的难堪，死活不肯收那两条裤子，还一遍遍强调我妈妈买了很多新裤子给我，只不过我不喜欢穿新衣服，就喜欢穿旧衣服。

我跳了起来，几步跑过去，拦住吴居蓝："碗洗完了？"

"洗完了。"

我推着吴居蓝往电脑桌边走："还有事让你做，过来！"

吴居蓝瞅着我，没有动。我犹如在推一座大山，无论多用力，都纹丝不动。

我恼了，瞪着他："我是老板，难道不是我吩咐什么你做什么吗？"

吴居蓝跟着我走到了电脑桌前。

我坐下后，拽了个凳子，示意吴居蓝也坐，一副公事公办的样子："我在研究如何装修客栈，你也得学习一下，这可是咱俩以后安身立命的东西，想要吃好喝好必须要用心。"

我打开网页浏览器，演示了一遍如何用搜索功能，只要学会用搜索，其他一切慢慢地就会学会。我刻意放慢了速度，吴居蓝坐在旁边，一声不吭地看着。

我突然想起来，他都没有用过电脑，很有可能不会键盘输入："你拼音好，还是字写得好？"

吴居蓝思考了一瞬，才说："写字。"

我立即下载了一个五笔输入法的教程，简单演示了一下后，对吴居蓝说："这东西只要背熟字根，练习一段时间就能上手。"

以前爷爷自学电脑的书还在，我从书架上抽了出来，放在吴居蓝面前，让他跟着书学习。

吴居蓝拿起书静静翻阅着，我站在他身旁，视线不经意地从院子里掠过，看到随风飘扬的床单、被罩，脑海中乍然出现一个念头：吴居蓝不用洗衣机，不会是因为他压根儿不会用吧？

我被自己的这个念头惊住了，却觉得很有可能，他究竟是从哪里来的？某个偏远地区的深山老寨？电器还没有普及？难怪他第一次说话时口音那么奇怪……

虽然有点好奇，但我没打算把吴居蓝发展成男朋友，不会负责他的后半生，更没有兴趣探究他的前半生，重要的是解决眼前的问题。

家里的电器还有空调、微波炉、冰箱、电饭锅、电视机、DVD 播放机……也不知道他究竟用过什么，没用过什么。

我想了想，翻箱倒柜，把压在柜子最底层的所有电器的说明书拿了出来，放到书桌一角："这是家里所有电器的说明书，你有时间看一下。"怕伤到他的自尊心，我又急忙补了一句，"不同牌子的电器、不同年代生产的产品，使用方法都会不同，你看一下，省得你按照以前的经验想当然地操作，把我的东西搞坏了。"

幸亏吴居蓝没有我小时候的敏感变态，听完我的吩咐，只简单地回复："好。"

▌▌▌

我带好身份证、户口簿等觉得可能用得上的证件，出门去申请经营私人客栈的文件执照。

本来想着就那么点事，应该花不了多少时间，没想到手续真跑下来还挺烦琐。一会儿要照片，一会儿要近期体检证明，幸好我是海岛的"土著"，不管到哪里，总能碰到同学，或者同学的同学，省了好多工夫。可就这样，我跑来跑去，折腾了整整一天，才算全部搞定。

快六点时，我提着一个顺路买的西瓜，疲惫地回到家里，有气无力地叫了一声

"我回家了"，就瘫倒在藤椅上。

吴居蓝看了我一眼，一声没吭地提起西瓜进了厨房。

过了一会儿，他端着一水果盘削去皮、切成方块的西瓜出来，盘沿上还贴心地放了一把水果叉。

我有点意外，他今天早上的表现可不像是懂得用水果盘和水果叉的人，不过美食当前，懒得深究。我喜笑颜开地用叉子叉了一块西瓜："谢谢！"

慢悠悠地吃完半盘西瓜，我才觉得恢复过来，对吴居蓝说："我和装修师傅约好了，他明天下午过来看房子，估算装修价格。你明天早上一定要把房子打扫干净，能省一点钱是一点钱。"

吴居蓝"嗯"了一声，表示明白。

已经是晚饭点，我琢磨着随便煮点面凑合一顿算了，"砰砰"的拍门声突然响起。

我一边起身，一边问："谁啊？"

"是我！"

江易盛的声音，我的老邻居，两人算是一起长大、两小无猜的"青梅竹马"。因为从小就智商高，不听课照样拿年级第一，秒杀了我等凡人，小时的外号是"神医"，如今是海岛人民医院的外科主刀医生。"易盛"和"医生"谐音，就算叫"江易盛"听着也像叫"江医生"，大家索性就乱叫了。

搁往常，我早跑着去开门了，这会儿反倒停下了脚步，一边嘴里说着"来了"，一边迟疑地看向吴居蓝。

吴居蓝十分敏锐，立即察觉出我的疑虑，转身就要回避到屋里。我拦住了他，一瞬间有了决定，我光明正大做生意、雇用人，没什么要躲藏的。

我对吴居蓝小声说："我的好朋友，人很好，待会儿介绍你们认识。"说完，几步跑去开了门。

"小螺，不要做饭了，今天晚上去外面吃。"江易盛一边说话，一边走进门。

他身后还跟着两个人，一个穿着连衣裙的年轻女子，长发披肩、身段窈窕、面容秀美；一个戴着眼镜、气质斯文、举止有礼的男人，竟然是昨日见过的周不闻律师。

我愣了一下，客气地先和周不闻打招呼："周律师，您好。"

江易盛哈哈大笑，搭着周不闻的肩说："好可怜，真的是对面不相识呢！小螺，你仔细看看，真的不认识他了？"

周不闻微笑地看着我，和昨日那种疏离客气的职业性微笑截然不同，他的笑带着真正的喜悦，甚至有几分紧张期待。我满心困惑，恨不得踹一脚故弄玄虚的江易盛，却惯于装腔作势，礼貌地笑着说："周律师，我们昨天刚见过，怎么会不认识？"

江易盛怪声怪调地长叹了口气，刚要出声，周不闻拉了下江易盛的胳膊，阻止了他的话。周不闻凝视着我，微笑着说："小螺，是我，大头。"

我脸上礼貌的笑立即消失了，震惊地看着周不闻。

李大头，原名李敬，我少年时代最好的朋友。记忆中的他，瘦瘦的身子、大大的头、长腿长脚，配上几分狰狞的凶狠表情，学校里没有人敢惹他。眼前的这个男子，身材颀长、彬彬有礼，细看下除了眉眼有几分似曾相识，再找不到记忆中的样子。

我十岁那年，因为爸爸再婚、继母怀孕，局促的家里再没有我的容身之地，被爷爷接回了老家。我不会说闽南话，也不会说黎族话，一口字正腔圆的普通话，在学校里十分惹人注意。刚开始同学还对我又好奇又羡慕，可很快爸爸不要我、妈妈跟野男人跑掉的消息就在学校里传开了，同学们的好奇羡慕变成了怜悯鄙夷。那时候，我像只刺猬一样，用尖锐的反击去保护自己支离破碎的自尊，没多久就变成了同学们的眼中钉、肉中刺，作业本被扔进厕所，放学路上被吐口水，甚至有男同学捉了蛇放到我书包里……长大后回过头看，不过是小孩子的恶作剧，可那些恶作剧让当年的我如同身处地狱，直到李大头搬来。

他和我一样，会说字正腔圆的普通话，没有爸爸，也没有妈妈，和奶奶生活在一起。不过，他没有父母，并不是因为父母离婚，而是因为爸爸死了。某段时间，我曾很偏激地想，我宁可像他一样，至少想起来时，爸爸是不得不离开我，而不是主动遗弃了我。

他和我一样都是睚眦必报的人，但也许因为他是男生，也许因为他没有和继父、继母生活的经验，他的反击都是光明正大的，不像我，总是拐弯抹角。他很会打架，一个人能干倒三个欺负他的高年级男生，不管你骂他什么，反正他会打到你服了他，他用纯粹的力量让所有人不敢再惹他。

李大头比我高三个年级，虽然两人都住在妈祖街，上学放学时，常常能看到彼此，但完全没有交集。直到有一次，我被同学围堵在学校的小树林里，逼问我"你妈是不是跟着野男人跑了"，李大头突然出现，粗暴地赶跑了所有人，警告他们不许再招惹我，否则他见一次打一次。

从此，我就跟着李大头混了。渐渐地，我们学会了闽南话，也会讲一点点黎语，融入了海岛生活。后来，还和同一条街上真正的土著江易盛成了好朋友。

三人在一起玩了三年多，好得无分彼此、几乎同穿一条裤子，直到我十三岁那年收到了李大头的情书，才突然意识到我是女生、他是男生。面对李大头歪歪扭扭的"我喜欢你"几个字，我完全傻掉，完全不知道该如何回复。

当我纠结苦恼该如何回复人生中的第一封情书时，李大头的奶奶脑溢血突然去世，他妈妈回来接走了他，离开得十分匆忙，甚至没有来得及和我们告别，那封情书自然也就不用再回复了。

听邻居八卦说，他妈妈运气好，另嫁了有钱人，是个南洋那边的华侨，对她很好，但是一直没有孩子。这次李大头过去，只要得了继父的喜欢，肯定会享福的。

随着时间流逝，李大头在我的记忆中渐渐远去，但因为他陪着我度过了人生中最艰难的三年，还有那封我一直没有回复的情书，他在我日渐模糊的记忆中始终牢固地占据着一个角落。

江易盛推了我一把："你发什么呆啊？究竟记不记得？"

我回过神来，一时间心里百般滋味交杂，甚至有些说不清道不明的尴尬，勉强地笑了笑："一起玩了三年多的朋友，怎么可能记不得？快进来坐吧！"

我忙着搬藤桌、藤椅，招呼他们坐。江易盛让我别瞎忙，我却充耳不闻，跑进厨房把剩下的一半西瓜切了，等把一片片的西瓜整齐地叠放在水果盘里，我的心情才真正平复下来。

我端着水果盘、拿着水果又走出厨房，看到吴居蓝和江易盛、周不闻坐在一起，正彼此寒暄。吴居蓝微笑着自我介绍说："我叫吴居蓝，是小螺的表哥，昨天下午刚来海岛。"

我脚下一个趔趄，差点把水果盘砸到吴居蓝头上。吴居蓝却好像早有预料，一手稳稳地扶住了我，一手把果盘接过去，放在了藤桌上，笑看着我说："小螺一贯独立好强，凡事都不喜欢麻烦人，但她越是这样，我越是放心不下，反正我工作也自由，索性跑来陪她一段时间。"

周不闻问："吴先生是做什么的？"

"编程员，俗称码工，我们这种工作在哪里做都一样，只要按照客户要求按时交活就好了。"

你还编程员？今天早上是谁对着电脑又戳又抠的？我瞪着吴居蓝。

吴居蓝笑眯眯地看了我一眼，一边拖着我坐到他身旁的藤椅上，一边非常礼貌亲切地对周不闻说："叫我吴居蓝就好了，否则我也得叫你周先生了。"

江易盛半真半假地抱怨："小螺，你都从没告诉过我你还有这么出色的表哥。"

我呵呵干笑着说："大家吃西瓜。"我也从不知道我有表哥，不过，他非常合理地解释了他的出现，以及登堂入室住进我家，没给我添一丝麻烦。我决定收回对他"刚正不阿、不会撒谎"的评价，他不是不会撒谎，而是太精明，所以无伤大雅的谎言根本不屑说。

江易盛和周不闻看我似乎不太愿意多谈表哥的事，也都知道我和妈妈的关系很尴尬，所以都识趣地不再多提。

周不闻指着自己身旁的美丽女孩说："小螺，我给你们介绍一下。周不言，我的堂妹。"

我笑说："你好，我是沈螺，以前是周不闻的邻居、好朋友。"

周不言甜甜地笑了一下，说："你好，沈姐姐，我常常听我哥哥说起你，可是一直都想见你呢！"

我觉得她话里有话，却辨不出究竟是什么意思，只能礼貌地笑笑。

周不闻给我赔罪："昨天的事情，很抱歉。明明知道是你，我却装作完全不认识。"

我说："我明白的，你是为我好。"继母那脾气，如果让她知我和处理遗产的律师认识，一定会怀疑遗嘱是假造的。

江易盛说："别光顾着聊天了，先说说晚上想吃什么吧！"

周不闻和江易盛商量着去哪里吃饭，我今天在外面跑了一天，很疲惫，兴致不是那么高，只是"嗯嗯啊啊"地附和着。

周不闻笑说："跑来跑去挺折腾的，我们重在老朋友相聚，吃什么不重要，要不叫点外卖算了。"

我还想客气一下，江易盛瞅了我一眼，说："正好我也懒得跑了，我来叫吧！"他在海岛上是颇有点声望的主治医生，三教九流都愿意给他面子，别说送外卖的店铺，就是不送外卖的店铺，他打个电话，也会把东西送过来。

江易盛问了下各人忌口的食物，打电话叫了外卖。

半个多小时后，一个骑着电瓶车的小伙就把外卖送了过来，江易盛叫的是烧烤。两个大塑料箱，一个里面放着各式烧烤，都用双层铝箔纸包得严严实实，既干净，又保温，铝箔纸打开时，还冒着热气；一个里面放着冰块，冰镇着酒水和饮料。

我看着桌上的烤鱼、烤虾、烤生蚝、烤蘑菇、烤玉米……二十多种烧烤，琳琅满目。这家烧烤店因为食材新鲜、味道好，在海岛很出名，每天晚上都是排长队，别说送外卖，连预订都不接受，江易盛竟然一个电话就能让人家乖乖送上门，我不得不佩服地对江易盛拱拱手。

江易盛反客为主，笑眯眯地招呼大家："趁热吃吧，不够的话，我们再叫。送来的时间和在店里等的时间也差不多。"

几人拿着啤酒，先碰了一下杯，庆祝老朋友多年后重聚。一杯啤酒下肚，气氛热络了几分。

周不闻把一串烤鱿鱼递给我："你小时候最喜欢吃这个，也不知道现在还喜欢吃不？"

我笑着接了过来："仍然喜欢。"中午在外面随便吃了一碗米线，这会儿真饿了，又是自己喜欢吃的东西，立即咬了一大口。

我一边满足地吃着，一边看吴居蓝，本来还担心他又吃不惯，没想到他吃了一口烤鱼后，竟然对我微微一笑，又吃了第二口，表明他也喜欢这家店的食物。

我放下心的同时，郁闷地暗叹了口气，看来的确是我自己手艺不精。

吴居蓝和周不言都清楚自己今晚只是陪客，一直安静地吃东西。

我从小就不是能言善道的人，说得也不多，一直听着江易盛和周不闻说话。从他俩的聊天中，我大致知道了周不闻的状况——他随着妈妈和继父先去了马来西亚，高中毕业后，去美国读的大学，现在定居福州市，在一家知名的律师事务所工作，父母身体健康，没有女朋友。

从他的描述中，能感觉到他的继父对他很好，所以他语气亲昵地以"爸爸"称呼。如果不是知道底细的老朋友，肯定会以为是亲生父亲。

江易盛和我都是聪明人，不管周不闻是否介意，都刻意回避了往事，也没有询问他什么时候改的名，连小时候的称呼，都把"李"的姓氏省掉，只叫他"大头"，就好像他一直都叫周不闻。

等江易盛和周不闻聊完自己的事情，担心地谈论起我，我才后知后觉地发现，他们俩如今都是社会精英，万事不缺，只缺一个女朋友。相比而言，我是混得最凄凉的一个，在人才济济的北京，我资质平庸，做着一份很普通的工作，如今连这份工作都没了，处于失业状态。

周不闻关心地问："你什么打算？还打算回北京工作吗？"

我说："我在北京住得不习惯，不想再回北京了。"

周不闻说："可以考虑一下福州，你要想找工作，我可以帮忙。"

周不言笑着插嘴："我哥平时可会忽悠人了，对沈姐姐说话却这么保守。沈姐姐，你别听我哥谦虚，他肯定能帮你搞定一份好工作，至少，大伯在福州就有公司，肯定需要财务。"

我还没说话，江易盛已经认真考虑起来："福州挺好的，不算远，饮食、气候都相近。只是，小螺你走了，这套老宅子怎么办？房子没有人住，要不了多久就荒芜了。"

周不言说："沈姐姐，我正好有件事想和你商议一下。"

我不解地问："什么事？"

周不言咬了咬唇，说："这两天我在岛上闲逛，发现这里的老房子都很有意思。我很喜欢这里，也很喜欢这些石头建的老房子，本来想买一套，可和客栈的老板聊过后，才知道这里的老房子不是商品房，政府不允许买卖，外地人只能长租。我们那家客栈的老板就是长租的，二十年的租约。我刚才一走进来，就很喜欢这套房子，既然姐姐要去外地工作，房子空着也是空着，不如长租给我，我愿意每年付十万的租金。"

我听到十万的租金，有点吃惊。据我所知，就是那些地理位置绝佳、能看见大海的老房子一年的租金也不过七八万。不管周不言是有钱没处花，还是看在周不闻的面子上，都很有诚意了。我微笑着说："谢谢你喜欢这套房子，但我目前没有出租的计划。"

周不言看了周不闻一眼，带着点哀求说："沈姐姐是怕我把房子弄坏了吗？沈姐姐，你放心，我没打算租来做生意，只是自己每年过来住几个月，顶多重新布置一下，绝不会改动格局。"

周不闻帮腔说："不言从小学绘画，现在做首饰设计，她很喜欢老房子、老家具、老首饰，对这些上了年头的东西十分爱惜，租给她，你真的可以放心。"

江易盛明显心动了，也劝说："小螺，老房子都需要人气，空下来坏得更快。反正你要出去工作，空着也是空着，不如就租给不言吧！大不了租约签短一点，反正大家是朋友，一切都可以商量。"

周不言频频点头："是啊，是啊！"

话都说到了这个份儿上了，我没有办法，只能坦白说："如果我打算离开海岛，出去工作，肯定愿意租给不言，但我想留下来，自己住。"

几个人都大吃一惊，岛上除了旅游和打鱼，再没有任何经济产业，除了像江易盛这样工作性质特殊的，岛上的年轻人都是能去外面就去外面，毕竟机会多，钱也多。

江易盛问："你留下来打算做什么？"

我不好意思地说："我打算开客栈。"

江易盛拿起一串烧烤，一边吃，一边慢悠悠地说："虽然我觉得有点不靠谱，不过，你要真铁了心做，我支持。"

"谢谢！"我举起杯子，敬了江易盛一杯。

周不言闷闷不乐，脸色很难看。

周不闻拿起酒杯，笑着说："小螺开了客栈，你想过来住就随时可以来住啊！这样不是更好？"

周不言反应过来，忙拿起杯子，笑着说："那我就等着沈姐姐的客栈开张了。"

几个人碰了下杯，纷纷祝福我客栈早日开张、财源广进。

吃吃喝喝、说说笑笑，一直到晚上十点多，周不闻和江易盛才起身告辞。

站在院子门口，周不闻看着我，欲言又止。

江易盛是个人精，立即闻弦歌知雅意，又哄又拽地拖着周不言先走，给周不闻创造了个可以和我单独说话的机会。可惜，吴居蓝一直站在我身后，周不闻不得不压下满腹的欲言又止，惆怅地离开了。

我先跟着继父生活，后跟着继母生活，寄人篱下的日子让我小小年纪就学会了察言观色，不是没感觉到周不闻想说点什么，但今天他的出现已经够突然了，我还没有做好准备和他深谈，索性装作没有感觉到。

我关上院门，心思恍惚地上了楼。

在床上呆呆坐了一会儿，突然翻箱倒柜，从床下的储藏柜里翻出了小时候的东西。一个旧铁皮饼干盒，里面装着一些零七八碎的小东西，最底下藏着我人生中收到的第一封情书。

我并没有细读，只是拿在手里摩挲着。时间久了，信纸已经有点泛黄发软，纸上的字看上去越发显得幼稚，但字里行间凝聚的是两个仓皇无措的孩子相依取暖的美好时光。

我看着看着，忍不住微微笑起来，久别重逢的喜悦到这一刻才真正涌现。

那些年，当我在爷爷身边，过着平静温暖的日子时，曾无数次担忧过他。怕他被继父厌弃，怕他没有办法继续读书，怕他一不小心学坏走上歧途。

时光让我们分离，时光又让我们再次相聚。

我知道了，他的继父对他很好，他不但继续读完了书，读的还是国外的名牌大学。他现在有温暖的家、很好的事业，还有相处和睦的堂妹。

我笑着想，不管过程如何，都不重要了，重要的是我们都好好地长大了，这就是最好的事情！

多年以来，一直挂在我心头的事终于放下了。我含着笑，把信纸叠好，放回了旧铁皮饼干盒里。

Chapter 4 | 心里钻进了蚂蚁 ———————————

明明他的手一点也不温暖，可在这一瞬间，却让我觉
得是这个世界上最温暖的所在。

清晨，我起床后，惊讶地发现：屋檐下，四四方方的小桌
子上，放着一碗白粥、一碗黄灿灿的水蒸蛋、一碟翠绿的凉拌
海苔。

我禁不住咽了下口水，高声叫："吴居蓝，你做的早饭？"

"不是我，难道是你？"吴居蓝冷淡的声音从书房传来，一
句本应该轻松调侃的话，怎么听都像是在讥讽我的智商。不过，
根据我对他的了解，他应该是纯粹觉得我问得多余。

我怀着一点期待，尝了一口白粥，立即被惊艳到了。

白粥看似人人都会做，可能把粥熬好的厨师并不多。一口
粥含在嘴里，不硬不软、不稠不稀、恰到好处，米香味浓郁得
都舍不得咽下，这么香的粥，我只在广州的一家老字号小店里

喝到过。

凉拌海苔和水蒸蛋也是各有妙处，一个爽口、一个鲜香，配着白粥吃，格外开胃。我头都没抬，就把一个碟子、两个碗全吃空了。

以前，我看小说里写什么越是简单的菜越是考验厨艺，总是不太信，今日这一顿早饭，吃得口齿生香，我终于相信，也终于理解了吴居蓝对我的厨艺的嫌弃。

我把碗碟洗干净后，走进书房，看见吴居蓝正在玩电脑。

我拖了个凳子坐到吴居蓝的侧前方，胳膊肘搭在电脑桌上，斜支着头，不说话，只是眼睛一眨不眨地盯着吴居蓝。

半晌后，吴居蓝的目光从电脑屏幕上移到了我的脸上，用平静到冷漠的眼神表示：你发什么神经？

吴居蓝的皮肤异常白皙，五官硬朗，鼻梁挺直，眼眶比一般的东亚人深，眉毛又黑又长，当他面无表情、冷冷地看着对方时，有点食物链顶端生物俯瞰食物链底端生物的冷酷高傲，不得不说很有威慑力。

可惜，我已经看过他穿着滑稽、虚弱昏迷的样子，又亲眼看到他勤劳贤惠地洗衣、打扫、做饭，再威严的表象都早碎成渣了。

我没觉得害怕，反倒觉得他像个虚张声势的孩子，总是喜欢吓唬人。鬼使神差，我竟然一伸手，爱怜地捏了捏吴居蓝的脸颊。

细腻的肌肤，触手冰凉。

我龇牙咧嘴笑了一瞬，才后知后觉地意识到自己在做什么，一下子愣住了。吴居蓝也愣住了。

两个人瞪着对方，都不敢相信我的手正在捏他的脸！

吴居蓝视线微微下垂，看向依旧捏着他脸颊的手，眼神十分诡异，让我觉得，他真有可能下一瞬间就咬断我的手。

我非常识时务，飞速地缩回了手，把手藏到背后，干笑着："呵呵、呵呵……"

吴居蓝抬眸盯着我，我立即觉得嗓子发干，再笑不出来。

我果断地围魏救赵："我吃完你做的早饭了，太好吃了，难怪你会看不上我的厨艺，我自己现在也看不上自己的厨艺了。"

吴居蓝完全没有被我的阿谀奉承打动，平淡地说："有自知之明就好，以后我做饭。"

我当然不会反对，立即用力点头，但我的重点不是这个，而是："吴居蓝，你的厨艺这么好，去五星级酒店做厨师都肯定没有问题，怎么会……落魄到我们这种小地方呢？"

昨天我还想过又不打算把他发展成男朋友，没兴趣探究他的过去，但今天已经再忍不住好奇。没办法，谁叫他从头到脚都是谜团，连我这个看遍小说和电视剧、那么会脑补的人都想不出来他的经历。

吴居蓝盯着我，微微眯了眼睛，似乎也在慎重地思考他是怎么就沦落至此了。

不知为何，我突然打了个寒战，全身汗毛倒立，就像突然发现毒蛇正盯着自己，本能地惊惧害怕。我身体僵直，一动不敢动。幸好，吴居蓝很快就移开了目光，沉默地看着电脑。

我长出了口气，几乎瘫在电脑桌上，再看吴居蓝，却是没有任何异样。我十分懊恼，这已经是第二次被他一个眼神差点吓破胆。我忍不住用手遮住电脑，凶巴巴地说："我问你话呢！回答我！"

吴居蓝看向我，说："每个人都会碰到倒霉事，我最近运气不好。"

他并没有真正解释，但他的一句话又似乎解释了很多。我的火气刹那间烟消云散，觉得有点心酸，不知道该怎么宽慰他，沉默了一会儿后说："你要暂时没想好去哪里，就先留在这里帮我干活吧！等你想走时，我会给足你路费。"

吴居蓝面无表情，凝视了我一瞬，什么都没说，站起身，扬长而去。

我瞪着他的背影，喃喃咒骂："一点人情味都没有！好歹我是在帮你哎！竟然连个笑容都没有！"

‖

下午一点多时，我约好的装修师傅来了，叫王田林，是我初中同学的老公，以前我们就见过，算知根知底的熟人。

我领着他从楼上转到楼下，把所有屋子都仔细看了一遍，王田林知道我的钱比较紧张，说话很实在："装修这事，是个无底洞，同样的房子，有人花一百多万装修，有人花十几万装修，我的想法是我们能省就省，但有些地方绝对不能省。一是为了安全健康，二是便宜东西用一两年就坏了，将来修来修去更费钱。"

很有道理，我"嗯嗯"地点头。

王田林拿出本子和笔，写写画画地分析着哪些地方必须要新做，哪些地方可以只翻新一下。八年前装修的房子，不少地方已经老化，我都一一指了出来，到时候该修的修，该换的换。两人商量着拟订了装修计划。

我相信王田林，也知道他那边有采购渠道，拿到的材料价格肯定比我去外面买便宜，索性委托了王田林帮我采购一切需要的材料。王田林大致算了一下，告诉我材料费加人工费至少要八万块钱。

比我预期的价格高一点，但装修有个一两万的出入很正常，我同意了。因为要采购材料，再加上定金，我们商定预付五万，剩下的钱根据工程进度和购买材料所需分次支付。

王田林知道我着急开工，盘算了一番后，定下后天进行。因为不是大动干戈的装修，王田林又承诺在保证质量的前提下会以最快的速度做活，估算下来，半个多月就可以了。

我感激地问："预付款是转账还是现金？"

"最好现金。"

只是稍微麻烦点，我愿意配合："那我明天给你送过去。"

王田林爽快地说："我明天一大早就要乘船过海去买材料，晚上才能回来。我们是熟人，也不存在谁骗谁的，后天开工时，你给我就行了。"

"好！"

王田林看所有事情都商量定了，闲聊了几句，就要告辞。我连连道谢着送走了王田林。

Ⅲ

第二天，我去银行取钱。

除了预付给王田林的五万块，我还多取了一万块，用来买电视、桌椅什么的。海岛交通不便利，大件东西常常要等十天到半个月才能送货，宁可早买不能晚买。买早了，大不了找个地方先堆着；买晚了，很有可能客栈开张后，货还没到。

虽然知道海岛民风淳朴、治安良好，可包里装了六万块钱，我还是很小心，特意把包往胸前拽，紧紧地夹在胳膊下。

走过熙熙攘攘的菜市场，我抬头看向顺着山势蜿蜒向上的妈祖街，想着快要到家了，心里的警惕淡了几分。

海岛的老街由于各种原因，拆的拆、改的改，等政府反应过来，要保护时，只剩下了这条最偏僻的妈祖街和码头那边游客会聚的灯笼街。老街的街道狭窄，不通汽车，

那片星空，那片海

街道两旁都是当地人的老宅，除了一个卖烟酒零食的小卖铺，没有任何做生意的商家，十分清静。

正是上班时间，街上一个行人都没有，我沿着坑坑洼洼的石头路，走在路中间。一辆摩托车从上面下来，车上坐着两个男人，都戴着遮脸的摩托头盔。

我让到路边，摩托车却直冲我而来，擦肩而过时，后面的男人一探手抓住了我的包。引擎轰鸣声中，摩托车骤然加速，疾驰往前，我下意识地拽着包的带子不放，可是我的力量根本难以对抗摩托车的力量，立即被拖倒在地，整个人被拽着往前冲。

薄薄的衣裙起不到任何保护作用，身子在坑坑洼洼的石头上急速擦过，我全身上下都疼，却惦记着那六万块钱，不要命地抓着包，就是不放。坐在摩托车后面的人喃喃咒骂了一句，拿着把刀去割包带，摩托车一颠，锋利的刀刃从我手上划过。剧痛下，我的手终于松开，整个人跌在了地上。也不知道眼里究竟是灰尘还是血，反正疼得什么都看不清，只听到摩托车的轰鸣声迅速远去，消失不见。

从看到摩托车到包被抢走，不过两三分钟，妈祖街依旧宁静温馨，似乎什么事都没有发生过，可我已经在鬼门关外走了一圈。

我强撑着站起来，一只脚的鞋子不见了，两条腿被磨得皮开肉绽，全都是血，手背上的血水汩汩地冒着。我觉得视线模糊，根本看不清楚路，用手擦了下眼睛，却蹭了满脸的血和土，越发看不清楚。

我想着应该报警，但是手机在包里，也被抢走了。依稀辨别了一下家的方向，我一边颤颤巍巍地走着，一边叫："有人吗？有人吗……"

我全身上下都在痛，很用力、很用力地叫，希望有一个人能帮我，可不知道是因为我声音嘶哑传不出去，还是附近的人家没有人在家，一直没有人来。那一刻，明明人在太阳之下行走，却好像处在一个黑暗绝望的世界中。

没有人会来帮我，我所有的只有我自己。

既然没有人听到，我索性不叫了，绝望到尽头，反倒平静下来。害怕没有用，哭泣也不会有用，像小时候一样，唯一的出路，就是咬着牙往前走。那时我坚信我总会长大，现在我坚信我总会走到家。

因为看不清楚路，我只能像个瞎子一样，两只手向前伸着，摸索试探着一步又一步向前走，每一步都好像走在刀刃上。

突然，一只冰凉的手抓住了我的手，我如同受惊的小动物，猛地往回缩，却立即听到了吴居蓝的声音："是我！"

伴随着他的说话声，他紧紧地握住了我的手，没有让我挣脱，明明他的手一点也不温暖，可在这一瞬间，却让我觉得是这个世界上最温暖的所在。

我紧紧地抓着他的手，唯恐他消失不见，他似乎明白我的害怕，说："我在这里，不会离开。"

我渐渐平静了下来，觉得很尴尬，用嘶哑的声音掩饰地说："我被抢了，赶快报警。我还受伤了，大概要去医院。"

吴居蓝说："你的伤我已经看过了，别担心，只有右手背上的割伤比较严重。别的伤虽然看着可怕，却都是皮外伤。"

我说："我眼睛不知道怎么了，看不清楚。"

"没有关系，只是进了脏东西，用清水洗干净，视力就能恢复。"吴居蓝柔声说，"你手上有伤，手放松，不要用力。"

我松了一点力气，吴居蓝立即就把自己的两只手都抽走了，我紧张地叫："吴居蓝！"

"我在这里。"

只听"刺啦"一声响，吴居蓝用一根布带紧紧地扎在了我的胳膊上，解释说："帮助止血。"

"谢谢……啊！"

在我的失声惊叫中，吴居蓝打横抱起我，大步向前走着："我们去医院。"

刚才，我全凭一口孤勇之气撑着，这会儿有了依靠，彻底放下了心，才觉得后怕，四肢发软，身体不自禁地打着战。我索性头靠在吴居蓝的肩膀上，整个人都缩在了他怀里。

虽然我依旧什么都看不清楚，依旧全身上下都在痛，但我能清晰地感觉到太阳照在身上，现在是温暖明亮的白天。

经过街头邻居开的小卖铺时，几个坐在小卖铺前喝茶下棋的老人看到我的吓人样子，炸了锅一样嚷嚷起来，忙热心地又是叫出租车，又是打电话报警。

上了出租车后，吴居蓝把我受伤的那只手高高地抬了起来："让血流得慢一点。"

我笑了笑："猜到了，在电视上看到过。"我摸了一下胳膊上的布带，"布带是哪里来的？不会是从你的衣服上撕下来的吧？这桥段可有点老土。"

"猜对了。你很喜欢看电视电影？"吴居蓝大概顾虑到我看不到，为了让我心安，难得地话多了一点。

"我也不知道是喜欢还是习惯。从我记事起，爸爸妈妈就在吵架，他们没有时间理我，我只能安静地看电视；后来，和继父、继母生活在一起，我怕惹人嫌，每次他们出去玩，我就在家里看电视；再后来，我发现看电视不仅很适合一个人自娱自乐，还不需要花钱，是我这种立志存钱的人的最佳选择。"从香港 TVB 剧，到国产剧、韩剧，再到后来的美剧、泰剧，虽然不少人鄙视这种没有格调的消遣，但对我而言，电视剧几乎陪伴着我长大。那些狗血离奇的情节中，有人心险恶、有背叛阴谋，可也有温暖的亲情、浪漫的爱情、热血的友情。

我说着说着笑起来："小时候，我的同学很羡慕我，因为没有大人管，我能看到一些所谓大人才能看的电视，我可是全班第一个看到男女接吻、滚床单的人……"

呃，似乎有点得意忘形了……我忙补救："不是黄片，就是那种男女主角亲热一下，假装要干什么，其实镜头很快就切换掉了，只是暗示观众他们会做……"

我觉得越说越不对劲，讪讪地闭嘴了。

幸亏医院不算远，司机又被我的样子吓到了，开得风驰电掣，很快就到了。

江易盛已经接到电话，推着张滑动床，等在医院门口。

吴居蓝拉开车门，我刚摸索着想自己下车，他已经把我抱下了车。

江易盛看到我的样子，吓了一大跳，等吴居蓝把我放到床上后，立即推着我去急诊室。

江易盛一边走，一边询问我哪里疼。听到我说眼睛疼，看不清东西，他忙俯下身子检查了一下，确定没有受伤，只是进了脏东西，被血糊在眼睛里。他安慰我："待会儿让护士用药水给你冲洗一下眼睛，一会儿就好了。"

进了急诊室，护士看是江医生带来的人，就没有赶人，而是征询地问："江医生，你和这位先生都留下来吗？"

江易盛干笑了两声，对我说："咱俩太熟，熟得我实在没有办法看你脱掉衣服的样子。我怕会留下心理阴影，还是去外面等着吧！"

医生和护士都哄笑起来，我也禁不住扯了扯嘴角，笑骂："滚！"

江易盛拉着吴居蓝"滚"到了急诊室的门口，没有关门，只是把帘子拉上了，这样虽然看不到里面，却能听到里面说话。

医生帮我检查身体时，护士帮我冲洗眼睛，因为有江易盛的关系在，不管医生，还是护士，都非常尽心尽责。

等我的眼睛能重新看清东西时，医生的检查也结束了，他说："手上的伤比较严重，别的都是皮外伤。手上的伤至少要缝十二三针，康复后，不会影响手的功能，顶多留条疤痕。"

和吴居蓝、江易盛的判断差不多，我说："麻烦医生了。"

医生解开了吴居蓝绑在我胳膊上的布条，问："谁帮你做的急救？很不错！"

"……我表哥。"

肯定是听到了我的回答，从外面传来江易盛的声音："吴表哥懂得不少急救知识嘛，以前学过？"

吴居蓝说："学过一点。"

江易盛说："必须给你点个赞！一般人就算听过几次课，真碰到事情时都会忘得一干二净。我看你刚才虽然动作迅疾，但并不紧张，显然是已经判断出小螺不会有事。"

吴居蓝沉默，没有承认，也没有否认。

江易盛只是闲聊，没有再多问，反倒是我，惊讶于吴居蓝不但懂急救，还懂一点医术。的确如江易盛所说，吴居蓝虽然一直行动迅速，却并不紧张慌乱，显然早判断出我没有大事，这是专业人士才能做到的。

等医生处理完伤口，我穿着一套护士服、一双护士鞋，一瘸一拐地走出急诊室。

江易盛扑哧一声笑了出来："哇！制服诱惑！"

我一下子闹了个大红脸，我身高一米七三，借穿的护士服有点短，两条长腿露在外面，本来想换掉，医生却说："正好，不妨碍腿上的伤。"

我飞快地瞟了眼吴居蓝，对江易盛说："我的连衣裙完全没法穿了，护士小姐看在你的面子上，去找人借的衣服。还诱惑，我这个鬼样子诱惑个毛线！"

江易盛看我真有点恼了，不敢再打趣，笑着拍拍准备好的轮椅："走吧！我送你回去。"

"你不上班了？"

江易盛学着我的口气说："你都这个鬼样子了，我还上个毛线！"

我哭笑不得，瞪了江易盛一眼，坐到轮椅上。

江易盛开着车把我和吴居蓝送到妈祖街外的菜市场。上面的路车开不进去，必须要步行。我腿上的伤走几步没问题，可想要走回家，肯定不现实。

江易盛下了车，帮我打开车门，却迟迟没有说话，发愁地琢磨着怎么把我送回家，估计只能背上去了。

我也发现了眼前的难题，望着蜿蜒而上的妈祖街，皱着眉头思索。

吴居蓝一声不吭地走到车门边，弯下身，一手揽着我的背，一手放在蜷曲的膝盖下，轻松地把我抱出了车，泰然自若地说："走吧！"

江易盛瞪大了眼睛。

我涨红了脸，压着声音说："放我下来！"

吴居蓝问："怎么了？我哪里抱得不舒服？"

"没有。"

"没有，那就走吧！"

我小声说："这样……不太合适，很多人看着。"

吴居蓝一边大步流星地走着，一边淡定地说："之前我就是这样把你抱下来的，也有很多人看着。"

对这种摆明了不懂什么叫"事急从权"的人，我觉得十分无力，只能闭嘴。

第一次，他抱我时，我眼睛看不到，全身上下都痛，压根儿没有多想。可这会儿神志清醒，我才意识到这是平生第一次和一个男人如此亲密地身体接触，我的心咚咚直跳，跳得我都怀疑吴居蓝完全能听到。

还没到家，我就看见两个民警站在门口，还有几个看热闹的热心肠邻居。

我立即挣扎着说："放我下来。"

吴居蓝却没有搭理我，一直把我抱进院子，才放下。

在警察和邻居的灼灼目光中，我连头都不敢抬，幸亏有江易盛，他立即向大家介绍了吴居蓝的"表哥"身份，又强调了我腿上的伤。

我腿上的伤，看着很吓人，邻居们纷纷理解地点头，我才算平静下来。

我请民警进客厅坐，围观的邻居站在院子里，叽叽喳喳地小声议论着。

我对民警客气地说："我上去换件衣服，马上就下来。"

一个从小看着我长大的邻居阿姨扶着我，慢慢地上了楼，帮我把护士服脱下，换了一件宽松的家居裙，我这才觉得全身上下自在了。

我坐在民警对面，把被抢的经过详细地给民警说了一遍，可惜我完全没有看到抢劫者的长相，摩托车也没有车牌号，对追查案犯的帮助很小，唯一的印象是抢我包的那个人手腕上好像长着一个黑色的痦子。

民警表示一定会尽全力追查，但话里话外也流露出，这种案子一般都是流窜性作案，很有可能他们这会儿已经离开海岛，追回财物有一定难度。

我早料到这个结果，自然没什么过激反应。

民警看能问的都问清楚了，起身告辞。江易盛送走了民警后，把邻居也打发走了。

江易盛走进客厅，在我对面坐下，询问："你还剩多少钱？"

"四万多。"

江易盛气恼地说："可恶的贼，如果让我抓到他，我非打断他的手不可。"

江易盛在北京读的医学院，很清楚对我这种外乡人来说，北京不易居，衣食住行都要花钱。我一个刚工作的小姑娘，工资税前也不过七八千，三年半能存下十几万，肯定是省吃俭用，什么享乐都没有，现在却一下子就六万块钱没了。

我笑了笑，反过来劝解他："破财免灾，丢了就丢了吧！"钱刚被抢时，我曾豁出性命想夺回来，可看着医生给自己缝针时，想起以前听说过的飞车抢劫闹出人命的事，突然就想通了，甚至很后悔。钱再重要，都没有命重要，如果以后再碰到这种抢劫，一定要立即舍钱保命。

江易盛看我不是强颜欢笑，而是真正看得开，悻悻地说："你倒是心大！"

我笑嘻嘻地说："我们这样的人，最大的优点就是心大！"遇到不幸的事就已经够不幸了，如果再想不开，那纯粹是自己折磨自己。不管是我，还是江易盛，都不是这样的人。

江易盛愣了一愣，释然地笑了："你装修要多少钱？我借你，不过我只能拿五万出来。"

我想了想说："我不知道自己什么时候能还上，你给我两万就行了，多了我压力太大。"

"好。"江易盛知道自己的情况，也知道我的性格，没有多劝。他忽然想起什么，试探地说："大头如今是有钱人。"

我笑笑，没有接他的话，江易盛明白了。他对坐在一旁一直没有说过话的吴居蓝说："吴表哥，小螺要麻烦你照顾了。有什么事，你随时给我电话。"他掏出手机，"我们交换下手机号，方便联系。"

吴居蓝说："我没有。"

江易盛愣住了。

我忙说:"表哥的手机在路上丢了,本来打算去买的,但还没顾上。现在我手机也丢了,你帮我买个手机回来,我身份证在钱包里,也丢了。你帮我想想办法,把手机号码先要回来。"

"行!吴表哥,把你的身份证给我,我帮你把手机也顺便办好。"

吴居蓝沉默地看着我,我心里咯噔一下,突然发现我这个完全没有经验的老板,竟然从来没有问他要过身份证。一时间,我心乱如麻,顾不上多想,先应付江易盛:"不用了,就办我的好了。"

"成!你好好休息,我晚一点再过来。"江易盛匆匆离开,忙着去办事了。

屋子里,只剩下我和吴居蓝两个人,我犹豫着怎么开口。以雇佣关系来说,我要求查看他的身份证很正常,但朋友之间,要求查看身份证就很怪异了。不知何时,我已经把他看作了地位对等的朋友。

吴居蓝打破了沉默,开口说:"如果你想问我要身份证,我没有。"他的表情十分从容平静,似乎说的是一件很普通的事。

诡异的是,我似乎也早有心理准备,没有一点惊讶,只是很怅然若失,虽然我自己都不知道自己在怅然什么、若失什么。心念电转间,我想了很多——

计划生育超生,出生后没有上户口的黑户;偷渡客,以前海岛上曾来过越南、菲律宾的偷渡客,也有岛上的居民偷渡去美国、欧洲,虽然我没有亲眼见过,但听说过。

我问:"你是身份证丢了,还是压根儿没有身份证?"没等吴居蓝回答,我又急促地说,"不用告诉我了,我其实并不想知道,你好好工作就行了。"

吴居蓝丝毫没有掩饰他对这事的不在意,云淡风轻、微微一笑,说:"你要没事了,我去烧点水。"

我胡乱地点点头,他向厨房走去。

为了帮我止血,他的T恤衫下摆被撕掉了一圈,整件T恤衫短了一截,看上去有点怪异。我盯着看了一会儿,本来有点躁乱的心情渐渐平静下来。

现在,我有更紧迫的麻烦需要面对和解决——明天就要开工装修,装修款却被人抢走了。

我默默地想了一会儿,用家里的座机给王田林打电话。

两人寒暄了两句,我问他装修材料买了没有,王田林愉快地说买了,他已经在回来的船上,让我尽管放心,所有工人都联系好了,虽然活有点赶,人找得太急,但靠着他的面子，请的都是好师傅。

行走江湖贵在一个"信"，我不能让王田林失信他人，我在心里给"取消装修"打了个大大的红叉。

我把自己被抢的事告诉了王田林，说钱上有点紧张，询问他有没有可能把装修方案调整一下，先做一部分，剩下的等以后有钱了再慢慢做。

两人在电话里商量了一会儿，砍掉了一些项目，把装修的预算调整到四万块钱。

我说了好几遍"不好意思，谢谢"，才把电话挂了。

一抬头，看到吴居蓝端着杯水，站在门口，应该是想着我腿不方便，怕我渴，给我送水来的。

我叹了口气，说："等装修完，我手里真的一分钱都没有了。"

吴居蓝淡淡说："钱没了再赚，命没了，万事皆休。"

他把水递给我，我正好渴了，喝了一口，尝出是放了蜂蜜的，立即一口气喝完，想起初见吴居蓝时的事，不禁抿唇而笑。

我轻声说："你说是因为倒霉才会沦落到这里，我会在我能力范围内，尽量帮你度过这段倒霉的日子。至于其他，你若不说，我也不会问。"

吴居蓝静静盯了我一瞬，一言未发，转身离开。

ⅲ

吴居蓝在厨房烧晚饭，我有些无聊，趴在电脑桌前，练习着用左手玩电脑。

"砰砰"的拍门声响起，我心里一动，艰难地站起，大声叫："吴居蓝，开门！"

吴居蓝把院门打开，果然，周不闻和江易盛一前一后走了进来。

"小螺呢？"周不闻说着话，已经看到我，几步跑到了窗前，着急地问，"江易盛说你伤了手，严重吗？"

我左手托着右手给他看："没事，那个劫匪应该不是成心想刺我。他割手袋的肩带时，刀从我手上划了下。医生说好好休养，恢复后不会有任何后遗症。"

周不闻打量着我的手，说："幸好没事，要不然我……"他顿了顿，把后面的话收了回去，"以后小心点。"

我点头："嗯。"

江易盛笑说："哎——我说你们俩还真隔着窗户聊上了？大头，你先进屋，我把咱们买的东西放到厨房去。"

我一边一瘸一拐地走向客厅，一边问："买的什么？"

"猪蹄，吃哪儿补哪儿！"江易盛的声音从厨房里传来。

我忍不住翻了个白眼，这人真的是连跳三级还拿年级第一的高智商神童吗？

我慢慢地在沙发上坐下后，周不闻把一个新手机递给我："我和江易盛一起去买的，还是你以前用的号码。"

"多少钱？"

"别和我算钱了，是礼物。"

一个国产品牌的手机，应该在一千块钱以内，我想了想，收下了："谢谢！"

江易盛从厨房里跑出来，大呼小叫地对吴居蓝说："表哥，你竟然会做饭！锅里炖的是什么？闻着好香啊！"

吴居蓝说："排骨。"

我插嘴说："正好你买了一大包菜，你和大头留下来吃晚饭吧！"昨天晚上吃烧烤的钱是江易盛付的，我本来就打算今天晚上要请他和周不闻吃饭。

周不闻说："你还有伤，太麻烦了！"

"又不是我做饭，麻烦的可不是我。是吧，表哥？"我重重叫了声"表哥"，戏谑地笑看着吴居蓝。可惜吴居蓝不看电视剧，不知道但凡有表哥的地方，就会有戏剧冲突，而且通常表哥都被炮灰。

吴居蓝没跟我一般见识，对江易盛和周不闻说："做两个人的饭菜和做五个人的饭菜没多大区别，一起吃晚饭。"他简明利落地做了决定，就去厨房做饭了。

五个人？我愣了一下，才想起周不言，忙对周不闻说："差点忘记你堂妹也在岛上了，你打个电话，叫她一起过来吧！"

周不闻说："不用了。"

我诧异："为什么不用了？她晚上总是要吃饭的，难道我们只叫你吃饭，不叫她，你让她怎么想我们这些朋友？"

江易盛奇怪地问："大头，你和你堂妹关系处得不好吗？"

周不闻忙说："不是，就是觉得太麻烦你们了。"

我说："做饭的人亲自开的口，人家都不嫌麻烦，你何必客气呢？"

江易盛也说："太客气可就显得见外了！"

周不闻苦笑："行行行！我不客气了！"他立即给周不言打电话，说了几句后，挂了电话，"不言已经在吃饭，她说她就不过来吃晚饭了，不过谢谢你们，她晚一点过来看你。"

周不言给我的感觉一直有一种说不出来的古怪，即使她是大头的亲人，我也没有办法心生亲近，她来或不来，我都不在乎。

我转头对江易盛说："你去跟吴居蓝说一声，做四个人的饭菜就行了。"

江易盛说："我本来还想着让我妈每天过来给你做一顿饭，吴表哥会做饭就不用我操心了。小螺，你陪大头坐，我去厨房帮吴表哥忙。"说完，他冲我眨了眨眼睛，一副"你看我多知情识趣"的样子。

江易盛一走，客厅里安静下来，只我和周不闻两人并排坐在沙发上，气氛有点尴尬。我忙找了个话题："你什么时候离开？"

周不闻说："本来打算明天，不过你现在受伤了，要不我留下来等你伤好了再走？"

我说："非常感谢，但我只是伤了一只手，又不需要人贴身照顾。虽然有点不方便，可江易盛就在附近，还有……我表哥，你还是按计划回去工作吧！"

周不闻说："那我过一段时间再来看你。"

"好！工作第一，有时间的时候，欢迎你随时来看我和江易盛。"

周不闻说："丢了那么多钱，你开客栈的计划受影响了吗？"

"没有，一切照旧。你别担心了，如果真有难处，我会开口的。"

周不闻的沉郁表情终于轻快了几分："你记得这句话就行。"

我笑了笑，打开了电视。有了电视的声音，即使不说话，也不会显得怪异了。两人一边看着电视，一边有一搭、没一搭地闲聊。

半个小时后，江易盛的叫声传来："吃饭了！"

江易盛没有征询我的意见，就把桌椅摆放在了庭院里。周不闻洗完手后，也去厨房帮忙端菜。

我坐在藤椅上，悠闲地等着上菜。

四菜一汤，凉拌海带丝、清炒小棠菜、干烧小黄鱼、红烧排骨、紫菜蛋花汤。

虽然看着色泽比一般人做得好看，可每道菜都是家常菜，周不闻没有多想，随意吃了一口小黄鱼，表情却立即变了，忍不住惊叹："第一次吃到这么鲜美嫩滑的小黄鱼。"

他又吃了一块排骨，赞叹："甜糯甘香，简直舍不得咽下。"

我美滋滋地问："怎么样？不比去大酒店吃差吧？"

周不闻对吴居蓝说："吴表哥，实话实说，绝不是恭维，我吃过不少名厨做的菜，你的菜绝不比他们差。"

江易盛估计早在厨房偷吃过了，没有周不闻的意外和惊喜，只是埋着头一边吃，一边说："小螺，我申请以后长期来蹭饭。"

听到他们夸奖吴居蓝，我与有荣焉，笑着说："喜欢吃就多吃点。"

周不闻笑说："你别光看着我们吃，你也吃啊！"

我左手拿着筷子去夹菜，一根小棠菜挑了半天，好不容易挑起来，结果刚送到嘴边，就掉到了衣服上。我忙放下筷子，把菜捡起放到桌角，尴尬地说："难怪外国人觉得我们的筷子难学呢！"

周不闻站起来，想要帮忙，吴居蓝已经拿了纸巾，先帮我把手擦干净，然后递了一张干净的纸巾，让我去擦衣服。

吴居蓝给我拿了一个空碗和一个勺子，拣那些形状规整的排骨放在碗里："用勺子舀着吃。"

我舀了一块排骨放进嘴里，发现虽然有点像小孩子吃饭，但自己吃没有问题了。我笑着说："大家都接着吃吧，别盯着我，要不然我会很紧张的。"

周不闻和江易盛忙移开目光，继续吃饭。

吴居蓝恰好坐在我左手边，他自己用左手拿着筷子吃饭，右手拿着公筷，一会儿夹一筷海带丝放在我的勺子上，一会儿夹一筷小棠菜放在我的勺子上，没有刺的鱼肚部分也被他撕下来放到我的勺子里。

左右手同用，吴居蓝却一点不显慌乱，吃得很从容，甚至可以说十分优雅，被他照顾着的我也是不慌不忙，轻松自如。

周不闻和江易盛都顾不上礼貌了，直接瞪着眼睛看。我也傻了，一边呆呆地看着吴居蓝，一边机械地把菜一勺勺放进口里。只有吴居蓝好像一点没觉得自己有多么神奇，一直平静地吃着饭。

江易盛忍不住问："吴表哥，你左右手都可以用筷子啊？"

吴居蓝眼睛都没抬，很平淡地说："我的左手和右手完全一样。"

当事人都完全没当回事，我们也不好一直大惊小怪，我和江易盛交换了个眼神，催眠自己"这没什么大不了，很普通"，继续吃饭。

吃完饭，周不闻和江易盛帮着吴居蓝收拾好碗筷，四个人坐在院子里，一边乘凉，一边聊着闲话。

昨夜是离别多年的初见，紧张和兴奋让人忍不住地一直想说话。今夜大家都放松了下来，拿着罐啤酒，话语有一搭、没一搭，身子也没正经地歪着。江易盛甚至直接把脚高高地架在了另一把椅子的椅背上。

月光清朗、晚风凉爽，虫鸣阵阵、落花簌簌。

周不闻看看熟悉的庭院，再看看江易盛和我，表情恍惚："觉得好像回到了小时候，一切都没变的样子。"

江易盛笑摇着啤酒罐，伸出食指否认地晃了晃："至少有一点变了。小时候我们绝没胆子这么明目张胆地喝酒，都是躲在海边的礁石上偷偷地喝呢！"

我和周不闻都忍不住笑起来，我说："真的没想到，我们竟然还能一起吃饭、一起聊天，就好像大家一起走迷宫，本来以为已经走散了，没想到出口只有一个，大家竟然又在出口相聚了。"

江易盛搡了我一下，嘲笑："吴表哥，你知不知道你家表妹这么文艺啊？"

吴居蓝淡淡一笑，没有说话，大概他很清楚今夜院内人的情绪和他并没有关系。

"咚咚"的敲门声突然响起。

吴居蓝打开门，周不言拎着两盒礼品走了进来："沈姐姐，听堂哥说你受伤了，我就给你买了点补品。"

我看是两包燕窝，觉得太贵了，可当众拒绝既伤面子又伤感情，只能先记在心里，以后再还："谢谢你了。"

周不言略坐了一会儿，周不闻说："时间不早了，我们还要赶明天早上的船，要回客栈休息了。"

反正以后还有很多机会见面，我没有留客。

等他们走了，我已经锁上院门，正看着吴居蓝收拾院子，敲门声又响起。

我奇怪地打开门，看到周不言站在门外，我忙问："怎么了？把什么东西落下了吗？"

周不言微笑着说："我告诉堂哥来取落下的手机，其实，我没有落下任何东西，只是想和你单独说几句话。"

我看着周不言，静待下文。

周不言说："听说你被抢走了六万多块钱，你的积蓄应该很有限，想开客栈肯定很勉强了。看在你是堂哥的好朋友，我说句大实话，我不看好你的客栈。游客挑选客栈，要么喜欢风景独特，要么喜欢交通便利，你这里什么都没有……"

我打断了她的话："周小姐究竟想说什么？"

周不言自信地笑了笑："我是想说，我真的很喜欢这套老宅子，请你卖给我，我不在乎有没有房产证，价格随你开。如果你实在不愿意卖，租给我也成，我只租两年，每年租金二十万，一次性付清。两年后，房子完好无损地还给你。"

她这是想用钱砸倒我吗？我蒙了一会儿，说："你十分慷慨，我真的很动心，如果是一般的房子，我肯定立即答应了。但是，这是我爷爷留给我的栖身之所，不仅仅是一座房子，我真的不能卖给你，也没有办法租给你。"

周不言着急地说："可是，你钱那么少……"

"钱多有钱多的过法，钱少有钱少的过法，就算一分钱没有，这个客栈也能开。周小姐，我的话已经说得很清楚。"我脸上仍带着礼貌的笑，声音却有点冷。

周不言深深地盯了我一瞬，皮笑肉不笑地说："希望沈姐姐以后不要后悔，等姐姐后悔时，我可不会像现在这么好说话。四十万对我不算什么，对姐姐可不是一笔小数目……"

"你，废话太多！"吴居蓝的声音从我身旁传来，硬生生地打断了周不言的话。

我侧头看着他，所有的郁闷刹那间全变成了笑意，周不言气得脸都涨红了，盯着吴居蓝说："你……你……说什么？"

吴居蓝像压根儿没看见她一样，半搀半扶着我往后退了两步，"啪"一声，轻轻把门关上了。

我吃惊地看着他，他像什么事都没有发生一样："你先上楼，我把垃圾收拾了，就上去。"

我听着门外传来的气急败坏的叫声，看着专心干活的吴居蓝，深刻地理解到：对一个人的漠视才是最大的羞辱。

ⅠⅠⅠ

回到卧室，我看看时间已经九点多，决定谨遵医嘱，早点休息，争取早日养好伤。

我笨拙缓慢地用一只手搞定了刷牙洗脸。步履蹒跚地走出卫生间时，看到吴居蓝竟然站在我的房间门口。

"有什么事吗？"

他拿出药瓶和棉球，戴上一次性医用手套，我反应过来，他打算给我上药。医生特意叮嘱过，腿上的伤早晚上一次药，连续五天。

我忙说："不用麻烦你了，我自己能行。"

他看着我，说："弯腰。"

我犹豫着没有动，自己的伤自己最清楚，要么坐、要么躺、要么站，只要一动不动，就还好。可一旦动起来，别说坐下、站起、弯腰这些大幅度动作，就是稍微扭动一下，都会牵扯到伤口，钻心地痛。给腿部上药，又是一只手，肯定会痛。

我一咬牙，正准备弯下身子，吴居蓝已经走到了床边，说："躺下。"

我看了眼他没有表情的脸，决定还是不要挑战他的智商，乖乖地靠躺在了床上。

吴居蓝先用浸了褐色消毒水的棉球轻按伤口，再把医生开的药膏涂抹在伤口上。

虽然他戴着一次性医用手套，但那透明的薄薄一层塑料，能隔绝病菌，却隔绝不了触感和体温。他的手指看着白皙修长，却一点都不柔软，很坚硬，充满了力量。我开始相信他真的是靠出卖力量为生，但当他轻轻地涂抹药膏时，我一点没觉得疼，甚至因为他冰凉的手指，还会有一些凉凉的舒服。

不知道是因为沉默所以尴尬，还是因为尴尬所以沉默，两人谁都没有说话，我的心里如同钻进了无数只蚂蚁，说不清的又慌又乱，猛然出声，打破了沉默："你的手好凉，肯定是气血不足，以后要多注意一下身体，干活别太拼命了。"

吴居蓝看了我一眼，没有吭声，继续上药。

我再没有勇气乱说话，只能继续在沉默中尴尬，在尴尬中沉默。

好不容易等处理完伤口，我如蒙大赦，立即说："谢谢！你早点休息！"就差补一句：请你赶快离开。

吴居蓝把药水、药膏都收好，平静地说："晚安。"

目送着吴居蓝走出我的房间后，我像是被抽去骨头一般，软软地倒在了床上，那种无所适从的慌和乱依旧萦绕在心头。

Chapter 5 | 喜欢一个人的感觉 ——————————

那些日常相处时的喜悦，在他身边时的心安，面对他
时的心慌，被他忽视时的不甘，都被我有意无意地忽
略了，因为我根本不敢面对一切的答案。

楼上的两间客房是要重点装修的房间，吴居蓝必须赶在装
修前把房间腾出来。虽然我的房间不需要装修，但我琢磨着，
自己腿脚有伤，不方便上下楼，也不想去闻那股子刺鼻的装修
味，不如和吴居蓝一起搬到一楼去住。

我和吴居蓝商量后，做了决定。吴居蓝凑合一下，在客厅
的沙发上睡一段时间。我搬到一楼的书房住，以前爷爷就用它
做卧房，床和衣柜都有，只是没有独立的卫生间，需要和吴居
蓝共用客厅的卫生间。

我们一个动嘴，一个动手，匆匆忙忙把家搬完。

九点钟，王田林带着装修工人准时出现。

简单的介绍寒暄后，王田林把需要注意的事项当着我的面

又给工人们叮嘱了一番，才正式开始装修。

装修是一件很琐碎、很烦人的活，虽然王田林已经用了他最信得过的装修工人，但对工人而言，这只是一笔赚钱的普通生意；对我而言，却是唯一的家，要操心的事情一样不少。

我的右手完全用不了，路也走不了几步，不管什么事都只能依靠吴居蓝去做。幸好吴居蓝听了我的话，在网上看了不少含金量很高的技术帖，装修的门门道道都知道，让他去盯着，我基本放心。

只是，吴居蓝虽然穷困潦倒，可他的言谈举止、待人接物完全没有穷人该有的谨慎圆滑，反倒傲气十足。他不会讨好人，不懂得说点无伤大雅的谎话去润滑人际关系，也从不委屈自己。我担心他和工人会有摩擦，一再提醒他，如果看到工人哪里做得不好，要婉转表达，说话不要太直白。对方不改正，也千万不要训斥，可以给王田林打电话，找他来协调。

没想到，吴居蓝的脾气比我想象的还要糟糕。

他性子冷淡，凡事苛求完美，习惯发号施令。话语直白犀利，丝毫不懂虚与委蛇，几乎句句都像挑衅辱骂，还一动不动就用看白痴的目光看别人，几个工人第一天就和他闹翻了。如果不是看在我是老板王田林的朋友，一个姑娘满身是伤，怪可怜的，估计已经撂挑子不干了。

我想起自己当初因为吴居蓝说我做饭很难吃时的抓狂心情，完全能理解工人们的心情。不过，理解归理解，我现在和吴居蓝是一伙的，没觉得吴居蓝做错了什么。那些工人是做得不够好，做得不好，还不能让人说了？吴居蓝虽然说话犀利，却从来都是根据事实，就如他嫌弃我做的饭，和他比起来，我是做得不够好吃嘛！

但是，不管我心里多站在吴居蓝这边，也不敢真直白地说装修工人们技术差。只能吴居蓝扮黑脸，我扮红脸，他打了棒子，我就给枣。

我赔着笑脸，请工人们多多包涵"不懂事"的吴居蓝，为了缓解大家的怒火，主动提出装修期间包所有工人的午饭。

我没有把自己弯弯绕绕的心思解释给吴居蓝听，只把钱交给他，告诉他，中午要管所有工人一顿饭，去买菜时多买一点。

吴居蓝很多时候一点不像打工仔，架子比我还大，但只要是工作上的事，他都非常认真。我吩咐了，他就照做，并不质疑。

如我所料，吴居蓝没有因为是给工人做的饭就偷工减料，像是做给我和他自己吃一样，认真做给大家吃。工人们吃完吴居蓝做的午饭后，对吴居蓝的敌意立即就淡了。

　　我偷偷地笑，难怪老祖宗的一个优良传统就是喜欢在饭桌上谈事。一桌亲手做的饭菜，吃到嘴里，从食材到味道，很容易就能感受到做饭人的心思。不管表面上吴居蓝多么冷峻苛刻，他待人从来都坦坦荡荡。这帮走家串户做生意的工人，各种眉眼高低看得多了，自有一套他们判人断事的方法。

　　虽然工人们不再憎恶吴居蓝，可也谈不上喜欢吴居蓝。不过，看在中午那顿丰盛可口的饭菜上，不管吴居蓝再说什么，他们都心平气和地听着。很快他们就发现吴居蓝并不是故意挑错，都是言之有理，甚至他提的一些改进意见，比他们这些内行更专业。

　　他们抱怨知易行难，吴居蓝立即亲手演示了一番，彻底震到了他们。工人们生了敬服之心，工作起来一丝不苟，装修进展得非常顺利，我彻底放心了。

　　工人们看待吴居蓝的目光完全变了，时不时在我面前夸赞吴居蓝，我每次都一副"理所应当"的表情。可实际上，我的惊讶意外一点不比他们少。道理还可以说是吴居蓝从网上看来的，可那么轻松就上手能做，该如何解释？

　　唯一的解释就是他以前做过。

　　会洗衣、会做饭、懂医术、会建筑……洗衣就罢了，做饭做得比五星级酒店的大厨还好，对外伤的诊断和急救一点不比专业医生差，泥瓦木工做得比几十年的老师傅更精湛，我忍不住想，他究竟还会干什么？

　　　　　　　　　　　　　　　‖‖

　　虽然整套房子只有二楼在装修，可一楼也不得安宁，一会儿轰隆隆，一会儿乒乒乓乓，幸好厨房是单独的一间大屋子，我躲到了宽敞的厨房里。

　　厨房的一面窗户朝着庭院，一面窗户朝着院墙，正对着一大片开得明媚动人的三角梅，搬一把舒适的椅子，坐在窗边，待多长时间都不会觉得难受。

　　我戴着耳机，听着 MP3，看上海辞书出版社的《唐诗鉴赏辞典》。这是爷爷的藏书，我来爷爷家时，它已经在爷爷的书柜里了，是比我更老资格的住户。

　　曾经有一段时间，每天晚饭后，爷爷会要求我朗诵一首诗，一周背诵一首。刚开始，我只是当任务，带着点不情愿去做。可经年累月，渐渐地，我品出了其中滋味，也真正明白了爷爷说的"一辈子都读不完的一本书"。每首诗，配上作者的生平经历、写诗时的社会背景，以及字词典故的出处，细细读去，都是一个个或荡气回肠或缠绵哀婉的故事。

我没事时，常常随便翻开一页，一首诗一首诗地慢慢读下去。是非成败、悲欢得失、生离死别，古今都相同，读多了，自然心中清凉、不生虚妄。

我读完一页，正笨拙地想翻页时，一只手帮我翻过了页。我扭过头，看到吴居蓝不知何时悄无声息地坐在了我身旁。

我摘下一只耳机说："没有关系，我自己可以的。"

吴居蓝看着书，漫不经心地说："没事，我也在看。"

我反应了一瞬，才理解了他话里的意思："你是说，你要和我一起看书？"

"嗯。"

如果这是一本武侠小说或者玄幻小说，我还能理解，可这是唐诗，连很多大学毕业生都不会拿来做消遣读物。我不禁怀疑地打量着吴居蓝，他专注地盯着书，眼中隐现惆怅，唇角抿叹，应该是心有所感，真正看进去了。

我暗骂自己一声"狗眼看人低"，诺贝尔奖得主莫言小学还没毕业呢！我把书往吴居蓝的方向推了推，也低着头看起来，是王维的《新秦郡松树歌》：

> 青青山上松，
> 数里不见今更逢。
> 不见君，
> 心相忆，
> 此心向君君应识。
> 为君颜色高且闲，
> 亭亭迥出浮云间。

一首诗读完，吴居蓝却迟迟没有翻页，我悄悄看了他好几眼，他都没有察觉，一直怔怔地盯着书页。

我觉得好奇，不禁仔细又读了一遍，心生感慨，叹道："这首诗看似写松，实际应该是写人，和屈原用香草写君子一样。只不过，史籍中记载王维'妙年洁白、风姿都美''性娴音律、妙能琵琶'，这样文采风流的人物竟然还赞美另外一个人'为君颜色高且闲，亭亭迥出浮云间'，真不知道那位青松君是何等样的人物。"

吴居蓝微微一笑，说："摩诘的过誉之词，你还当真去追究？"

我听着总觉得他这话有点怪，可又说不清楚哪里怪。吴居蓝看上去也有点怪，没有他惯常的冷淡犀利，手指从书页上滑过，含着一抹淡笑，轻轻叹了一声，倒有些"丁古悠悠事，尽在不言中"的感觉。

他这声叹，叹得我心上也泛出些莫名的酸楚，忍不住急急地想抹去他眉眼间的怅惘，讨好地问："要不要听音乐？"

"音乐？"吴居蓝愣了一下，不动声色地看向我手里的 MP3。

刚开始他这副面无表情的淡定样子还能唬住我，现在却已经……我瞅了他一眼，立即明白了，这个时时让我不敢小看的家伙，肯定不会用 MP3。

我把一只耳机递给吴居蓝，示意他戴上。

吴居蓝拿在手里把玩了一会儿，才慢慢地放到自己的耳朵里。第一次，他流露出了惊讶喜悦的表情。

我小声问："好听吗？"

吴居蓝笑着点点头，我说："曲名叫《夏夜星空海》，我很喜欢的一首曲子。"

两人并肩坐在厨房的窗下，一人一只耳机，一起听着音乐，一起看着书。外面的装修声嘈杂刺耳，里面的小天地却是日光轻暖、鲜花怒放、岁月静好。

‖‖

晚上，工人收工后，宅子里恢复了清静。

我和吴居蓝，一个行动不便，一个人生地不熟，吃过饭、冲完澡后，就坐在沙发上，一起看电视。

我把遥控器交给吴居蓝，让他选。发现吴居蓝只对动物和自然类的节目感兴趣，他翻了一遍台后，开始看《动物世界》。

我平时很少看动物类的节目，想当然地认为这种讲动物的节目肯定很无聊，但是真正看了，才知道不但不无聊，反而非常有意思。那种生物和大自然的斗争，捕食者和被捕食者的斗争，鲜血淋漓、残酷无情，却又惊心动魄、温馨感人。

这期《动物世界》拍摄的是非洲草原上狮群和象群的争斗。根据解说员的解说，狮群实际上很少攻击象群，因为大象不是弱小的斑马或羚羊，攻击它们需要付出巨大的代价，而且象肉比起斑马肉或羚羊肉，几乎难以下咽，所以狮群和象群可以说井水不犯河水。

但这一次因为缺乏食物，濒临死亡边缘的饥饿狮群决定捕猎象群，目标是象群里的小象。象群为了保护小象，成年象走在外面，用自己的身体去抵抗狮子们的锋利爪牙。虽然狮子足够狡诈凶猛，可大象也不是弱者，前两次的狩猎，狮群都失败了，甚至有狮子受重伤。但是，面对死亡，狮群不得不再一次发起袭击。根据它们的体力，这将是它们的最后一次袭击，如果不能成功，在非洲草原这个完全凭借力量生存的环境中，它们不可能再发动另一次狩猎，只能安静地等待死亡。

上千里的追杀，几日几夜的奔袭，没有任何一方可以退出，因为退出就是死亡。我看得十分揪心，不知道该希望谁胜利，如果象不死，狮子就会死，两边都是令人起敬的强者，都在为生存而战。

最后一次袭击，经过不死不休的残酷厮杀，狮群不但成功地扑杀了一只小象，还放倒了一只成年象，象群哀鸣着离去。

仍然活着的狮子们分食完血肉，平静地蹲踞在地上，漠然地看着冉冉升起的朝阳。它们的耳朵警惕地竖着，它们的身体慵懒地卧着，眼睛里既没有生存的痛苦，也没有胜利的喜悦，只是自然而然地又一天而已。

我被震撼到了，因为它们的眼神和姿态何其像吴居蓝——无所畏惧、无所在意的冷淡漠然；警惕和慵懒、凶猛和闲适，诡异和谐地交织于一身。

吴居蓝却没有任何反应，甚至字幕刚出来，他就按了关机，准备睡觉。

我循循善诱地问："看完片子有什么想法？"

吴居蓝漠然地扫了我一眼，说："没感觉。"

突然之间，我真正理解了几分吴居蓝的别扭性格。

他从不花心思处理人际关系，一句无伤大雅的小谎言就能哄得别人开心，他却完全不说。我最初以为他不懂、不会，可后来发觉他并不是不懂，也不是不会，而像那些狮子，并不是不懂得如何去捕猎大象，但在食物充足时，有那必要吗？没必要自然不做，真到有必要时，也自然会做。这是一种最理智冷静地分析了得失后，最冷酷的行事。吴居蓝不会说假话哄我高兴，也不会委婉地措辞让工人们觉得舒服，因为我们的反应都无关紧要，麻烦不到他。可他会告诉江易盛他是我的表哥，因为一句谎话能省去无数麻烦。

我眼神复杂地看着吴居蓝，他究竟经历过什么，才会让他变成这样？一个人类世界的非洲草原吗？

吴居蓝面无表情地说："时间不早了，你该休息了。"

我很清楚，他不是没看出我的异样目光，但他完全不在意。我说不清楚心里是什么感觉，赌气地站了起来，冷着脸，扔下一句"我的事还轮不到你指手画脚"，就回了书房。

┃┃┃

我躺在床上，翻来覆去，一直睡不着，总觉得很生气、很不甘。我以为我们虽然相识的时日不长，但我们的关系……可原来在吴居蓝眼里，我无足轻重、什么也不是。

气着气着，我慢慢地冷静了下来。

吴居蓝有义务把我的喜怒放在眼里吗？

没有义务！连我亲爸亲妈都顾不上我的喜怒，凭什么要求吴居蓝？

吴居蓝对任何人都一样，并没对我更坏。我是老板，他来打工，分内的事他有哪一件没有做好吗？

没有！洗衣、做饭、打扫，都做得超出预料地好！甚至不是他分内的事，监督装修、照顾行动不便的我，也做得没有任何差错。

那我还有什么不满？

不该有！

作为老板，我只应该关注吴居蓝做的事，而不应该关心他的性格。

我理智地分析了一遍，不再生气了，很后悔自己刚才莫名其妙地给吴居蓝甩脸色，至于心底的不甘，我选择了忽略。

我轻轻地拉开了书房的门，隔着长长的走道，看着沙发那边。黑漆漆的，没有任何声音，实在看不出来吴居蓝有没有睡着。

正踌躇，吴居蓝的声音从黑暗中传来："怎么不睡觉？"

我往前走了几步，拉近了我们的距离，但顾及他正在睡觉，没有太接近："我有话想和你说。"

百叶窗没有完全拉拢，一缕缕月光从窗叶间隙落下，把黑暗切割成了一缕又一缕。我恰好站在了一缕黑暗、一缕月光的交错光影中，觉得整个世界都好像变得影影绰绰、扑朔迷离。

我听见自己的声音在黑暗中轻轻响起，一时清晰、一时模糊，也是交错的，一缕一缕的，很像我此时复杂的心境。

"刚才……对不起。我……我有点莫名其妙，请你原谅。本来不应该……打扰你睡觉，可爷爷一直教导我，永远不要生隔夜气，伤身子，也伤心。"我一边说话，一边努力看着沙发那边。但黑暗中，我在明，他在暗，我只能模糊地看到他一直没有动过，如果不是他刚说过话，我都怀疑他其实在沉睡。

我的话音落后，吴居蓝一直没有回答。

寂静在黑暗中弥漫而起，我觉得越来越尴尬时，吴居蓝的声音终于又传来："我原谅你。"

很冷淡，就像他通常的面无表情，但隐隐地，似乎又多了一点什么。我说："谢谢！"

我等了等，看吴居蓝没有话再想说，打起精神，微笑着说："晚安！做个好梦！"

III

两个星期后，装修如期完工，加上为屋子配置的电视、桌椅，以及修换一些老化坏损的地方，总共花了四万七千多块。

我花钱花得很心痛，但装修完的房子让我非常满意。松脱的插座、老化的淋浴器都换了新的，厨房里坏了的柜子也被修好了，整个房子住起来比以前更舒服了。

经过两个星期的休养，我腿上的伤好得差不多了，可以像正常人一样如常走路。手上的伤口也愈合了，医生说还不能干活，但偶尔碰点水没有关系。淋浴时只要戴个防水手套，稍微注意一下，就没有问题了。

我终于脱离了生活不能自理的"残障人士"行列，心情振奋，指挥着吴居蓝仔细布置两间客房，力求温馨、舒适。

房间布置好后，我叫来江易盛，让他从各个角度给房间照相，舒适的床、崭新干净的卫生间、爷爷收藏的海螺、珊瑚、院子里的鲜花……我把相片编辑好后，配上合适的文字，在各个旅游论坛上发布。

我还打印了不少小广告，拉着吴居蓝和江易盛一起去码头张贴……当一件件琐碎的事一点点完成后，我的手除了还不能干重活外，吃饭、洗脸已经一切都正常了。

一个阳光明媚的早上，王田林和江易盛、吴居蓝一起，把装修时顺便做好的客栈招牌装了起来。深褐色的牌匾，白色的字，当看到"海螺小栈"四个字端端正正地悬挂在院门的门檐下，我亲手点燃了鞭炮。

劈里啪啦的鞭炮声中，王田林、江易盛和看热闹的邻居们大声恭贺："开张大吉！""客似云来、财源广进！"

虽然有不少波折，但我的客栈总算是开张了。我笑着说"谢谢"，视线下意识地去寻找那个帮着我走过这段路的人。

吴居蓝置身事外地站在一定距离外，带着礼貌的微笑，静静看着，和周围热络的气氛格格不入。我几步跑到他身旁，踮起脚，故意贴着他的耳朵，大声说："谢谢！"

吴居蓝盯着我过于明媚得意的笑脸。

我歪着头，有点故意的挑衅——我就是戏弄你了，你能拿我如何？

吴居蓝没搭理我的"小人得志"，他伸出手，把我头发上沾的红色鞭炮屑一片片仔细捡掉。两人站得很近，随着他的一举一动，他指间的温度、身体的气息，都如有实质，从我的鼻子和肌肤渗入了我的心间。我的心跳不自禁地加速，笑容僵在了脸上，再没有了刚才的得意。

吴居蓝看着我的傻样，笑吟吟地问："发什么呆？没有事做了吗？"

他的笑容和刚才礼貌的微笑截然不同，看得我恍惚了一下，才力持镇定地回答："我……我……在想点事情，是……是……和客栈经营有关的事。"我非常严肃地一再加重语气，说完，立即转过身，朝着邻居们走去，几乎可以说落荒而逃了。

我懊恼地想，明知道他是头狮子，何必故意挑衅呢？结果戏弄不成反被戏弄。

III

虽然有心理准备，不会那么快有客人来住，但人总会有不切实际的期待。我一直守在电话机旁，希望哪个客人慧眼识珠，把我的"海螺小栈"挑选了出来。

江易盛嘲笑我："不要财迷心窍了。你这才开张两天，哪里有那么快……"

电话铃声突然响了，我有点不敢相信地愣了一下，急忙接了电话："你好，海螺小栈！"

几分钟后，我兴奋地挂了电话，对江易盛示威地拍拍记录本："本店即将迎来第一位客人，预订了一个月。"

江易盛把记录本抢了过去："胡小姐订房，一个月。"他挑挑眉头，"你这是什么狗屎运？"

我骂："滚！人家不是观光游，而是希望在海岛上住一段时间，看中了我们客栈很家居，布置温馨，环境安静。"

江易盛笑嘻嘻地说："不管怎么样，恭喜你开张大吉。"

　　我和吴居蓝一起把所有房间打扫得一尘不染，等着迎接海螺小栈的第一位客人。

　　我告诉胡小姐，到客栈的最后一段路，是百年老街，很有当地风情，但不通汽车，有些不方便。不过，我们可以去码头接客人，行李什么的，我们会搬运，客人完全不需要操心。但胡小姐拒绝了，说她自己可以搞定。

　　傍晚时分，"笃笃"几声敲门声后，虚掩的院门被轻轻推开。我精神一振，带着礼貌的微笑，快步走出去，刚想说"欢迎"，就看到周不闻提着行李，走进了院子。

　　我惊讶地问："你……怎么来了？"

　　周不闻笑说："我来住客栈，已经预订。"

　　"胡小姐是帮你订的房？"

　　周不闻笑："她是我的助理。"

　　我心里的感觉怪怪的，但总不能让周不闻一直站在院子里："快进来吧！"

　　周不闻观察着我的脸色说："你不高兴了？是觉得我欺骗了你吗？"

　　"不是，我只是以为真的有客人挑中了我的客栈，没想到是你，觉得有点白高兴了，可绝不是不欢迎你来。"

　　"难道我不是客人吗？像你这样的客栈本来就是靠口碑吸引客人，我要住得舒服了，给你发一下微信朋友圈，也许就会有下一个朋友来了。"

　　我笑起来："好，一定让你住得舒服。可是，你不要工作吗？怎么预订了一个月？"

　　"有些累，想给自己放个假，出门旅游也有旅游的累。在你这里，我可以什么都不想地好好休息一段时间。"

　　我仔细看了他一眼，发现他面色真的有点疲惫，眼眶下甚至有淡淡的青影，显然长时间没有休息好，也不知道他的压力是来自工作，还是来自家庭，我没有再多问："想住哪个房间？"

　　周不闻看了看两间客房，感叹地说："变化好大，我记得小时候二楼没有卫生间。你还住以前的房间吗？"

　　"嗯，还是那个房间。"

　　周不闻指着走廊尽头的屋子："那间呢？我记得爷爷以前是住那间吧？"

　　"是，但爷爷后来搬到一楼了，在书房的里间加了床，既当卧室又当书房。"

周不闻沉吟了一下问："楼下的书房给客人住吗？"

"书房没有重新装修，自己住挺舒服的，可旧东西不管打扫得多干净，都会显脏，给客人住不合适，我就让吴居蓝住了。"

周不闻吃惊地说："我还以为你不会舍得把那间屋子给任何人住呢！"

"我的确不舍得把那间屋子给外人住，可是，家里一共就这么大，书房给客人住肯定不合适，只能让吴居蓝住过去，把楼上的三间房留出来做客房。吴居蓝……"我顿了顿，说，"是我表哥，不算外人。"

周不闻说："以前从没听你提过你表哥，我以为你和你妈妈那边的亲戚不亲，没想到你们还挺亲的。"

我不吭声，我自己也完全没想到。装修完后，吴居蓝问我，他应该住哪里时，我竟然没有丝毫犹豫就让他住在了书房。

周不闻看了看两间客房，迟疑地说："这两间屋子布置得很好，但有点小，我能住爷爷以前的大套房吗？"

我笑着说："当然可以，不过那间屋子只是把卫生间翻修了一下，地板和墙壁都没有动，看着可不如这两间客房新。"

我打开了门，领着周不闻看了一圈，周不闻说："我很喜欢，不新，但有家的感觉。"

"你喜欢就好。那你先整理行李，休息一下，等你休息好了，就可以吃晚饭了。"

我帮周不闻把门关上，慢慢地走下了楼。

经过书房门口时，我下意识地停住了脚步，耳边响起周不闻的话"没想到你们还挺亲的"。

当初做决定时，我压根儿没有犹豫，只觉得为了客栈生意，一个理智的安排而已。可今天周不闻的话提醒了我，我的行为绝不是一句"为了客栈生意"就能解释的。估计在了解我的人眼里，我是绝不会把这间屋子给外人住的，就算不得不住人，我也会自己搬进去，把自己的屋子让出来。但我就那么轻易地，完全没有犹豫地让吴居蓝住了进去，难怪江易盛刚知道吴居蓝住到书房时，会用那种惊讶探究的目光看着我。

我有点迷茫，究竟是从什么时候起，我觉得吴居蓝不是"外人"的？我可以用"他是我表哥"骗周不闻，但不可能骗自己。

"你在想什么？"

江易盛的声音突然在我身后幽幽地响起，吓了我一大跳。我气恼地捶了他肩膀一下："吓死人了！"

江易盛说："自己心里有鬼，还怨怪我吓着了你！"

我凶巴巴地问："你怎么来了？"

"我好奇你的第一个客人，所以过来看看。来了吗？什么样的人？"

我没精打采地说："周不闻。"

"大头？"江易盛挤眉弄眼地笑起来，"房间可是预订了一个月，你说……大头是不是想追你？"

我板起了脸："你胡说八道什么？"

"别装了！当年大头给你的那封情书，我可是看过的，只不过你一直不提，我就一直当不知道而已。"

"神经病！那是几岁的事情了，你小时候还尿床呢！现在也尿床吗？"

"越是否认越是心虚。"江易盛嘻嘻一笑，要往楼上去。

我拽住他："等一下，我有事想问你。"

"说！"

我迟疑了一下，小声地问："你谈过好几个女朋友了，应该在男女关系方面的经验很丰富，你说说异性好朋友和男女朋友的区别是什么？"

江易盛来了兴趣，双手交叉在胸前，目光灼灼地盯着我："姑娘，你到底想问什么，能不能说清楚一点？"

"我就是想问问你，喜欢一个人是什么感觉？"

江易盛说："觉得她很有意思，喜欢和她在一起，待一整天都不会觉得无聊。"

"我觉得你挺有意思，挺喜欢和你在一起，和你在一起待了十几年了，都没觉得无聊。"我看着江易盛，面无表情地说。

江易盛无语地盯了我一瞬，继续说："很在意她，她难受时，会觉得难受；她开心时，会为她高兴；她遇到困难时，会想尽办法帮她；如果有人欺负了她，会很生气，想帮她报复回去。"

"我很在意你，你难受时，我肯定不会开心；你开心时，我会为你高兴；你遇到困难时，我肯定会想尽办法帮你；如果有人欺负了你，我肯定帮你打回去，这个已经验证过了！"我瞪着江易盛说，"你是想暗示，我喜欢你吗？"

江易盛表情哭笑不得："你是喜欢我，我也喜欢你。但我们的喜欢和你问的那种喜欢不同。"

"怎么不同？"

江易盛皱了皱眉，把我拉到了身前，两个人几乎身子挨着身子："他拉住你的手时，你会心跳加速；他拥抱你时，你会觉得呼吸不畅，他抚摸你时，你全身都会颤抖，一面想躲避，一面又很渴望；他吻你时，你会觉得那是世间最甜蜜的滋味。"江易盛一边在我耳边低语，一边一只手揽住了我的腰，一只手轻轻地抚过我的胳膊。

他盯着我，我盯着他，从他的眼眸里，我可以看到自己平静清澈的眼睛。

江易盛笑了起来："你的眼睛里已经清楚地写着答案。"

我渐渐理解了江易盛的话，但是，我被自己理解到的事实吓住了，呆若木鸡地站着。

江易盛看出了我不对头，刚要细问，从楼梯的方向传来周不闻吃惊的声音："小螺？"

江易盛低呼："闯祸了！"急忙放开了我，"小螺，快解释一下。"

"解释？解释什么？"我愣愣地看看周围，发现周不闻站在楼梯口、吴居蓝站在客厅，都静静地看着我和江易盛，只不过一个表情复杂、目光深沉，一个面无表情、目光漠然。

一时间，我心乱如麻，低下头沉默着什么都没说，不但没证明江易盛清白，反而让气氛更加尴尬。

江易盛不得不自己找台阶下，尴尬地说："吴表哥，你……你……什么时候进来的？"

吴居蓝清清淡淡地说："如果你是想问，我是不是看到了一些不该看见的画面，答案是'我看到了'。抱歉！"

江易盛忙说："不……不用抱歉，我可以解释的。我们是闹着玩的，小螺……"他狠狠地拽了我一下，想让我证明他说的话。

我却转身就往外面走："我出去买点东西。"头也不回地冲出了院子，丢下三个男人待在了屋子里。

III

我坐在礁石上，眺望着远处的大海。

漫天晚霞下，浪花一波接一波，翻涌不休，可都比不上我此刻翻涌的心情。

我怎么可能会喜欢吴居蓝？不、不，绝不可能！

从一开始，吴居蓝就没有隐瞒过，我很清楚他的真实面目——穷困潦倒、性格古怪、经历神秘，连身份证都没有。

我没有好奇地探问，就那么接受了所有事实，以为自己认定他只是生命中的过客，迟早会离开，无须多问，现在才发现，我是不敢去问。

其实，很多细节都早告诉了我答案。

可是，那些日常相处时的喜悦，在他身边时的心安，面对他时的心慌，被他忽视时的不甘，都被我有意无意地忽略了，因为我根本不敢面对一切的答案。

直到最后一刻，我都挣扎着企图用"好朋友"来欺骗自己。

我苦笑，马上就要二十六岁了，不是十几岁的小女孩，怎么可以去喜欢这样的人？他就像天空中飞舞的蒲公英一样，不管看上去多么美丽，都不能掩盖残酷的事实：没有根、没有家，什么都没有。

年轻的女孩也许会喜欢上这样浪子般的英俊男人：神秘、浪漫、刺激。她们有足够的勇气、足够的青春、足够的热情去挥霍，轰轰烈烈，只求曾经拥有，不求天长地久。

可是，我不是这样的，父母的离婚，让我小小年纪就经历了三对男女的感情和婚姻——妈妈和爸爸的，妈妈和继父的，爸爸和继母的。从一个家庭到另一个家庭，让我对"流浪"和"神秘"没有一丝年轻女孩该有的幻想，甚至可以说厌恶，我比世界上任何一个人都渴望稳定、坚实、可靠。

大概因为太早面对了不堪的男女关系，我从来不是一个浪漫的人，根本不相信天长地久的婚姻，甚至早做好了准备，这辈子单身。就算真的要结婚，我理想中的婚姻对象应该是：身家清白，没有不良嗜好，有一定的经济基础，不需要事业多么出色，但也不要财务拮据，长相不用多好看，不影响市容就行。

说白了，我就是这世间无数现实理智女孩中的一个，不会不切实际地白日做梦，希望遇见王子，拯救自己；也不会昏头昏脑地为爱奋不顾身，降低自己的生活质量，去拯救男人。

我这样的女人，怎么可能喜欢上吴居蓝这样的男人？

"小螺！"

周不闻的叫声传来，打断了我的思绪，我定了定神，将一切心事藏好，回过头微笑地看着他。

"我只是来试试运气，没想到你果然在这里。"周不闻跳到礁石上，像小时候一样，挨着我，坐到了我身旁。

我下意识地挪开了一点："幸好这里没什么好风景，游客很少来，依旧像我们小时候那么清静。"

周不闻看着我们之间的间隙，郁闷地问："你喜欢神医？"

"如果你说的是朋友间的喜欢，我当然喜欢他了，如果你说的是男女之间的喜欢，我不喜欢他，刚才我们只是闹着玩。"

周不闻的表情轻松了，笑眯眯地凝视着我。

我看着他，突然想：他才应该是我梦寐以求的恋爱对象啊！知根知底、事业有成、长相斯文……

周不闻突然说："小螺，可以拥抱一下吗？作为欢迎我回来的礼物。"

我愣了一愣后，张开双臂，轻轻地抱住了周不闻，很开心、很温暖，可没有心跳加速，也没有羞涩紧张。

周不闻说："小螺，我回来了。"

一句平淡的话，只有我们自己知道其中的艰难，我说："欢迎回来！"

周不闻低声说："一样的海风、一样的礁石、一样的人，我心中缺失的那些光阴，终于再次填满了。"

我放开周不闻，豪爽地拍了拍他的肩膀，笑着说："不要担心，我和江易盛一直都在这里。"

周不闻试探地问："你一个人坐在这里想什么？"

我敷衍地说："乱想一点心事。走吧，天黑了，该吃晚饭了。"

我站起来，视线一扫，不经意看到远处的山崖上似乎站着一个熟悉的身影，再仔细看去，却只有郁郁葱葱的抗风桐和羊角树。我怔怔看着那处山崖，周不闻顺着我的视线望过去，奇怪地问："怎么了？"

我笑笑："没什么。走吧！"

Chapter 6 | 你愿意做我的男朋友吗

在柴米油盐酱醋茶的现实面前，我甚至连开始的勇气
都没有！可我为将来小心打算，又有什么错呢？

网上曾流行一句话：每个女孩的成长中都会遇见一个渣男。我对此嗤之以鼻，觉得应该改成：每个笨女孩的成长中都会遇见一个渣男。像我这种对爱情没有任何幻想、理智到完全不可爱的女孩，绝不可能爱上一个不该爱的男人。

没有想到，在我的成长期结束多年后，有一天我竟然也会面对这样的困境。虽然吴居蓝不是渣男，但喜欢他，最后的结果只怕不比喜欢渣男好多少。

我理智上很清楚对他的感情不应该、不正确，恨不得像拔野草、烧废纸一样，把心里滋生的感情全部拔掉、烧死。但是，已经发生的感情，不是花盆里的野草，说拔掉就能拔掉；也不是废纸篓里的纸片，说烧掉就能烧掉。我唯一能做的，就是用

理智去克制、去淡化，直到它随着时光的流逝一点点消失。

我一直认为这世界没有永恒，如果非要说永恒，宇宙间唯一的永恒就是——所有的一切都会随着时光消失。

不管是一段爱情，还是一个誓言；不管是一座山，还是一片海；甚至我们所在的地球、照耀我们的太阳、容纳一切的宇宙，只要有足够长的时间，都终将会死亡消失。

既然连太阳、宇宙这些看似永恒的东西都能随着时光消失，我的一份微不足道的感情算什么呢？

我有信心，只要给我时间，它就会消失。

虽然我想把心里不应该的感情消灭掉，但没打算把吴居蓝赶走，不仅仅是因为我承诺过会帮他度过这段倒霉的日子，还因为吴居蓝在工作上没有犯过一点错。我喜欢上他，是我自己的错，我不能因为自己的错误去惩罚他。

我决定用一种温和的方式，疏远吴居蓝，淡化自己的感情。

首先，我开始给他发工资。因为吴居蓝身兼多职，肯定要比服务生的工资高，一个月包吃包住，再发他两千五百块钱。从金钱上，我明确了自己和吴居蓝是雇佣关系，任何事都银货两清。

再次，我对他说话不再那么随意。凡事都用"请""麻烦""谢谢"，尽可能礼貌客气。我很清楚这种方式是多么杀人不见血，因为继父就曾这么对我。继父在英国留学多年，他把英国贵族对待仆人的那一套礼仪全部搬到了我身上。永远彬彬有礼，永远礼貌客气，看似那么绅士有礼，可是，一举一动、一言一行都提醒着我——他是主人，我是寄居在他家的外人，永远有距离，永远不在同一阶层。

最后，我尽力避免和吴居蓝单独待在同一空间。如果有事一定要告诉他时，我也会站在门口，用客气礼貌的语气说完后，立即离开。保持距离永远是解决暧昧情愫的最好方法。

我的改变，相信吴居蓝立即就察觉到了，但他丝毫没有在意，就好像从一开始，我就是这么对他，依旧是那副波澜不兴、冷淡漠然的样子。

我明明做了决定要扼杀自己的感情，不应该在意他的反应，甚至该高兴他的无所谓。可亲眼看到他的不在意、无所谓，我却觉得很难受，甚至有一种被辜负的失落羞恼。

难道每个女人在爱情里都是这么矛盾的吗？

努力地忽视着对方，想要划清界限，可发现自己被对方忽视了，又会很难过、很不甘心。

我在矛盾纠结中，对吴居蓝的态度越发古怪。不仅吴居蓝，连周不闻和江易盛都注意到了，周不闻只是冷眼看着，没有多问，江易盛却没忍住。

一个晚上，四个人一起吃晚饭。当我又一次对吴居蓝说"麻烦你"时，江易盛皱着眉头说："你们俩是不是吵架了？有什么不愉快就好好地说出来，别憋在心里。你们这么别别扭扭的，连我都觉得难受。"

我立即矢口否认："没有！我们能有什么矛盾？难道我说话礼貌点不应该吗？"

江易盛盯着我，表情明显是不信。

"真的没有矛盾，如果有矛盾，吴居蓝早走了。我这里又不是什么好地方，不高兴了还要待着。是吧，吴居蓝？"我求证地看着吴居蓝。

吴居蓝抬眸看向我，他的目光像往常一样，平静深邃、波澜不兴。我却心里一凉，知道自己在逼自己，也许，也是在逼吴居蓝。

吴居蓝对江易盛淡淡地说："没有矛盾。"说完，他低下了头，沉默地吃着饭。

我的心一抽一抽地痛，却一眼不看吴居蓝，故意和周不闻又说又笑，一会儿聊小时候的糗事，一会儿说哪里好玩，显得十分开心。

我曾在一本书上看到过一句话，"女人都是天生的戏子"，以前不能理解，现在终于懂了。每一次刻意地伤害吴居蓝，我其实比他更难受，却总能做出完全不在乎的样子。

吃过晚饭，江易盛要回家时，我拽拽他，小声地说："帮我个忙。"

江易盛随我上楼，走进我的卧室，发现是一面窗户的窗帘杆松脱了。不是什么有技术难度的活，但必须要两个人一起拿着杆子，维持水平，才能安装好。

把窗帘杆安装好后，江易盛跳下桌子，一边把桌子推回原位，一边说："你和吴表哥没闹矛盾吗？这点事你都不找他，偏要来找我？"

我倚在窗前，没有吭声。

江易盛苦口婆心地说："你的亲人本就不多，我看吴表哥对你不错，人要惜福，别太作！"

我闷闷地说："他根本不是我表哥，我和他没有任何血缘关系。"

江易盛愣了一愣，说："难怪我总是觉得哪里有点怪，可因为认定了你们俩是兄妹，一直没有深想。你……你……"他露出恍然大悟的表情，震惊地问，"你是不是……是不是？"

我知道他要问什么，眺望着窗外的夜色，坦白地承认了："我喜欢他。"

江易盛叹了口气，说："吴表哥挺好的，不过，我私心里一直希望你能喜欢大头。"

我痛苦地说："我也希望自己能喜欢大头！"

江易盛纳闷地问："你怎么了？吴表哥又不是洪水猛兽，喜欢就喜欢了呗，有什么要苦恼的呢？"

我迟疑了一下说："他撒的谎可不仅仅是表哥的身份，还有他的职业。他根本没读过大学，刚开始连在电脑上打字都不会，哪里懂什么编程？"

"他竟然是一个骗子！"江易盛怒了，挽起袖子想去揍人。

我忙拉住他："吴居蓝没有骗我！我第一次见到他时，他就是一个身无分文的流浪汉。我问他学历、工作，他都如实说了，没有文凭、没有工作。"

江易盛像听天方夜谭一样，震惊地看着我："你的意思是说，你捡了个流浪汉回家？"

我点点头。

江易盛摸我的额头，喃喃说："小螺，你们家没有精神病遗传史吧！怎么会做这种疯子才会做的事？"

"我没疯，我很清楚自己在做什么！你没有尝过无家可归的滋味，永远不能理解我们……"我打掉了他的手，表示自己不想再纠缠这个问题，"就算再来一次，我依旧会这么做！"

江易盛问："你看过他的身份证吗？知道他是哪里人，我可以想办法帮你查一下他。"

我有点心虚，吞吞吐吐地说："他说……没有身份证。我也不知道他究竟是把身份证弄丢了，还是……黑户，压根儿没有身份证。"

江易盛在我头上敲了下，没好气地说："说不定是通缉犯！杀人越货后，流窜到我们这里的。"

我瘪着嘴，看着江易盛，要哭不哭的样子。

江易盛立即心软了，赶紧安慰我说："我吓你的！吴居蓝不像是坏人，要是坏人，早把该干的坏事都干完了。不过……小螺，你明明知道他的情况，怎么还会喜欢上他？这种人是适合结婚的对象吗？"

我扭过了头，低声说："我就是知道不该喜欢他，才痛苦啊！"

江易盛拍拍我的肩膀，叹了口气，实在不知道能说什么。

我低着头，难受地说："喜欢上这样一个人，简直比喜欢上一个渣男更悲惨！"

江易盛宽慰说："好了，好了！不就是喜欢而已嘛！你看我那些女朋友，刚开始都是不管不顾地扑过来，追着我说爱啊爱的，结果一到我家，看到我爸爸和我奶奶的样子就都放弃了，证明女人放弃一段感情不会很难。既然明知道不合适，放弃就好了！"

我哭笑不得地给了江易盛一拳："你这是在安慰我，还是在骂我？"

江易盛笑着说："不管是什么，只要你开心就好。"

我说："我没事了，你赶紧回家吧！"

两人熟得不能再熟，我只把江易盛送到了楼梯口："记得帮我把院门锁好了。"

江易盛说："别难受了，还有个人等着你垂青呢！"说完，他指了指走廊另一头的屋子。

我抬起脚，作势要踹江易盛："滚！"

江易盛迅速地把我脚上的人字拖拿下，用力一扔，砸到了周不闻房间的门上。我一边破口大骂，一边单脚跳着过去捡鞋。

周不闻拉开了门，笑问："你们怎么了？"

江易盛哈哈大笑着冲下了楼："我走了，你们好好聊！"

‖‖

我和周不闻站在门口聊了一会儿天，回了自己的屋子。洗完澡、敷完面膜，看了会儿电视后，我躺到床上，准备睡觉。

江易盛说放弃一段感情不难，我也曾这么坚信，但现在我不确定了。因为我发现，我对吴居蓝的感情越压抑似乎越蓬勃。

所有道理，我都明白；所有恶果，我都清楚，但我就是没有办法控制。

的确，整个宇宙唯一的永恒就是一切都会消失。地球如此，太阳如此，整个宇宙都会如此，但那需要足够长的时间。万年，星辰消失；千年，沧海干涸；百年，物种灭绝；有谁能告诉我一段感情的消失需要多久？

如果不是几个月，也不是几年，而是几十年……

当然，最终的结果肯定遵循一切都会消失的定律，因为我们的肉体会湮灭，附着于肉体的情感自然也会消泯。

我越想越心乱，索性爬了起来。

拉开窗帘，坐到窗边，看着天上的月亮。正是十五月圆之夜，天上没有一颗星星，只有一轮皎洁的圆月在云层里穿进穿出。

我从窗口攀缘的藤条上掐了一枝龙吐珠花，拿在手里绕来绕去地把玩着。

夜深人静、万籁俱寂，我竟然想起了很多关于江易盛的事情。

从小，江易盛就是品学兼优、多才多艺的神童，本来和我是同班同学，可他后来连跳三级，跑去和大头做了同班同学，依旧每次考试拿年级第一。高考后，他毫无意外地进入名牌医学院，四年就完成了七年的本硕连读。

人说天才和疯子总在一线之隔，某种意义上说，江易盛就是这句话的现实体现。江易盛家有遗传精神病史，不是每个人都会发病，他的爷爷和堂爷爷都正常。但他爸爸在他十一岁时发病了，就是那段时间，我们机缘巧合地走近，成了好朋友。他十六岁时，奶奶因为脑中风，偏瘫在床。四口之家，却有两个都是病人，江易盛不可能留下日渐老去的母亲独自一人面对一切。本来凭借优异的成绩，他完全可以留在大城市工作，但为了照顾亲人，他回到了海岛。

江易盛身高腿长，天生桃花眼，一副风流倜傥的好皮相，人又聪明开朗、才华横溢，十分招女孩子。从他读大学开始，追他的女孩一直没有少过，但每一段感情只要江易盛领着女孩子到家里一次，就无疾而终。

我至今都清晰地记得，在我大学快毕业时，有一次江易盛喝醉了，拉着我的手，喃喃说："我完全理解她们，她们都哭着说'对不起'，但我不需要'对不起'，我只是想要……想要一个人……"江易盛用我的手捂住了他潮湿的眼睛，就算喝醉了，他依旧不敢说出心底的奢望。

因为太清楚江易盛满不在乎下受的伤害，我非常憎恶那些女孩爱了却不敢深爱，一旦碰到现实，就立即退缩。

但今夜，我突然发现，我和那些我曾经憎恶过的女孩没有任何区别，在柴米油盐酱醋茶的现实面前，我甚至连开始的勇气都没有！可我为将来小心打算，又有什么错呢？

我无力地趴在窗边，觉得心口憋闷难言，为江易盛，也为自己。

我左思右想，挣扎了一会儿，站了起来。

轻轻拉开门，蹑手蹑脚地走下楼，明明知道这个时间吴居蓝肯定在睡觉，我也并没有真正理清楚自己的想法。但是，我就是难以遏制自己的冲动，想要靠近他，即使只是站在他的门口。

当我走到书房外时，却发现书房的门没有关。

我迟疑了一瞬，走了进去。

书房的百叶窗没有放下，窗外的皎洁月光如水银泻地，洒入室内，映得四周一点都不黑。隔着博古架，我依稀看到床上空荡荡的，似乎没有睡人。

"吴居蓝？"

我试探地叫了一声，没有人回答。

我立即冲到了床边，床铺干干净净，连被子都没有打开，显然今天晚上吴居蓝压根儿没有在这里睡过。

我慌了，立即打开所有的灯，从书房到客厅，从厨房到院子，把楼下全部找了一圈，都没有看到吴居蓝。

我匆匆忙忙地跑上楼，把两间客房的门都打开，依旧不见吴居蓝。

我忍不住大叫起来："吴居蓝！吴居蓝！你在哪里……"

周不闻拉开门，困惑地问："怎么了？"

我惊慌地说："吴居蓝不见了，你知道他去哪里了吗？"

"你别着急，一个大活人不会丢的。"

周不闻陪着我从二楼找到一楼，把所有房间又都找了一遍，确认吴居蓝的确不见了。

我如热锅上的蚂蚁，在院子里转来转去，想不通吴居蓝去了哪里。

周不闻回忆着说："我最后一次见吴居蓝是八点左右，江易盛被你拽上楼，我也准备上楼休息。上楼前，我看到吴居蓝在打扫院子、收拾桌椅。"

我心里一动，停住脚步，看向收放藤椅的地方。

皎洁的月光下，九里香花香阵阵，绿色的藤蔓婆娑起舞，白色的龙吐珠花摇曳生姿，藤桌和藤椅整齐地放在花架下。我的视线顺着攀缘的藤蔓一直往上，先是墙壁，然后是——我的卧室窗户。

我一下子捂住了嘴巴。

他听到了！

他听到了那些把他贬得一无是处的话，我甚至说喜欢他还不如喜欢一个渣男！

我拉开院门就往外冲，周不闻着急地问："你去哪里？"

"我去码头，我不能让吴居蓝就这么走了，就算他要走，我也要把话说清楚。"

我疯了一般，一直往前跑。

周不闻叫："现在车都没了，你怎么去码头……"周不闻追了一段，发现我根本充耳不闻，他只能先跑去敲江易盛家的门。

III

江易盛开着车，载着我和周不闻赶到码头。

凌晨一点多的码头，没有一个人。澎湃的海浪声中，只有星星点点的灯光，照着清凉如水的夜色。

我沿着码头来回跑了一遍，都没有发现吴居蓝，忍不住大声叫起来："吴居蓝！吴居蓝……"

一波又一波的海浪声中，我的声音刚传出去就被吞噬得一干二净。

我站在栏杆边，看着黑漆漆、辽阔无边的海面，突然意识到，吴居蓝能没有任何征兆地出现在我面前，自然也能没有任何征兆地消失。

如果他就这么走了，永远再见不到他，我……我……

我满心恐惧，摇摇晃晃，眼看着就要摔倒，周不闻扶住了我："离岛的船一天只有两班，就算吴表哥想走，最快也要等到明天清晨。"

我摇摇头，痛苦地说："还有渔船。"

江易盛匆匆跑过来，和周不闻一起扶着我坐到等船的长椅上："渔船更不可能这么晚离开海岛。我刚去问过值夜班的人了，他说晚上九点后，就没有渔船离开，吴居蓝肯定还在岛上。"

我猛地站了起来："我去找他。"

江易盛拉住了我："你能去哪里找他？不管他是乘客船，还是乘渔船，都会从码头离开。我们在这里等着，肯定能见到他。"

周不闻说："没必要三个人一起耗着。易盛，你送小螺回家，我在这里等着。一旦看到吴表哥，我会给你们打电话。"

我不肯走，江易盛说："万一吴居蓝只是心情低落，出去走走呢？说不定他现在已经回家了。"

周不闻也劝道："刚才太着急了，你回去查看一下他的东西，如果衣物和钱都在，说明你肯定想岔了。"

我听他们说得有道理，又迫不及待地想赶回家。

江易盛陪着我回到家，我一进门就大叫："吴居蓝！吴居蓝……"

没有人回答。

江易盛四处查看了一遍，无奈地摇摇头："还没回来。"

我冲进书房，翻吴居蓝的东西，发现我买给他的衣裤都在，强发给他的两千五百元工资也在。

江易盛看到这些，松了口气，说："你别紧张了，他肯定没走。"

我怔怔地看着吴居蓝的东西。一个人活在世上，衣食住行，样样不可少，我自认为已经很简朴了，但真收拾起东西来，也得要好几个大箱子。但吴居蓝所有的东西就是这么一点，连小半个抽屉都没有装满，我觉得十分心酸。

江易盛劝我去睡一会儿，我不肯，江易盛只能陪我坐在客厅里等。他白天工作了一天，毕竟是疲惫了，靠躺在沙发上，慢慢地迷糊了过去。

我拿了条毯子盖到他身上，看他睡得挺安稳，我关了大灯，去了书房。

我站在博古架旁，看着空荡荡的屋子，心里被后悔痛苦折磨着。

电脑的电源灯一直在闪烁，我随手动了下鼠标，显示屏亮了。我记得下午用完电脑后就关机了，晚上好像没有人用电脑。

我心里一动，打开网页，查看历史搜索记录。

最新的搜索记录是"渣男"。

我打开了吴居蓝浏览过的网页。

渣男："人渣类型男人"的简称，指对事业不思进取，对家庭毫无担当，对生活自暴自弃的男子。也用于那些品行不端，欺骗玩弄女性感情的男人。

吴居蓝以前没有上过网，并不清楚"渣男"这个网络词语，当他搜索出这个词语，仔细阅读它的解释时，是什么样的心情？

我又看了一下他别的搜索记录，"手受伤后的治疗""装修线路图"……都不是我搜索的，自然是吴居蓝搜索的了。

这就是被我骂连渣男都不如的人为我做过的事！我如同被狠狠抽了几个耳光，又愧又痛。

我猛地站起来，拿了个手电筒，就离开了家。

我不知道应该去哪里找吴居蓝，只是觉得我必须去找他，不能让他一个人孤零零地待在外面。

我从妈祖山上找到山下，沿着海岸线，深一脚、浅一脚地走在礁石上，边走边叫："吴居蓝！吴居蓝……"

在这个海岛上，他没有亲人，没有朋友，根本没有地方可以去。如果被人辱骂了，他心情不好，想要找个地方清静一下，就只能待在这些僻静的地方。

我心如刀绞，眼泪直在眼眶里打转。

从相遇第一天起，我就知道他是孤身一人，没有亲人可以投靠，没有朋友可以求助。我却只是因为想要扼杀自己的感情，就用继父对待我的方式去对待他。自以为给他发两千多工资就算是平等对待，摆明了欺负一个没有还手之力的人，还自我感觉很仁慈。

"吴——啊！"我脚下一滑，重重摔在了礁石上。

虽然月色皎洁，还有手电筒，可礁石又湿又滑，一个没踩稳，就会跌跤。我顾不上疼，捡起手电筒，继续一边找，一边叫："吴居蓝！吴居蓝……"

从凌晨两点多找到天蒙蒙亮，我也不知道究竟跌了多少跤，嗓子都喊哑了，依旧没有找到吴居蓝。

手机铃声突然响起，我看是周不闻，急忙接了电话："看到吴居蓝了吗？"

"没有。"

"他回家了吗？"

"没有。你在哪里，我和江易盛……"

周不闻后面的话，我完全没听到。

手无力地垂下，整个人如同被抽去了魂魄，呆呆地看着远处的海浪一下下拍打在礁石上，碎裂成千万朵白色的浪花。

"我再也找不到吴居蓝"的念头像一条死亡之绳般紧紧地勒住我的咽喉，勒得我几乎无法喘息，胸口又胀又痛，似乎马上就要死去。

突然，碧海蓝天间，出现了一个熟悉的身影。

吴居蓝一身白衣黑裤，踩着礁石，慢慢地向我走来。

我好像在做梦一般，傻傻地看着他，直到他停在我面前。

我揉了揉眼睛，确定这不是幻觉，猛地一下扑了过去，完全忘记了脚下不是平整的路，而是一块块凹凸不平的礁石。

一脚踩空，眼看着就要狠狠摔下去时，一双手稳稳地抓住了我，把我拎到了礁石上。

我像就势攀缘的藤蔓一样，立即握住了他的手腕，嘶哑着声音说："对不起！对不起……"

他一言不发，目光从我的手慢慢地看向我的胳膊。昨天晚上，匆忙间，我忘记了换衣服，穿着短袖睡衣就跑了出来。在礁石上跌了无数跤后，现在两只胳膊上都是五颜六色的伤口。

我立即缩回了手："不小心摔了一跤，礁石太滑了。"

吴居蓝问："为什么在这里？"

我脸涨得通红："我……来找你。对……对不起！"

"对不起什么？"

"昨天晚上我说的话，我知道你听到了。"

吴居蓝淡淡说："你想多了，我没有生气，也没有打算不告而别。我只是有点事，想一个人待一夜。"

我并不相信他的话，但无论如何，他现在还在我面前，我还有机会弥补犯下的错，这已经是老天给我的最大恩赐。

III

我和吴居蓝回到家时，周不闻和江易盛立即冲过来，不停地埋怨我不打招呼就跑了出去。

我一声不吭地听着，吴居蓝更是惜言如金。

周不闻对吴居蓝说："吴表哥，不管你和小螺有什么矛盾，大家是成年人了，有事好好沟通，怎么可以像小孩子一样离家出走呢？你知道昨天晚上小螺有多着急吗？"

我说："不关吴居蓝的事，是我……"

江易盛举手，做了个停的手势，表示一切到此为止："好了！都别说了！平安回来就行，你们昨晚都没睡觉，白天补一觉吧！"他拿好外套和车钥匙，打算离开。

我拦住他，小声地说："帮我给吴居蓝办一部手机，质量和信号都要好，充一千块钱的话费，钱我回头给你。"

江易盛明白我是被吓着了，不想再发生昨夜这种联系不到吴居蓝的事，他压着声音问·"他会要吗？男人越穷，自尊心越强。"

我说："他可从来没有做穷人的自觉，在他眼里，一双旧拖鞋和一部新手机不会有差别，以后你就知道了。"

江易盛诧异地挑挑眉："好！"他一边往外走，一边对吴居蓝和周不闻挥挥手，"我去上班了，晚上再过来。"

吴居蓝径直走进了书房，我像个提线木偶般，亦步亦趋地跟在他身后。他回过身，淡淡地问："你还想说什么？"

"对不起"已经说过了，他也说了"没有生气，也没有打算不告而别"，似乎的确没有什么可以说的了。

我讪讪地说："没有，你好好休息。"

我退出书房，帮吴居蓝关好门。一回头，看到周不闻站在过道里，若有所思地看着我，我勉强地笑了笑，说："昨晚辛苦你了，白天睡一下吧！"

我回到卧室，简单地冲洗了一下，换了件干净的衣服。正在吹头发，听到了敲门声。

我拉开门，是周不闻。

他举了举手里拿的消毒水和药棉："我看你胳膊上有伤。"

他拿的消毒水和药棉是我上次受伤后没有用完的东西，连我都不知道吴居蓝收放在哪里，我问："从哪里找到的这个？"

周不闻说："问吴表哥要的。"

我冒出一个很诡异的念头，如果没有周不闻多事，也许吴居蓝会自己把药水送上来。转瞬却觉得自己自作多情了，他能不生我气就够宽宏大量的了。

周不闻看我站着发呆，拍了下沙发："过来！"

我坐到他身旁，说："只是一些擦伤而已，不用这么麻烦。"

"还是消一下毒好。"他拿了浸泡好的药棉，想帮我擦。

我忙说："我自己来。"

我低着头给胳膊上的伤口消毒，周不闻目不转睛地看着我。

我问："看着我干什么？"

"小螺，我给你写的那封信，你扔了吗？"

我弯下身，一边用药棉轻按着脚腕上的伤，一边不在意地说："没有。"

周不闻问："你打算什么时候给我回信？"

我被吓得身子一下子僵住了，一瞬后，才直起身，尽量若无其事地说："小时候写着玩的东西，都这么多年过去了，你现在事业有成，家境富足，在大城市有房有车，喜欢你的女孩儿肯定很多……"

周不闻握住了我的手，我立即闭嘴了。

"你说的是周不闻拥有的一切，但是，我不仅仅是周不闻，我还是李敬。虽然我跟着爸爸改了姓名，可我很清楚自己是谁。小螺，我们分开的时间太久，我本来想给我们点时间，慢慢来，但我怕再慢一点，就真的来不及了。"

我脑子发蒙，傻看着周不闻。虽然江易盛一直在开我和周不闻的玩笑，但我从来没当真过，因为一点都没有感觉到我们之间有异样的情愫。

周不闻一手握着我的手，一手搭在沙发背上，凝视着我说："小螺，如果我没有离开，也许我们早就在一起了。"

我抽出了手，尽量温和地说："但是生活没有也许……"

周不闻却显然没有听进去我的话，他俯下身，想要吻我。

我立即往后退避，人贴在了沙发背上，再无处可退。我不得不双手用力地抵着周不闻的胸膛："大头，不要这样！"

周不闻却情绪失控，不管不顾地想要强行吻我。

"大头、大头……"

两人正激烈地纠缠着，突然，从院子里传来"啪"的一声脆响，提醒着我们，这个屋子里不只我们两人。

周不闻终于冷静下来，他放开了我，埋着头，挫败地问："为什么？你了解我，我了解你。我很清楚你要什么，你要的一切，现在的我都能给你，稳定的家庭、稳定的生活、稳定的未来，我以为我们在一起肯定是自然而然、水到渠成的。"

"对不起。"我很清楚，这个世界上，也许不会再有比周不闻更适合我的人了。他清楚我的一切，却依旧接受并喜欢我。从小到大，我所渴望的一切，他全部都能给予。但是，我就是没有办法接受，我的心已经被另一个人占据。

周不闻问："难道我们一起长大的感情都敌不过分开的时光吗？"

"对不起，我们的感情是另外一种感情。"

周不闻沉默了一会儿，强打起精神，笑着说："不要说对不起。我并没有放弃，你还没有结婚，我还有机会。"

我刚想开口，周不闻伸了下手，示意我什么都不要说。我只能把已经到嘴边的话吞了回去。

周不闻说："我去睡一会儿，你好好休息。"他已经拉开了门，突然回过身，"忘记问你一件事了，吴居蓝真的是你表哥吗？"

我摇摇头。

周不闻露出了"果然如此"的表情，微笑着走出卧室，轻轻地关上了门。

‖‖

我一个人怔怔地坐了会儿，突然想起什么，一跃而起，跑到窗口，偷偷向下看。

吴居蓝正拿着扫帚和簸箕在扫地，原来那"啪"的一声是玻璃杯摔在石头地上的声音。

他打扫完玻璃碴儿，转身进了屋。

我想都没想，立即拉开门，跑下楼，冲到书房前。

书房的门关着，我抬起手想敲门，又缩了回来。

我没有勇气进去，却又不愿离去。于是，就这样一直傻乎乎地站在门前。

不知道站了多久，门突然被拉开了，吴居蓝站在了我面前。

我惊了一下，忙干笑着说："我刚要敲门，没想到你就开门了，呵呵……真是巧！"我一边说，一边还做了个敲门的姿势，表明我真的就要敲门的。

吴居蓝一言不发地盯着我。

我觉得我大概……又侮辱了他的智商。

我讪讪地把手放下，怯生生地问："我能进去吗？"

吴居蓝沉默地让到一旁，我走进屋里，坐在了电脑桌前的椅子上。

吴居蓝关好门，倚在墙上，双臂交叉抱在胸前，遥遥地看着我："你想说什么？如果是道歉的话，你已经说了很多遍了，我没兴趣再重复一遍'我没有生气'。"

我鼓足了勇气说："你没有生气，但你不是完全不在意我说的话。否则，你也不会去网上搜'渣男'的意思。"

吴居蓝愣了一下，他再聪明，毕竟刚接触电脑不久，还不知道可以查询历史记录。不过，他也没有兴趣追问我是如何知道的，只简单地解释说："我是个老古董，不懂

'渣男'的意思，所以查询了一下。"

"还记得我们一起看过的《动物世界》吗？当狮子吃饱时，羚羊就在不远处吃草，它连多看一眼的兴趣都没有。还有……那个玻璃杯怎么会飞到院子里的？"

吴居蓝沉默地看着我，表情平静得没有一丝波澜，让我觉得我又一次想多了。

我看着他，心跳越来越快。

眼前的这个男子虽然性子冷峻、言语刺人，可面对任何事时，都不推诿。不管是我被打劫受伤，还是客栈装修，他其实完全可以不管，但他一言未发，该操心的地方操心，该出力的地方出力，让我轻松地养着伤，愉快地看着客栈顺利装修完。我竟然还认为他不可靠、不稳妥？

我突然发现，自己非常、非常傻！

人生的物质需求不过是衣食住行、柴米油盐。这些东西，不管是房子还是车，不管是首饰还是衣服，无论如何都是钱能买到的，就算买不起贵的，也能买到便宜的。但是，这个世界上不可能再有第二个吴居蓝，我也不可能去找个便宜点的男人喜欢。我怎么会把那些在商场和工厂里能买到的东西看得比吴居蓝更重要呢？

爷爷供我读书，悉心教养我，让我有一技之长能养活自己，还把一套房子留给我，难道不就是让我有能力、有依仗地去追寻自己喜欢的生活吗？

难道我努力多年，现在所拥有的一切只是为了让我向所谓的现实妥协吗？

如果只是一份安稳的生活，难道我自己没有能力给自己吗？

我有房子可以住，有头脑可以赚钱，正因为我知道我能照顾好自己，所以我从没有指望过通过婚姻，让一个男人来改善我的生活。既然我都有勇气一辈子单身，为什么没有勇气去追逐自己喜欢的人呢？

想到我竟然会为了那些工厂制造、随处都能买到的东西去放弃一个世界上独一无二的人，我顿时觉得身体发凉，一阵又一阵后怕。

如果说，刚才站在书房门口时，我还很茫然，不知道自己究竟想怎么样。我喜欢吴居蓝，却觉得看不到两个人的未来；周不闻愿意给我一个安稳可靠的未来，我又觉得没有办法违背自己的心意。

那么此时此刻，恍若佛家的顿悟，刹那间，我心思通明，彻底看明白了自己的所想所要。

我站了起来，目光坚定地看着吴居蓝："我喜欢你，你愿意做我的男朋友吗？"

Chapter 7 | 你还会做什么 ————————————

我觉得吴居蓝越来越像一个谜，每当我觉得更加了解
了他一点时，他又会给我更多的惊讶。

这几天，我一直在思索，表白后到底有几种结果。

我愿意，我也喜欢你……

是接受。

对不起，你是个好人，但是我……

是拒绝。

太突然，我要考虑一下……

是没有接受，也没有拒绝。

应该只有这三种结果了。

那么，吴居蓝的"我知道了"算什么呢？

那天，我当面表白完，他波澜不兴、面无表情地凝视了我
一会儿后，给我的答复就是："我知道了。"

和他的沉默对视，已经把我所有的勇气都消耗得一干二净，我再没有胆量多问一句。当他拉开门，示意我应该离开时，我立即头也不回地落荒而逃。

后果就是——

我这几天一直在冥思苦想，"我知道了"算表白后的哪一种结果？

接受吗？当然不可能！

拒绝吗？当时他表情冷峻、目光幽深，似乎的确……

几经思考后，我一厢情愿地把"我知道了"归到了表白后的第三种结果——没有接受，也没有拒绝。

事到如今，我回过头想，才发现我之前的纠结很可笑，我一直纠结于该不该喜欢吴居蓝，完全忘记了考虑人家会不会喜欢我。

吴居蓝这种人，落魄到衣衫褴褛时，还挑剔我做的饭难吃呢！对于自己的感情肯定只会更挑剔，我当初实在太自以为是了！

⫶

周不闻告诉我，他工作上有点急事，需要提前回去。

我不知道是真是假，但是，他能离开总是好的。毕竟在表白与被表白之后，不管两个人多想装得若无其事，总是会有一些隐隐的尴尬，这不是理智能克服的，只能让时间去自然淡化。

周不闻按照客栈规定的大套房价格结清了房费，我本来想给他打折，被他拒绝了。

我说："只要连续住三天以上，都会有折扣的。"

周不闻说："一般的客人能随意吃海鲜，随意吃水果吗？我不和你算那些费用，你也别和我啰唆，要不然我下次回来，就去住别的客栈了！"

我不敢再啰唆，和江易盛一起送周不闻乘船离开了。

周不闻离开后，没有客人再入住。

准确地说，自从客栈开张以来，除了周不闻，就没有其他客人。从周不闻那里赚的钱刚够支付吴居蓝的手机费和话费，也就是说，从客栈开张以来，我只有出账，没有进账。

看着银行存款一点点减少，我有一种坐吃山空的感觉，压力很大。

不过，也不是坏事，至少分散了我面对吴居蓝的压力。

我在他面前赤裸裸地表白了，他却像什么事都没有发生一样，言谈举止间没有一丝尴尬，只有我一个人忐忑不安。但不管多么忐忑不安，都必须先考虑自己的生存大计，解决了经济基础，才能营造上层情感。

我每天坐在电脑前，在各个旅游论坛和贴吧给自己的小客栈做宣传。还是有点效果的，时不时就会接到电话来咨询，但是对方一旦问清楚"交通不方便"，远离码头和最有名的灯笼街，就会很礼貌地说"我考虑一下再给你电话"。

我找过工作，自然知道，这代表婉言拒绝。

|||

福无双至，祸不单行。

每日清晨和傍晚，江易盛的爸爸都会在保姆或江妈妈的陪伴下，外出散步。附近的人都知道江爸爸有点疯疯癫癫，遇到时，客客气气打个招呼后就尽量回避。可那天一个不知道从哪里冒出来的陌生男人竟然刺激得江爸爸突然发病，从山坡上滚了下去。

陌生男人看到闯了祸，立即跑了。保姆忙着打电话求助，也顾不上去抓人，只能自认倒霉。

江易盛的爸爸进了医院，医药费像流水一样花出去。虽然江易盛没有让我还钱，但我觉得必须要还钱了。

我拉着吴居蓝去银行把所有的钱都取了出来，掏空所有的口袋，总共一万八千零四十六块。

我郁闷地盯着茶几上的钱，思来想去、想去思来，唯一的出路就是向周不闻借了。

我拿出手机，刚要拨打电话，吴居蓝从书房里走出来，把薄薄一沓钱放到了茶几上。

我疑惑地看着他。

吴居蓝说："两千块钱，先把江易盛的钱还了。"

我问："是……我发给你的工资？"

吴居蓝没有说话，显然觉得我问了个白痴问题。

这算怎么一回事呢？我说："就算拿了你的钱还了钱，我们只剩下四十六块钱，怎么生活？还是要借钱！无论如何都是借，算了，你把你的钱拿回去吧！"

我按了拨号键，音乐铃声响起。

这个手机本就是便宜货，被摔过一次后，性能变得很奇怪，通话时还好，音乐铃声却严重失真，特别刺耳。我为了不让耳朵被荼毒，把手机拿得远离耳朵，只是盯着屏幕，准备看到电话接通时，再放到耳边。

吴居蓝伸手握住了手机："我还有五百块钱。"

"那也不够啊！"

"我会想办法。"

电话已经接通，周不闻的声音隐隐地传来："小螺，喂，小螺……"

吴居蓝握着手机没有放。

我轻声问："你不希望我向周不闻借钱？"

吴居蓝没有回答我的问题，只是说："钱的事，我会想办法。"

"这样啊……"我皱着眉头，从他手里抽出了手机。

吴居蓝并没有真的用力阻拦，他眼中闪过一丝黯然，紧紧地抿着唇，垂头看着自己的手。

我把手机贴在耳边，眼睛却是一直看着吴居蓝："喂，大头，刚才手机信号有点不好。我没什么事，就是打个电话问候你一下……"

吴居蓝猛地抬头看向了我，脸上没有一丝表情，但深邃的眼睛像夏日阳光下的大海般澄净美丽、光芒闪耀。

和周不闻聊了几句后，我挂了电话，把桌上的两万块钱收起来，笑眯眯地说："我去还钱了。"

吴居蓝一言不发，跟着我走出了院子。

我说："你不用去了，就几步路，不可能那么倒霉，再碰到抢劫的。"

吴居蓝不客气地嘲讽："你是招霉运体质。"步子不紧不慢，依旧跟在我身旁。

我不高兴地努了努嘴，又抿着唇悄悄笑起来。

两人去江易盛家，不顾江易盛的反对，坚持把钱还了。

回到家，我掏出仅剩的四十六块钱，对吴居蓝伸出手："你的钱呢？"

吴居蓝把五百块钱给我，我自己留了三百，给了吴居蓝二百四十六，两人算是把所有财产平均分割了。

我说："一起想办法吧！"

晚上，我躺在床上，看着自己仅剩的三百块钱，忧郁地叹了口气，可是不一会儿，又忍不住咧着嘴傻笑起来。

‖‖

第二天。

我从相熟的渔民那里要了一堆大大小小的海螺，开始做手链、项链、挂饰、缀饰……这个手艺是跟爷爷学的。

爷爷年少时为了谋生，随船出海，常常在海上一待就是半年。他没有钱，买不起首饰，只好琢磨着用各种色彩、各种形状的海螺做出美丽精巧的东西。下船后，把它们送给奶奶。

奶奶去世后，爷爷依旧常常用海螺做东西。等积攒到一定数量，就拿到码头去摆摊卖掉。

小时候，我以为爷爷是为了赚钱，后来才明白，赚钱只是其中一个原因，更重要的原因是思念。爷爷思念他在海上漂泊时寂寞却璀璨的时光，思念他每次漂泊后，都有个温柔女子站在码头等他。

海螺在爷爷的记忆中，是无数的快乐和美好，所以当爸爸为我的名字征询爷爷意见时，爷爷毫不犹豫地让我以"螺"为名。

大概因为这点缘分，我从小就喜欢摆弄这些形状各异的美丽海螺。在爷爷的悉心教导下，我会用海螺做项链、手链、钥匙链、风铃、笔洗、烛台、首饰盒、香皂盒、花盆……当然，我的手艺和爷爷完全没有办法比，但是每一个作品都是我精心设计、细心做的，和那些流水线上生产的海螺饰物一比，高下立分。基本上，每次我和爷爷摆摊，都会很快卖完。

只不过，做这些东西很花时间，价格又不可能定到在高档商铺里出售的工艺品那么高，所以从时间成本上来说，也赚不了多少钱。

但现在客栈没有客人，我决定就先用这个手艺赚点买菜钱吧！至少保证我和吴居蓝不会被饿死。

‖‖

我一边守着电话等生意，一边做着海螺和贝壳饰品。

吴居蓝也在做东西，他从海边捡回来一块木头，拿着爷爷的旧工具，又削又砍又磨又烘……反正我看着很复杂、很高深的样子。

几天后，我隐隐约约地看出来吴居蓝想做什么了。不过，我不太敢相信自己的判断。

"你……这是在做古筝？"

"古琴。"吴居蓝冷冷地瞥了我一眼，"两者差别很大。"

我呆滞了三秒，呵呵干笑："差不多了，都是乐器。"

琴身做好后，吴居蓝开始上琴弦。我知道他的木头是从海边捡回来的，没花一分钱。

但古琴琴弦……我真不记得岛上有这么风雅高端的店。

"你从哪里买的琴弦？"

"淘宝。"

"……"我决定默默地走开。

我很为吴居蓝的"高端乐器"发愁市场。

这个海岛上弹钢琴、拉二胡的我都见过，但古琴……我估计当我们拿出去卖时，每个路过的人都会来围观，然后默默地给我们点一根蜡烛离开。

我只能自己更加努力了。

傍晚时分，我揉着发酸的脖子走出客厅，看到夕阳斜映的庭院中，草木葱茏、落英缤纷，吴居蓝白衣黑裤，坐在屋檐下的青石台阶上，手里捧着一把乌色的古琴，神情怅惘地看着遥远的天际。

漫天晚霞，绯艳如胭，他身周也似乎氤氲着若有若无的烟霞，恍若古装电影中遗世独立的绝代佳公子。

我的心扑通扑通狂跳，脑子里想着，以后再不嘲笑那些明星的脑残花痴粉了。在绝对的美丽面前，会绝对没有理智。

吴居蓝察觉了我的注视，神情一肃，恢复了淡漠的样子，看向我。

我忙跑到他身旁，掩饰地去看琴："做好了？"

"嗯，不过，做得不好。"

乌色的琴身、白色的琴弦，古朴静谧、秀美端庄，我一眼就喜欢上了，觉得哪里都好，暗暗决定就算有人来买，我也绝不会卖！

我摸了摸琴身，惊叹地说："吴居蓝，你竟然会做古琴！以后就算你说你会钻木取火、结网而渔，我也不会惊讶了。"

"我是会。"

我半张着嘴，呆看着吴居蓝。

吴居蓝以为我不相信他的话，把琴塞到我怀里，施施然地走到他做琴时剩下的碎木头堆里，真的开始钻木取火。拇指粗细的木头在他手里几转，青色的烟冒了出来。吴居蓝抓了点碎木屑放上去，不一会儿，就看到了小小的火苗。

我喃喃说："我看电视上钻木取火都很慢的。"

吴居蓝说："他们的力量和速度不够。"

我看看怀里的琴，再看看燃烧着的火焰，觉得自己脑袋好晕，很想问一句"吴居蓝，你还会做什么"，但心脏负荷刺激的程度实在有限——今天就到此为止吧！

吴居蓝说："你还有多少钱？先给我行吗？我明天赚到了钱后还你。"

我很清楚吴居蓝做的这把古琴只怕明天卖不掉，但是……我把身上剩下的一百多块钱全给了吴居蓝，笑眯眯地说："好。"

我躲在卧室里，悄悄给江易盛打电话。

江爸爸的病情已经稳定，江易盛不用再晚上陪床，轻松了许多。我问清楚江易盛明天有时间后，请江易盛找个看上去博学多才的朋友，把吴居蓝做的古琴买走。价格不用太贵，当然也不能太便宜，一千多吧！

我让江易盛先帮我把钱垫上，等我卖了海螺饰品后，再补给他。

江易盛被震住了："你确定吴居蓝做的是古琴，那种古装电视剧里的装逼神器？你不会把弹棉花的错看成了乐器吧？"

"白痴才会分不清吧？！"我完全忘记了自己分不清古筝和古琴的事实。

江易盛激动地大呼小叫，恨不得立即跑过来膜拜吴居蓝。

我让他明天再来，切记多找几个朋友来捧场，要高端大气有文化的！否则演戏也不像啊！毕竟那是古琴！

⫿⫿⫿

清晨，起床后。

我本来想装作突然接了江易盛的一个电话，告诉吴居蓝有人对他做的古琴很有兴趣，想要下午来看看。没有想到，吴居蓝一大早就离开了，给我留了一张字条，说是要办点事情，晚一点回来。

我盯着字条看了半天，不是内容有什么特别，而是他的字，一横一竖、金戈铁马，比字帖上的字还要好看。不过，他连古琴都会做，字写得格外好看点，也就实在没什么可惊奇的了。

我看古琴还在书房里放着，知道他不是去摆摊卖琴就放心了。

我一边做饰品，一边等吴居蓝。一直等到下午，吴居蓝都没有回来，反倒江易盛带着几个朋友来"买"古琴了。

我把古琴放到客厅的茶几上，江易盛的几个朋友围着古琴一边看，一边议论。还别说，个个看上去都有点奇怪，或者说不同凡俗，很像会玩古琴的人。

戴着黑色复古圆框眼镜、穿着黑色布鞋、打扮得很仙风道骨的戴先生问："这把琴，沈小姐卖多少钱？"

我说："一千多。我看淘宝上的古琴价格从四五百到两三千，我取了个中间值，再多就太假了。"

戴先生说："我是问真买的价格，我想买下来。"

吴居蓝做的东西竟然真的有人欣赏？！

我比自己的东西卖掉了都开心，却毫不犹豫地说："不卖，我要自己留着。"

一群人正在说话，虚掩的院门被推开，吴居蓝回来了。

他扫了眼客厅里的人，只对江易盛点头打了个招呼，就扛着一条一米多长的鱼，径直走到厨房墙角的水龙头旁，把鱼放下。

海岛上的人对各种各样的大鱼都见惯了，也没在意，笑着问我："琴就是这位吴先生做的吗？"

"是啊！"

我让江易盛招呼大家，自己拿了条毛巾跑出去。

等吴居蓝洗完手，我把毛巾递给他："江易盛听说你做了把古琴，就找了些喜欢音乐的朋友来，有人想买你做的琴。"因为戴先生真想买，我说起话来格外有底气。

江易盛领着他的朋友们走过来，笑着说："大家都很喜欢这把古琴，就等着你开价了。"

吴居蓝扫了一眼围站在他身边的人，对我说："我做的琴不是用来卖的。"

"啊？"我傻眼了，"不……不卖的话，你做来干什么？"

"我弹。"吴居蓝把毛巾还给我，去厨房了。

我和江易盛面面相觑，无语呆滞。

|||

既然不需要演戏了，自然要把江易盛请来的"群众演员"都送走。

我不停地道歉："不好意思、不好意思……"

江易盛瞪了我好几眼，陪着他的朋友往外走。

几个人陆陆续续地走出院门，最后一个人，一脚已经跨出门槛，视线无意中从厨房墙角的青石地上扫过，看清楚了地上放的鱼。他立即收回脚，几步冲过去，蹲下细看，然后大叫一声："蓝鳍金枪鱼！"

已经走到院墙外的人刹那间纷纷回来了，全都围着鱼，激动地边看边说。

"真是蓝鳍金枪鱼！"

"我听说在日本，现在蓝鳍金枪每磅能卖到 3500 英镑。"

"差不多！2013 年，一条 200 多公斤的蓝鳍金枪卖了 1.5 亿日元的天价，人民币大概是 1100 万元。"

"那是拍卖场的价格，被炒得过高了，市场上不至于那么贵。不过，也绝对不便宜。前几年，西湖国宾馆进口了一条 70 公斤左右的蓝鳍，说是不算运费，光进口价就要 4 万多人民币，现在至少要翻一番吧！"

"啧啧！好多年没看到有人钓到蓝鳍了。"

我虽然不像这些饕餮老客，一眼就能辨认出鱼的品种和品质，但身为海边长大的孩子，蓝鳍金枪鱼的大名也是知道的，只不过，从来没有吃过。

爷爷说他年轻时，蓝鳍并不像后来这样珍稀，船员们时不时就会钓到，他吃过很多次。蓝鳍生吃最美味，入口即化，像吃冰激凌的感觉，我一直无法想象。

江易盛反应最快，隔着厨房窗户，对吴居蓝说："吴大哥，你如果想卖，要赶紧想办法冰冻起来。这东西就是讲个新鲜，口感一变，就不值钱了。"

吴居蓝一边磨刀，一边头也不抬地说："没事，晚上就吃。"

我差点脚下一软，趴到地上去。

其他人也被震住了，全都惊讶、崇拜、激动、渴望地盯着吴居蓝。

江易盛满眼问号地看我，我心内血流成河——那是钱、钱、钱啊！！！却咬咬牙说："他想吃就吃呗！"

江易盛无语地摇摇头，一转头，就笑得和朵花一样，对吴居蓝温温柔柔地说："吴大哥，我今天晚上在这里吃饭。"

"好，不过要你帮一下忙。"吴居蓝依旧头都没抬，专心地检查刀是否磨锋利了。

"没问题！"江易盛愉快地答应了。

江易盛被吴居蓝打发出去干活了，江易盛请来的五个朋友却没有随他离开。

这五个人都算是文化人，做事比较含蓄，不好意思直白地表示想留下吃饭，却就是不说走。我理解他们的想法，反正这鱼看着有四五十公斤，我们三个肯定吃不完！

他们站在院子里，一边看着吴居蓝收拾鱼，一边开起了茶话会。从吃鱼聊到捕鱼，从海岛渔业聊到环境保护，似乎有说不完的话。

我小声问吴居蓝："他们……怎么办？"

吴居蓝扫了他们一眼，扬声问："你们想吃鱼吗？"

"想！"异口同声，铿锵有力。

吴居蓝微微一笑，说："欢迎你们来海螺小栈享用晚餐，一个人六百块钱，除了鱼，还有蔬菜、水果、饮料。"

五个人想都没想，纷纷应好，立即自动排队来给我交钱，一副"唯恐晚了就没有了"的样子。

戴先生看我表情赧然，笑说："现在大城市里随便一个好一点的餐馆，吃顿饭花几百块钱很正常，但它们能有这么新鲜的蓝鳍吗？"

我晕晕乎乎地开始收钱，还没收完这几个人的钱，又有人陆陆续续地走进院子，看到有人在排队交钱，立马自觉主动地排到了后面。

听到他们的解释，我才明白，原来吴居蓝大清早租了渔船出海去钓鱼，回来时自然要在码头下船。那里鱼龙混杂，他扛着鱼一下船，就有人认出了蓝鳍金枪，消息迅速传开。

在他回来的路上，无数人来搭话，吴居蓝清楚地表明"这是海螺小栈今晚的自助晚餐"。不到半个小时，他就接受了四十个人的预订，宣布晚餐名额满额。可以说，如果院子里的这五个人不是江易盛的朋友，肯定想都不要想。

等所有人交完钱，我总共收了两万六千四百块。本来是两万七千块，吴居蓝抽走了六百块钱，还给了江易盛，是他买蔬菜、水果、饮料的钱。

|||

晚上六点半，自助晚餐正式开始。

院子里，几张桌子摆放整齐，盖上洁白的塑料桌布，倒也像模像样。桌子上错落有致地放着白灼青菜、凉拌海苔、蔬菜沙拉和各种切好的水果。但此时，大家完全没有心情关注这些，而是一心等着吃蓝鳍。可以说，他们的六百块钱全是为蓝鳍金枪花的，别的不管吃什么，他们都不在意。

吴居蓝做好蔬菜、切好水果后，趁着我和江易盛摆放食物时，去冲了个澡，换了一套干净的衣裤。

厨房墙外的水龙头前放了一张不锈钢长桌，长桌上放着已经收拾干净的蓝鳍金枪鱼。吴居蓝就站在不锈钢长桌后，算是一个开放式的小厨房。

为了洗刷东西方便，爷爷在厨房的屋檐下安了一盏灯。此时，灯光明亮，映照得吴居蓝的白色 T 恤像雪一样白，让他整个人看上去异常干净清冷。

吴居蓝面色如水，低着头，把磨好的刀放在了长桌两侧。

所有人都凝神看着他，好奇他打算怎么做才能让大家觉得他没有辜负这世间最美味的食材。

吴居蓝抬起了头，介绍说："今晚我要做鱼脍。"

什么？鱼什么？

少数几个听懂的人立即给没有听懂的人解释："鱼脍，就是日式刺身！生鱼片！"

吴居蓝拿起了一把薄薄的长刀："我做鱼脍的刀法沿用的是唐朝鱼脍的刀法。当年被叫作'斫脍'。日本学习了唐朝鱼脍，发展出自己的刺身。可以说，刺身是鱼脍的一种，但鱼脍绝对不是刺身。"

吴居蓝右手握刀，刀尖朝地，对大家抱拳作揖："按礼，本该有乐相伴，但分身乏术，只能用诗歌勉强凑合了。"

他身姿挺拔、风仪优雅，让众人觉得好像看到了一个古代的贵族公子对自己翩翩行礼。被他气度所慑，大家不自觉地端正了身姿，垂头回礼。

所有人的头将抬未抬时，朗朗吟诵声中，只感觉一道寒光划过，一片鱼肉已经飞到了桌前的碟子里。

吴居蓝一边切鱼片，一边吟诵着古诗："……饔人受鱼鲛人手，洗鱼磨刀鱼眼红。无声细下飞碎雪，有骨已剁嘴春葱。偏劝腹腴愧年少，软炊香饭缘老翁。落砧何曾白纸湿，放箸未觉金盘空……"

抑扬顿挫的声音中，他俯仰随意，犹如舞蹈，手起刀落，运转如风，一片片鱼片像一片片飞雪，落入白瓷盘。不一会儿，白盘子里已经堆了一摞鱼片，底宽上窄，犹如一座亭亭玉立的宝塔。

吴居蓝手里的刀锋微微一变，落下的鱼片已经飞落在了另一个白瓷盘里。江易盛总算还没忘记吴居蓝之前的吩咐，急忙把装满鱼片的盘子端走，又补放了一个白盘。

吴居蓝确定江易盛能应付后，加快了速度，一片片鱼片像风吹柳絮，连绵不断。

众人正看得目眩神迷，他左手又抽了一把刀，所有人都猜不透他想干什么。我心里一动，却不敢相信，睁大眼睛，屏着呼吸，紧张地盯着他。

"啊——"

在众人的失声惊叫中，吴居蓝左右手同时开弓，切割着鱼片。

一刀扬起、一刀落下，左右手交替互舞，犹如一幕最华丽的舞蹈。看上去他毫不费力，动作优雅从容，可每一片鱼片都薄如蝉翼，一片未落，一片又来，犹如鹅毛大雪，纷纷扬扬落个不停。

我想起了读过的那些唐诗——"刀鸣鲙缕飞""鲙盘如雪怕风吹""饔子左右挥双刀，脍飞金盘白雪高"……

曾经，觉得不可思议、不能想象的画面，现在正展现在眼前。

"……君不见朝来割素鬐，咫尺波涛永相失。"

随着最后一句诗吟诵完，声落刀停，长桌上只剩白色的鱼骨，餐桌上却整整齐齐地放着一模一样的四十八盘鱼脍，看上去蔚为壮观。

吴居蓝放下了刀，说："请享用。"

满院沉寂。

过了一会儿，有人率先鼓掌，霎时间，掌声如雷。他们过于震撼，甚至找不到合适的词语去赞美，只能用力鼓掌，来表达他们的激动惊叹。

吴居蓝依旧是那副面无表情、波澜不兴的样子，用一块白布盖上了白色的鱼骨，对众人风度翩翩地弯身，行了一个西式礼，惹得掌声更响。他穿过人群，走到了客厅的屋檐下。

所有人的目光一直追随着他，才发现那里放着一个藤编的长几，几上放着一张古琴。

吴居蓝跪坐在长几前，轻轻抬手，拂过琴，叮叮咚咚的琴音流泻而出。

竟然是《夏夜星空海》，我目瞪口呆。

我清楚地记得，一个月前他听到这首曲子时，绝对是第一次听。只是听了几遍，他就完全会弹了？！

院子里的其他人虽然觉得有点意思，但川剧的变脸、阿拉伯的肚皮舞都在餐馆里见识过，对吴居蓝的古琴演奏并没有多吃惊，完全比不上刚才看鱼脍时的目眩神迷。不过，刚才是"动"，这会儿是"静"，动静结合，让人心神彻底松弛下来。味蕾变得敏感，正适合品尝美食。

众人迫不及待地纷纷去拿鱼脍。鱼肉薄如蝉翼，几乎透明，入口即化，鲜美不可言。他们都露出了满足的表情，觉得今天晚上绝对是物超所值了。

｜｜｜

等客人离开，打扫完卫生，已经十点多。

我冲完澡，盘腿坐在沙发上，盯着两万多块钱发呆。

我不用交房租，不用付房贷，如果省着点花，这些钱足够一年的生活费了。

几天前，虽然我答应了吴居蓝不问周不闻借钱，也告诉自己要相信吴居蓝，可无论如何，我都没有想到他竟然这么快就解决了我们的"经济危机"。

"笃笃"的敲门声响起，我急忙整理了一下衣衫和头发，才说："进来。"

吴居蓝端着托盘进来，把两碗酒酿圆子放到桌子上："你晚上一直忙着照顾客人，自己都没怎么吃，我做了一点夜宵。"

他不说还好，一说我真觉得好饿："你不是一样吗？一起吃？"

"好。"吴居蓝坐到了桌旁。

我趿着拖鞋走到吴居蓝对面坐下，愉快地端起了碗："今天辛苦你了，那些钱……"我指指沙发上的钱，"你打算怎么办？存银行……"我想起他没有身份证，好像不能开银行账户。

"是你的，你看着办。"吴居蓝随意地说。

我差点被一个小圆子给呛死，什么时候打工仔不仅要帮老板干活，还要倒贴钱给老板了？

我放下碗，咳嗽了几声，说："你把钱全给我？那是你赚的钱，我什么都没做。"

吴居蓝微微皱起了眉头，似乎在冥思苦想一个理由。他说："你不擅长做生意，给你了，你就不用向别人借钱了。"

"呵！我哪里不擅长做生意了？难道你也觉得我的客栈赚不到钱吗？"

"今天之前赚不到，今天之后应该能赚到。"

"什么意思？你说清楚！"

吴居蓝无奈地说："做客栈生意，第一是地点，你客栈的地点不对。如果地点不好，就要有特色，或者说名气。只要足够有名气，就会让人觉得交通不便都是一种格调。你来来去去弄的那些图片……"

"照片！PS过的照片！很漂亮的！"

"你的那些照片和别的客栈没有区别度。"

我有点难受，可不得不承认吴居蓝说得很对："那今天之后会有什么改变呢？"

"人类喜欢新鲜刺激，还喜欢炫耀自己占的便宜。当然，不是贪婪得来的便宜，而是那些能证明他们眼光、品位、智慧的便宜，他们会很愿意津津乐道。今晚的客人，以后不管他们吃了多么奢华特别的菜肴，都不会忘记他们六百块钱就买到的这份晚餐。"

我呆看着吴居蓝。

其实，我心里一直认为吴居蓝定价太低。今天晚上来的要么是消息灵通的饕餮老客，要么是岛上颇有些影响力的人物，都清楚蓝鳍金枪的市场价格。就算定到两千，他们肯定也会吃。更别说还有吴居蓝的斫脍技艺，没有人会觉得自己的钱亏了。

本来，我以为是因为吴居蓝并不真正清楚蓝鳍的市场价，既然他已经开口宣布了价格，我就没打算再多说。可是没想到，他很清楚，他是故意定了个低价，故意让那些客人觉得自己眼光独到、出手精准，在别人还没发现一件东西的价值时就抢先下了手，所以只有他们能占到便宜。

但吴居蓝真吃亏了吗？他用六百块钱买了他们一生的记忆——永远的念念不忘、津津乐道。

我觉得吴居蓝越来越像一个谜，每当我觉得更加了解了他一点时，他又会给我更多的惊讶。

迄今为止，我知道的就有：厨艺、医术、建筑、制琴、弹琴，甚至钻木取火、结网而渔……一个人懂得其中的任何一项，都不奇怪，可吴居蓝是样样都懂，我甚至怀疑他是样样皆精。

他究竟在什么样的环境中长大，才会这么变态逆天？

手机突然响了，我看是江易盛，立即接了："怎么这么晚给我电话？"

"我有些话想和你谈谈，关于吴居蓝的。"

我听他语气很严肃，不禁看了一眼吴居蓝，坐直了身子："你说。"

"之前，你对我说觉得不应该喜欢吴居蓝，我没有反对，也没有支持，因为我觉得不考虑他的经济条件和身份来历，吴居蓝人还是很不错的，对你也挺好，但现在我真的希望你放弃。"

我看着不紧不慢地吃着酒酿圆子的吴居蓝，问："为什么？"

"那天你浑身血淋淋的，眼睛又看不见了，就是医学院的学生只怕都会慌了神。吴居蓝却很镇定，不但准确判断出了你的伤势，还简单有效地急救了。并不是说他做的事有多难，而是那份从容自信一定要有临床经验、直面过鲜血和死亡才能做到，绝不是上两三个月的培训课就可以的。"

江易盛的话，验证了我的猜测，我轻轻"嗯"了一声，表示同意。

"吴居蓝今天晚上斫鱼脍的技巧，你也亲眼看见了，没个一二十年的工夫根本练不出！你要不信，我可以找个专业的大厨来问。"

"我信！"

"还有，他会弹古琴。弹古琴当然不算稀罕，我也会拉二胡呢！可我会做二胡吗？他能把一块随便捡来的木头做成一把古琴。我今天晚上听了他的弹奏，那把古琴做得非常不错，音色堪称完美，他弹得也很完美。可以说，不管做琴还是弹琴，吴居蓝都是大师级别的。小螺，你问问你自己，这些正常吗？"

我不是懵懂无知的傻子，也不是不食人间烟火的仙女，当然知道这一切都不正常。

我看着吴居蓝，恍惚地想，还有不少事江易盛都不知道。如果他知道了那些事，肯定更要说不正常。

吴居蓝吃完了碗里的最后一个圆子，放下碗，抬起头，平静地看着我。我的直觉告诉我，他很清楚江易盛在说什么。

"小螺、小螺……"江易盛叫。

我回过神来，说："我明白你想说什么，你想到的这些，我也早思考过了。他用比医学院学生还好的从容反应，帮了我。他用非凡的斫脍技艺赚了钱，让我不必焦虑该向谁借钱，又该什么时候还钱。江易盛，告诉你个秘密。小时候，就因为你会拉二胡，每次都是你在台上像只开屏的孔雀一样招摇得意，我只能傻坐在台下给你鼓掌。其实，我一直很不爽的。我自己这辈子是灭不掉你了，但我可以找个男朋友啊，如果他不但会弹古琴，还会做古琴……"我想到得意处，笑了起来，"不是完胜你吗？以后但凡他在的场合，我看你还敢把你的破二胡拿出来炫耀？"

江易盛沉默了良久，忽然轻声笑了起来："沈螺，你其实才是个精神病潜伏患者吧！但你知道我爱你吗？"

"嗯……那种总是喜欢让我出丑的森森爱意！"江易盛年少时，仗着智商高，又琴棋书画样样皆会，没少把我当垫脚石，去招摇自己。有一次把我的生日会硬生生地变成了他的个人才艺演示会。

江易盛叹了口气："你真的想清楚了？"

我说："能找一个无所不能、完胜所有人的男朋友，是所有女孩的梦想，我也没有办法免俗。"

"吴居蓝是不是就在你旁边？我怎么听着，你很像是怕某人再次离家出走，狗腿谄媚地不停表着忠心？"

"江易盛，你不用时刻提醒我们你智商高。"我说。

江易盛笑："我挂了！让吴居蓝别生我的气，人类的心天生就是长偏的，我也把他当朋友，但在你和他之间，我永远都只会选择你。"

我放下手机，问吴居蓝："你猜到江易盛说了什么吗？"

吴居蓝淡淡地说："就算不知道他说了什么，你的话我都听到了。"

我的脸渐渐烧得通红，刚才对江易盛吹牛时，只是希望争取到江易盛的理解和支持，可这会儿才觉得自己真是胆子够大、脸皮够厚！

"我知道你还不是我男朋友，我刚才只是……只是……"

吴居蓝似乎很好奇一个人怎么能刹那间脸变得那么红，他用手轻轻碰了一下我的脸颊："很烫！"

我只觉得所有血往头顶冲，不但脸火辣辣地烫着，连耳朵都火辣辣地烫起来，凸显得吴居蓝的手越发冰凉。我忍不住握住了吴居蓝的手，想把自己的温暖匀一些给他。

吴居蓝凝视着我，深邃幽黑的眼睛里满是犹豫和挣扎。

我害怕他下一瞬就会把我的手甩开，下意识地用了全部力气去抓紧他的手。

吴居蓝问："沈螺，你真的知道你在做什么吗？"

我说："我知道！"

吴居蓝说："你根本不知道我的来历。"

我红着脸，鼓足勇气说："可我知道你的感情。你不要告诉我，你为我做的一切，只是因为你很善良，喜欢帮助人！"

吴居蓝垂下了眼眸，沉默不语。

我的心慢慢下坠。虽然我从没有谈过恋爱，可是那些关心和照顾，我都感受到了。我想当然地以为那是爱，但万一……是我误会了呢？

我太紧张、太患得患失，以至于念头一转间，就从天堂到了地狱。也许真的只是我一人动了情，丢了心！

我的脸色渐渐变得苍白，手心直冒冷意，变得几乎和吴居蓝一个温度了。

吴居蓝凝视着我，轻声说："下个月圆之夜后，如果你还没有改变心意，我……"他的声音很艰涩，说到一半，就再没有了下文。

我却一下子就从地狱飞到了天堂，手心不再冒冷意，脸色也恢复了正常。

吴居蓝看着自己的手——被我一直紧紧地握在手里，他问："你打算握到什么时候？"

"哦……我……"我立即手忙脚乱地放开了他的手，脸颊又变得滚烫。

吴居蓝突然展颜一笑，捏了捏我的脸颊。在我震惊呆滞的眼神中，他说："礼尚往来。"

他像什么事都没有发生一样，站了起来，把两个空碗放到托盘里，端着托盘离开了："晚安。"

我发了半晌呆，才想起我在刚认识他时，曾经捏过他的脸颊，他竟然"记仇"到现在。

我捂着脸颊，忍不住地傻笑！好吧！这种仇欢迎多多记忆，也欢迎多多报复！真后悔当时没有再干点别的事！

Chapter 8 | 月圆之夜的约定

最柔软的牡蛎都包裹着最坚硬的壳，最美丽的珍珠都
藏在最深处。

我预料到了客栈会在海岛上薄有名气，却没有预料到不仅
仅是薄有名气，也不仅仅是在海岛。

那天晚上，一位来吃晚餐的客人竟然用手机拍摄了两段视
频：一段是吴居蓝双手执刀，在斫脍；一段是吴居蓝跪坐于老
宅斑驳的石墙前，弹奏古琴。他把视频上传到了微博，起名
"一顿不可思议的晚餐"，视频以不可思议的速度被转发，吸引
了形形色色的各类网友来围观。

有只关心外貌的颜控女，有喜欢古风音乐的音乐发烧友，
有仔细研究切鱼刀法的考据派，还有喜好美食的吃货……无数
人留言议论着视频里的"饔子"——网友们不知道吴居蓝的名
字，就根据他吟诵的诗，称呼他为饔子，古代对厨师的雅称。

真是醉了！画面太美，我只能循环播放。

到底是会做饭的音乐家，还是会弹古琴的厨师？有才艺就罢了，还长那么帅，长那么帅就罢了，还那么有气场，还让不让别的男人活了？

这才是传统的中国好男人！有史为证，天宝六载，李白带幼子路过中都，一位素不相识的小吏慕名前来拜访。李白深为感动，亲自操刀斫脍，并在离别时，赠诗一首。李白的诗就不用多说了，自己去"百度"，请注意重点，"李白亲自操刀斫脍"，李白！李白！李白！写得了千古流传的诗，挥得动舌尖上的厨刀！这才是中国好男人！

早在魏晋南北朝时，斫脍就已经不只为吃，也供人观赏，"饔人缕切，鸾刀若飞，应刃落俎，霍霍霏霏"。到盛唐时，文人士子更是把斫脍视为风流雅事，王维、李白、杜甫、王昌龄、白居易……都在诗里描写过鱼脍。像李白这种身怀武艺、剑术高超的人还时不时亲自斫脍，"呼儿拂几霜刃挥，红肌花落白雪霏"。

疯了！博主回复说他听说那把古琴是饔子自己做的！自！己！做！的！

明末李日华在《六研斋笔记·紫桃轩杂缀》里写道，他读过一本可能是唐人编撰的《斫脍书》，书中列举的斫脍刀法有"小晃白、大晃白、舞梨花、柳叶缕、对翻蛱蝶、千丈线……"可惜那个时候，斫脍技艺已经失传，李日华没有办法验证这些记载的虚实。视频里的饔子很有可能用的就是已经失传的斫脍刀法。

幸好江易盛及时联系了上传视频的客人，他在网友的疯狂询问下，只回答了"晚餐的地点是海螺小栈，视频中的男子应该是客栈的经营者"，别的私人信息一句都没说。

网友们根据"海螺小栈"四处搜索，不少人搜到了我为客栈开的微博。他们像侦探一样，对比了我之前上传的客栈照片，并立即根据背景，断定我的海螺小栈就是视频中的海螺小栈。

网友们纷纷留言，有打听海岛风景的，有建议多贴吴居蓝照片的，还有纯围观八卦的，甚至有人询问吴居蓝他爸妈怎么养的吴居蓝，求传授经验……

我的微博粉丝从一百多人暴涨到一百多万，从几天没有一条留言到每天上千条留言。我被网友的热情吓到了，甚至很担忧，生怕这意外的"走红"给吴居蓝带来麻烦。

虽然因为没有考虑到网络，吴居蓝很意外事情的发展远远超出他的预料，但他并不像我想的那么介意。有时候，他甚至会和我一起津津有味地看那些议论他的留言。

江易盛笑着安慰我："至少证明他不是通缉犯，否则他不可能那么淡定地看着自己的视频在网上疯传。"

我捶了江易盛一拳，完全不能笑纳江易盛的安慰。

江易盛浏览网友的留言，指着其中一条让我看："这货一定是火星上来的吧！一定是！"

江易盛大笑："我发现网上的精神病不少，看他们的留言真是太治愈了，让我觉得自己实在是太正常了！"

我看看视频里的吴居蓝，再看看身边的江易盛，也觉得自己实在是太正常了！

···

自从海螺小栈在网络上走红，每天都有很多人打电话来咨询客房住宿，但我一个都没有接受。

我小心眼地觉得现在来的客人都是醉翁之意不在酒，我自己仍在艰难的追求道路上跋涉呢，岂能容许他人来添乱？

何况，我现在已经顺利度过经济危机，并且发现了一个更喜欢的谋生方法，干脆就放弃了原本开客栈的计划。

出于各种原因，那天晚上吃过鱼脍的客人依旧时不时来海螺小栈吃饭。

只不过，因为大厨加小工只有吴居蓝和我两个人，菜单并不丰盛，完全取决于当天吴居蓝在菜市场买到了什么。准确地说，就是他买到什么，就做什么。当然，客人也可以提前打电话来说明想吃什么，只要吴居蓝能买到，他也可以做。

刚开始，我还担心这样做会影响生意，没想到客人们不但没有觉得吴居蓝这样做不对，反而更加喜欢来海螺小栈吃饭。后来，我才知道，大城市里很多口碑非常好的私房菜都是这样运营的。因为只有当天采购的食材，才能确保菜肴足够新鲜、足够美味。

吴居蓝的厨艺无可挑剔，就餐的环境也可以说很完美。老宅里的一树一藤都有些年纪了，被时光沉淀出了很特别的味道，是任何装修都不可能有的意境，来过的客人都会渐渐喜欢上海螺小栈。朋友带朋友，在口口相传的口碑中，海螺小栈很快就成了海岛上最受欢迎的私房菜馆。

给我意外之喜的是，客人们看到我做的海螺工艺品很喜欢，询问我卖不卖。我当然是有钱好商量，价格比我摆摊卖时高不少，无意中竟然也成了我的一条财路。

我不想吴居蓝太辛苦，每天只接待十个客人，大概能赚两三百块钱，时不时我还能卖出几件海螺饰品，有时几十，有时几百。我算了下账，除去日常开支和吴居蓝的工资，我每月能存三四千，已经足够，不用再去做客栈的生意了。

▐▐▐

我正坐在院子里的水龙头前洗菜，手机响了。

我擦干手，拿过手机一看，是周不闻的电话。

"大头？"

"是我！听江易盛说你现在不做客栈生意，开始做私房菜生意了？"

"是的！私房菜的生意很不错，我觉得赚的钱已经足够，不想太累，就不做客栈生意了。"

"那还欢迎我来住吗？"

"当然，随时，你什么时候来？"

"等我把手头的工作处理了，就过去。"

"好，等你来。"

"你自己做生意，没有周末，该休息的时候一定要休息，不要太累了！有时间的时候出去走走，看个电影、打个球什么的，对自己好一点。"

"嗯，好的！"

我挂了电话，想了想，发现自从吴居蓝沦落到我家，我就总是压榨着他为我赚钱，都没有给他放过假，也没有带他出去玩过。我立即决定，知错就改，尽快给吴居蓝和自己放一天假。

我给江易盛打电话，告诉他，好长时间没有休息过了，我想带吴居蓝出海玩，问江易盛要不要一起去。江易盛毫不迟疑地说一起去，还承诺他会安排好一切，让我准备好吃的就行。

周六下午，四点半，太阳已经西斜，不再那么灼热晒人时，江易盛开着租来的小船，带我和吴居蓝出海去看落日、吃晚餐。

行驶了一个多小时后，到了预定的地点。江易盛把船停住，拿出了给吴居蓝准备的浮潜用具，问："玩过这个吗？"

"没有。"吴居蓝感兴趣地翻看着脚蹼、浮潜镜和换气管。

"你水性如何？"江易盛问。

吴居蓝愣了一愣，慢吞吞地说："很好。"

"两米多深的游泳池里能潜到池底吗？"

"能。"

"那没问题了。"江易盛坐到吴居蓝对面，拿起自己的浮潜镜和换气管，演示如何穿戴浮潜的装备，"浮潜很简单，水性好的人，一学就会。"

吴居蓝看我坐着没动："你不下去玩吗？"

我摇摇头："我不会游泳。"

江易盛嗤笑："她小时候掉到过海里一次，差点被淹死。自那之后，她就被吓破了胆，怎么学都学不会游泳。我和大头费了死劲，也就是能让她穿上救生衣，在水里漂一会儿。如果没有救生衣，想让她下水，她会觉得你想谋杀她，拼死反抗！"

我有点尴尬，辩解说："不会游泳的人多了，又不是只我一个！"

"不会游泳的人是很多，但他们不是渔民的后代，也没有一个很牛的高祖爷爷。"江易盛对吴居蓝说，"直到现在，上了年纪的老渔民说起哪个人的水性好，还会讲起她高祖爷爷的传说。那个年代，什么工具都没有，据说能下潜二十多米，可看看这个不肖子孙，连游泳都学不会！"

我瞪了江易盛一眼，叮嘱他说："别光顾着捉龙虾，看着点吴居蓝，他第一次浮潜。"又对吴居蓝叮嘱："你跟紧江易盛，千万不要为了追龙虾潜得太深，安全第一。"

江易盛检查了一下吴居蓝的穿戴，确定没有问题后，他率先翻下了船，吴居蓝紧跟着他也翻下了船。

两人就在船周围游着，江易盛教吴居蓝如何浮潜，我看了一会儿，发现吴居蓝水性非常好，很快就学会了，放下心来。

江易盛又翻上了船，把一双黑色手套和一个可以挂在身上的绿色网兜递给吴居蓝。江易盛戴着手套、拿着网兜示范："抓龙虾时，从它的背后过去，这样它就夹不到你。抓到后，先浮上水面，然后把龙虾放进网兜，挂回腰上，这样就可以继续去抓第二只。"

吴居蓝表示明白后，江易盛说："晚上有没有龙虾吃，就看咱俩的人品了。"说完，他带着吴居蓝跳下船，往远处游去。

我拿出照相机，一边照相，一边看着吴居蓝随着江易盛在海里上上下下。

为了防止被晒伤或被海蜇蜇伤，浮潜衣把全身上下包得严严实实，只露出脖子和一截小腿。江易盛经常在海上玩，皮肤是健康的古铜色，吴居蓝却是白皙的，幸亏他身形修长、动作矫健，才没有丝毫文弱感。

▌▌▌

吴居蓝的运气非常好，很快就捉到了三只龙虾，江易盛却一无所获，他调侃地对吴居蓝说："你还真是盲拳打死老师傅！"

吴居蓝微微一笑，什么都没说。他翻上船，把挥舞着大钳子的龙虾丢到了铁皮桶里，还从绿色网兜里倒了不少牡蛎出来。

我拿起准备好的浴巾，递给他："擦一下，小心着凉。"

吴居蓝接过浴巾，擦着头发和身子。

我对还泡在海里的江易盛说："三只龙虾已经够吃了，你还要继续捉吗？"

江易盛说："当然！吃别人捉的有什么意思？等我捉到更大的，把吴大哥捉的放掉就好了！"他说完，朝我们挥挥手，向着远处游去。

吴居蓝坐到我身旁，靠着船舱，惬意地舒展着长腿。

他一声不吭地把一个不大不小的牡蛎递给我。

我拿在手里，迟疑了一下说："虽然都说新鲜的牡蛎生吃味道很鲜美，但我一直吃不太惯。"

吴居蓝一声不吭地把牡蛎又从我手里拿了回去。

他干脆利落地掰开牡蛎壳，把牡蛎肉吃到了嘴里。然后，他拽过我的手，从嘴里吐出了一颗黑色的珍珠，轻轻掉落在我的掌心。

我看傻眼了，呆呆地问："给我的？"

吴居蓝扭过了头，面无表情地眺望着海天尽头："我记得你们女孩子很喜欢这种无聊的东西。"

我凝视着掌心的小东西——一颗不大的黑色珍珠，形状如水滴。在这个人工珍珠已经泛滥的时代，并不值钱，但是，它是吴居蓝亲手从海里采来的，送给我的。

想到他刚才一气呵成的动作，我问："你是不是早知道这个牡蛎里面有珍珠？"

吴居蓝淡淡瞥了我一眼："要不然，你觉得我为什么要单挑出这个牡蛎？"

我十分懊恼，如果刚才我愿意生吃牡蛎，就可以惊讶地亲口吃到珍珠，然后惊喜地吐出来。不过，想到刚才吴居蓝亲口吐出珍珠的性感样子，我又觉得这样更好。

我把珍珠紧紧地握在了掌心里："谢谢！"

吴居蓝淡淡说："随手捡来的东西而已！"

我有点无奈，别的男人都是一副"我为你付出了很多，快来感激我"的样子，他倒好，时时刻刻摆出一副"我什么都没做，你千万别感动"的样子。

但是，他忘记了我是在海边长大的姑娘，深深地知道：最柔软的牡蛎都包裹着最坚硬的壳，最美丽的珍珠都藏在最深处。

III

我正拿着黑珍珠把玩，吴居蓝突然问："你小时候掉下海是怎么回事？"

没有什么可隐瞒的，我爽快地说："我七岁那年的事。爸妈在闹离婚，爷爷想挽回他们的感情，叫他们回海岛住几天。我妈和继母不一样，她很尊敬我爷爷，只是不尊敬我爸而已。我们一家三口回了海岛，爷爷特意开着船，带爸爸、妈妈和我出海去玩。我记得那天天气特别好，天空蓝蓝的，没有一丝风，海面平如镜。爷爷躲在船舱里休息，我在海里扑腾，爸妈坐在船舷旁看着我，那时候我是会游泳的。"我苦笑，"结果他们说着说着，又吵了起来。我腿抽筋了，突然呛了水，可他们吵得太厉害，谁都没有注意到我，我就溺水了。后来的事情，我什么都不知道，只知道自己差点淹死，是爷爷救了我。爸妈在我醒来的当天，决定了离婚，谢天谢地，我终于不用再听他们吵架了。"

吴居蓝沉默地看着我。

我耸耸肩，笑着说："要说完全不难受那肯定是假的，但要说我一直到现在还难受，那可太矫情了！这么多年过去了，妈妈有了新的家庭、新的孩子，爸爸有了新的家庭、新的孩子，我也有了自己的生活，一切过去的事都只是过去！"

江易盛的大叫声突然传来："我捉到了一只好大的龙虾！"

我和吴居蓝都循声望去，江易盛一手划着水，一手高举着一只很大的龙虾。

我朝他挥手，示意我们已经都看到了。

吴居蓝没头没脑地说："待会儿我给你烤牡蛎吃。"

我握着掌心里的黑珍珠，微笑着点了点头。

|||

就着落日的浮光流辉，我们吃了一顿很丰盛的海鲜大餐。

酒足饭饱，回到家时已经快九点，天色全黑。

带去的一瓶红酒，江易盛顾及要开船，浅尝辄止，吴居蓝也只是喝了几口，大半被我喝了。醉意上头，老街的道路又凹凸不平，我走得摇摇晃晃，看上去很是危险，吴居蓝不得不挽着我的胳膊。

江易盛家先到，他笑眯眯地和我们挥手道别后，关上了院门。

吴居蓝扶着我继续往前走。

两人还没走到院门口，吴居蓝突然停住了脚步。我不解地问："没带钥匙吗？我包里有。"

吴居蓝把我推到院墙拐角处，压着声音说："躲在这里不要动。"说完，他跑了几步，在墙上微微凸起的石头上借了下力，就直接从墙头翻进了院子。

我残存的酒意立即全消，瞪大眼睛看着自己家的院墙，像是从来没有见过一样。两米半高的院墙是这么容易能翻过去的吗？

一个人突然拉开院门，冲出了院子，黑暗中只见什么东西飞了出来，砸到屋檐下悬挂的"海螺小栈"的匾额上。匾额坠落，正正砸到那人头上，他晃了一晃，软软地摔到地上，昏了过去。

我看得目瞪口呆，突然想到吴居蓝一个人在里面……我立即冲了过去，踩到碎裂的匾额，被绊得跌跌撞撞，一头跌进了院子。

"小螺？"吴居蓝担心的声音。

"我没事！"

我急急忙忙从地上爬起来，抬头一看，院子内，一个身形魁梧的男人正在和吴居蓝搏斗。吴居蓝赤手空拳，那人手里却拿着一把寒光闪闪的匕首，恶狠狠地刺来挥去，几乎每次都擦着吴居蓝的身体划过，看得我心惊肉跳。

吴居蓝却一点都不紧张，还有空闲回头盯着我，不悦地质问："为什么不在外面等？"

我哆嗦着说："小心！我……我来……报警！"

我颤颤巍巍地掏出手机，突然眼睛瞪大，吓得一动不敢动。

大概因为听到我说要报警，拿着匕首的男子几次想要夺路而逃，都被吴居蓝拦下，他一下子发了疯，不管不顾地开始砍刺吴居蓝。

森寒的刀光中，吴居蓝犹如探囊取物，直接伸手，轻轻巧巧地把匕首夺了过来，另一只手卡住了对方的脖子，像一个铁箍一样，牢牢地把那人固定在墙上。对方还企图反抗，吴居蓝手往上一提，他双腿悬空，全身的重量都吊在了脖子上，气都喘不过来，很快就全身力气尽失。

吴居蓝看他老实了，手往下放了一点，让他双脚能着地："你们是什么人？想要什么？"

那个人声音嘶哑地说："我们是小偷，今天晚上溜达到这里，看屋里没人就进来试试运气，没想到运气这么背……"

"是吗？"吴居蓝冷哼，拿起匕首，作势欲刺。

"不要！"我尖叫着喊。

吴居蓝停下了手中的动作，他盯着男子，凑近他，对他喃喃说了几句话后，一松手，男子跌到地上，昏了过去。

吴居蓝回过身，看着我。

我表情惊惧、目光呆滞地看着他。

吴居蓝眼神一黯，随手把匕首丢到地上，转身向屋里走去。

"当啷"一声匕首落地的声音，让我从极度的紧张和惊吓中回过神来，一个箭步就冲到了吴居蓝身边，拉着他的胳膊，去查看他的身体："你有没有受伤？这屋子里又没什么值钱的东西，就算有值钱的东西，也没有命值钱！你干吗要和他们打？你疯了吗？还空手夺白刃，你以为你是谁啊……"

吴居蓝似乎完全没想到我的反应，像个木偶一样任由我摆弄，我从头到脚检查了一遍，确定吴居蓝毫发未伤，才长吐了口气说："吓死我了！幸好你没受伤！"

吴居蓝盯着我，几乎一字一顿地问："你刚才的害怕……是怕我受伤？"

"废话！难道我还怕小偷受伤吗？"我说着话，看看四周，确认没有人能看到，狠狠地踢了一脚昏迷在地上的小偷，然后对吴居蓝说："不能用匕首刺他们，法律不允许，会被法律惩罚的，但……我们可以偷偷打。"我一溜小跑，跑到书房里，拿了本书出来，递给吴居蓝，"垫在他们身上打，不会留下痕迹。"

吴居蓝拿着书，呆看着我。

我说："你打吧！等你打完，我再报警。"

吴居蓝的眼神越来越明亮，突然间，他笑了起来，就像暗夜沉沉的海面上，明月破云而出，让整个大海刹那间有了光辉。他笑着用书拍了我的脑袋一下："你从哪里学来的？"

"电视上，警察打那些坏人都是这么打的。"美剧、韩剧、港剧都是这么演，我很确信这个方法绝对可行。

"你打个电话给江易盛，让他立即过来，我们去屋里等。"

"好。"我完全不知道该如何处理眼前的情形，江易盛却自小到大都是个人精，八面玲珑、长袖善舞，见人说人话、见鬼说鬼话，事情交给他处理的确比较好。

江易盛来后，看到我们家院子里的景象，倒是没大惊小怪，只是很无语呆滞的样子。

我把事情经过详细讲述了一遍。江易盛一边听，一边若有所思地一会儿看看吴居蓝，一会儿看看地上昏迷的小偷。

吴居蓝像是什么都没察觉到，平静地从一个房间走到另一个房间，查看着有没有丢东西。

江易盛打电话报了警，二十几分钟后，两个民警气喘吁吁地跑了进来。江易盛告诉民警，我们出海去玩，回家时碰到了这两个人入室行窃。小偷仓皇地想逃跑，一个小偷不小心被突然掉下的招牌砸晕了，一个小偷被我们制伏了。

民警把两个小偷弄醒，问他们话。

我本来还有点紧张，但不管警察问什么，小偷都点头承认，看上去有些稀里糊涂，大概是觉得反正被抓住了，究竟是怎么被抓住的并不重要。

因为事情经过很简单，小偷被当场抓住，没有任何人受伤，家里也没有丢任何东西。民警做完调查，就带着两个小偷离开了。

出院门时，民警格外小心，看看院门上方的屋檐，再看看掉在地上的牌匾，感叹地说："原来真的有被招牌砸晕的事！"

等民警走了，我赶在江易盛开口前说："很晚了，大家都休息吧！不管有什么事，明天再说。"

江易盛明白了我的态度，他立即吞下了满肚子疑问，打了个哈欠说："晚安！"一摇一晃地离开了。

我锁好院门和屋门，转身上楼。走着走着，总觉得心里有些发慌，我回头对吴居蓝说："你今天晚上能不能睡我隔壁的房间？"

"好。"吴居蓝陪着我一起上了楼，把我送到房间里，"放心，没有人藏在衣柜里，也没人躲在床底下，我全查看过了，保证一只老鼠都没有。"

我"扑哧"一声笑了出来，绷紧的神经突然就松弛了："你怎么猜到我会担心这些？"

"难道你看的电视剧不是这么演的吗？"吴居蓝一副"这会很难猜吗"的表情。

我汗颜："呃……是这么演的，屋子太大了也有坏处，哪个角落里藏个人都完全不知道。"

吴居蓝说："我就在隔壁，我的听觉很灵敏，有什么事肯定会立即知道，你可以安心睡觉。"

"我知道！"见识过他今天晚上的身手，我完全相信他，不要说只是两个小偷，只怕两个训练有素的特警，他都能轻松放倒。

我冲了个澡后，上床休息。因为知道吴居蓝就在不远处，虽然经历了一场惊吓，却一点不害怕，躺到床上没多久就沉睡了过去。

III

清晨，我起床后，发现江易盛已经在院子里了。他一边吃着早饭，一边看着吴居蓝干活。

我踢踢踏踏地下了楼，盛了一碗粥，坐到江易盛身旁，加入了观赏行列。

吴居蓝正在做一块匾额，边角雕了水纹，比上一块匾额漂亮了很多。我和江易盛都很淡定，对于连古琴都能做的人而言，这个实在是不值一提的小活。

江易盛看他做得差不多了，放下碗筷，跑进书房，自觉主动地展开宣纸，取出笔墨，准备写字。上一次，"海螺小栈"四个大字就是他写的。上中学时，江易盛的书法作品在省里拿过一等奖，虽然很多年没好好练过了，但总比每次都"重在参与"的我强。

江易盛提笔写完，自觉发挥良好，兴致勃勃地叫我进去看。

我和吴居蓝一前一后走进书房，我看了眼，漫不经心地夸奖说："不错，比上一次写得好。"

江易盛嘚瑟地问吴居蓝："你觉得呢？"

吴居蓝一言未发，走到书桌前，提起笔，笔走龙蛇，一气呵成。

我水平有限，不会欣赏。江易盛却看得目眩神迷，喃喃低语："清风出袖，明月入怀。"

吴居蓝搁下笔，对我认真地说："用我的字，比江易盛的好。"

我看看挚友江易盛，当然是……毫不犹豫地答应了。

吴居蓝拿着自己写的字，去匾额上拓字。江易盛把自己的字揉成一团，丢进了垃圾桶。

我拍了下他："干吗？生气了？"

江易盛叹了口气："你啊！无知者无畏！你知道'清风出袖，明月入怀'八个字是古人评价谁的字的吗？"

"不知道。"

"王羲之。"

我笑着拱拱手："谢谢！"

"不用谢，吴居蓝的字担得起这个夸奖！小螺，昨天晚上的事，今天的字，你就真的不紧张吗？"

"紧张啊！我已经胡思乱想过各种可能了。"

"都有什么可能？"

"他是特工，受过特殊训练，所以会常人不会的各种技能。"

"嗯——"江易盛正在喝水，不能张嘴，鼻音拖得老长，咽下去后才说，"马特·达蒙的《谍影重重》，还有呢？"

"他是穿越来的。"

"噗——"江易盛把刚喝的一口水全喷了出来，一边咳嗽一边说："你《步步惊心》看多了吧？那些胡编乱造的电视剧还是少看点！"

我嫌弃地抽两张纸巾给他："那你的高论呢？"

"我不知道！就是因为我心里一点谱都没有，才担心你。你说你如果喜欢的是大头……"

我做了个"停"的手势，没好气地说："吴居蓝会把一切都告诉我的。"

"什么时候？"

"快了。"明晚就是十五月圆之夜。我有预感，吴居蓝会在月圆之夜告诉他是谁，来自哪里。

IIII

这个月的月圆之夜，正好是阴历的八月十五，不仅是一年一度的中秋佳节，还是我二十六岁的生日。

因为我的阴历生日太过特殊，从小到大我都是只过阴历生日。

今年，爷爷不会再送我生日礼物了，我决定把吴居蓝和我约定的月圆之夜当作自己的生日礼物。

想到明天晚上，我十分紧张，吴居蓝却似乎完全忘记了他的许诺，若无其事地该干什么就干什么。

我一点打不起精神做生意，索性告诉客人因为要过中秋节，再放假两天。

我没什么事干，一边窝在沙发上看电视，一边拿着手机刷微博和朋友圈。不管电视上，还是网络上，大家都在议论今年的中秋圆月。

新闻报道："今年中秋节的满月时刻会是五十二年来地球距离月亮最近的时刻。因为地球的自转和月球的公转，今晚欧洲、非洲、南极洲、南美洲和北美洲东面将提前看到圆月，明晚亚洲东面和大洋洲将看到五十二年来最大的圆月。"

中秋佳节加天文异象，让媒体凑趣地把一切越演越烈："明晚你会和谁共赏五十二年来最大的圆月？有没有考虑过在五十二年来最大的圆月下告白、求婚？"

我的心情很复杂，我一个人的小小感情竟然和宇宙间的天文大事联系在了一起，本来只是我的特殊日，却好像变成了很多人的特殊日。

吃过晚饭后，我不想再看电视，问吴居蓝要不要出去走走，他说"好"。

我们沿着老街尽头的小路，向着山顶走去。

据说很早以前山顶有一座妈祖庙，所以这座山被叫作妈祖山，这条街被叫作妈祖街。可不知什么时候，妈祖庙坍塌了，渔民另选地方盖了新庙，这里只剩下了地名。

妈祖山不算高，但山上草木茂盛，山下礁石林立，站在没有林木遮挡的鹰嘴崖上，就能眺望到整片大海。

今天晚上，风很轻柔，云很少，海上的月亮看得格外清楚。

虽然明晚才是十五，但今晚的月亮看上去已经很圆。我也不知道是真的，还是自己接受了心理暗示，觉得月亮好大好大，大得好像天都要托不住，马上就要掉下来。

　　　　　　　　　　　　　　　　　　　　那片星空，那片海

我纠结了一整天，终于再忍耐不住，鼓足勇气问："明天晚上就是月圆之夜了，你还记得你说过的话吧？"

吴居蓝沉默地望着月亮，一瞬后，说："明天晚上，我们在上一次你看到我的海滩见。"

"就是妈祖山下，那片我常常去的礁石海滩吗？"

"嗯。"

本来，我觉得还有满肚子话想说，可此时此刻，静谧的夜色中，站在吴居蓝身旁，看着皎洁的月光下波光粼粼的大海，听着澎湃的海浪声，突然觉得我应该先享受当下这一刻，别的一切都等到明天吧！

突然，吴居蓝身子晃了一晃，就要摔倒，我急忙扶住他："你怎么了？"

吴居蓝说："没事，腿突然有点抽筋……"他闭上了嘴巴，凝神听着什么，目光渐渐变得十分犀利。

我不安地问："怎么了？"

"有人藏在树林里，正在慢慢靠近我们，四个人。"

我很想乐观地说"大概是晚上来散步的邻居"，但自己都觉得完全不可能。

我说："是坏人？我们现在就往山下跑，等跑过这段小路，大声呼叫，肯定会有邻居听到。"

吴居蓝说："我现在跑不了。"

"我扶着你跑。"

吴居蓝没有接受我的提议："这四个人来意不善。待会儿，我说跑，你就跑。我挡住他们，你去找人帮忙。"

"不行，我要和你一起……"

吴居蓝目光灼灼地盯着我："我不会有事，但如果你坚持留下，我为了保护你，很可能就会有事。不要让你成为我的弱点，就是最大的帮忙。"

我只能听话："好。"

吴居蓝让我扶着他走到附近的一棵椰子树旁。

我这才明白，我的确不可能搀扶着吴居蓝跑。吴居蓝的两条腿僵硬得如同石柱，短短几步路，我和他就累得满头大汗。

吴居蓝让我帮他捡了几块小石头。他拿在手里，对我说："用尽力气往山下跑，不要试图回来救我，相信我，我不会有事。"

我紧紧地咬着唇，点了下头。

吴居蓝说："跑！"

我撒腿就冲向山径，树丛中有人扑了出来，想抓住我，但还没靠近我，一块石头就呼啸着砸向他的眼睛，他不得不闪身避开，我从他身前飞速地跑过。

他还想继续追我，又有一块石头飞向他，他只能先闪避。

吴居蓝靠在椰子树上，一手抛玩着石子，一手弯着食指，对他勾了勾，满是挑衅和轻蔑。

男子勃然大怒，招呼同伙："先收拾男的。"

我跑着跑着，终究是不放心，忍不住回头去看——椰子树下，四个男人都拿着匕首，一起围攻着吴居蓝。吴居蓝因为腿不能动，只能紧贴着椰子树，被动地保护着自己。那四个男人发现了他的异样，两个人从两侧攻向他，另外两个人借着吴居蓝的防卫空当，把手里的匕首狠狠刺向吴居蓝的两条腿。

我心中一恸，转身就要往回跑，吴居蓝的声音传来："小螺，听话！"

他的声音一如平常，平静到没有一丝波澜，可那声"听话"却格外温软，让我立即停住了脚步。

我一咬牙，猛地转过身，含着泪拼命往山下冲。

跌跌撞撞地冲到小路尽头，已经能看到妈祖街上的隐隐灯光，我一边跑，一边大声叫："救命！救命！有人吗？有人吗……"

江易盛第一个冲出屋子，高声问："小螺，怎么了？"

我喘着气说："吴居蓝在鹰嘴崖，椰子树下，有坏人……拿着刀……"

江易盛迈开大步，往山上疾跑。几个邻居也陆陆续续跟在他身后，往山上赶去。

我速度没他们快，等我气喘吁吁地跑到山顶，看见一堆人神情古怪地站在椰子树下。

我焦急地冲了过去："吴居蓝……"

椰子树下空无一人，既没有吴居蓝，也没有攻击我们的坏人。

我傻了。

一个邻居四处看了一圈说："沈螺，你是不是做噩梦了？没有人啊！"

我又急又怕地说："肯定是那些人把吴居蓝抓走了。"

曾大叔说："你别着急，江易盛已经带着人去别的地方找了。"

王洋哥哥说："我们再四处找找，小吴那么大个头，想把他带走可不容易。"

几个邻居分散开，沿着下山的方向去找。

我突然想起我给吴居蓝买了手机，而且要他答应我不管什么时候出门都必须带着手机。我立即掏出手机，给他打电话。

温柔的女声传来："对不起，您拨打的电话不在服务区内，请稍后再拨。"

我不死心地拨了一遍又一遍，手机里一直是这个回复。

‖‖

一个多小时后，大家找遍了整座妈祖山，既没有找到吴居蓝，也没有找到我说的四个坏人。

按照我的说法，加上吴居蓝，一共有五个男人，妈祖山就那么大，无论如何都不可能找不到。

虽然没有人明说，但我清楚地感觉到，大家都不相信我说的话。

我想说"吴居蓝的确不见了"，至少，这是可以证明的事实。

江易盛拉住我，在我耳边小声说："吴居蓝是成年人，要失联四十八小时后，警察才会受理。你就算现在报警，警察也只会先等等看。"

我只能把所有话都吞了回去。

人群渐渐地散去，邻居们还好心地悄悄叮嘱江易盛带我去医院检查一下。

‖‖

我站在山顶，既痛苦，又无措，怎么想都想不明白，五个大男人怎么会不留一点痕迹就消失不见了？

我问江易盛："你相信我说的话吗？"

"相信。"没等我表示感谢，江易盛又慢吞吞地说，"你告诉我你看见了外星人，我也会相信。"

我含着泪狠狠地捶了他一拳。

江易盛忙正色说："你把事情经过再给我讲述一遍，我们分析一下可能性。"

"吃过晚饭，八点多时，我和吴居蓝出门散步，沿着上山的小径，一直走到了最高的鹰嘴崖……后来，来了四个坏人……"

我走到椰子树下，站在吴居蓝站过的位置上："他就站在这里。"

江易盛紧挨着我的肩膀，靠着椰子树站好，一边查看四周，一边说："他的腿突然严重抽筋，不能动的话，这里的确是最好的地方。椰子树可以保护他的背部，他可以保护你顺利逃离。"

椰子树后面是茂密的羊角木林，左边是下山的小径，前方是一块杂草丛生的空地，右边就是形似鹰嘴的山崖，稀稀拉拉地长着一些低矮的抗风桐和不知名的藤蔓。

我和江易盛查看了一圈后，不约而同地把目光投向了鹰嘴崖。崖下怪石嶙峋，翻涌的大海不停地拍打着山壁，激溅起高高的浪花。

如果陆地上没能找到人，那么人会不会去了海上？

我说："还有一条小路可以通到山另一边的海滩，就是我们小时候常常去玩的海滩。"那边的海滩是礁石海滩，行走不便，人迹罕至，我、江易盛和大头三个人小时候经常在海滩上玩耍。

"我比你更熟悉这里！如果他们带着吴居蓝，速度快不了，到山下的海滩至少要二十几分钟。那片礁石海滩不好走，从山脚到海边至少又要十几分钟。我上山后没看到吴居蓝，立即跑到了那边的山坡上，从高处眺望过，绝对没有人。"

"也许你没有看清。"

"你看看今天晚上的月亮。"

我抬头看看那轮硕大的月亮，不吭声了。

江易盛："我不放心，还让黎大哥沿着那条路下去找了一遍，什么都没发现。"黎大哥是渔民，对海滩上哪里能停船了如指掌，只要有人乘船从那里离开，他肯定能发现。

我盯着陡峭的鹰嘴崖说："难道他们从那里跳下去了？"

江易盛说："不可能！从那里跳下去，九死一生。他们犯得着冒这个险吗？"

我气急败坏地说："这也不可能，那也不可能，难道人能飞上天吗？"

"更不可能！所以肯定有一个合理的可能。"江易盛犹豫了一下说，"那四个男人不一定非要带着吴居蓝走。这是海边，藏匿一个活人不容易，让一个死人消失却不难……"

我厉声说："不可能！吴居蓝绝对不会有事！"

江易盛不吭声了，可我一清二楚他想要说什么。如果那四个人穷凶极恶到先杀了

那片星空，那片海

吴居蓝，再处理掉吴居蓝的尸体，然后伪装成普通人，分散开走，就很有可能躲过搜索的队伍，顺利逃走。

我下意识地看向鹰嘴崖，突出的山崖伫立在虚空，面朝着辽阔的大海，一眼望去，无边无际，可以不留痕迹地吞噬掉一切。

我像是被什么东西狠狠地刺了一下，立即闭上眼睛，扭过了头，不敢再看。

江易盛劝说："能找的地方都找过了，你待在这里也没用，不如回家去等。只要吴居蓝没事，他肯定会想办法回家。"

一时间我也想不出别的办法，只能跟着江易盛回家去看看，抱着万分之一的希望，也许吴居蓝已经先回去了。

Chapter 9 | 我不怕你，我想要你 ————————————

至少这一刻，请让我知道你的心意。我只想知道，我
没有感觉错，你也有那么一点点喜欢我。

整整一晚上，吴居蓝没有回家，也没有打电话回来。

我一直坐在客厅的沙发上等着吴居蓝。过一会儿就拨打一次吴居蓝的手机，电脑合成的女声总是温柔又残酷地告诉我："对不起，您拨打的电话不在服务区内，请稍后再拨。"

院子外稍微有点风吹草动，我就会满怀期盼地看出去，却始终没有看到吴居蓝推门而入。

江易盛不放心我，给医院打电话请了假，一直陪着我。

早上，两个人都没有胃口，就都没有吃。

中午，江易盛给我做了碗长寿面："我辛苦煮的面，你多少吃一点。就算不看我的面子，也要看吴居蓝的面子，你吃饱了

才有力气想办法啊！"

"你说的道理我都明白，但现在我真的吃不下。"理智上，我完全清楚我不吃饭对事情没有任何帮助，但是，我的胃里就好像塞了一块沉甸甸的大石头，压得我一点容纳食物的空间都没有。

我说："我想再上山一趟。"

"我陪你一起去，也许会有新的发现。"

我和江易盛沿着昨天晚上我和吴居蓝上山的路，慢慢地走着。

正午的太阳十分毒辣，晒得人几乎睁不开眼睛。一路到山顶，都没有碰到一个人。

江易盛皱着眉头，自言自语地说："我也算是个聪明人，可从昨天晚上想到现在，怎么想都想不通几个大活人怎么能一点痕迹都不留地就消失不见了呢？以吴居蓝的身手应该能坚持到我们赶到，除非发生了什么我们不知道的事。"

我沉默地走到鹰嘴崖上，眺望着广阔无垠的蔚蓝大海。

昨天晚上，站在这里时，我还忐忑于今晚究竟会发生什么，告诉自己享受当下，可是这个当下竟然那么短暂。

江易盛担心地叫："小螺，回来！不要站得离悬崖那么近！"

我退了回来，回忆着昨天晚上的情形，慢慢地走到椰子树下。

明亮的阳光下，一切看得更加分明。椰子树就在小径的前方，守在这里，就像守在关隘口，可以把所有的危险都挡住。漫漫一生中，不是每个女人都能碰到一个男人愿意站在她身后，为她阻挡住所有危险。

我鼻子发酸，眼泪涌进了眼眶。吴居蓝，你答应了我不会有事！你必须说话算话！

在山顶转来转去的江易盛突然兴奋地说："小螺，我们上来这么久了，一个人都没有看到。"

我悄悄拭去眼角的泪，转过身，不明所以地看着他。

江易盛挥舞着手，激动地说："这里不是景点，大白天都没有人来玩，晚上怎么会莫名其妙地有四个人在山上？不管是想抢劫，还是想偷盗，都应该去繁华热闹的灯笼街，根本不应该来这里！我觉得这四个人绝不是偶然碰到你们、随机性作案！"

我如同醍醐灌顶，霎时间从一片漆黑中看到了一线光明："他们……是特意冲着我和吴居蓝来的！"

"对！如果不能找到吴居蓝，就想办法找到那四个人！他们一定知道吴居蓝的下落！但是……"江易盛叹了口气，"吴居蓝一直没有告诉你他来自哪里，做过什么，可以说，我们完全不了解吴居蓝，想要找到线索有点困难！"

我说："你怎么能肯定那些人是冲着吴居蓝来的？"

"不是冲着他，难道是冲着你？从小到大，你的经历乏善可陈，绝对不会有人想要大动干戈，找四个拿着刀的歹徒来对付你。"

我一边仔细思索，一边慢慢地说："我的经历是乏善可陈，但这两个月却发生了不少事。我去银行取钱，回来的路上被抢劫；我们出海去玩，回到家发现有两个小偷在家里；我和吴居蓝上山散步，碰到四个歹徒。我们这条街一直治安良好，从没有发生过这样的事，我却接连碰到三件，不是一句倒霉就能解释的。"

江易盛赞同地说："的确！这三件事应该是有关联的！"

我说："这三件事唯一的共同点就是我。"

江易盛说："也都和吴居蓝有关，是他住到你家后，才发生了这些事。"

我没有办法反驳江易盛，如他所说，我的经历一清二楚，完全想不出任何理由，会导致别人处心积虑地来对付我。

我说："不管是冲着我，还是冲着吴居蓝，暂时都不重要。关键是，如果这三件事不是孤立的，被抓住的那两个小偷就是……"

"线索！"江易盛说完，立即拿出手机，拨打了在警察局工作的朋友的电话。

"什么？已经被送走了？为什么……"

两个小偷既没有造成人身伤害，也没有造成财物损失，算是入室盗窃未遂。因为他们的认错态度良好，量刑会很轻，大概在六个月左右，可以取保候审；又因为案件最终会在海岛的管辖市审理，所以他们已经被看守所释放，离开了海岛。

江易盛安慰我说："人只是暂时离开了，并不是没有办法追查。我已经让朋友帮我去查他们的保证人是谁，什么时候审理案件，顺着线索总能追查到。"

我心情沉重地点了点头，一层层追查下去，不知道还需要多久，吴居蓝……我立即告诉自己，他答应了我，不会有事！他那么骄傲，肯定不会食言！肯定不会！

‖‖

从山上回到家里，我又恢复了之前的样子——坐在沙发上，看着窗外，手里拿着手机，过一会儿就给吴居蓝打一个电话。

江易盛为了分散我的心神，把电视打开，又拿了一堆零食放在茶几上。可是，往日我最喜欢的放松方式不再有半点效果，我满心满脑都还是吴居蓝。

晚上八点多时，我对江易盛恳求地说："我已经失去吴居蓝的联系二十四个小时了，你可不可以找朋友想点办法，通融一下，让警察帮忙找找？"

江易盛说："好！吴居蓝的情况有点复杂，我得去找朋友，当面聊一下，你一个人在家……没问题吗？"

"当然没有问题！过一会儿，我就去睡觉了。我手机一直开机，你随时可以打我电话。"

"这样也好，你好好睡一觉，有事我会给你电话。"江易盛拿起外套，匆忙离开了。

我又拨打了一次吴居蓝的手机。

"对不起，您拨打的电话不在服务区内，请稍后再拨。"

我对着手机低声问："到底要稍后多久？"

Ⅲ

电视机里传来主持人兴奋的声音："今年中秋节的圆月会是五十二年来最圆的月亮，我们中国人有句古话'水满则溢，月满则亏'，可见月圆是很短暂的一刻，你们想知道哪一刻的月亮才是真正最圆的吗？根据天文学家的预测，今天晚上十一点四十九分会出现最圆的月亮。中秋团圆月，你们选好地点去赏月了吗……"

我站了起来，呆呆地想了一会儿，开始翻箱倒柜地找东西。

我穿上保暖外套和防滑鞋，带上便携式手电筒。

"……不过很可惜，今晚我国南部地区普遍有雨，并不适合赏月……"

我拿起遥控器，"啪"一下关了电视。

我放下遥控器时，看到茶几上的零食，顺手把一包巧克力装到了口袋里。走出门时，又顺手拿了一把折叠伞。

Ⅲ

我沿着从小到大走过无数遍的小径，下到了我和吴居蓝约定月圆之夜见面的礁石海滩上。

这片海滩的形状像一个歪歪扭扭的"凹"字，两侧是高高耸立出海面的山崖，十分陡峭，中间是一片连绵几百米长的礁石海滩。因为水急浪大、怪石嶙峋，既不适合游泳，也不适合停船，很少有人来。只有附近的孩子偶尔会躲在这里抽烟喝酒，做一些需要躲避家长和老师的事。

很长一段时间，这片海滩都是我、大头、神医三人的秘密花园。每一次，我心情不好想一个人清静一下时，就会来这里。

今晚的月亮又大又圆，可因为天上有云，月亮一会儿在云层外，一会儿钻到了云层内，海滩上就一会儿明亮，一会儿黑暗。

我挑了块最显眼的礁石，爬到上面，笔直地站好，把手电筒打开，握着它高高地举起来，让自己像一个灯塔一样明亮耀眼。只要吴居蓝赶来，不管他身在何处，都能一眼就看到我。

当我无法找到他时，我唯一能做的就是努力让他能找到我，这也算是绝望中的一点希望。

我一只手举累了，就换另一只手，两只手轮流交替，始终让手电筒的光高高地亮在我的头顶。

沉默地伫立、沉默地祈祷、沉默地等待……

我不知道我已经等了多久，更不知道我还要等多久，似乎我已经化成了一块石头，不知疲倦，不知饥渴，只要吴居蓝还没有平安回来，我就会一直举着手电筒，等在这里。

从海上吹来的风突然变大了，厚厚的云层涌向月亮，把它包裹住。天地间变得漆黑一片，海水也失去了光彩，如墨汁一般漆黑。海潮越来越急，海浪越来越高。大海像一只被叫醒的发怒猛兽，咆哮着想要吞噬一切。

根据爷爷的说法："一风起，二云涌，三浪翻，四就是要下暴雨了。"有经验的渔民，闻到风的味道就知道海龙王要发怒了，得赶紧找地方躲避。

今夜的海龙王显然很不高兴，警告着所有人尽快远离他。

可是，因为月圆之夜的约定，我举着手电筒，站在礁石上，迟迟不愿离去。万一我刚走，吴居蓝就来了呢？

再等一会儿……

再等一会儿，我就走……

再等一会儿，再等一会儿，我就走，马上就走……

一个又一个"一会儿"，没有一丝预兆，瓢泼大雨突然倾盆而下，豆大的雨珠噼里啪啦地砸下来，砸得我全身都痛。

　　我把手电筒咬在嘴里，取出折叠伞，刚刚打开，"呼"一下，整个伞被风吹得向上翻起，不但不能帮我挡雨，反而带得我站都站不稳，差点跌下礁石。

　　我急忙松开了手，"哗啦"一声，伞就被风吹得不见了踪影。

　　我觉得哪里有点不对劲，拿起手电筒，朝着脚边照了下，才发现，海浪已经随着迅速涨潮的海面，悄无声息地翻卷到了我站立的礁石上，几乎就要淹没我的脚面。

　　我对水是本能地恐惧，立即仓皇地想后退。

　　一波未平，另一波更大的海浪向我站立的礁石翻卷着扑来。

　　"啊——"我从礁石上滑下，被卷到了海浪中。

　　我下意识地拼命挣扎，想抓住附近的礁石，却惊恐地发现什么都抓不住。

　　我身不由己，在礁石间冲来撞去，随着海水向着大海滑去。

　　就在我即将失去意识的最后一瞬，一只强壮有力的手突然伸过来，把我拉进了怀里，搂着我浮出了水面。

　　我大张着嘴，一边用力地喘气，一边不停地咳嗽，整个身体都因为恐惧而不由自主地抽搐，心里却洋溢着喜悦，急切地想要看清楚救了我的人。

　　是吴居蓝，真的是吴居蓝！

　　虽然夜色漆黑，海水模糊了我的眼睛，只能隐约看到一个轮廓，但我无比肯定就是吴居蓝。

　　狂风怒号、大雨如注、海潮翻涌，好像整个世界都要倾覆。

　　吴居蓝一手牢牢地抓着一块凸起的礁石，一手紧紧地搂着我。在他的胸膛和礁石间形成了一个小小的安全空间，让我可以不被风浪冲袭。

　　我也不知道自己脸上究竟是雨水、海水，还是泪水，反正视线模糊，让我总是看不真切。我伸出手，哆哆嗦嗦地抚摸过吴居蓝的脸庞，确定眼前的一切不是幻觉后，我用力地抱住了他的脖子，把头紧紧地贴在了他的颈窝。

　　天地间漆黑一片，狂风犹如饥饿的狼群，不停地哭嚎着；大雨如上帝之鞭，恶狠狠地鞭笞着世间万物；大海像一只发怒的洪荒猛兽，想要吞噬掉整个天地。

　　似乎，世界就在毁灭的边缘，我却觉得此时此刻安宁无比，在他怀里，头挨着他的颈窝，一切都是坚实可靠的。

暴风雨来得快，去得更快。

半个多小时后，突然间，风小了，雨停了，大海平静了，云也渐渐地散去。一轮金黄色的美丽圆月悬挂在深蓝的天空中，映照着波光粼粼的海面。

我抬起头，凝视着吴居蓝，用手轻轻地帮他把脸上的水珠抹去："谢……谢……阿嚏！"

我一开口，立即打了个寒战，才觉得好冷。

吴居蓝轻轻地推开我，想要帮我翻坐到礁石上。

我像只八爪章鱼一样，立即缠到了吴居蓝身上，这才发现他没有穿上衣。赤裸的肌肤和冰凉的海水几乎一个温度，我下意识地揉搓了一下，想帮他增加一点温度。等做完后，才意识到这好像……更像是在占便宜。

我不好意思了，忙放开了他一些，掩饰地说："我们一起上去。"

吴居蓝摇摇头，指指家的方向，把我的手拉开，又想把我推上礁石。

我终于后知后觉地察觉到有点不对劲了。

我紧紧地抓着吴居蓝的胳膊："我不会先回家！你……你……和我说句话，叫我一声'小螺'就可以。"

吴居蓝沉默地看着我，嘴巴紧紧地闭着。

"你不能说话了？是他们做的吗？"

我的眼泪直在眼眶里打转，伸手去摸他的嘴唇："你让我看一下，到底伤在哪里了？"

吴居蓝十分避讳，猛地偏了一下头，避开了我的手。

我不解地看着他，他沉默不语，深邃的眼睛里隐隐流动着哀伤。

我不想再勉强他，一手抓着他的手腕，一手去抓礁石，想要爬上岸，连对水的恐惧都忘了："我们现在就去找江易盛，立即去看医生。"

吴居蓝在下面轻轻托了一下我，我轻松地爬到了礁石上。

我回转身，用力拉他，想要把他拉上岸，吴居蓝却一动没有动。

我正想更加用力，却不知道吴居蓝的手怎么一翻，竟然轻轻松松就从我手里挣脱了。他慢慢地向后退去。

我惊恐地大叫："吴居蓝！"立即就想跳进水里去追他。

吴居蓝停住，对我安抚地抬了下手，示意他不是想离开，让我好好地待着。我没有再动，跪在礁石上，紧张困惑地盯着吴居蓝。

吴居蓝确定我不会跳下海后，慢慢地向着远离礁石的方向退去。

我眼睛一眨不敢眨，紧紧地盯着他。

他停在了几米外，一个能让我看清楚他，却又保证我们接触不到的距离。

他沉默地看着我，迟迟没有说话，也没有任何动作。

我挤了个干巴巴的笑出来，轻声叫："吴居蓝！"

他终于开始动了起来。

就像海下有一个平台托着吴居蓝一样，他慢慢地从海面上升了起来，一直升到了腰部，整个上半身都露在海面上。

他稳稳地停在了海中央，静静地看着我，似乎在提醒我，让我看清楚一切；又似乎在暗示我，如果想要逃避，一切还来得及。

皎洁的月光下，他的上半身犹如希腊神殿前的大理石雕塑一般完美，肌肉结实有力，肌肤白皙紧致，一颗颗水珠似乎闪着银光，从起伏的曲线上滑落。

如果说我没有察觉到异样，那肯定是撒谎，但这些还不足以让我害怕，我紧张地笑了笑，调侃说："身材很好！"

吴居蓝深深地盯了我一眼，似乎最终下定了决心。"哗啦"一声水浪翻卷中，我好像看到一条巨大的鱼跃出了水面。

等浪花平息，我看到吴居蓝平静地坐在海面上，整个身体没有任何遮挡地展现在我面前。

我眼睛发直，张着嘴，大脑一片空白。

刚刚经历过暴风雨的天空，格外干净澄澈，犹如一块毫无瑕疵的蓝宝石。一轮金黄色的圆月悬挂在天空，又大又亮，皎洁的光辉倾泻而下，映照得整片大海波光粼粼。

吴居蓝就优雅地侧身坐在那轮圆月下的海面上，他的上半身是人身，腰部以下却是鱼，又大又长的银蓝色鱼尾漂浮在水面上，让他看上去就好像是坐在了水面上一般。微风吹过，波光粼粼的海面温柔地一起一伏，吴居蓝的身子也微微地一摇一晃。

我觉得我要疯了！我究竟看见了什么？

真的？假的？死亡前的幻觉？

其实我已经快要死了吧！不管是被吴居蓝救了，还是现在看到的画面，都是死亡前的幻觉……

可是，不管我多么一厢情愿地催眠着自己"一切都是假的"，理智都在一个小角落里，顽固地提醒着我——一切都是真的！

我本能地想尖叫，那是人类自然而然的自我保护和防御机制，但是，让我神经错乱的画面中还有我熟悉的面容。虽然我现在心神震骇、头昏脑涨，却清楚地知道那样做一定会伤害到他，不可以！绝对不可以……

我像块化石一样，一直保持着跪趴的姿势，表情呆滞地看着吴居蓝。

他也一直没有动，不动声色地安静等待着，就像是一个走投无路下把命运完全交给老天去决定的人，除了漫长的等待和更漫长的等待外，再没有别的办法。

在吴居蓝足够耐心、足够漫长的等待后，我终于找到了自己的声音，干涩地问："你……你在 cosplay 吗？"

这是我在一一否定了做梦、发疯、幻觉等选项后，认为唯一合理的解释。我怕他没听懂，比画着说："就是通过服装和道具，把自己装扮成电影、小说、游戏里的某个人物，高明的 coser 能把自己装扮得和想象中一模一样。"

吴居蓝摇了摇头，将近两米长的尾巴高高扬起，在天空中划过一道美丽的弧线，又落回水里。月光下，银蓝色鱼尾的一举一动，都美得惊心动魄，绝不是人力所能为，只能是造物主的恩赐。

真的！

一切都是真的！

不得不接受了事实后，惊骇反倒慢慢地消散了。

为什么我非要希望眼前的一切全都是假的呢？为什么一直想从吴居蓝那里要一个合理的解释呢？为什么不能接受吴居蓝有一条鱼尾巴呢？就算一切都是真的，又能如何呢？他依旧是他！

我忍不住仔细地看着吴居蓝，他好像知道我其实现在才有勇气真正地看他，微微地侧过了身子，让我能看得更清楚一些。

月光下，他好像又有了变化。

他的眼眶更加深陷，眉骨更高，鼻梁更挺，鼻翼更窄，下颌更突出，整张脸更加棱角分明。漆黑的头发湿漉漉地垂在他肩头，令他看上去十分妖异英俊，也十分冷酷无情。

除了前半身，他全身上下都覆盖着一层细密的蓝色鳞片，这和狮子、老虎那些猛兽很像，只有前腹是没有防护的，所以猛兽从来都是深藏腹部。鳞片的颜色从下往上渐渐变浅，尾鳍是克什米尔蓝宝石般的深蓝色，到肩膀时几乎变成了水晶般透明的浅蓝色，如果不是在月光下，鳞片泛着淡淡的银光，几乎注意不到他肩膀上有鳞片。整条手臂也覆盖着鳞片，颜色从肩头往下逐渐加深，接近腕骨时已经变成了克什米尔蓝宝石般的深蓝色。

我好奇地问："刚才在水里时，我没有感觉到你肩上和胳膊上有鳞片，是因为刚才还没有吗？"

吴居蓝点了点头。

我问："是因为担心我害怕……你才没有显露？"

吴居蓝静静地看着我，没有吭声。

我突然想到——不是只有我紧张害怕吧？吴居蓝不紧张、不害怕吗？

他怕我害怕，特意隔着一段让我觉得安全的距离，坐在那里，一直展示着他的身体，还要配合我的每一个询问，没有人会喜欢这样吧？更何况是向来高傲冷淡的吴居蓝？

我的心胀得鼓鼓的，心酸和感动交杂在一起，想哭又想笑的感觉。

我说："吴居蓝，你能游过来吗？"

吴居蓝看着我，没有动。

我恳求："我怕水不会游泳，你过来，好吗？"

吴居蓝的鱼尾优雅地一摆，沉到了水下，他的人也向下沉了沉，只胸膛以上露在了海面上。

他向着我游过来，其实，并不像游，因为他双手根本没有动，身体也是直直的，更像是从水中漂了过来。

还有一米多远的距离时，他停住了，盯着我，似乎在确认我真的不会害怕。

我心里那种酸酸涩涩的感觉满涨到就要溢出来，忍不住轻叹了口气，绝不是难过，而是窝心的柔软感动。我第一次发现，原来每一次以为自己已经够喜欢一个人时，下一刻又会因为他的一个小小动作，更加喜欢他。

吴居蓝误会了我的叹气，他眼中满是无奈悲伤，想要退后。

我立即说："不要动！"

既然他不能说话，那就我来说好了！

我说："你不会真以为我害怕你吧？拜托！我虽然不是《暮光之城》和《来自星星的你》的脑残粉，但我也是从头到尾，一集没落地全看完了。"

吴居蓝的表情很茫然，显然根本不知道《暮光之城》和《来自星星的你》究竟是什么玩意儿，又和他有什么关系。

"《暮光之城》是讲吸血鬼的电影，《来自星星的你》是讲外星人的电视剧，你肯定想象不到全世界有多少女人是它们的脑残粉。现在的女孩子可不是《白蛇传》那个年代的人了，一见妖怪不是怕得要死，就是喊打喊杀，大家现在都巴不得遇见妖怪、吸血鬼和外星人。对女孩子而言，'男朋友不是人'绝对比'男朋友是高富帅'更有诱惑力……"

呃……我刚才说了什么，好像说了"不是人"，这算骂人的话吗？我立即闭上了嘴巴。

我看着吴居蓝，吴居蓝也看着我。

我张了张嘴，却觉得任何语言都难以表达我此时的心情。我干脆不说了，身子往前探，一手撑在礁石上，一手伸向吴居蓝，用行动表明——我不怕你！我想要你！

吴居蓝看着我，一动不动。

我的手在吴居蓝面前固执、安静地等待着。

良久后，吴居蓝迎着我的视线，慢慢地抬起了浸在海面下的手，却不是想握住我的手，而是想让我看清楚，我想握住的手究竟长什么模样。

我的呼吸一滞，连瞳孔都猛地收缩了一下。

银色的月光下，一串串水珠正从他的指间坠落，本该是一幅很温柔唯美的画面，但现在只会让人感觉到震撼和恐怖。

他的整个手掌都被蓝黑色的细密鳞片覆盖，看上去像金属一般冰冷坚硬。手背上暴起五道筋络，凸显着可以摧毁一切的力量。五指细长，指甲尖锐锋利，犹如五根钢针，很容易就能刺穿猎物的要害。指间有相连的蹼，手掌完全张开时，几乎是正常人的两倍大。

客观地评价，与其说这是一只手，不如说这是一只猛兽的利爪。

我非常震惊，甚至本能地畏惧，但是，当我逃避地去看利爪的主人时，吴居蓝平静深邃的双眸也正在细细观察我的反应。我意识到我的任何一丝反应都有可能伤害到他，立即平静了下来。

我再次把目光投向他抬起在月光下的手，仔仔细细地看着。再一次，我肯定这是一只可以撕碎一切的猛兽利爪，但是他那么小心翼翼，连靠近我都会怕吓到我，就算它是猛兽的利爪又如何？这只利爪根本不会伤害我！

我凝视着他，固执、安静地伸着手。

我看清楚了我将要相握的手长什么样，我依旧确信——我不怕你！我想要你！

沉默地对峙。

终于，吴居蓝慢慢地把手伸向我，他的速度非常慢、非常慢，就好像唯恐我没有机会反悔和逃走。当两人的指尖即将相触时，他停住了，还在给我反悔和逃走的最后机会。

我等得不耐烦起来，不管身前就是汪洋大海，使劲一探，抓向了他的手。他一惊，尖锐的指甲猛地缩回了手指里。我抓了个空，身子摇晃，眼看着就要摔下礁石，他握住了我的手，轻轻一撑，让我稳稳地趴在了礁石上。

我立即反握住了他的手，没有温暖柔软的感觉，而是冰冷的、坚硬的，一如我的想象。

我凝视着他，握着他的手，一点点用力，把他往我身边拉——我想和你在一起，不害怕，不勉强，更不会后悔！

他随着我的牵引，慢慢地游到了我身边。

我对他展颜而笑，他静静凝视着我的笑颜。

这一刻，我们眼里的光辉，令五十二年来最美的月色都暗淡了几分。

ⅲ

我趴在礁石上，吴居蓝浮在礁石旁的海水里，两人的手紧紧地握在一起。我一直看着吴居蓝，直到看到吴居蓝都好像有点不好意思，微微垂下了眼帘。

我担心地问："你不能说话是被那四个人伤到了吗？"

吴居蓝点点头，又摇摇头。

"一半是因为伤，一半是因为别的？"

吴居蓝点头。

我想了想说："因为你变回了……鱼身？"

吴居蓝微微一笑，似乎在表扬我聪明。

这又不难猜，他能下半身和人类不一样，舌头或气管那些发声器官和人类不一样不是很正常吗？

我问："上个月的月圆夜，你一整夜都消失不见，是不是因为……和现在一样了？"

吴居蓝点头。

"哦——那你是不是每个月的月圆之夜都会变回鱼身？"

吴居蓝点头。

"好神奇！"我难以想象两条腿变成一条尾巴，一条尾巴又变成两条腿的情景。

"你昨天晚上说腿突然抽筋不能动了，也是由于这个原因？"

吴居蓝点头，指了指天上的月亮。

我明白了，五十二年来最异常的月亮引发了他身体的异常。

"你什么时候变回人身？月亮落下，太阳升起时吗？"我记得他上次应该是在日出后才出现的。

吴居蓝点头。

我看看天上的月亮，对他说："我陪你一起等。"

吴居蓝指指我的湿衣服，示意我先回去。

我摇头："不要！我还没听到你亲口对我说……反正我不回去，这会儿没有风，天气并不冷。我身体很好，从小到大几乎没生过病，你不用担心。"

我说着不冷，实际不仅冷，还很饿。突然，我想起什么，从口袋里掏啊掏，掏出一袋巧克力，放在礁石上。

我一只手握着吴居蓝，舍不得放开，想只用另一只手撕开塑料纸袋，却显然有点困难。

吴居蓝的指尖从袋子上轻轻划过，塑料袋就裂开了。

我拿起一块，递到吴居蓝嘴边。他愣了一下，微微张开嘴，用舌头把巧克力卷进了嘴里。

我心如擂鼓，咚咚地加速跳起来，却装作若无其事，拿起一块巧克力，塞进嘴里，感觉到指尖的濡湿，一块普通的巧克力被我吃出了千滋百味。

111

月亮渐渐西沉，吴居蓝指指不远处的峭壁，示意他要离开一会儿。

"是要……变回双腿了吗？"我问。

吴居蓝点头。

虽然我很想陪着他，但这应该是一件很私密的事，就像人换内衣时，肯定不会喜欢有人旁观。

我轻声说："我等你，你有事就……随便发出点声音，或者拿石头丢我。"

我恋恋不舍地松开了手，吴居蓝对我安抚地笑笑，倏的一下就无声无息地沉入了水底。

我努力往水下看，却什么都看不到。吴居蓝在我面前一直速度非常缓慢，但显然他真实的速度是快若闪电。

海潮还没有完全落下，我所在的礁石又在大海的最里面，四周的水很深。我克制着恐惧，手脚并用地站起来，向吴居蓝刚才指的山崖眺望着。

月亮落下、太阳还未升起的一刻，天地间十分黑暗。我孤零零一人站在礁石上，几乎什么都看不清，正觉得紧张害怕，就听到了隐隐约约的歌声传来。

发音和旋律都很奇怪，完全听不懂在唱什么，可就是说不出的美妙动听。天籁般的歌声，都不像是用耳朵去听见的，而是每一个毛孔、每一寸肌肤都能听见，直接钻进身体，和灵魂共鸣。

是吴居蓝在唱歌！

他猜到我会害怕，用歌声告诉我他就在我身边。

被爱护珍惜的感觉让我几乎落泪，心情变得安宁平静。

天空渐渐透出朦朦胧胧的光芒，将海面照亮。

我看到山崖下的海水有点泛红，想着今天的日出应该是红霞满天，十分好看。可惜这边的海滩是朝西的，看得见日落，却看不到日出，我只能根据天亮的程度判断太阳是否升起了。

连绵不断的海浪声中，我突然发现，那美妙动听的歌声消失了，因为它太过温柔，离去时犹如朝云散、晨露逝，竟让人一时间没有察觉到。

我有点慌了，探着身子，手拢在嘴边，朝着山崖的方向，大声叫："吴居蓝！"

"我在。"

声音就在我脚下，我惊喜地低头看去。

吴居蓝从海水里冉冉浮起，手一撑，翻坐到了礁石上。

我快速地扫了一眼，确定是两条腿，就不好意思再看，视线迅速上移。他穿着湿漉漉的黑色短裤、白色 T 恤，正是前天晚上他失踪前穿的衣服，可是昨天晚上，他明明什么都没有穿。

看到我困惑地打量他的衣服，吴居蓝说："我把衣服藏在了珊瑚洞里，要不然上岸前又得想办法去偷衣服。"

我想起第一次见到他时的滑稽打扮，不禁笑起来：“原来那些衣服是你偷的，难怪那么混搭呢！”

“不过这次是匆忙间跳下海的，鞋子只剩下一只，手机也坏了。”吴居蓝晃了晃两只还泡在海水里的脚，左脚光着，右脚趿着人字拖。

我看看凹凸难行的礁石滩，把身上的外套脱下来，递给他：“用这个包着脚，等回家后再去买双新鞋。”

吴居蓝用我的外套包了个很利落的“贴脚鞋”，我怀疑他以前做过这事。

我担心地问：“你刚刚才……走路不会有事吧？”

“没事。如果很长时间没来陆地上，需要适应一下，这次没事。”吴居蓝站了起来，看上去一如常人，没有丝毫异样。

两个人面对面站着，不大的礁石，显得有点局促。

突然间，我们好像得了失语症，谁都不说话，只是看着对方。

过了一会儿，我声音不大，却一字字很清晰地说：“我的心意没有变。”

吴居蓝说：“你以后会后悔的。”

“那是以后的事情，现在要我放弃，我会现在就后悔，而且你不是我，不要替我做判断。”

吴居蓝沉默，不言也不动。

山不就我，我去就山！我脚尖动了动，往前蹭了一点，又往前蹭了一点，直到几乎贴站在了吴居蓝身前。

吴居蓝仍然不言也不动。

我湿淋淋地站在清凉的晨风中，也不知道究竟是心冷，还是身冷，我开始打哆嗦，越打越厉害，整个人抖得几乎像筛糠。

我声音颤抖地说：“吴居蓝，你答应了我……我的！”

吴居蓝不说话。

“吴居蓝，你……你……是不是非要看着我快淹死了，才会来抱我？”

“你太冷了，我们回去！”吴居蓝转身想走。

我毫不犹豫地向着大海跳了下去，人都已经到了半空，吴居蓝跃起，快若闪电地抱住我，在空中转了一个圈，稳稳地落回到了礁石上。

他刚想放手，我说：“我还会跳的！但你可以选择不救，让我淹死好了！”

吴居蓝被我气笑了：“沈螺，我从没有见过像你这么脸皮厚的女人！”

"现在见到了，也不晚！"

吴居蓝冷冰冰地说："可惜，从来只有我威胁别人，没有别人威胁我！你想跳就跳吧，反正淹死的是你，不是我！"吴居蓝放开了我，转身就走。

我盯着他背影看了一瞬，转身就跳进了海里。

虽然往下跳时，我已经给自己做了各种心理准备，可我对水的恐惧已经深入骨髓，身体刚入水，就不受控制地开始痉挛，像块石头般沉向海底。幸亏吴居蓝在我落水的一瞬就跳了下来，动作迅疾地抓住了我，带着我浮出水面，跃到了礁石上。

我趴在他的胳膊上，一边咳嗽，一边说："你以前……不接受威胁，是因为你没有把那个人放到心里。可惜，你现在把我放进了心里，就只能接受我的威胁了！"

吴居蓝沉默不语，没有否认，也没有再试图放开我。

我喃喃说："我知道前面的路很艰难，也许远远超出我的想象，但是，至少这一刻，请让我知道你的心意。我只想知道，我没有感觉错，你也有那么一点点喜欢我。"

碧海蓝天间，初升的朝阳下，吴居蓝第一次把我紧紧地搂在了怀里。双臂越收越紧，勒得我几乎喘不过气来，肋骨都觉得痛，却让我第一次真实地感受到了他对我的感情，我心满意足地闭上了眼睛。

恍惚间，我觉得，他不是只有一点点喜欢我，而是很多很多，就像白雪皑皑的山峰，虽然表面全是坚冰，可在地底深处，翻涌的却是滚烫的岩浆。

Chapter 10 | 如何打败时间

你在楼下，凭栏临风。我在楼上，临窗望月。两处断

肠，却为一种相思。

我和吴居蓝从山上下来时，远远地就看到院墙外竟然架着一个梯子，院门虚虚地掩着。

我怒了，这些贼也太猖狂了吧！光天化日、朗朗乾坤……我随手从路旁捡了根结实的树棍，冲进院子，看到人就打。

"哎哟——"江易盛边躲边回头。

我傻了，立即把棍子扔掉："我……以为又是小偷。你怎么翻到我家里来了？"

江易盛怒气冲冲地说："我怎么翻进了你家里？你告诉我，你怎么不在家？我打你手机关机，敲门没有人开门，我当然要翻进来看一下！你不是和我说你会在家睡觉吗？出去了为什么不告诉我一声？不知道我会担心吗？"

我抱歉地说："我的手机掉进海里了，接不到你的电话，也没有办法打电话通知你。"

"那你出门时为什么不告诉找一声？出门时手机总没有掉进海里吧？"

我心虚地说："对不起，我去找吴居蓝了，怕你会阻止我，就没告诉你。"

"我能不阻止你吗？黑灯瞎火的，你能到哪里去找人？我从来没有反对过你去找吴居蓝，但你首先要保证自己的安全。我告诉你，就算吴居蓝在这里，他也得阻止你！"

我求救地回头去看吴居蓝，吴居蓝却倚着院门，凉凉地说："骂得好！"

江易盛这才看到吴居蓝，愣了一愣，惊喜地说："吴大哥，你回来了？"

吴居蓝微笑着，温和地说："回来了。"

江易盛看到他脚上包着我的外套，关心地问："你脚受伤了？"

"没有，丢了一只鞋子。"吴居蓝说着话，坐到厨房外的石阶上，解开了脚上的外套。

江易盛放下心来，对我惊讶地说："没想到，你还真把吴大哥找回来了。"

没等我得意，吴居蓝说："没有她，我也会回来的。"

我瘪着嘴，从客厅的屋檐下拿了一双拖鞋，放到吴居蓝脚前，转身进了厨房。

江易盛对吴居蓝说："你平安回来就好。那四个歹徒……"

"我跳下海后，他们应该逃走了。"

江易盛满面震惊地问："你从鹰嘴崖上跳下了海？"

"嗯。"

从鹰嘴崖上跳下去竟然都平安无事？江易盛不敢相信地看我，我耸耸肩，表示我们要习惯吴居蓝的奇特。

江易盛问："要报警吗？"

吴居蓝说："算了！"

江易盛默默地想了下，觉得只能算了。吴居蓝的身份有点麻烦，而且那些人没有造成实际伤害，就算报了警，估计也没多大用处。

吴居蓝看到我在厨房里东翻西找，他说："你先去把湿衣服换了。"

我拿着饼干说："我饿了，吃点东西就去换衣服。"

吴居蓝对江易盛说："我去做早饭，你要早上没吃，一起吃吧！"

我忙说："不用麻烦，我随便找点吃的就行。"

吴居蓝淡淡说："你能随便，我不能。"

我被吴居蓝赶出厨房，去洗热水澡。

等我洗得全身暖烘烘，穿上干净的衣服出来，吴居蓝已经做好三碗阳春面，还熬了一碗姜汤。

我把一碗面吃得一点不剩。

吴居蓝问："昨天你没好好吃饭吗？"

江易盛冷哼，张嘴就要说话。

桌子下，我一脚踩到江易盛的脚上，江易盛不吭声了。

我端起姜汤，笑眯眯地说："是你做的面太好吃了。"

吴居蓝面无表情地说："如果你不要用脚踩着江易盛，这句话会更有说服力。"

我大窘，立即乖乖地把脚缩了回去。

江易盛咪咪地笑："小时候，我们三个，人人都认为大头和我最坏，可我们是明着嚣张坏，小螺是蔫坏蔫坏的，我们干的很多坏事都是她出的主意。"

我振振有词地说："那些可不叫坏事，那叫合理的报复和反抗。"谁叫我斗争经验丰富呢？从继父斗到继母，小小年纪，就学会了曲线斗争、背后捅刀。

江易盛微笑着看了我一会儿，对吴居蓝说："我十一岁那年，爸爸突然精神病发作，变成了疯子。这成了我人生的一个分水岭，之前我是多才多艺、聪明优秀的乖乖好学生，老师喜欢、同学羡慕；之后大家提起我时都变得很古怪，老师的喜欢变成了怜悯，同学们也不再羡慕我，常常会叫我'疯子'，似乎我越聪明就代表我神经越不正常，越有可能变成疯子……"

我打断了江易盛的话，温和地说："怎么突然提起这些事？"

江易盛朝我笑了笑，继续对吴居蓝说："从小到大我已习惯了被人赞美、被人羡慕，完全不知道该如何应对这么急剧的人生意外，变得寡言少语、自暴自弃。被人骂时，只会默默忍受，想着我反正迟早真的会变成个疯子，什么都无所谓。那时候，我妈妈很痛苦，还要带着爸爸四处求医，根本没有精力留意我；老师和同学都认为发生了那样的事，我的变化理所当然，只有一个从来没有和我说过话的同学认为我不应该这样。她骂跑了所有叫我'疯子'的同学，自说自话地宣布我是她的朋友。我不理她，她却死皮赖脸地缠上了我，直到把我缠得没有办法，不得不真做她的朋友。她带着我这个乖乖好学生做了很多我想都不敢想的事，还煽动我连跳了三级，我觉得我已经疯了，对于会不会变成疯子彻底放弃了纠结。"

江易盛笑嘻嘻地问吴居蓝："你知道我说的是谁吧？就是那个现在正在死皮赖脸地纠缠你的女人！"

　　　　　　　　　　　　　　　　　　　　　　那片星空，那片海

我说："喂！别自言自语当我不存在好不好？"

江易盛收敛了笑意，对吴居蓝严肃地说："对我而言，小螺是朋友，也是亲人；是依靠，也是牵挂。我非常在乎她的平安。飞车抢劫、入室盗窃、深夜遇袭，已经发生了三次，如果这些事和你有关，请不要再有第四次！"

我用力踩江易盛的脚，示意他赶紧闭嘴。江易盛却完全不理我，一直表情严肃地看着吴居蓝。

吴居蓝说："我现在不能保证类似的事不会发生第四次，但我可以保证不管发生什么我一定在场，小螺会平安。"

江易盛深深地盯了吴居蓝一瞬，笑起来，又恢复了吊儿郎当不正经的样子，一边起身，一边说："两位，我去上班了！听说医院会从国外来一个漂亮的女医生做交流，你们有空时，帮我准备几份能令人惊喜的情人套餐，我想约她吃饭。"

我忙说："神医，记得让你朋友帮忙继续追查那两个小偷。"

"知道。"

目送着江易盛离开后，我对吴居蓝说："江易盛刚才说的话你别往心里去，我们现在也只是猜测这三件倒霉的事应该有关联，不是偶然事件。"

吴居蓝说："你们的猜测完全正确。"

我惊讶地问："为什么这么肯定？"

"你上次说，抢你钱的人手上长了个黑色的痦子？"

"是！"我伸出手大概比画了一下那个痦子的位置。

吴居蓝说："在鹰嘴崖袭击我们的那四个人，有一个人的手上，在同样的位置，也长了一个痦子。"

没想到这个小细节帮助我们确认了自己的猜测，看来三次事件真的是同一伙人所为，他们肯定别有所图。

我小心翼翼地问："吴居蓝，你以前……有没有很讨厌你、很恨你的人？"

"有！"吴居蓝十分肯定坦白。

我心里一揪，正想细问，吴居蓝又说："不过，他们应该都死了。"

我失声惊问："死了？"

"这次我上岸，第一个遇到的人就是你。待在陆地上的时间有限，认识的人也很有限，除了周不闻，应该再没有人讨厌我了。"吴居蓝似笑非笑地看着我。

我可不想和他讨论这事，赶紧继续问："那以前呢？"

"我上一次上岸做人，我想想，应该是……公历纪元 1838 年，本来想多住几年，但 1865 年发生了点意外，我就回到了海里。"吴居蓝轻描淡写地说，"那次我是在欧洲登陆的，在欧洲住了十几年后，随船去了新大陆，在纽约定居。就算那些仇恨我的人有很执着的后代，也应该远在地球的另一边，不可能知道我在这里。"

我风中凌乱了，整个人呈石化状态，呆看着吴居蓝。他说一八……一八几几年？欧洲大陆？新大陆？他是认真的吗？

吴居蓝无声叹息："小螺，我说的都是实话，这就是我。我不是合适的人，你应该找和你般配的人做伴侣……"

我脑子混乱，脾气也变得暴躁了："闭嘴！我应该做什么，我自己知道！"

吴居蓝真的闭上了嘴巴，默默收拾好碗筷，去厨房洗碗。

我一个人呆呆地坐了好一会儿，走到厨房门口说："吴居蓝，你刚才是故意的！同样的事情，你明明可以换一种温和的方式告诉我，却故意吓唬我！我告诉你，你所有的伎俩都不会有用的，我绝不会被你吓跑！"

我说完，立即转身，走向客厅。

连着两夜没有睡觉，我头痛欲裂，可因为这两天发生的事情都是在挑战我的承受极限，脑子里的每根神经似乎都受了刺激，完全不受控制，纷纷扰扰地闹着，让我没有一丝睡意。

我拿出给客人准备的高度白酒，给自己倒了满满一玻璃杯，仰起头咕咚咕咚灌下。

烈酒像一团火焰般从喉咙滚落到胃里，让我的五脏六腑都有一种灼热感，我的精神渐渐松弛下来。

我扶着楼梯，摇摇晃晃地爬上楼，无力地倒在床上，连被子都没有盖，就昏昏沉沉地闭上了眼睛。

将睡未睡时，我感觉到吴居蓝抱起我的头，让我躺到枕头上，又帮我盖好了被子。

我很想睁开眼睛，看看他，甚至想抱抱他，但醉酒的美妙之处，或者说可恨之处就在于：觉得自己什么都知道，偏偏神经元和身体之间的联系被切断了，就是掌控不了身体。

吴居蓝轻柔地抚过我的头发和脸颊，我努力偏过头，将脸贴在了他冰凉的掌心，表达着不舍和依恋。

吴居蓝没有抽走手，让我就这样一直贴着，直到我微笑着，彻底昏睡了过去。

ⅲ

晚上七点多，我醒了。

竟然睡了整整一天？晚上肯定要睡不着了，难道我要过美国时间吗？

美国，1865 年，十九世纪的纽约……距今到底多少年了？

我盯着屋顶，发了半晌呆，决定……还是先去吃晚饭吧！

我洗漱完，扎了个马尾，踢踢踏踏地跑下楼："吴居蓝！"

"吴——居——蓝！"

客厅里传来江易盛的声音，他学着我阴阳怪气地叫。

我郁闷地说："你怎么又来蹭饭了？"

"我乐意！"江易盛手里拿着一杯红酒，腿架在茶几上，没个正形地歪在沙发上。

我对吴居蓝说："我饿了，有什么吃的吗？不用特意给我做，你们剩下什么，我就吃什么。"

吴居蓝转身去了厨房。

江易盛把一部新手机递给我："我中午去买的，还是你以前的号码，吴大哥的也是。你给我一部手机的钱就好了，你的算是生日礼物。"

我笑嘻嘻地接过："谢谢！吴居蓝的手机呢？给他看过了吗？"

"看过了。"江易盛指了指沙发转角处的圆几，上面放着一部手机，"你们俩丢手机的速度，真的很霸气侧漏！"

我没有理会他的讥嘲，拿起吴居蓝的手机和我的对比了一下，机型一样，只是颜色不一样。我满意地说："情侣机，朕心甚慰！"

江易盛不屑："你那点小心思，很难猜吗？"

我不吭声，忙着把我的手机号码存到吴居蓝的手机里，又把他的手机铃声调成了和以前一模一样的。我的选择无关审美和喜好，只有一个标准，铃声够响、够长，保证我给吴居蓝打电话时，他肯定能听到。

江易盛等我忙完了，把一个文件夹递给我："我刚让吴大哥看过了，他完全不认识他们，也想不出来任何相关的信息。"

我翻看着，是那两个小偷的个人信息，以及帮他们做取保候审的律师和保证人的信息。

一行行仔细看过去，我也没看出任何疑点。普通的小偷，普通的犯罪，保证人是其中一人的姐姐，律师是她聘请的。

我叹了口气，合上文件夹："这两个人一定知道些什么，但他们不说，我们一点办法都没有。"

"你别着急，这才刚开始追查，总会有蛛丝马迹的，天下没有天衣无缝的事。"江易盛说。

"我不着急，着急的应该是那些人。如果我的猜测正确，他们一定有所图，一定会发生第四件倒霉的事。"我拍拍文件夹，"既然暂时查不出什么，就守株待兔吧！"

虽然我说了别麻烦，吴居蓝还是开了火，给我做了一碗水晶虾仁炒饭。

他端着饭走进客厅时，我正好对江易盛说："那些坏人不是冲着吴居蓝来的，应该是冲着我来的。"

"为什么这么推测？"江易盛问。

我瞟了吴居蓝一眼，说："反正我有充足的理由相信那些坏人不是冲着吴居蓝来的。既然排除了他，那就只可能是我了。"

"把你的充足理由说出来听听。"

"我不想告诉你。"

江易盛像看神经病一样看着我："沈大小姐，你应该很清楚，那些人究竟是冲着你来的，还是冲着吴居蓝来的，会是截然不同的两种处理方式。这么重要的判断，你不告诉我？也许你的判断里就有线索！"

我蛮横地说："反正我是有理由的，你到底相不相信我？"

江易盛话是对着我说的，眼睛却是看着吴居蓝："这不是相信不相信你的问题，而是起码的分析和逻辑。你和吴居蓝比起来，当然是吴居蓝更像是会惹麻烦的人。"

我苦笑着说："可是这次惹麻烦的人真的是我，虽然连我自己都想不通，我的判断理由等我想说时我会告诉你。"

江易盛说："好，我不追问你理由了，就先假定所有事都是冲着你来的。"他一仰头，喝干净了红酒，放下杯子对吴居蓝说，"在查清楚一切前，别让小螺单独待着。"他站起身，对我们挥挥手，"我回家了。"

我端起炒饭默默地吃着，吴居蓝坐在沙发另一头，静静地翻看一本书。

我偷偷地瞄了几眼，发现是纪伯伦的《先知》，心里不禁窃喜，因为纪伯伦是我最爱的作家之一。其实不是什么大不了的事，但知道吴居蓝喜欢看我喜欢的书，就好像在这无从捉摸的大千世界中，又发现了一点我和他的牵绊，就算只是微不足道的一点，也让人欣喜。

等吃饱后，我放下碗，笑嘻嘻地对吴居蓝说："你白天也不叫我，害得我睡了一整天，晚上肯定失眠。"

可惜，吴居蓝没有一点愧疚感，他一边看着书，一边漫不经心地建议："你可以给自己再灌一大杯白酒。"

我被噎得一句话都说不出来，瞪着他。吴居蓝不为所动，淡定地翻着书，任由我瞪。

我瞪着瞪着，不知不觉地变成了细细地打量，从头仔细看到脚，完完全全看不出一点异样。

如果不是吴居蓝时时刻刻逼着我去面对这个事实，我恐怕会很快忘记昨晚的所见吧！因为我在心理上并不知道该怎么办，甚至暗暗庆幸着他每月只有一夜会变成……一条鱼。

我知道，吴居蓝不是不喜欢我，只是除了喜欢，他还有很多要考虑的现实，任何一个我猜到或者压根儿没猜到的现实，都有可能让他止步。

吴居蓝说："下个月圆之夜后，如果你还没有改变心意，我……"当时，他话没有说完，我想当然地理解成了"我就接受你"。现在，我才明白，他压根儿不是这个意思，他没有继续说，不是话未尽的欲言又止，而是真的觉得不应该有下文了。

这个下文，是我硬生生地强要来的！但是，既然没脸没皮地要到了，我就没打算放手！

任何一段成年男女关系的开始都会有怀疑和不确定，因为我们早过了相信"真爱无敌"和"从此，王子和公主幸福地生活在一起"的年龄了。有怀疑和不确定是正常的，那是对自己更负责的态度，所以才要谈恋爱和交往，谈来谈去，交来往去，一点点了解，一点点判断，一点点信任，甚至一点点妥协，一点点包容，这就是成年人的爱情。

我才活了二十六年，就已经对这个世界充满悲观和不信任了。吴居蓝年龄比我大，经历比我复杂，我允许他有更多一点的怀疑和不确定。只要他还喜欢我，那么一切都可以解决，我们可以慢慢地了解，慢慢地交往，让时间去打败所有的怀疑和不确定。

我坐到了吴居蓝身旁，轻轻地叫了一声"吴居蓝"，表明我有话想说。

吴居蓝合上了书，把书放到茶几上，平静地看向我。

我试探地握住了吴居蓝的手，他没有排斥，可也没有回应，目光沉静，甚至可以说是冷漠地看着我，就像是赤裸裸地表明——对他而言，我的触碰，别说心动涟漪，就连烦恼困扰都不配给他造成。

如果换成别的女孩，只怕早就羞愧地掩面退下了，但我……反正不是第一次没脸没皮了！

我用食指和中指轻轻地挠他的掌心，他一直没有反应，我就一直挠下去，挠啊挠啊，挠啊挠啊……吴居蓝反手握住了我的手，阻止了我没完没了的撩拨。

我心里暗乐，面上却一本正经地说："漫漫长夜，无心睡眠，我们聊天吧！"

"聊什么？"

"随便聊，比如你的事情，你要是对我的事情感兴趣，我也会知无不言、言无不尽的。"

吴居蓝完全没有想到我竟然这么快就不再逃避，决定面对一切。他盯着我看了一瞬，才淡然地问："你想知道什么？"

我尽量若无其事地说："你的年龄。"

吴居蓝说："我一直生活在海底，所谓山中无日月，你们计算时间的方式对我没有意义。"

我沉默了一会儿，问："你说你上一次登上陆地是 1838 年，在欧洲。你一共上了几次陆地？"

"现在的这一次，1838 年的一次，还有第一次，一共三次。"

经历还算简单！我松了口气，好奇地问："你第一次登上陆地是什么时候？"

"开元八年。"

我没有再问"在哪里"，因为这种年号纪年的方法，还有"开元"两个字，只要读过一点历史书的中国人都知道。虽然已经预做了各种心理准备，可我还是被惊住了。

我愣愣地出了会儿神，猛地跳起来，跑到书房，抽出《唐诗鉴赏辞典》，翻到王维的那首诗，一行行地快速读着：

青青山上松，

数里不见今更逢。

不见君，

心相忆，

此心向君君应识。

为君颜色高且闲，

亭亭迥出浮云间。

终于、终于……我明白了！当日吴居蓝的轻轻一叹，不是有些"千古悠悠事，尽在不言中"的感觉，而是真的千古光阴，尽付一叹。

我状若疯狂，急急忙忙地扔下书，匆匆坐到电脑桌前，搜索王维：公元 701 年—761 年，唐朝著名诗人、画家，字摩诘，号摩诘居士。

我刚想搜开元八年是公元多少年，吴居蓝走到我身后，说："开元八年，公元 720 年。"

吴居蓝进入长安那一年，正是大唐盛世。"长安大道连狭斜，青牛白马七香车。玉辇纵横过主第，金鞭络绎向侯家。"

那一年，王维十九岁，正是"相逢意气为君饮，系马高楼垂柳边"的诗酒年华。

我听见自己的声音缥缈如烟，都不像是从自己嘴里发出来的："你认识王维？"

"嗯。"

难怪我当时会觉得他说话的语气听着很奇怪。

我大脑空白了一会儿，下意识地搜索了李白：公元 701 年—762 年，唐朝著名诗人，字太白，号青莲居士。

原来那一年，李白也才十九岁，正是"气岸遥凌豪士前，风流肯落他人后"的年少飞扬。

那时的吴居蓝也是这样的吧？风华正茂、诗酒当歌，"我醉欲眠卿且去，明朝有意抱琴来"。

我喃喃问："你认识李白？"

"喝过几次酒，比过几次剑。"

"杜甫呢？"

"因为容颜不老，我不能在一地久居，不得不四处漂泊，上元二年，曾在蜀中浣花溪畔见过子美。"

吴居蓝的表情、语气都很平淡，我却不敢再问。从开元盛世到安史之乱，从歌舞升平到天下殇痛，隔着千年光阴读去，都觉得惊心动魄，难过惋惜，何况身处其间者。

"既然不能在一地久居，为什么不回到海里？"

吴居蓝淡淡而笑："那时的我太年轻，又是第一次在陆地上生活，稀里糊涂太过投入，什么事我都无能为力，却又什么都放不下。"

"后来是什么时候离开的？"

"大历六年，公元771年，我从舟山群岛乘船，东渡日本去寻访故人。我到日本时，他已病逝，我在唐招提寺住了半年后，回到了海里。"

从公元720年到公元771年，五十二年的人世兴衰、悲欢离合，看着无数熟悉的知交故友老去死亡，不管是"相逢意气为君饮"，还是"风流肯落他人后"，都成了皑皑白骨，对寿命漫长、一直不老的吴居蓝而言，应该相当于过了几生几世，难怪他看什么都波澜不兴、无所在意的淡漠。

忽然之间，我明白了，为什么他要千年之后，才会再次登上陆地，还是一块全无记忆的大陆，那些镌刻于记忆中的欢笑和悲伤都太过沉重了！

我走到吴居蓝身前，温柔地抱住了他。

吴居蓝的身子微不可察地颤了一下："你不怕吗？"他的声音和他的体温一样冰凉，好似带着千年时光的沧桑和沉重。

我的头伏在他怀里，双臂用力抱紧他，希望我的温暖能融化一点点他的冰凉："令我畏惧的是时光，不是你。"

"但你看得见、触得到的是我，不是时光。现在你还年轻，觉得无所谓，可十年、二十年后呢？我依旧是现在这样，你会变成什么样？"吴居蓝一动不动地站着，声音平静得没有一丝起伏，言辞却犀利得像冰锥，似乎要狠狠地扎进我的心里。

这一瞬间，我真恨吴居蓝的理智和冷酷，他不肯让我有半点糊涂，也不肯让我有半点逃避，总是把一切赤裸裸地摊开在我面前。

我明明感受到了他对我的感情，但是，他却能毫不留情地一而再，再而三地想把我推开，逼迫我放弃自己的感情，放弃他！

我沉默了良久说："我会变老、变丑。"

"我不可能在一地长居，你必须跟着我颠沛流离，没有朋友，没有家，到那时，我的存在就是你最恐怖的噩梦。又老又丑的你会恨我、畏惧我，想尽办法逃离我。"吴居蓝一边说着残忍的话，一边微笑着推开了我。

我下意识地抓住了他的手，不想他离开，但这一刻，我的手比他更冰凉。

"沈螺，不要把你短暂的生命浪费在我身上，去寻找真正适合你的男人！"吴居蓝冷漠绝情地用力拽开了我的手，"等查清楚究竟是谁针对你，确认和我没有关系后，我就会离开，你就当遇见我的事是一场梦吧！"

ⅲ

我晕晕沉沉，像梦游一样走出了书房，回到自己的卧室。

屋子里黑漆漆的，我心口又憋又闷，"唰唰"几下，拉开了所有窗帘，打开了所有窗户。清凉的晚风一下子全灌了进来，吹得桌上的纸张飞了起来，窗帘也哗哗地飘着。

我蜷坐在窗前的藤椅上，长长久久地看着天上那轮圆月。

千年前的那轮月亮应该和今夜的月亮看上去差不多吧！

可是，人却不行，生老病死，一个都逃不过。女子的芳华更是有限，十年后，我三十六岁，如果保养得好，还能说徐娘半老、风韵犹存，可二十年后呢？四十六岁的女人是什么样子？五十岁的女人又是什么样子？

那个时候，我和寿命漫长、容颜不老的吴居蓝站在一起是什么感觉？

中国最美的爱情誓言就是"执子之手、与子偕老"，如果连偕老都做不到，相握的手还是恋人的手吗？

我悲伤无奈地苦笑起来。

自以为鼓足了所有勇气，信心满满地面对这份感情，下定决心不管我和他之间有多少怀疑和不确定，我们都可以慢慢地了解，慢慢地交往，让时间去打败所有的怀疑和不确定。

但是，我完全没有想到，我们之间的最大问题就是"时间"。

我该用什么来打败时间？

这个问题，连拥有千年智慧、几乎无所不能的吴居蓝都不知道该怎么办，所以他才会故意尖刻地说出"又老又丑的你"这样的话来伤害我，逼着我放弃。

理智上，我认同吴居蓝的决定。既然未来是一条越走越窄的死路，注定会伤害到所有人，的确应该选择放弃。

但是，感情上，我只知道我喜欢他，他也喜欢我。我愿意接受他非人的身份，他也不排斥我是个普通的人类女子，我们为什么不能在一起？

▍▍▍

夜色越深，风越凉，我却像是化作了石雕，一直坐在窗口前，吹着凉风。

突然，我狠狠地打了几个喷嚏，一时间涕泗横流、十分狼狈，不得不站起来去抽面巾纸。

擦完鼻子，我顺手拿起桌上的手机看了一眼，还差十几分钟就凌晨四点了。

我竟然不知不觉地在窗口坐了六七个小时，难怪冻得要流鼻涕，可不知道我的哪根神经失灵了，竟然一点都没有感觉到冷。

我靠着窗台，看着窗外：月光下，龙吐珠花皎皎洁洁，随风而动；九里香堆云积雪，暗香袭人。

我想起了吴居蓝慵懒地坐在花丛间，静看落花蹁跹的样子，忍不住手按在心口，无声地长叹了口气。

我不是吴居蓝，没有他的理智，更没有他对人对己的冷酷。也许不管我再思考多久，都没有办法想清楚，究竟是应该理智地放弃，还是应该顺心地坚持。

但是，相爱是两个人的事，不管我怎么想，吴居蓝似乎都已经做了决定……

突然，我心中一动。

吴居蓝逼我放弃，他放弃了吗？

在说了那么多冷酷的话，明知道会伤害到我后，夜不能寐的人只是我一个吗？

刹那间，我做了一个孤注一掷的决定，把无法决定的事情交给了命运去决定——

如果我此时出声叫吴居蓝，他回应了，那么就是命运告诉我，不许放弃！如果他没有回应，那么就是命运告诉我，应该……放弃了！

我把头凑到窗户前，手拢在嘴边，想要叫他。可是，我紧张得手脚发软，心咚咚乱跳，嗓子干涩得没有发出一点声音。

我真的要把我的命运、我的未来都押在一声轻唤上吗？

万一、万一……他早已熟睡，根本听不到，或者他听到了，却不愿意回应我呢？

我深吸了几口气，才略微平静了一点。

恐惧纠结中，我鼓足了全部的勇气，对着窗外的迷蒙夜色，轻轻地叫："吴……吴……吴居蓝。"因为太过忐忑紧张，我的声音听上去又沙又哑，还带着些颤抖。

本来，我以为我要经历痛苦的等待，才有可能等到一个答案，结果完全没有想到，我的声音刚落，就听到了吴居蓝的声音从楼下的窗口传来："你怎么了？哪里不舒服？"

我满面惊愕地愣住了。

一瞬后，我一边捂着嘴，激动喜悦地笑着，一边瘫软无力地滑倒，跌跪在了地上。

我趴在地板上，瑟缩成一团，双手捂住脸，眼泪无声无息地汹涌流下。

你在楼下，凭栏临风。

我在楼上，临窗望月。

两处断肠，却为一种相思。

你让我放弃？

不！我不放弃！

我正在欣喜若狂地掩面低泣，吴居蓝竟然从窗户外无声无息地飞掠了进来。

他看到我跪趴在地板上，立即冲过来，搂住我："你哪里不舒服？"

我抱着他，一边摇头，一边只是哭。

他不懂，我不是不舒服，而是太开心、太喜悦，为他的心有挂碍，为他的牵肠挂肚。

他摸了一下我的额头，没好气地说："你发烧了！现在知道难受了，吹冷风的时候怎么不知道多想想？"

看我一声不吭，一直在哭，他拿起我的手，一边帮我把脉，一边柔声问："哪里难受？"

我摇头，哽咽着说："没有，哪里都不难受。"

他不解："不难受你哭什么？"

我又哭又笑地说："因为你听到了我的叫声，因为你也睡不着……"

吴居蓝似乎明白了我在说什么，神色一敛，眉目间又挂上了冰霜，收回了替我把脉的手，冷冷地说："重感冒。"

他抱起我，把我放到床上，替我盖好被子，转身就要走。

我立即抓住了他的手，红着眼睛，眼泪汪汪地看着他。

他冰冷的表情有了一丝松动，无奈地说："我去拿退烧药。"

我放开了手，他先把窗户全部关好，窗帘全部拉上，才下楼去拿药。

一会儿后，他拿着退烧药上来，给我倒了一杯温水，让我先把药吃了。

他把电子温度计递到我嘴边，示意我含一下。

几秒后，他拿出温度计，看了一眼显示的数字，皱了皱眉头，对我说："你刚吃的药会让你嗜睡，好好睡一觉。"

我也不知道是因为药效，还是因为发烧，全身开始虚软无力，连睁眼睛的力气都没有。我渐渐闭上眼睛，昏睡过去。

但是，一直睡得不安稳，从头到脚、从内到外，一直很痛苦。一会儿像是被架在火炉上炙烤，热得全身冒烟；一会儿像是掉进了冰窖，冻得全身直打哆嗦。

晕晕沉沉中，感觉到一直有人在细心地照顾我。我大脑迷迷糊糊，完全没有思考的力气，想不清楚他是谁，却无端地欢喜，似乎只要他在我身边，就算我一直这么痛苦地时而被火烤，时而被冰冻，我都心甘情愿。

‖

我睁开眼睛时，屋内光线晦暗，让我分辨不出自己究竟睡了多久。

吴居蓝坐在床旁的藤椅上，闭目假寐。我刚挣扎着动了一下，他就睁开了眼睛。

我的嗓子像是被烟熏火燎过，又干又痛，张了张嘴，却一个字都没说出来。

吴居蓝却立即明白了我的意思，把一杯温水端到了我嘴边。

我咕咚咕咚喝了大半杯下去，干渴的感觉才缓和了，却依旧觉得嗓子火辣辣地痛，再结合头重脚轻、全身酸软无力的症状，看来我这次的感冒真的不轻。

我声音嘶哑地说："怎么会……这么严重？"

吴居蓝讥嘲："泡了一夜海水，又吹了一夜冷风，你以为自己是铁打的吗？没烧成肺炎已经算你运气好了。"

他拉开窗帘，我才发现外面艳阳高照，应该已经是中午。

吴居蓝问："饿了吗？我熬了白粥。"

"不……要。"我昏昏沉沉，十分难受，没有一点胃口。

吴居蓝走到桌边，打开瓦罐，盛了一小碗稀稀的粥："稍微喝一点。"

我不愿拂逆他，强行起精神，坐了起来。

我一边慢慢地喝着粥，一边偷偷地看吴居蓝。他已经好几天没有好好休息了，可面色一如往常，看不出一丝疲惫。

那片星空，那片海

我喝完粥，对吴居蓝说："你去休息吧，不用担心我。我从小到大身体特别好，很少生病，就算生病，也会很快就好。"

吴居蓝静静地盯了我一瞬，没有搭理我，转身端起一个碗，递给我："吃药。"

竟然是一碗黑乎乎的中药，我闻着味道就觉得苦，刚想说"感冒而已，吃点西药就行了"，突然反应过来，我又没有去看中医，哪里来的中药方子？

我试探地问："你开的药？"

吴居蓝淡淡应了声"嗯"。

我再不喜欢吃中药，也不敢嫌弃这碗药了。我捧过碗，尝了一口，立即眉头皱成了一团，实在是太苦、太难喝了！但看看吴居蓝，我一声不敢吭，憋着口气，咕咚咕咚地一口气喝完。放下碗时，只觉得嘴里又苦又涩，立即着急地找水喝。

吴居蓝站在床边，拿着水杯，冷眼看着我，就是不把水递给我。

我可怜兮兮地看着他："水！"

他冷冷地说："知道生病的滋味不好受，以后就长个记性，下次还开着窗户吹冷风吗？"

我怀疑那碗中药那么苦，是他在故意惩罚我，但什么都不敢说，乖巧地摇头，表示以后绝不再犯。

他终于把水杯递给了我，我赶紧喝了几口水，把嘴里的苦味都咽了下去。

吴居蓝说："药有催眠作用，你觉得困了，就继续睡。"

我躺了一会儿，觉得眼皮变得越来越沉，迷迷糊糊又睡了过去。

不过，这一次，我没有再感觉一会儿热、一会儿冷，睡得十分踏实。

∎∎∎

睡醒了就吃饭吃药，吃完了就再睡。

第二天傍晚，我再次醒来时，除了身子还有点酸软、嗓子还有点不舒服外，差不多已经好了。从小到大，我都是这样，身体比大头和神医还好，很少生病，即使生病也好得很快。

我眯着眼睛，悄悄地看吴居蓝。他坐在床旁的藤椅上，大概觉得有些无聊，捧着一本笔记本，拿着几支铅笔，在上面涂涂抹抹。

我双手一撑，坐了起来，端起床头柜上的水杯，一边喝水，一边看着吴居蓝。

他瞟了我一眼，看我能照顾自己，低下了头，继续涂涂抹抹。

我放下水杯，笑问："你在画画吗？画的什么？"

吴居蓝一声不吭地把手里的笔记本递给了我。我笑着接过，一页页翻过去，笑容渐渐从脸上消失。

吴居蓝画了三张素描图，全是我和他，只不过是不同年龄的我和他。

第一张是现在的我和吴居蓝。我躺在病床上，他守在一旁照顾我，看上去就是一个男子在照顾年轻的恋人，透着温馨甜蜜。

第二张是十几年后的我和吴居蓝。我憔悴痛苦地躺在病床上，他守在一旁照顾我，看上去像是儿子在照顾母亲。

第三张是几十年后的我和吴居蓝。我鸡皮鹤发、奄奄一息地躺在病床上，他守在一旁照顾我，看上去像是孙子在照顾祖母。

只是黑白二色的素描图，但吴居蓝的绘画技巧十分高明，每幅图都纤毫毕现、栩栩如生，让人如同在看真实的照片。

我看完最后一张图后，面色苍白地抬起头，盯着吴居蓝。

他的理智，总是让他在温柔之后变得很冷酷。如果每一次对我的好是不小心给了我理由去坚持对他的感情，他一定会立即再做一些事情来伤害我，给我更多的理由去放弃这份感情。

虽然明明知道，他这么做，并不是因为对我无情，但是，我的心依旧像是被利刃狠狠刺入，鲜血淋漓地疼痛。

我心情沉重地伸出手，想把笔记本递还给吴居蓝。

他淡淡瞥了一眼，没有接，面无表情地看向我："这三幅图画的都是你，送给你了。"

我紧紧地咬着唇，拿着笔记本的手在轻轻地颤着。

他视而不见，站起身，冷淡地说："晚饭已经准备好，你换件衣服就能下来吃了。"

等他走了，我一直伸在半空中的手猛地垂落，笔记本"啪"的一声掉到了地上。

我抱着膝盖，缩在床上，身体不受控制地打着战。三张栩栩如生的图画比任何语言都更有杀伤力，他逼着我去看见未来的残酷，提醒我这是我必须面对的现实，不可能因为爱情，更不可能因为一时的心软和感动而改变。

我盯着地上的笔记本，很想闭上眼睛，不再去看它，但是，现实就是不论如何逃避都迟早会发生的事实。

我咬了咬牙，猛地弯下身子，把笔记本从地上捡了起来。

吴居蓝，如果这就是你要我看清楚的未来，我会仔仔细细地看清楚！

我克制着自己的恐惧和抗拒，翻开了笔记本，慢慢地把三张图从头到尾又看了一遍。

仍然没有看清楚，那就再看一遍！

仍然不敢直视图画里的自己，那就再看一遍！

仍然在害怕，那就再看一遍！

……

我自虐般地一遍又一遍地看着三张图。

来来回回、反反复复，我就像真的被这三张图带进了时光的长河中，青年、中年、老年……时不我待、流光无情，我垂垂老矣，他朗朗依旧。

我闭上了眼睛，默默地想着每一幅图。

很久后，我突然下了床，走到书桌前，拿起笔，在每张图的空白处写下了一段话。

放下笔，我脚步轻快地走进卫生间，决定冲个热水澡。

把一身的汗渍都洗干净后，就好像把一身的病菌都冲掉了，感觉全身上下一轻，整个人都精神了。

我吹干头发，把长发编成辫子，仔细盘好，换上最喜欢的一条裙子，戴了一条自己做的项链，项坠就是吴居蓝送我的那颗黑珍珠。

因为面容仍有病色，我涂了 BB 霜，拍了散粉，还扫了点腮红，让自己看上去气色好一点。

我看看镜子中的自己，自我感觉还不错，我拿起笔记本，下了楼。

▮▮▮

窗外夜色深沉，窗内灯火通明。

吴居蓝坐在饭桌前，安静地等着我。

他下楼时，天色仍亮，这一等就等了两个多小时，等得天色尽黑、饭菜凉透，他却没有一丝不耐烦。

我停住了脚步，站在院子里，隔窗看着他。

他抬眸看向了我，我相信他肯定设想过我的各种反应，却怎么想都没有想到，我的满血复活能力这么强，才被狠狠打击过，就又神采奕奕、明媚鲜亮地出现了。

他表情明显一怔，我朝他笑了笑。

我走进厨房，坐到他旁边的座位上，把笔记本端端正正地放到桌上。

我平静地说："你送我的三张图我已经都认真看完了，作为回赠，我送你三句话。"

我把笔记本推到了他面前，他迟疑了一下，打开了笔记本。

三幅图、三句话。

每句话都端端正正地写在每幅图的空白处。

第一幅图：所谓伊人，在水一方。溯洄从之，道阻且长。溯游从之，宛在水中央。

第二幅图：所谓伊人，在水之湄。溯洄从之，道阻且跻。溯游从之，宛在水中坻。

第三幅图：所谓伊人，在水之涘。溯洄从之，道阻且右。溯游从之，宛在水中沚。

吴居蓝一一翻看完，眉头紧蹙，疑惑地看向我，不明白我的话和他的图有什么关系。

我往他身边凑了凑，低下头，一边毫不回避地翻看着三张图，一边说："三张图，都是我身体不好，虚弱无力，最需要人照顾时。第一张，我正青春明媚时，你在。"

我翻到第二张图："我人到中年，容颜枯萎时，你在。"

我翻到第三张图："我人到老年，鸡皮鹤发时，你仍在。"

我抬头看着吴居蓝，轻声说："你知道吗？有四个字恰好可以形容这三张图表达的意思——不离不弃！"

吴居蓝被我的神发挥给彻底震住了，呆滞地看了我一瞬，刚想要开口反驳，我立即说："我知道，你本来的意思不是这个！但写下了'小圣经'的纪伯伦说过：'如果你想了解他，不要去听他说出的话，而是要去听他没有说出的话。'你潜意识画下的东西才是你最真实的内心，不管我什么样，在我需要你的时候，你完全没有想过对我弃之不顾。"

向来反应敏锐、言辞犀利的吴居蓝第一次被我说得张口结舌。

我轻轻拍了下笔记本说："不离不弃，是我所能想到的最好的爱情誓言，谢谢你！我对你的爱情誓言是三句话，借用了古人的诗歌！"

我笑了笑说："古人的东西，你肯定比我清楚！我的意中人在河水那一方，逆着水流去找他，道路险阻又漫长，顺着水流去找他，他仿佛在水中央。不管是逆流，还是顺流，他总是遥不可及，可望而不可求。"我对吴居蓝做了个鬼脸，"不过，没有关系！他已经许诺了对我不离不弃，他会等着我，直到我克服他给我设下的所有艰险，走到他身边。"

吴居蓝表情惊愕、目光锋利，像看怪物一样盯着我。

我寸步不让，一直和他对视。

我并不是那种"为了爱情就可以抛弃自尊、不顾一切"的女人，也不是那种"就算你不爱我，我也会默默爱你一辈子"的女人。如果我真的爱错了人，就算要承受剜心剖腹之痛，我也肯定能做到你既无情我便休！

但是，你若不离不弃，我只能生死相随！

很久后，吴居蓝扶着额头，无力地叹了口气，喃喃说："我真不知道到底你是怪物，还是我是怪物。"

我仔细想了想，认真地说："大概都是！你没有听过网络上的一句话吗？极品都是成双成对地出现的！"

吴居蓝被我气笑了："沈螺，是不是不管我说什么，你都有本事厚着脸皮曲解成自己想要的意思？"

我厚着脸皮说："不是曲解，而是我蕙质兰心、冰雪聪明，看透了你不愿意说出，或者不敢说出的话！"

我指着第三张图中鸡皮鹤发、苍老虚弱的我，理直气壮地质问："你画这些图时，可有过一丝抛弃我的念头？一丝都没有！在你想象的未来中，就算我变得又老又丑，行动迟缓、反应笨拙，你依旧在照顾我、陪伴我！"

吴居蓝垂眸盯着图，一声不吭，眼眸中渐渐涌起很深切的悲伤。

我也盯着图看起来，不再是从我的眼中，看到总是不老的他，而是从他的眼中，看到日渐衰老、卧于病榻的我。

我心中弥漫起悲伤，低声问："画这些画时，很难受吧？"

吴居蓝抬眸看着我，眼神很意外。

我说："你逼着我面对未来时，自己也要面对。看着我渐渐老去，甚至要亲眼看着我死亡，却什么都做不了，肯定很难受吧？"

执子之手，却不能与子偕老时，我固然要面对时间的残酷，承受时间带来的痛苦，他又何尝不是呢？我们俩的痛苦，没有孰轻孰重，一定都痛彻心扉。但是，时间上，他却要更加漫长。死者长已矣，生者尚悲歌！

吴居蓝的神情骤变，明显我的话戳到了他的痛处。

我轻轻地握住了他的手。

吴居蓝不言不动，看着窗外，却目无焦距，视线飘落在黑漆漆的虚空之中。

很久后，他收回了目光，凝视着我，开口说道："爱一个人应该是希望他过得快乐幸福。你很清楚自己时间有限，短暂的陪伴后，就会离开我，给我留下长久的痛苦，为什么还要坚持开始？你的爱就是明知道最后的结果是痛苦，还要自私地开始吗？"

他的声音平静清澈，没有一丝烟火气息，就像数九寒天的雪花，无声无息、漫漫落下，却将整个天地冰封住。

我着急地想要说点什么，否定他的诘问，可是心里却白茫茫一片，根本想不出来能说什么。

一直以来，我都是从自己的角度出发，考虑着吴居蓝的非人身份，他不同于人类的漫长寿命和不老容颜，问自己是否有足够的勇气去接受他的一切。

但是，我一直忽略了从他的角度出发，考虑他的感受。

我对他而言，也是非我族类，是个异类，和他强横的生命相比，我还有可怕的弱点——寿命短暂、肉体脆弱。当我思考接受他要承受的一切时，他也必须要思考接受我要承受的一切。

我总是想当然地觉得接纳他，我需要非凡的勇气，甚至自我牺牲，可实际上，他接纳我，更需要非凡的勇气，更需要自我牺牲。

吴居蓝的神情恢复了平静淡然、波澜不兴的样子，温和地说："吃饭吧，把你的身体先养好！"

Chapter 11 | 我在这里 ────────────

不要认为你能指引爱的方向，因为当爱发现你够资格
时，自会为你指引方向。

毕竟是年轻，我的病来得快，去得也快。两天后，所有不
适症状全部消失，我的身体彻底康复了。

可是，两天间，我思来想去，依旧没有办法回答吴居蓝的
质问。

晚上，我洗完澡，刚吹干头发，就听到吴居蓝叫我："小
螺，江易盛今天晚上值夜班，我们去医院看看他。"

去看江易盛？去医院？我的心突地一跳，想了想，大声说：
"好！马上就下来！"

我迅速地把睡衣脱下，换上外出的衣服，扎好头发，就往
楼下跑。

走到妈祖街的街口，我们打了一辆出租车，二十多分钟后，就到了医院。

这是我第一次在江易盛值夜班时来找他，问了好几个护士，才在住院部的病房外找到了江易盛。

他惊讶地问："你们怎么来了？谁身体不舒服？"

我说："身体很健康，就是来看看你，陪你聊聊天。"

江易盛皮笑肉不笑地扯了扯嘴角，若有所思地扫了我和吴居蓝一眼，问："你感冒好了？"

"好了！"

江易盛说："好得倒真快！走吧，去我办公室坐一会儿。"

我们沿着长长的走廊走着，两侧都是病房。

因为时间还早，病人都还没有休息，大部分病房的门都大开着。视线不经意地掠过时，总能看到缩微的红尘百态：老公帮偏瘫在床、不能翻身的老婆翻转身体；老婆从床下拿出便壶，准备服侍不能行走的老公小解；有的病人瘦骨嶙峋、眼神死寂，孤零零一人躺在床上；有的病人头上缠满纱布，胳膊上插着输液管，和家人有说有笑；有的兄妹为了医药费在吵架怄气；有的夫妻在分吃一个苹果，情意绵绵……

小小一方天地，却把人生八苦都折射了——生、老、病、死、怨憎会、爱别离、求不得、五蕴炽盛，让看到的人都觉得莫名地压力大。我有意识地约束着自己的目光，尽量只盯着前方看，不去看病房内。

一直走到走廊尽头，没有了病房，我才松了口气。

江易盛说："我的办公室在楼上，就两层楼，咱们走路上去吧，等电梯更慢。"

我和吴居蓝都没有异议，跟在江易盛身后，进了楼梯间。

我们走到一半时，看到一个穿着浅灰色衬衣、黑色西裤的男人站在楼梯拐角处，额头抵着墙壁，正无声地流泪。

看得出来，他在努力压抑哭泣，整个身体紧绷，下垂的两只手紧紧地握成了拳头，可痛苦和绝望过于强大，让他时不时地泄露出一两声破碎的呜咽。

这是医院，而且是重症病房区，谁都能想象到是为什么，我们尽力放轻了步子，希望能丝毫不打扰他地走过去。但楼梯就那么大，他显然察觉到了有人来，立即用手擦去了泪。

我和他擦肩而过时，忍不住仔细看了他一眼，这才发现是一张认识的面孔。我一下子停住了脚步，失声叫道："林瀚！"

他抬起了头，看到我，努力地挤了个笑："沈螺，你好！"

我隐隐猜到他为什么会在这里哭泣，心情刹那间变得很沉重，我对江易盛和吴居蓝说："你们先上去，我和朋友聊几句。"

等江易盛和吴居蓝离开后，我试探地问林瀚："你要有时间，我们在这里坐一会儿？"

林瀚似乎早已疲惫不堪，一声不吭地在台阶上坐了下来。我挨着他，坐到了他身旁。

林瀚三十岁出头，在税务局工作，据说是最年轻的处级干部，很年轻有为。我和他是在医院认识的，因为我们有一个共同的身份——癌症病人的家属。只不过，我是爷爷得了胃癌，他是妻子得了胃癌。

他的妻子发现得比我爷爷早，又正年轻，还不到三十岁，及时做了手术，有很大的康复机会。我遇见他们时，他们正在进行术后的康复治疗，我曾经向他求教过如何照顾和护理胃癌病人，他给了我很多帮助和鼓励，两人迅速从陌生变得熟悉起来。

上一次我见他，是六个月前，也是在医院。我帮爷爷来拿药，碰到了他。他喜气洋洋地告诉我，他陪妻子复查后，确认手术很成功，应该会完全康复。

没有想到，只是六个月，他又从希望的云端跌到了绝望的深渊。

我踌躇着想问一下具体的情况，可又实在不知道该如何开口。

林瀚主动问："你怎么在医院？"

我说："刚才那个医生是我的朋友，我来看他。"

林瀚说："不是来看病就好！我听说你爷爷去世了，本来打算去看看你，但小芸被查出癌细胞扩散了，我就没时间联系你。"

我看他没有回避这个话题，应该是太过压抑悲痛，愿意和我这个有过类似经历的人聊一下。我问："小芸姐现在怎么样？"

林瀚艰难地说："医生说……就这两三天了。"

我反应了一瞬，才理解了他的意思，他老婆这两三天里就有可能死亡？！

我不敢相信地喃喃说："怎么会这样？"

林瀚低垂着头，哽咽地说："我也一直在想怎么会这样。医生说让家属做好思想准备，我都不知道该怎么告诉她爸妈……我不知道这是为什么，她还那么年轻……婚礼上，她说最渴望的幸福就是和我一起慢慢变老，还说一定要生两个孩子，可她连孩子都没来得及生……"

我不知道该如何安慰林瀚，在死亡面前，所有的语言都显得苍白无力，我只能默默地陪着他。

林瀚绝不是一个软弱的男人，甚至可以说，他比我认识的绝大多数男人都坚强，否则不可能陪着妻子和病魔抗争了两年多。但此时此刻，所有的坚强都荡然无存，他像个孩子般悲伤绝望地失声痛哭。

▌▌▌

我和林瀚说完话，目送着他离开后，没有上楼去找江易盛和吴居蓝，而是沿着楼梯慢慢地一层层往下走。

这一刻，我没有勇气去面对吴居蓝，只想一个人待一会儿。

今天晚上，从他叫我出门的那一刻起，我就知道吴居蓝另有目的，绝不是仅仅来看看江易盛这么简单。虽然我并不清楚他究竟想做什么，但我做好了面对一切的准备。

走过病房时，我隐约明白了吴居蓝的用意，但是，连吴居蓝都肯定没有想到他的医院之行效果会这么好，我竟然碰到了林瀚。

难道连老天都觉得他的选择是正确的？

出了医院，我没有坐车，沿着人行道，心神恍惚地慢慢走着。

林瀚一个人躲在楼梯间里默默哭泣的画面一直在我脑海里挥之不去。

从某个角度而言，我短短几十年的寿命，对吴居蓝而言，不就是像一个得了绝症的病人吗？我和他在一起，不就是像林瀚的妻子和林瀚一样吗？短暂的欢乐之后，是琐碎的折磨之苦，漫长的别离之痛。

对林瀚的妻子而言，不幸已经发生了，当然希望有人能不离不弃地陪伴照顾自己，可对林瀚呢？如果没有昨日的开始，是不是就不会有今日的苦痛呢？

那天晚上，听到吴居蓝质问我"你的爱就是明知道最后的结果是痛苦，还要自私地开始吗"，我只是觉得我忽略了站在他的立场去考虑问题。

现在，我才真正地意识到，这不仅仅是立场的问题，而是，在时间面前，我对他而言，就是一个得了绝症的病人。

我要他爱我，就是要他承受爱我之后的痛苦，我要的爱越多，有朝一日，他要承受的痛苦就越多。

这真的是我想要的爱情吗？

不是！这肯定不是我想象中的爱情！

我徒步走了一个小时，走回了妈祖街，却依旧没有想清楚自己究竟该怎么办。

我在街口的小卖铺，买了一打啤酒，提着啤酒去了礁石海滩。

我坐在礁石上，一边喝着啤酒，一边看着黑漆漆的大海。

电视剧中，有一个很俗滥的桥段：男主角和女主角历经磨难终于在一起了，可突然间男主角或女主角发现自己得了绝症。这个时候，不管是男主角还是女主角，都会默默地把病情隐瞒下来，企图把另一方赶走，希望对方不要再爱自己。

每次看到这样的情节，我总会打着哈欠说："能不能有点新意啊？"现在我终于明白了，为什么这个桥段那么俗滥了，因为这是情到深处的一个必然选择，编剧再想推陈出新，也不能违背人性。

我一边大口地喝着酒，一边用手指抹去了眼角沁出的泪，难道我也必须要像电视剧里的女主角一样忍痛割爱吗？

可是，吴居蓝不是电视剧里的男主角，他可不会我怎么赶都赶不走。

从一开始，他就态度很明确，压根儿不想接受我！

如果不是我死缠烂打，他才不会搭理我呢！

他绝不会给我往死里作的机会，我必须要想清楚。

在海浪拍打礁石的声音中，我打开了第六罐啤酒。

理智上，我很清楚再这么喝下去不对，这里绝不是一个适合独自喝醉的地方，但是现在我就是想喝。算了，大不了待会儿给江易盛打个电话，让他来把我扛回家。

我正一边喝酒，一边胡思乱想，手机突然响了。

我掏出手机，看是吴居蓝的电话，本来不想接，都已经塞回口袋里了，可念头一转，终究舍不得让他担心，还是接了电话。

"喂？"

吴居蓝问："你在哪里？"

我装出兴高采烈的声音："我和朋友在外面喝酒聊天。不好意思，忘记给你和江易盛说一声了。"

"什么朋友？"

"在医院里偶然碰到的一个老同学，本来只打算随便聊一小会儿，可同学叫同学，竟然来了好几个同学。你先回家吧，不用等我，我要晚一点回去。"

"多晚？"

我抓着头发说："大家聊得挺嗨的，一时半会儿肯定散不了，我带了钥匙，你不用管我，自己先睡吧！"

吴居蓝沉默。

我觉得我已经再装不下去，濒临崩溃的边缘，忙说："他们叫我呢，你要没事，我挂电话了。"说完，不等他回应，立即挂了电话。

我仰起头一口气把剩下的半罐啤酒全部喝完，又打开了一罐啤酒。

连着喝空了两罐啤酒后，我突然莫名其妙地叫了起来："吴居蓝，我爱你！"

"沈螺很爱吴居蓝！"

"吴居蓝，有一个很好很好的女孩很爱你！你要是不珍惜，迟早会后悔的……"

我对着漆黑的大海，发泄一般乱嚷乱叫。

吴居蓝，如果你和我一样，或者我和你一样，我一定会告诉你我有多么爱你！

从小到大，我很想像别的孩子一样去好好地爱爸爸和妈妈，但是我的爸妈没有给我这个机会。我积攒了很多很多的爱，多得我都舍不得给任何人，也不敢给任何人，因为那是平凡的我全部所有的，但是，我想给你。

我想用我的一生来好好地爱你，竭尽所能地对你好，用我所有的一切去宠你，让你成为最幸福的男人！

可是，你不给我机会，我满腔炽热的爱，只能化作漆黑大海前一声声无望的呼喊。天能听见、地能听见、大海能听见，唯独不能让你听见！

我一口气又喝空了一罐啤酒，恶狠狠地把易拉罐捏扁。

我含着眼泪对自己发誓说："最后一次！如果他回应了我，就是命运告诉我不要放弃，如果他没有回应我，就是命运告诉我应该放弃了！"

我放下啤酒罐，摇摇晃晃地站了起来，双手拢在嘴边，对着大海，用尽全身的力气大声叫："吴——居——蓝！吴——居——蓝……"

漫天星光下，海风温柔地吹拂着，海浪轻柔地拍打着礁石。我站在高高的礁石上，像个疯子一般，用尽全身力气地叫着，一遍又一遍，好像要把全部的生命都消耗在叫声中。

我知道不会有人回应！

我诈下这个明明知道结果的誓言，只是逼自己放弃！

对着大海一遍遍呼唤他的名字，呼唤得声嘶力竭，告诉自己这就是命运，我已经尽力。

从今往后，我会深埋这份感情，让他觉得我也认为我们不适合。

我会告诉他，我能放下，也能忘记他，反正这个宇宙间唯一永恒的就是一切都会消亡。连一颗恒星都能消失，何况一份感情呢？请他放心离开，我对他的感情一定会随着时间消失！这是客观规律，万事万物都不会违背！

我相信我说的时候一定很真诚，即使他盯着我的眼睛，他也会相信，因为我说的都是真话，绝对没有欺骗他。

只是，我不会告诉他，我对他的感情消失所需要的时间！

我对他的感情肯定会在这个世界上消失，因为，我也肯定会在这个世界上消失！

"吴居蓝！吴居蓝！吴居蓝……"

叫了几百声、几千声后，我的嗓子终于哑了，再也叫不出声音来。

海天间，万物静默，没有任何声音回应我的呼唤。

这就是命运告诉我的最后结果，也是最好的结果！

我心若死灰，泪流满面地仰起头，看向头顶的苍穹。

繁星密布、星光璀璨。

迷蒙的泪光中，数以万计的星辰光芒闪耀，显得离我好近，似乎伸出手就可以拥有它们。

多么像吴居蓝啊！那么耀眼地出现，成了你的整片星空，让世间所有的宝石都黯然失色。但是，你只能看着，永远都不能拥有！

我被蛊惑般朝着星空伸出双手，想要拥抱整个苍穹。

突然，一道流星出现，快若闪电地划过半个天际，消失在海天尽头。

我根本来不及思考什么流星许愿，可当我的目光自然而然地追随着它的光芒时，脑海中唯一一闪过的念头就是：我要吴居蓝！

当流星消失后，我忍不住嘶哑着声音又叫了一次："吴居蓝！"

没有回应。

我含着泪骂自己："真是个白痴！"

明知道是骗人的，竟然还做！如果对着流星许个愿就能实现所求，全世界的人都不用辛苦工作了，每天晚上对着天空等流星出现许愿就好了！

我正看着星星流眼泪，一个念头像流星一般闪过脑海，我的身体一下子僵住了。

"如果你想了解他，不要去听他说出的话，而是要去听他没有说出的话。"

我怔怔地站了一会儿，像是如梦初醒般，急急忙忙地掏出手机。

通话记录里，最近的记录是"吴居蓝"，已经是两个小时以前。

我颤抖着手点了一下他的名字，拨通了电话。

熟悉的手机铃声响起，虽然很微弱，但是在这寂静的夜晚，除了轻柔的海浪声，只有它了，听得一清二楚。

原来，不是他没有回应，而是，我叫他的方式不对。

他在这里，他竟然一直都在这里！

刹那间，震惊、狂喜、庆幸、悲伤、苦涩……各种激烈的情绪汹涌激荡在心间，搅得我的大脑如同沸腾的开水，一片雾气迷蒙，让我悲喜难辨，既想大笑，又想大哭。

叮叮咚咚的铃声结束时，吴居蓝出现了。漫天星光下，他站在高处的山崖上，居高临下地看着我。

刚才不知道他在时，我对着海天不停地大喊大叫，好像恨不得整个世界都听到我在叫他。此刻，他近在我眼前，我却一声都叫不出来，只是呆呆地盯着他。

他从山崖上飘然而下，黑暗对他没有丝毫影响，嶙峋的礁石也对他没有丝毫阻碍，他如履平地一般，转眼就到了我的面前。

他风华卓然，款款站定在我面前。眉眼深沉平静，神色从容不迫，就好像他压根儿不是被我逼得没有办法才出来见我，而是花前月下，前来赴约。

其实，我们分别不过几个小时，但我的心已经在死生之间来回几次。看着他，就像是历经磨难后的久别重逢。

失而复得的喜悦，劫后余生的心酸，委屈自怜的怨恨，还有面对心爱之人的紧张羞涩……我百感交集地看着他，似有千言万语要倾诉，最终却变成了一句轻飘飘的诘问："为什么鬼鬼祟祟地躲在暗处？"

"我答应过江易盛，在没有查清楚那些人的来历前，不会让你单独待着。"

我明白了，他不是后来才找来的，而是从一开始就没有离开过。我和林瀚在楼梯间说话时，他并没有离开，而是就守在一旁。后来我没有打招呼地离开了医院，他也一直跟在后面。

那么，他应该什么都看见了，也什么都明白了。

想到他看到了我落寞地喝酒买醉，撒谎说自己和朋友在喝酒聊天，还有那些声嘶力竭的挣扎和痛苦……我叫了几千遍他的名字，他明明就在一旁，却能够一声不吭，冷眼看着我把自己逼到绝境……

我又悲又怒，忍不住举起手狠狠地打着他。

这一刻，我是真的恨极了他，下手毫不留情，咬牙切齿、使尽全身力气地打，简直像是在打生死仇敌。

他一动不动，一言不发，任由我打。

我打着打着，只觉得说不出的委屈心酸，泪水潸然而下，抱着他号啕大哭了起来。

他终于伸出手，轻轻地拍了拍我的背。

我嘶哑着声音，呜呜咽咽地叫："吴……居蓝……"

这一次，他没有假装没听到，而是一字字清晰地说："我在这里。"

我不敢相信，愣了一愣，哽咽着又叫了一遍："吴居蓝！"

他非常清晰地又说了一遍："我在这里。"

我擦了擦眼泪，像是不认识他一样盯着他。

吴居蓝目光沉静地凝视着我。

我吸了吸鼻子，瞪着他，恶狠狠地说："我不放弃！不管你怎么想，说我自私也好，脸皮厚也好，反正我不放弃！就算有一天我死了，给你留下很多痛苦，我也不放弃！和你相比，我的生命是很短暂，但我会把我全部的生命都给你！"

吴居蓝沉默不语，只是看着我。他的目光和以前不太一样，漆黑的深邃中闪耀着靛蓝的熠熠光彩，就好像万千星辰都融化在了他的眼眸中，比浩瀚的星空更加璀璨美丽。

我紧张地问："你……你……在想什么？"我已经太害怕他翻脸无情的冷酷了，生怕他又说出什么伤人的话。

他平静地问："这就是你的选择？"

我坚定地说："这就是我的选择！"

他平静地问："就算会给你带来痛苦？"

我坚定地说："就算会给我带来痛苦！"

他平静地问："就算会给我带来痛苦？"

我坚定地说："就算会给你带来痛苦！"

吴居蓝微微而笑，斩钉截铁地说："好！"

　　我不知道他的"好"是什么意思，但是，他的微笑让我忘记了一切，只觉得沉沉黑夜霎时间变成了朗朗白昼，似乎有温暖的阳光漫漫而下，将我包围，给我带来了融融暖意。

|||

　　吴居蓝说："我们回去，再待下去，你又要感冒了。"

　　他的语气太温柔，让我完全丧失了思考功能，只知道顺服地点头。

　　一路上，他一直牵着我的手，没有放开过，我也一直处于大脑当机的状态。

　　晕晕乎乎地回到了家里，当他放开我的手，让我上楼去休息时，我才反应过来，我好像还没有问清楚他究竟是怎么想的。

　　我站在楼梯口，迟迟不愿上楼。

　　吴居蓝问："怎么了？"

　　我鼓足勇气，结结巴巴地问："刚才在海滩上，你……你说的'好'……是什么意思？"

　　他转身进了书房，拿着一个笔记本走了出来，把它递给我。

　　是他画了三幅素描图的那个笔记本，真的是记忆很深刻的东西！我忍不住打了个寒战，咬了咬牙，硬着头皮接了过来。

　　吴居蓝轻轻抚了下我的头，温和地说："别紧张，这次不是……"不是什么，他却没有再说。

　　"嗯！"我嘴里答应着，心情可一点没有办法放松。

　　我怀着壮士赴死的心情，拿着笔记本，匆匆上了楼。

　　刚关上卧室的门，我就打开了笔记本。翻过三张素描图后，紧接着的一页纸上写满了飘逸隽秀的字。

　　读了两句后，我一下子松了口气，不是什么冷酷伤人的话，而是纪伯伦的一首散文诗《论爱》：

　　当爱召唤你时，跟随他，尽管他的道路艰难险阻。

　　当爱的羽翼拥抱你时，依从他，尽管羽翼中藏着的利刃可能会伤害你。

当爱同你讲话时，信任他，尽管他的言语会粉碎你的美梦，就像北风吹荒了花园。

爱为你戴上冠冕的同时，也会把你钉在十字架上。

爱虽然能让你生长，却也能将你修剪。

爱虽然能攀扶而上，轻抚你摇曳在阳光中的枝叶；却也能俯拾而下，撼动你泥土深处的根须。

所有这些都是爱对你的磨炼，让你能知晓内心深处的秘密，你的认知会化作你生命的一部分，完整你的生命。

但是，如果你因为恐惧，只想寻求爱的平静和愉悦。那么，你最好掩盖住真实的自我，避开爱的试炼所。进入不分季节的世界，在那里你可以欢笑，但是无法开怀大笑；你可以哭泣，但无法哭尽心中所有的泪水。

不要认为你能指引爱的方向，因为当爱发现你够资格时，自会为你指引方向。

我连着读了好几遍后，紧紧地抱着笔记本，靠在卧室的门上，含着眼泪，微笑着闭上了眼睛。

刚才，吴居蓝一进书房，立即就拿着笔记本走了出来，显然不可能是今天晚上现写的。我猜不到他是什么时候写的，也许是那晚他质问我之后写的，也许是他这两天思考时写的。

无论怎么样，在这段感情里，痛苦地思考和选择的人不仅仅是我一个，他拷问我的问题，他也在拷问自己。

不管过程如何，结果是我们不约而同做了同样的选择，让爱就是爱吧！至于痛苦，我们甘愿承受！因为这就是爱的一部分！

Chapter 12 | 我的男朋友

只要你在我心里一天，我就会紧张一天，紧张你被别
人伤害到，紧张我不小心委屈到你，紧张你不开心，
这些和你坚强或脆弱没有任何关系。

我接到周不闻说要来小住几天的电话时，他已经在来海岛
的船上了。幸好房间一直没有人住，都打扫得很干净，我只需
准备好干净的浴巾和洗漱用品就可以了。

三个多小时后，敲门声响起，我去开门，看到周不闻身后
还跟着周不言。我很是意外，上次不欢而散后，我以为以周不
言千金大小姐的性子，绝不会再踏进我这里一步，没想到她竟
然又随着周不闻来了。

周不言甜甜一笑，主动和我打招呼："沈姐姐，牌匾上的四
个字写得可真好，是哪位大书法家的笔墨？"她说着话，拿出
手机，对着匾额照了两张照片。

既然她能丝毫不记仇，主动示好，我也不是耿耿于怀的人，

笑说："谢谢夸奖，是吴居蓝写的。"

周不闻和周不言都诧异地看向吴居蓝，他们的目光就好像看到一个深山沟里走出来的穷孩了竟然会说流利的英文一样。

我一下子不舒服了，走了两步，用身体挡住他们的目光，说："吴居蓝不仅字写得好，古琴也弹得特别好。"

周不言不相信地说："网上流传的那两段视频我也看过了。爷爷对中国的传统文化最感兴趣，我本来还想让爷爷看一下的，可是那些视频全被删了。有人发帖爆料说都是假的，只是做生意的炒作手段而已。"

周不闻大概觉得周不言的话说得太直白犀利了，忙补救地说："不言的意思是指宣传营销手段，商业上有些夸张十分正常。"

我纳闷地问："视频全被删了？还有人说我们是虚假炒作？"难怪最近再没有接到订房的电话，我还以为是网友们的热情已经如风一般过去了。

周不闻诧异地说："难道你不知道？我以为是你们要求网站删的！"

我正要开口辩解，一直沉默的吴居蓝突然插嘴说："是我做的，小螺不知道。"

既然是吴居蓝做的，我就懒得再追究，而且他身份特殊，的确能少出风头就少出风头，只是完全没有想到他竟然态度忽变，还有耐心和网站交涉。

转念间，我心平气和了，何必在乎周不言怎么看吴居蓝呢？不管我的吴居蓝再好，都无须向她证明！

我微笑着，对周不闻和周不言说："将来有的是时间聊天，先上楼去看看你们的房间吧！"

我带着周不闻和周不言上了楼，本以为周不闻会住在以前住过的大套房，周不言住他相邻的客房。没想到，两人几乎没怎么交流，周不言就住了套房，周不闻住在了相邻的客房。显然，周不闻照顾周不言已经成了习惯，周不言也早已习惯被照顾，两人之间的小动作和眼神非常默契，显得十分温馨。

我站在一旁，默默地看着。等他们选定了住处，确定没有缺什么东西后，我让他们先休息，自己下楼离开了。

我走进厨房，吴居蓝正站在洗碗池前洗菜，我从背后抱住了他，脸贴在他背上，闷闷地不说话。

吴居蓝打趣说："电话里热情洋溢地说着欢迎，怎么人真的来了，又一副不高兴的样子，难道是觉得周不言碍眼了？"

我说："才不是呢！我只是觉得……哪里有点怪怪的。"

吴居蓝安慰："本来属于自己的大头哥哥被人抢走了，嫉妒难过都很正常！"

我怒了，张嘴咬在吴居蓝的肩头。

吴居蓝说："你小心牙疼。"

他肩头的肌肉硬邦邦的，的确好难咬啊！我哼哼着说："才不会疼呢！"

"牙不疼，就该心疼了。"

"为什么心要疼？"

"如果你牙不疼，就是我疼了。我疼了，你难道不该心疼吗？"吴居蓝一边说话，一边把菜捞到盆子里放好，一本正经得不能再一本正经了。

我却傻了，我这是被调戏了吗？啊！啊！啊！我家的冰山吴居蓝竟然会调戏我了哎！

吴居蓝转身，把两个空菜盆放到我手里："厨房屋檐下放了茼蒿、豆苗、菠菜和生菜，都帮我洗了，我们晚上吃火锅。"

"哦——"我仍处在主板过热的当机状态，拿着菜盆，机械地走出了厨房。

我坐在小板凳上，一边傻笑着回想刚才吴居蓝的话语，一边拿着几根茼蒿，对着水龙头冲洗。冲一会儿，就放到干净的盆子里，再从青石地上拿起几根茼蒿，接着冲洗。

周不闻的声音从身后传来："你在干什么？"

"洗菜啊！"

"洗菜？菜也能干洗吗？"周不闻走过来，打开了水龙头。

水哗哗地落到我手上，我终于清醒了，水龙头竟然没有开。

我看看盆子里脏乎乎的菜，若无其事地把菜倒回青石地上，淡定地说："我们晚上吃火锅，周不言喜欢吃什么？如果家里没有，给江易盛打个电话，让他来时，顺便带一点。"

可惜周不闻和我朝夕共处了三年多，对我这种空城计、围魏救赵的花招太熟悉了："不言喜欢吃鱼和蔬菜，你们应该都准备了。"

周不闻拿了一个小板凳坐到我身侧，一边帮我洗菜，一边问："刚才在想什么？"

我淡定地说："我在思考那些人究竟想要什么。"

周不闻含着笑问："那些人？哪些人？"一副等着看我编的样子。

"抢我钱的人、到我家偷东西的人、晚上攻击我的人。"

周不闻不笨了，惊讶地看着我："什么意思？"

我在心里对自己比了个剪刀手，得意地想，他了解我，我又何尝不了解他？诚心想骗总是骗得过的！

我笑眯眯地把最近发生的事和我的推测说了出来，还把江易盛追查那两个小偷的事也告诉了周不闻，让他从律师那边再打听一下。当然，一些和吴居蓝有关的事，我没有告诉他，倒不是我觉得周不闻不可靠，只是有的事知道的人越少越好。

周不闻沉重地说："这么大的事，你为什么不早点告诉我？"

"现在告诉你也不晚啊！"

周不闻问："你想到会是什么原因了吗？"

"没！所以还在苦苦地思索！"

周不闻沉默地洗着菜，我若有所觉，迅速回头，看到周不言站在客厅门前，盯着我和周不闻。

虽然她立即甜甜地笑着说："沈姐姐，要我做什么？我也可以帮忙的。"但我从小寄人篱下，极度的不安全感让我对他人的喜恶很敏感，我明显地感觉到了周不言对我的敌意。

周不闻笑："周小姐，你还是好好坐着吧！你一进厨房帮的都是倒忙。"周不闻对我半解释、半夸奖地说："不言三岁就开始练钢琴、学绘画，非常有天赋，婶婶十分在意她的手，从不让她做家务，她对厨房的活一窍不通。"

周不言不依了，娇嗔地说："什么呀？有一次你生病了，我还给你做了西红柿鸡蛋面。"

周不闻忍着笑说："少了几个字，西红柿鸡蛋壳、半生面。"

周不言带着点撒娇，蛮横地说："反正你全吃了，证明我做的还是好吃的。"

"好，很好吃！"周不闻缴械投降。

我突然想到，虽然一个叫周不闻，一个叫周不言，对外说是堂兄妹，可实际上他们俩没有丝毫血缘关系。如果周不言喜欢周不闻，对我心生误会，有敌意很正常。

我站了起来，把自己的位置让给周不言："你要没别的事忙，就帮我洗菜吧！"

周不闻做出忧郁状："待会儿我们吃到沙子，算谁的错？"

"你的！"我和周不言异口同声，只不过语调不同，一个硬邦邦的，一个软糯糯的。

周不闻好笑地看着我们："凭什么算我的错？"

我说："你在不言旁边，如果菜没有洗干净，肯定是你这个做大哥的错了。"

周不言用力地点头。

我不再管他们的官司，晃悠着去了厨房。

吴居蓝正在熬火锅的汤底，听到我的脚步声，回头看了我一眼。

我也不知道为什么，无端地生出几分羞涩，心里哀叹，被调戏的后遗症现在才出现？我的反射弧不会这么长吧？

吴居蓝说："厨房里热，别在这里待着。"

两个炉子都开着大火，一个吴居蓝在炒调料，一个在炖鱼头，厨房里的确热气腾腾的。刚才就是这个原因，他才把我轰出去的吧！我心里又甜又酸，问："你不热吗？"

吴居蓝自嘲地说："我体质特异、天赋异禀。"

"哼！碳基生物能有多大区别？"

我转身出了厨房，不一会儿，拿着个小电风扇进来。炉子开着火，不能对着炉子吹，就摆到了地上，让空气对流加快，比刚才凉快了一点。

吴居蓝说："你去客厅的橱柜里看看还剩什么酒，江易盛说要带一个女朋友来，让我们把场面给他做足。"

"他约会，我们出力？等他炫耀琴棋书画、博学多才时，我们不给他拆台就是捧场了。"

我嘀咕了两句，还是乖乖地离开了厨房，去为江易盛准备约会道具。不是不清楚吴居蓝的用意，但只能甜蜜地中计了。

▎▎▎

常年接受好莱坞爱情电影和各国偶像剧的熏陶，我在渲染情调方面还是有几招的。

庭院正中，两张方桌拼到一起，组成了一个长桌，铺上洁白的桌布，摆上六把藤椅，第一步算是做完了。

我拿了把剪刀，在院子里转来转去，这边剪几枝三角梅、龙船花，那边剪几枝文殊兰、五色梅，还有红雀珊瑚、九里香……反正院子里的花花草草够多，可以让我随意折腾。

周不言好奇地问："沈姐姐，你是要插花布置餐桌吗？"

我一拍脑门，笑说："我竟然忘记了有高手在！你会画画，懂设计，帮我插一下花吧！"

周不言谦虚地说："不一样的了。"

"艺术是共通的，一通百通！不言，帮帮忙！"

周不闻笑说："插花总比洗菜好玩，反正都是熟人，你随便插插就好了。"

我说："是啊！你随便插插肯定也比我弄的好看。"

周不言不再推辞，走过来，翻着花问："沈姐姐家里都有什么样子的花瓶？插花不但要根据花的颜色、形状，还要根据器皿的形状、材质。"

我神秘地笑笑："你等等。"

我去书房，抱了一只半米多长的褐色海螺走出来："用它。"

"好大的海螺！"

"这叫天王赤旋螺，曾经是玛雅人的爱物，他们用它做号角和水壶。今天，我们就用它做花瓶。"

周不言觉得很有挑战性，一下子兴奋了："挺有意思的！"

天王赤旋螺是海里的捕食者，算是海螺里的霸王龙。这只天王赤旋螺横放在桌上时，呈梭形，长度有六十多厘米，高度有三十多厘米，开口呈不规则的扇形。

周不言盯着海螺观察了好一会儿，才开始插花。

我知道这是个慢功夫，站在一旁看了一小会儿，确定周不言用不着我帮忙时，就继续去忙自己的事了。

既然是晚餐，当然不能少了烛光。

我拿出之前一直舍不得卖掉的一套海螺蜡烛。海螺蜡烛并不难做，却十分好看。挑选姿态各异、色彩美丽的海螺做壳，插好烛芯后，灌入与之相配的颜色的热烛油，等烛油冷却凝固后，就变成了蜡烛。使用时，既可以欣赏烛光跳跃的美丽，也可以欣赏海螺的美丽。

我在每个座位前摆放了一个小海螺蜡烛，在长桌中间摆放了两个大蜡烛，正好把一套八个蜡烛用完。

OK！烛光有了！还有……

我从家里收藏的碎磲贝壳里挑了三对差不多一样大的，放在海螺蜡烛旁。倒进清水，把青橘切成薄片，放进去两三片，再在碎磲的一端放一簇龙船花，绯红的花朵点缀在白色的碎磲贝上，十分娇艳美丽。

我忙完时，周不言也差不多完工了。

她不愧是学绘画、做设计的，完全抓住了天王赤旋螺的野性和力量，还充分考虑了周围的色彩。天王赤旋螺摆放在长桌的正中间，长长的洁白桌布像是无边的浪花，褐色的天王螺像是冷峻的山崖，海螺上凹凸不平的螺纹成了完美的天然装饰。一条条绿色的藤蔓生长在崖壁上，或攀缘，或飘摇，展现着生命的勃勃生机；各种娇艳的花从山崖里伸出，轰轰烈烈，迎风怒放，彰显着生命的肆意和烂漫。

我赞叹说："真好看！"

"谢谢！"周不言对自己的作品显然也很满意。

III

天色渐黑，吴居蓝看时间差不多了，开始上菜。

六个酒精小火锅，一个座位前放一个，调味碟一人有四个，放着各种调料，可以随意配用。

食材放在桌子中间，大大的白瓷盘里放着冰块，冰块上放着龙虾脍和各种鱼脍，可以生吃，也可以涮火锅。还有鲜虾、墨鱼丸和各种绿油油的蔬菜，整整齐齐地码在白盘里，十分诱人。

我忍不住鼓掌喝彩："我们的晚餐绝对比高级餐馆的高级！应该向江易盛那小子收钱！"

说曹操，曹操就到，江易盛推开院门，带着一个女子走了进来，两边一照面，都愣了一愣。

江易盛那边愣，是因为院子正中间的那张长长的餐桌实在是太美丽诱人了。我这边愣，是因为江易盛身侧的那个女子实在太有视觉冲击力了。

一袭修身 V 领玫瑰红裙，腰肢盈盈一握，胸部却波涛汹涌。身高应该和我差不多，一米七多一点，可她穿了一双十厘米高的高跟鞋，显得腿十分修长。利落的短发，耳朵和脖子上戴着整套的钻石首饰，闪耀夺目的光芒和她明艳立体的五官相得益彰，非常美丽，非常女王。

江易盛对我们介绍身边的女子："从国外来我们医院交流的医生，巫靓靓。"

巫靓靓笑着说："你们叫我靓靓好了，不用不好意思，我喜欢人家一开口就夸我美丽。"

在江易盛的介绍下，大家寒暄了几句后，很快就都认识了。

我招呼大家入席，女生坐了一边，男生坐了一边。吴居蓝和我相对，坐在起首；周不闻和周不言相对，坐在中间；江易盛和巫靓靓相对，坐在末尾。因为一人一个火锅，吴居蓝每份食材都准备了双份，不管坐在哪里，都很方便。

已经七点，天色将黑，我拿着打火枪，先把桌上的两个大蜡烛点燃，再把每人面前的一个小蜡烛点燃。

烛光花影中，沸腾的小火锅里飘出浓郁的鱼头香，美景和美食双全。

六个人一起碰了一下杯后，开始边吃边聊。

巫靓靓笑问："小螺，这个砗磲壳里装的是什么？"

我说："清水。洗手用的，吃海鲜免不了要动手，光用纸巾擦，还是会觉得黏糊糊的。我往水里放了几片青橘，既可以润肤，又可以去腥气。"

巫靓靓说："很周到贴心，今天晚上的晚餐太出乎意料了，非常感谢。"

"你是江易盛请来的贵客，应该的。"我笑着看了江易盛一眼，江易盛悄悄做了个感谢的手势。

巫靓靓看着桌上的海螺插花说："这插花非常有设计感，肯定不是花店插的吧？"

我说："是不言插的。"

"不言是做什么职业的……"巫靓靓感兴趣地问。

我看巫靓靓和周不言聊得很投机，不用我再招呼，赶紧照顾自己饥肠辘辘的五脏庙。

吴居蓝把一小碟热腾腾的虾放到我面前，是我最喜欢吃的带壳虾。把去掉头、抽了虾线、仍带着壳的虾，丢进沸腾的汤里，煮到虾身弯曲，虾壳变得亮红，立即捞起，又鲜又嫩。只是火候不好把握，时间短了，会夹生，时间长了，又老了。有客人时，时不时要陪客人说话，很容易就变老了。

我笑看了吴居蓝一眼，放下筷子，直接用手剥虾吃，果然火候刚刚好。

正吃得开心，听到巫靓靓说："小螺……"

我急忙把吃了一半的虾放下，抬头看向巫靓靓，微笑着等她说话。

巫靓靓却看着吴居蓝，突然走了神，忘记了要说什么。

我困惑地看了一眼吴居蓝，他也没有做什么怪异的动作，只是冷淡地盯着巫靓靓。我说："靓靓？"

巫靓靓回过神来，笑说："你继续吃虾吧！"

这是什么意思？我看巫女王已经端起红酒，对江易盛举杯，决定从善如流，继续吃虾。

吃完虾，我的目光在食材上搜寻，还想吃什么呢？

鱼片吧，一下锅就捞起的鱼片，拌一点点辣椒油，又鲜又辣，十分刺激爽口。

刚要去夹鱼片，一碟煮好的白嫩嫩的鱼片放在了我面前，上面还滴了几滴辣椒油，不多也不少，正是我想要的辣度。

我尴尬地看着给我鱼片的周不闻，他这算什么呢？吴居蓝和我面对面坐着，递东西很方便，并不惹人注意。周不闻和我坐的是斜对面，他要给我递东西，必须站起来，全桌子的人都看到了。

周不闻瞟了吴居蓝一眼，微笑着说："你从小就爱吃的鱼片。"

周不闻是故意的，他肯定觉得我不会拒绝。当着这么多人的面扫老朋友的面子，绝不是我的做事风格。但如果接受了……我下意识地去看吴居蓝，吴居蓝像什么事都没有发生一样，夹了一片龙虾肉放进锅里。

这个时候，如果吴居蓝像江易盛、巫靓靓、周不言他们一样，盯着我看，我会很郁闷，但吴居蓝完全不看我，我好像更郁闷。

我笑了笑说："谢谢大头！不过，我最近有点上火，不能吃辣，我男朋友正好很喜欢吃辣的，让他帮我吃了吧！"

我把鱼片碟放到了吴居蓝面前，然后笑眯眯地拿起汤匙，体贴地给鱼片加了满满三勺辣椒油。让你袖手旁观！让你置身事外！让你漠不关心！

红灿灿的辣椒油过于夺目，满桌的人都盯着那一碟完全浸泡在辣椒油里的鱼片。吴居蓝在所有人的目光下，夹起鱼片，一片又一片，很淡定地全吃了下去。只是，吃完后，他立即端起冰柠檬水，一口接一口地喝着。

我立即觉得心情好了，又觉得心疼，把自己的冰柠檬水放到了吴居蓝面前。

江易盛和巫靓靓都用看怪物的目光看着我。

周不闻突然问："小螺，吴居蓝什么时候是你男朋友了？怎么从来没听你提过？"

江易盛也回过神来："对啊！小螺，你什么时候是吴大哥的女朋友了？"

巫靓靓和周不言都竖着耳朵，感兴趣地听着。

我说："中秋节那天晚上。没打算瞒你们，只是一直没有合适的机会说而已。"

江易盛话里有话地说："吴大哥，小螺没逗我们玩吧？这种事可不能开玩笑的，我们都会当真！"

我的心悬了起来，紧张地盯着吴居蓝。虽然那天晚上他说了"好"，这几天也的确对我很好，没有再说过任何伤人的话，但是，我突然自作主张地宣布他是我男朋友，他能接受吗？会不会不高兴，甚至否认？

吴居蓝沉默地放下了手中的水杯，视线从桌上的几个人脸上一一扫过，他那种食物链高端物种俯瞰食物链低端物种的冷漠，让所有人都有点禁受不住，下意识地低下头回避了。

最后，他看着江易盛，面无表情地说："我正式宣布，沈螺是我的女人，从现在开始，如果任何人再对她有任何不良企图，我都会严惩。请在采取行动前，仔细考虑一下能否承受我的怒火。"

我用手半遮住脸，身子一点一点往下滑。几分钟前，我还怨怪吴居蓝漠不关心，一点不会"吃醋"，几分钟后，我已经囧得只想钻到桌子底下去了。别的人大概也被囧住了，僵硬地坐着，没有一个人发出声音。

吴居蓝却没有任何不良感觉，从容地收回目光，又端起冰水，一口接一口地优雅喝着。

江易盛最先回过神来，"呵呵"干笑了几声，没有找到能缓和气氛的话，又"呵呵"干笑了几声，还是没有找到。正打算继续干笑，巫靓靓帮他解了围，端起酒杯，笑着对我说："恭喜！"

江易盛急忙也举起了杯子："我们干一杯吧！祝福小螺和吴大哥。"

碰杯和祝福声中，气氛总算从诡异渐渐恢复到了正常。

|||

随着桌上食物的减少，大家吃的时间渐少，聊天的时间渐多。

巫靓靓说："如果我没认错，这个用来插花的海螺应该是天王赤旋螺吧？"

"是的。"

巫靓靓又指着插花两侧的大蜡烛说："这两个海螺色彩瑰丽，形状犹如美人轻舒广袖、翩翩起舞，应该是女王凤凰螺。有意思！天王旁立着女王，像是娥皇女英，双姝伴君，但你可知道，天王赤旋螺是专吃女王凤凰螺的？"

周不言吃惊地"啊"了一声，盯着桌上的三个海螺，似乎很难想象这么美丽的海螺竟然是捕食者和被捕食者的关系。

"我知道。"我感兴趣地问，"你能认出别的海螺吗？"

巫靓靓看着每个人面前的海螺蜡烛说："我和江医生面前的海螺特征太明显了，颜色洁白如雪、骨刺细长绵密，很好认，是维纳斯骨螺；不言和不闻面前的海螺色泽绯艳，螺层重叠，犹如鲜花怒放，是玫瑰千手螺；你和吴大哥面前的海螺有十二条肋纹，如同竖琴的琴弦，是西非竖琴螺。"

巫靓靓用丹蔻红指敲了敲洗手的白贝壳："这个说过了，砗磲。"

我笑着赞叹："全对！这些虽然不是什么罕见的海螺，但能一一叫出名字也绝不容易。我是从小听爷爷说多了，不知不觉记下的，你呢？"

"和你一样，家传渊源，我奶奶算是海洋生物学家，从小看得多了，自然就记住了。"巫靓靓夹起盘子里剩下的鱼尾，晃了晃问，"有谁想吃鱼尾？"

江易盛、周不言、周不闻都表示不要，我看着鱼尾，心神恍惚，一时没有回答。

"给你！"巫靓靓站起身，笑着把鱼尾放进了我的火锅里。

锅不算大，鱼尾不算小，半截浸在沸腾的汤里，半截还露在外面。我不知道为什么，像是被噩梦魇住，全身僵硬，竟然连用筷子把鱼尾塞进锅里的勇气都没有，只是呆看着那条露出水面的鱼尾因为沸腾的热气在我面前不停地颤动。

幸好，有人及时救了我，把鱼尾夹走了。

我刚松了口气，却发现夹走鱼尾的人是吴居蓝，我又立即紧张起来，恨不得从他锅里抢过来。

吴居蓝神情自若地把鱼尾烫熟，慢条斯理地吃了起来。大概因为他没有一丝异常，我渐渐松弛了，甚至为自己刚才的反应羞报。

本来就已经吃得差不多了，这会儿闹了这么一出，我再没有胃口，放下筷子说："我吃饱了。"

大家也纷纷表示吃饱了，江易盛建议女士们去客厅休息，男士们留下收拾碗筷，得到了女士们的热烈支持。

我招呼巫靓靓和周不言去客厅坐。

巫靓靓看到客厅和书房都摆着姿态各异的海螺做装饰，礼貌地问："介意我四处参观一下吗？"

"请随意！有喜欢的告诉我，我送给你。不过，有些是爷爷喜欢的，我要留着做纪念。"我笑着说。

巫靓靓一边慢慢地踱步，一边仔细地看着。我知道她是内行，不需别人介绍，由着她去看。

我陪着周不言在沙发上坐了，一边吃水果，一边说话。

没多久，周不闻和江易盛都进来了。江易盛对我说："别的都收拾好了，只剩下洗碗，吴大哥说他一个人就行了。"

"茶几下面的抽屉里有扑克牌和麻将牌，你们想打牌的话，自己拿。"我端起一盘水果，去了厨房。

洗碗池前，吴居蓝穿着爷爷的旧围裙，静静地洗着碗。我站在厨房门口，静静地看着他。此景此人，就是情之所系、心之所安，若能朝朝暮暮，就是岁月静好、安乐一生了。

吴居蓝抬头看向我，我粲然一笑，快步走进厨房。

我用水果叉叉了一块西瓜，想要喂给他。

吴居蓝说："你自己吃吧！"

我把西瓜连着碟子放到了身侧的桌台上，鼓足勇气问："你是不是不高兴了？"

"没有。"

我试探地问："我没有征求你的同意就当众宣布你是我的男朋友，你不生气吗？"

"不。"

"我……我对……那条鱼尾的反应……你失望了吗？"说到后来，我几乎听不到自己在说什么。

"没。"

我咬着唇，不知道该怎么办了。

吴居蓝停下了洗碗的动作，看着我说："你对那条鱼尾的反应，只是因为爱屋及乌，我为什么要怪你？"

我像是一个受了委屈、自己都不知道该如何为自己辩解的人，却被最在乎的人一语道破天机，既开心，又心酸，一瞬间鼻子发涩、眼眶发红。我知道我当时的反应不妥当，但我真的无法控制。

吴居蓝轻叹了口气，伸出满是泡沫的手，把我轻轻地拥进了怀里，温柔地说："你对鱼尾的反应没有伤害到我。不用这么紧张我，我已经活了很长时间，敏感脆弱这一类的东西早就被时间从我身上剥离了，能伤害到我的事少之又少。"

我没觉得他的话是安慰，反而觉得更难受了，刚才只是为自己，现在还为吴居蓝。如果坚强是千锤百炼后的结果，难道只因为有了结果，就可以忽略千锤百炼的痛苦过程了吗？

我头埋在他的肩头，闷闷地说："只要你在我心里一天，我就会紧张一天，紧张你被别人伤害到，紧张我不小心委屈到你，紧张你不开心，这些和你坚强或脆弱没有任何关系。"

吴居蓝抱着我一言不发，半晌后，他笑着说："你男朋友在海里处于食物链的最顶端，所有的鱼都是他的食物，你以后在他面前吃鱼，尽可以随意。"

我愣了一愣，在心里连着过了好几遍"你男朋友"四个字，猛然抬头，惊喜地看着他。虽然刚才吃饭时他算是公开承认了我们的关系，但那是被我胁迫的，这是第一次，他清楚、主动地表明自己的心意。

"我男朋友？"我忍不住紧紧地钩住吴居蓝的脖子，咧开嘴傻笑了起来。

"哎哟！我什么都没看见……"江易盛刚冲进厨房，又遮着眼睛往外跑。

我忙放了吴居蓝，吴居蓝说："你去招呼一下他们，我很快就好了。"

"嗯。"我红着脸，走出了厨房。

江易盛和周不闻站在厨房拐角的公孙橘树下，一个面色尴尬，一个面色愠怒。

我猜到他们有话说，慢慢地走到他们面前时，心情已经完全平复。

周不闻说："小螺，你真打算找一个吃软饭的男人吗？"

江易盛忙说："大头，你别这样！吴大哥不是你想的那样。"

"你叫'吴大哥'叫上瘾了？之前叫他一声'吴大哥'是因为他欺骗我们他是小螺的表哥。话说白了，他就是一个给小螺打工的打工仔，不肯安分守己做事，却居心叵测打小螺的主意……"

我截断了周不闻的话："大头，你凭什么肯定是他居心叵测打我主意？事实是，我居心叵测打他主意！"

周不闻讥讽地说："就凭吴居蓝，怎么可能？"

"怎么不可能？吴居蓝哪点比你……和江易盛差？"最后一瞬，我还是看在过往的交情上，不想周不闻太难堪，把"江易盛"加了进来。

江易盛知道周不闻触到我的逆鳞了，忙安抚地说："吴大哥哪里都比我们好！小螺，大头只是关心你，说话有点口不择言。"

周不闻冷冷地嘲讽："是啊！吴居蓝是比我们长得好看，他不长得好一点，怎么靠卖脸吃饭？"

我也冷冷地说："反正我乐意买！你管得着吗？"

江易盛听我们越说越不堪，站到我和周不闻中间，脸拉了下来："你们都给我闭嘴！"

周不闻深深地盯了我一眼，阴沉着脸，转身就走进了客厅。

江易盛对我说："虽然大头的话说得难听，可你应该知道他也是关心你。"

"关心我就可以肆意辱骂我喜欢的人了吗？"

江易盛不吭声了。

我问："周不闻是不是问你吴居蓝的事了？"

江易盛说："是问过我，但说与不说是你的事，我不会帮你做决定。我只告诉他吴大哥是你雇用的帮手，很会做饭。"

"你们躲在那里说什么悄悄话？"巫靓靓端着杯红酒，站在客厅门口笑问。

我对江易盛说："进去吧！别因为我把你的约会搞砸了。"我笑着走过去，对巫靓靓说："我们在说你的悄悄话。"

"说什么？"巫靓靓非常感兴趣的样子。

我的目光掠过她脖子上亮闪闪的首饰，随口说："你的首饰很好看，我问江易盛你戴的究竟是钻石还是水晶。"

巫靓靓笑问："你觉得呢？"

我诚实地说："很像钻石，但你戴得太多了，让人觉得应该是假的。"

"全是真的，我从来不戴假的。"

我暗自惊讶巫靓靓的富有，同情地看了江易盛一眼，江易盛无所谓地笑笑。

巫靓靓优雅地坐到沙发上，手抚着钻石项链，摆了个时尚杂志上模特的姿势，笑问："好看吗？"

我坐到了她对面，真心赞美地说："好看！"

巫靓靓看着我的身后说："吴大哥听到了吗？要赶紧准备珠宝送女朋友了，把她也打扮得漂漂亮亮的！"

我回过头，看到吴居蓝走过来，站在了我身后。我忙说："人都到齐了，我们打牌吧！"不想再继续这个和金钱有关的话题。

巫靓靓却依旧说："小螺脸型好，不管吴大哥送耳坠，还是项链，戴上都会很好看的。"

我没有办法装听不见，又舍不得让吴居蓝去面对这样的事情，只能自己挡下来，微笑着说："我不喜欢钻石，颜色太干净了，我妈妈送了我一条钻石项链，我从来没有戴过。"

江易盛拿着两副扑克牌，大声说："打牌了！打牌了！"想把所有人的注意力从珠宝话题上转移开。

周不言却让他失败了。

"可以选彩钻。"周不言提起自己戴的项链，向大家展示梨形的吊坠，"我这个是黄钻。沈姐姐如果不喜欢黄色，蓝钻和祖母绿都是不错的选择，还有粉钻，很多女孩子喜欢的，最适合求婚用了。"

周不言盯着吴居蓝，带着甜美的笑容，糯糯地说："吴居蓝，你打算送沈姐姐什么样的求婚戒指？我认识很多珠宝商，不管是品牌货，还是私人渠道，都能帮你拿到最低的折扣哦！我的这条项链就打了六五折，原价要五十多万，我三十多万就买到了。"

我一瞬间怒了，周不言明明知道我和吴居蓝的经济状况，却说这种话，摆明了要恶心我和吴居蓝。我自问，从认识她开始，没有做过任何对不起她的事，她却总是对我有莫名的敌意。

我正要说话，吴居蓝的手放在了我的肩膀上，轻轻按了一下，示意我少安毋躁。

吴居蓝对周不言说："谢谢你的好意，但我从不买打折商品。"

从小到大，我一直信奉以德报德、以怨报怨，立即补刀："真正的好东西应该从来不会打折。"

周不言脸色难看，甜美的笑容再挂不住，几乎咬牙切齿地说："吹牛谁不会呢？说得好像打折了，你们就买得起一样……"

"不言！"周不闻喝叫，阻止了周不言说出更难听的话，但已经说出口的话却无法收回。

我平静地说："我们是买不起……"

那片星空，那片海

"小螺，你就别再装穷了！"

剑拔弩张的气氛中，巫靓靓的声音突兀地响起，把所有人的注意力都吸引了过去。

江易盛冷着脸，对巫靓靓说："小螺应该和你还不熟，你要是喝多了，我现在就送你回去。"

江易盛毫不犹豫地维护我，摆明了重友不重色，我反倒对巫靓靓生不出一丝气。

江易盛的话说得相当不客气，大家都等着巫靓靓翻脸，没有想到巫靓靓嘻嘻一笑，全不在意："我和小螺是不熟，可是我熟这些啊！"她指着客厅里一个用来摆放盆景的灰色石头，说，"这么大块的螺化玉拿到市场上去卖，至少一百万。"

她爱怜地拍拍灰扑扑的石头："如果我没判断错，这块珊瑚礁里包的螺化玉应该是三叠纪时代的，不仅有赏玩价值，还有研究价值，拿到拍卖行，拍个天价也很有可能。"

我失笑地看着那块丝毫不起眼的石头，江易盛也笑起来，挤对地说："你说的是真的？那我们卖给你了。"

巫靓靓瞪了江易盛一眼："你可以质疑我的美貌，但绝不要质疑我的头脑！"

巫靓靓一边摇曳生姿地走着，一边指着摆放在房间四处的装饰说："森翼螺、金星眼球贝、天王宝贝、林氏纺锤螺、红肋菖蒲螺、流苏卷涡螺、龙宫翁戎螺、高腰翁戎螺、倍利翁戎螺……都是难得一见的珍品啊！"

巫靓靓停在了书房的博古架前，弯下腰盯着一个钙化的海螺说："在奥陶纪、志留纪，鹦鹉螺就生活在海洋里了，到现在已经有四亿多年，和我们人类七百多万年的进化史相比，它们才是地球的原住民。1954 年，美国根据鹦鹉螺的构造，研制出了世界上第一艘核潜艇，命名为'鹦鹉螺'号。因为非常珍稀，九十年代时，一只活体鹦鹉螺售价到十万美金，还是有价无市。这几年，虽然因为生物科技的进步，可以人工培育鹦鹉螺，但存活率很低。现在的鹦鹉螺的螺壳上，生长线是 30 条；新生代渐新世的鹦鹉螺壳上，生长线是 26 条；中生代白垩纪是 22 条；侏罗纪是 18 条；古生代石炭纪是 15 条；奥陶纪是 9 条。这个鹦鹉螺壳上的生长线是 18 条，我可以非常自信地判断，这是一只侏罗纪的鹦鹉螺，售价……"巫靓靓歪着头想了一会儿，摇摇头，"我没有办法评估它的价值。在有的人眼里，它不是宝石，不是古董，一文不值！但在有的人眼里，它是记录着这个星球发展的天书，有无穷的秘密等待着被发现，价值连城！"

本来，满屋子的人都把巫靓靓的话当成笑语，可随着一个个熟悉又陌生的专业名词从巫靓靓嘴里流畅地蹦出来，大家都觉得巫靓靓说的是真的了。

不仅我蒙了，连江易盛和周不闻他们也蒙了。

巫靓靓走到江易盛面前，睨着他问："我说小螺装穷，说错了吗？"

江易盛回过神来，立即有错就认："对不起，是我误会你了。小螺她不是装穷，而是压根儿不知道自己拥有什么。"

巫靓靓挑了挑眉，视线从吴居蓝脸上一掠而过，落到我脸上，诧异地问："你什么都不知道？"

"你说的那些海螺，我听爷爷提过很少见了，但你说的三叠纪的螺化玉、侏罗纪的鹦鹉螺化石，我完全不知道。"

巫靓靓笑眯眯地说："原来是这样！我还以为你是财大气粗，完全没有把这些东西当回事，搞得我心里直犯嘀咕，你究竟有多少宝贝。"

周不言铁青着脸，一言不发，转身就往楼上跑，踩得楼梯咚咚响，周不闻对我们抱歉地说："失陪！"立即追了上去。

客厅里的气氛尴尬地沉默了下来。

巫靓靓笑着说："今天晚上的晚餐非常棒！谢谢你和吴大哥的款待，时间不早了，我明天还要值早班，就先告辞了。"

我送她到了门口："谢谢你，如果不是遇见你，我都不知道家里竟然有这些东西。"

巫靓靓笑着说："不客气！"

我狠狠地推了江易盛一下，江易盛忙说："我送你。"

巫靓靓落落大方地笑了笑，没有拒绝。

目送着江易盛和巫靓靓走远了，我正要锁院门，一回头看到周不言提着行李箱走了出来，周不闻也拿着行李，焦急地跟在她身后。

我一言不发，让到一旁。周不言看都不看我，高昂着头，脚步迅疾地走出了院子。

周不闻抱歉地看着我，欲言又止。

我说："你赶紧去陪着周不言吧，这么晚了，她一个人去找客栈住总是不方便的。"

"小螺，今天的事，你别往心里去，回头我再来和你赔礼道歉。"周不闻说完，匆匆忙忙地去追周不言了。

我听着他渐去渐远的脚步声，惆怅地发了会儿呆，关上了院门。

客厅里，吴居蓝在打扫卫生，把没吃完的水果包好放进冰箱，没喝完的酒重新封好，擦桌子、扫地……

我蹲在地上，看了半晌那块螺化玉的石头，又跑去书房，看了半晌那块鹦鹉螺的化石。

我喜滋滋地说："吴居蓝，我好像突然变成有钱人了，你有什么想法？"

吴居蓝问："你有什么想法？"

可以包养你！

我心里过了无数遍，却没有胆子说出来："开心得不得了！天上突然掉馅饼的事真是太爽了！"

吴居蓝笑着揉了揉我的头说："原来让你开心这么简单。"

简单？天上掉钱的事哪里简单了？多少人梦寐以求却难以实现好不好？

我说："像你这么高贵的人是不会懂我这么肤浅的人的宏伟志愿的！我每次被周不言鄙视没钱时，装得特别高冷，是因为实在没别的办法了，其实，我最想做的就是拿钱把她砸回去。敌人最骄傲什么，就用什么报复她，才是最爽的胜利！"

吴居蓝无语地看了我一瞬，问："你觉得那三件事和屋子里的这些东西有关吗？"

我说："肯定有关了！就像江易盛说的，我有什么值得别人大动干戈？今天总算真相大白了。"

"如果有关，会是谁做的？"

我说："肯定是知道这些东西存在的人。你说会不会是我发在网上的那些照片，有人看出了门道？"

吴居蓝说："照片是在客栈装修完后才贴到网上的，飞车抢劫的事发生在装修前。"

我迟疑地说："也许我被抢劫的事是独立事件，只有后面两件有关联。手上长了黑色痦子的人很多，也许恰好我们碰到了两个都长了黑色痦子的坏人。"

吴居蓝盯了我一眼，没有反驳我，只是淡淡地说："我认为，不是三件事，是四件事。"

"四件？"

"江易盛的爸爸去山上散步时，遇到陌生男人，突然受惊发病，滚下山坡摔断了腿。这也是一件和你有关联的倒霉事。"

和我有关联？对啊！我借了江易盛的钱！我满面震惊，喃喃说："不可能！绝不可能！"

III

晚上，我躺在床上，失眠了。

我对吴居蓝说"不可能"，吴居蓝没有再多言，似乎我相不相信都完全无所谓，我却无法释然。

两件倒霉事和四件倒霉事，会是截然不同的解释。

如果第一件抢劫的事是偶然事件，只是两件倒霉事，事情发生在客栈开张之后，那时，我已经在网上贴了很多照片，有人认出，见财起意，很合理。

但如果是三件，甚至四件倒霉事，见财起意的人不但必须是在房子装修前就来过，还要清楚我和江易盛的情况。策划这些行动的人明显是要逼迫我放弃房子，可惜因为吴居蓝的帮助，逼我放弃房子的计划失败，所以有了入室盗窃。入室盗窃失败后，对方又另外采取了行动。

这一环又一环的计划，如果不是有吴居蓝帮忙，我应该只能屈服于现实，把房子租赁出去。

我越想越心惊，周不言第一次见我，就问我要房子，之后，她还开出了很夸张的价格。周不闻又恰好清楚我的一切，也清楚江易盛的一切。

仔细想想，连他对我唯一一次的表白都那么恰到好处，而且那真的是表白吗？周不闻自始至终都没有说过喜欢我。也许那也是一次行动，如果我接受了他的表白，自然而然，我会随着他离开海岛，暂时放弃房子。

我难受得整个胸腔都好像缺氧，张着嘴，用力地吸气。

从小到大的经历，让我习惯于迎接生活给我的任何惊吓，所以，不管是被抢劫，还是被入室盗窃，甚至当我发现所有祸事都是冲着我来时，我都该笑就笑，该吃就吃。反正生活本来就是麻烦不断，兵来将挡、水来土掩就行了。

但是，我从来没有办法习惯来自亲友的伤害。大头，这一切真的都是你做的吗？

Chapter 13 | 初雪般的第一个吻 ————

我现在最想做的事情就是和你一起做各种各样的事，
不管是一起爬山，还是一起下海，对我而言做什么不
重要，重要的是我们在一起。

早上，我起床时，一脸憔悴，顶着两个大黑眼圈，显然没
有睡好。吴居蓝肯定猜到了我失眠的原因，什么都没有问。

我对吴居蓝说："君子无罪，怀璧其罪。螺化玉的珊瑚石和
鹦鹉螺的化石都不是爷爷的心头好，我留在手里也没有用处，
我想把它们卖掉。"

"卖给谁？"

我眨巴着眼睛，回答不出来。这种东西总不能拿到集市上，
吆喝着卖吧？

"你联系巫靓靓，让她帮你处理这事。"

对啊！巫靓靓说起品质和市价头头是道，肯定有认识的人。

我问江易盛要了巫靓靓的电话号码，给巫靓靓打电话。

听完我的意思，巫靓靓一口答应了："我今天会帮你联系朋友处理这事。下班后，我来找你，让吴大哥准备一顿丰盛的晚餐，我顺便蹭顿饭。"

巫靓靓说到"晚餐"时，声音格外愉悦，我有点莫名其妙，她这么喜欢吃吴居蓝做的饭？

傍晚，江易盛和巫靓靓一起来了。

巫靓靓看到桌上的菜肴，笑得连眼睛都几乎找不到。她对我说："没想到有生之年，能吃到……这么好吃的饭菜。"说完，不等别人拿筷子，她就开始不顾形象地埋头大吃。

我看江易盛，为了追到巫女王，他是不是该好好学一下厨艺？

江易盛问："大头和周不言呢？"

"今天早上就离开海岛了。"周不闻发了条微信告诉我的，连电话都没有打。

江易盛沉默了一瞬，一言不发地开始吃饭。江易盛是我们三个人中智商最高的，我能想到的事，他自然也能想到，只怕他爸爸受伤的事，他也有了怀疑。只不过，在没有确凿的证据前，我们两人都有点鸵鸟心理，不想谈，也不想面对。

吃完饭后，四人围桌而坐，巫靓靓说："我已经联系了认识的拍卖行，他们会帮我们举行个小型拍卖会，以公允的价格把这两样东西转让给喜欢它们的人。拍卖会在纽约举行，小螺，你需要去一趟纽约。"

"啊？必须吗？我看电视上的拍卖会都不需要拍卖品的所有人出现啊！"

巫靓靓说："不需要你站在那里推销自己的物品，但有很多文件必须你本人亲自签署。纽约是个很值得一去的地方，你就权当是去旅游吧！我在纽约长大，对那里很熟，会一直陪着你，要不然让江易盛也一起去。"

我犹豫地看着吴居蓝，并不是我怕出远门，而是，吴居蓝是"黑户"，根本做不了国际旅行，我不想和他分开。

吴居蓝说："不用担心，很快就会再见面。"

我想了想，也行！去一天、回一天，再花一两天办事，应该四五天就能回家，的确很快就会再见面。

巫靓靓看我没有问题了，笑眯眯地问江易盛："你要陪我们一起去纽约吗？"

江易盛无所谓地说："好啊！至少可以帮你们提行李。"

巫靓靓说："你们俩把证件资料给我，所有事情我都会安排妥当。放心，你们会有一个精彩的旅程！"

我总觉得巫女王的笑容好像成功诱惑到小红帽的狼外婆的笑容，让人有点想打哆嗦，但我们只是去卖东西，应该没有问题吧？如果巫女王想劫财，根本不需要让我们去纽约；如果她想劫色，反正倒霉的是江易盛！

Ⅲ

在巫靓靓紧锣密鼓的安排下，两周多后，我和江易盛顺利地拿到了签证和其他相关文件。

巫靓靓问我什么时候出发，我说越快越好，还有一周就是月圆之夜，我必须赶在那之前回来。

我和江易盛、巫靓靓乘船离开海岛，吴居蓝去码头送我们。

我满腹离愁，满肚子担心，一遍遍叮咛着吴居蓝，电话号码写了一长串，都是我和江易盛的铁关系：医生、警察、超市老板、服装店店主……囊括了生活的方方面面，不管遇到什么问题，一个电话就能找到朋友帮忙。

鉴于上一次我们俩的手机都一落进海里就坏了，我还专门从淘宝订了两个防水手机袋，和吴居蓝一人一个。让吴居蓝不管什么时候都把手机带上，有事没事都可以给我打电话，不用理会时差。

我站在吴居蓝身前，啰里啰唆、没完没了，吃饭、穿衣、岛上的安全、台风季、银行卡、身上该带的现金……平时也没觉得有那么多事要注意，可到走时，才发现各种不放心。

出发的汽笛响了，催促还没上船的客人抓紧时间上船。我依依不舍、一步三回头地上了船。

船开后，我一直站在甲板上，直到看不到吴居蓝的身影了，才收回目光。我的心情有点闷闷的，不仅仅是离愁别绪，还因为我觉得我很舍不得吴居蓝，吴居蓝却好像并不是那么在意我的离开。

巫靓靓大概看出了我的不开心，用很夸张的语气对江易盛说："刚才，我看到了我活到这么大最好笑的笑话。"

江易盛配合地问："什么笑话？"

巫靓靓说："一条生长在鱼缸里的金鱼对一条生活在海洋里的鲨鱼嘘寒问暖，担心他会在鱼缸里遇到危险。你说好笑不好笑？我鸡皮疙瘩都要起来了！"

我心里一惊，盯着巫靓靓问："你为什么说吴居蓝是生活在海洋里的鲨鱼？"

巫靓靓笑嘻嘻地说："感觉而已，吴大哥看上去就像很厉害的人物，应该经历过不少大风大浪。你嘛，一看就是生活在鱼缸里的小金鱼了。"

我松了口气，告诉自己只是个比喻而已，不要太紧张，胡乱联想。

···

下了船，我们乘车去机场。

上了飞机后，我和江易盛才发现竟然是头等舱。

这么奢侈？我和江易盛都看着巫靓靓。

巫靓靓说："别担心，钱是老板出的，他要求务必让两位远道而去的客人舒适愉快。"

"老板？"

"就是帮小螺卖东西的公司的老板，他对两件物品也很感兴趣，应该会出价竞买。"

江易盛问："你为什么叫他老板？"

巫靓靓耸了耸肩，说："我们家族一直为他们家族打工，我也要继续为他打工，不叫老板该叫什么呢？"

我诧异地问："你不是医生吗？"

巫靓靓不在意地说："那算是兼职吧！"

我和江易盛面面相觑，巫靓靓笑着说："到了纽约，你们就会明白了。"

我和江易盛相视一眼，没有再多问。

十几个小时的旅途，江易盛有美人在侧，一路说说笑笑，很是愉快。我却因为耿耿于怀吴居蓝的"轻别离"，一直心情低落。

飞机在纽约肯尼迪机场降落，看到异国他乡的景物，我都没有丝毫兴奋的感觉。

来机场接我们的司机穿着笔挺的黑色制服，开着一辆加长的宾利，江易盛见到，忍不住吹了一声口哨。

我问："钱谁出？"

巫靓靓说："和我们头等舱的机票一样，老板出。"

我嘟囔："羊毛出自羊身上，他花的钱肯定都要从我身上赚回去，可想着不是自己付，总是舒坦一点。"

巫靓靓给我们一人倒了一杯香槟酒："庆祝我们平安到达纽约。"

我喝了口香槟酒，看着车窗外的霓虹灯影、车水马龙，突然开始有了真实的感觉，我到纽约了！吴居蓝曾经生活过的地方！

明明是个完全陌生的城市，可因为爱上了一个人，连对一座城的感觉都彻底变了。

可惜，现代社会不像一百多年前，买一张船票就可以从一个大陆到另一个大陆，否则我真想和吴居蓝一起游览一下这座城市。

我突然问："一八八几年的纽约应该和现在很不一样吧？"

巫靓靓说："很不一样。不过，这是个几乎没有历史的国家，所以格外注重保存历史。很多那个年代的建筑都留存至今，你有兴趣的话，我可以带你去看看。"

江易盛奇怪地问："小螺，你怎么会对那个年代的纽约感兴趣？"

我掩饰地喝了口香槟酒："随口问问。"

司机开着车经过一个浓荫蔽日、芳草萋萋的地方，不少树都应该有几百年了，树干粗大、树冠华美。在高楼林立的都市中，突然出现这么一块鸟语花香、生机盎然的地方，我和江易盛都不禁好奇地看着。

巫靓靓介绍说："大名鼎鼎的中央公园。1857 年建立，美国第一个景观公园，当年这附近的地皮并不值钱，现在……"巫靓靓皱着眉头，从鼻子里出了口气，"除了政府和机构的楼，只有世界顶级富豪才能拥有俯瞰中央公园的公寓房。"

司机把车停在了一座公寓楼前，巫靓靓说："我们到了。"

我看看就一街之隔的中央公园，和江易盛交换了一个眼神。

我们刚下车，就有人来帮我们拿行李。穿着红色制服的门童应该认识巫靓靓，对她礼貌地问候了一声，拉开了门。

巫靓靓带着我们走进电梯，开电梯的是一个头发花白、精神矍铄的黑人老头，看到巫靓靓，一边热情地打招呼，一边按了代表顶层的"Penthouse"电梯按钮，这也是这部电梯里仅有的两个按钮之一，另一个是代表大堂的"Lobby"。

巫靓靓说："这栋公寓楼是老板的资产，一直是我奶奶在打理。别的楼层都租出去了，顶层是预留给老板偶尔来住的。"

江易盛感叹说："你老板可真是生财有道！"

巫靓靓忍不住嗤笑了一声："生财有道？他才不操心这个呢！老板不过是稀里糊涂买得早而已，中央公园 1857 年建的，老板……的家族在 1852 年就买了这边的地。那时候，这一带不过是一片荒地而已。"她皱着眉头，悻悻地说，"你们将来去欧洲时，看看老板在巴黎、伦敦、哥本哈根、罗马、梵蒂冈……都随手买了些什么地方会更震惊！我告诉别人买的时候都是没人要的破烂货，压根儿没有人相信！"

电梯到达时，巫靓靓走出电梯，站在一个布置奢华的走廊里，地上铺着羊毛地毯，墙上挂着油画，天顶上吊着水晶灯。她走到大门前，在电子锁上输入了一串密码，门打开了。

巫靓靓一边往里走，一边说："为了方便你们出入，密码我已经叫人设置成了小螺的生日，阴历生日。"

我忙说："不用那么麻烦，我们只是借住两天，很快就离开了。"

巫靓靓说："都已经改好了，难道再改回去？"

我只能说："谢谢你和你老板了。"

巫靓靓不在意地说："走吧，我带你们参观一下房子。"

我们沿着门廊，走进客厅，一眼就看到了几乎占据了整整一面墙的落地大窗。窗外是湛蓝的天、洁白的云、郁郁葱葱的树林、清澄美丽的湖泊，甚至有好几只黑色的雄鹰在天空中盘旋飞翔。

我惊叹，竟然能在钢筋水泥的城市里看到犹如野外森林一般的景致，难怪中央公园四周的房子都是天价。

巫靓靓说："江易盛和我住楼下的客房，小螺住楼上的主人房。"

房子很高，完全可以做成上下两层，但主人丝毫没有珍惜这个地段的寸土寸金，楼上只做了一半，别的地方都留空，以至于客厅和饭厅的天顶有五六米高，显得房子大而深，简直像一个小城堡。

我怀着对富豪生活的猎奇心理，和江易盛先参观了一下一楼，然后去了二楼。我们发现这个房子看着像"城堡"，实际能住人的屋子很少。一楼除了客厅、饭厅和厨房，就两间卧房，整个二楼只一个大卧房，别的区域是：像个小图书馆的读书区，放着椅子和天文望远镜的活动区，摆着沙发和茶几的会客区。这些区域没有正儿八经的墙或者门，只是通过一些巧妙的摆设做了间隔，可以直接俯瞰楼下的客厅和饭厅。会客区的沙发，隔着客厅的上空，正对着那扇巨大的落地大窗，可以一边聊天，一边欣赏外面的景色。

我对巫靓靓说："你的老板显然把这个房子看作自己的私人领地，除了卧房，别的地方连门和墙都没有，明显是没打算邀请陌生人来住。怎么会把房子给我们住呢？"

巫靓靓笑嘻嘻地说："空着也是空着，给我们住，还可以省酒店费。"

我说："我的两样东西虽然值点钱，但肯定不是稀世奇珍，最多卖个几百万人民币，我总觉得这接待的规格过高了！"

巫靓靓拍了拍我的肩膀说："不用多想，很快你就会明白了。"

我只能既来之且安之，静待事情的发展。我说："别的都随便吧！但我最多待两天，也就是大后天我一定要回中国，吴居蓝还在家里等我呢！"

巫靓靓说："今天晚上老板要请你吃饭，你可以直接和老板说。"

我打了个哈欠说："好困啊，不想吃饭，只想睡觉。"算算时间，这个点是国内的凌晨四五点，好梦正酣时。

巫靓靓说："洗个澡，千万别睡，坚持到晚上，否则时差倒不过来。"

###

我走进浴室，准备泡澡，惊喜地发现洗发水和沐浴露都是我惯用的牌子。只是一个小小的细节，却让我觉得很贴心周到，心情都好了几分。

洗完热水澡，困意和疲惫都洗去了几分，我坐在床边，一边吹头发，一边随意打量着卧室的布置。

床头和架子上竟然放了几只色彩美丽的海螺做装饰，让我无端地生出几分亲切感。我心想，这个富豪应该很喜欢大海，难怪他会想买我的两块石头。

吹完头发，我站在主卧的落地大窗前，俯瞰着中央公园，发了一条微信给吴居蓝："已平安到纽约。如果你有惦记的地方，我可以去，拍了照片给你看。"

微信没有回复，应该是还没有起床，我把手机收了起来。

巫靓靓敲门说："要出去吃晚饭了。"

"马上就好。"

反正对方看重的是我的东西，又不是我的形象，我穿得很随便，下身烟灰色小口牛仔裤，上身直筒长袖碎花衬衣，手里拿了一件驼色的棒针毛衣开衫外套，到室外的时候可以披上。

巫靓靓和江易盛却明显精心挑选过衣服，一个穿着紫罗兰色的小礼裙，外披羊绒大衣；一个穿着长袖衬衣、笔挺的西裤。我下去时，他们站在一起，正窃窃私语，十分登对养眼。

我说："我觉得我像你们的电灯泡。"

巫靓靓只是笑了笑，江易盛也没理会我的打趣，拿起风衣外套说："走吧！"

巫靓靓说吃饭的地方不远，就在附近，三个人走路过去。

我刻意地走在后面，让江易盛和巫靓靓走在前面。

异国的街头、络绎不绝的行人、各种口音的英语，还有一对金童玉女般正发展的"恋人"，我变得格外思念某个人，忍不住又拿出了手机。

恰好一个红灯，巫靓靓和江易盛过了街道，继续往前走，我却被留在了街道这边。我也没在意，一边翻看着手机里的照片等红灯，一边想着待会儿吃饭时偷偷溜出来，给吴居蓝打个电话。

等红灯变绿，我抬起头时，却发现看不到巫靓靓和江易盛了。我再不敢玩手机，把手机装了起来，急急忙忙往前走，一直走了三个路口，都没有看到他们。我又往回走，在附近来来回回找了几遍，仍旧没找到江易盛和巫靓靓。

幸好时间还早，街上行人川流不息，让我没有那么紧张，可这毕竟是异国他乡，我的英语又很一般，还是心很慌。我拿出手机，给江易盛和巫靓靓打电话。两人的手机都打不通，也不知道是信号有问题，还是我的国际漫游压根儿没开通成功。

我想了想，决定原路返回，只要找到住的公寓，就不会丢了自己。

只是刚才心有所思，稀里糊涂地跟在巫靓靓身后走，压根儿没有记路。我只能一边努力地回忆，一边尝试地走着，那个公寓楼没有多远，多绕几圈，总能找到的吧！

可是我找来找去，越找越心慌，根据路程，我应该早到了公寓楼附近，却压根儿没有看到公寓楼。我尝试着用英语问路，但是我根本说不出公寓楼在哪条街道上、门牌号是多少，被问到的行人不耐烦地摇摇头，说着"Sorry"，脚步匆匆地离去了。

夜色越来越深，我站在陌生的大街上，看着陌生的人潮，很焦急无奈。

突然，我听到有人叫："小螺！"

熟悉的中文让我如闻天籁，立即扭头看过去，隔着车水马龙的街道，吴居蓝竟然站在阑珊灯火下，朝我挥手。

我觉得自己肯定是太焦急，出现幻觉了，忍不住闭了下眼睛，又睁开，吴居蓝已经飞快地横穿过马路，到了我面前。

"小螺！"吴居蓝看着我，露出了如释重负的喜悦。

我去摸他的手，感觉到他低于常人的体温，才确定一切是真实的。

我惊讶困惑地问："你怎么在这里？"

"巫靓靓说把你丢了，我就来找你了。"

"不是这个，我是说，你怎么在纽约？你怎么过来的？你都没有证件，怎么过的海关？"

吴居蓝俯过身，在我耳畔说："我是一条鱼，你几时见过鱼群迁徙还要带证件？"

感觉到他的气息，我脸红了："你早就计划好的？"

"嗯。"

难怪告别时，他一点离愁别绪都没有；难怪每次我流露出不想去纽约的想法时，他总会说很快就会见面。他不是轻别离，而是会来纽约陪我，一直纠结在我心里的别扭刹那间烟消云散，喜悦溢满了心头。

我问："你怎么找到靓靓和江易盛的？"

吴居蓝拿出他的手机晃了晃，上面还套着淘宝买来的防水塑料袋："你的电话打不通。"

"我刚才也打不出去，大概是国际漫游有问题吧！"

吴居蓝问："饿了吗？我们去吃饭。"

我拉着吴居蓝的手，一蹦一跳地走着："本来约好了和靓靓的老板吃饭，但已经迟到了这么久，我现在也不想去了。你给靓靓打个电话，告诉她我不去了。"

吴居蓝给巫靓靓拨了个电话，用流利的英文告诉她，他找到了我，我们要一起吃晚饭，让她的老板自便。

等他挂了电话，我笑问："你是不是但凡在哪个国家住过，就会说那个国家的话？"

吴居蓝没有否认，只是淡淡地说："虽然通过人类的语言也难以了解他们的心灵，但不懂他们的语言，更可怕，就像瞎子走在高速公路上。"

他的话中隐隐流露着杀机，我当然明白，他过去的生活不会只是吟诗抚琴、喝酒舞剑，但亲耳听到，还是有点难受。

吴居蓝揉了揉我的头，似乎在安抚我不要胡思乱想，他微笑着问："旅途愉快吗？"

我立即有了精神，叽叽喳喳地从坐飞机说起，一直说到我们住的公寓，对那位老板的慷慨表达了各种不理解："……也许是我眼皮子浅、没见过世面，有点受宠若惊，总担心这位老板是黄鼠狼给鸡拜年，另有所图……"

一辆警车停在路边，两个警察从车里走了出来，我猛地一拐弯，硬生生地拉着吴居蓝拐进了旁边的小巷。两个警察经过时，视线扫向我们，我的心咚咚狂跳，急忙搂住吴居蓝的脖子，唇贴着他的脸颊，做出亲热的样子。

等警察走远了，我松了口气，放开了吴居蓝。

看到他面无表情地盯着我，我突然反应过来，忍不住骂自己："我好蠢！简直要蠢死了！"我老惦记着吴居蓝没有身份，是非法入境，看到警察就心虚，却不想想，你好端端地走在大街上，哪个警察闲着没事会拦住你查护照？反倒是我刚才鬼鬼祟祟的样子，才容易引起注意。

真的要被自己的智商蠢哭了！我可怜兮兮地看着吴居蓝："对不起！我差点闯大祸，你要想骂……"

眼前忽然一暗，吴居蓝俯身，轻轻地吻了我的唇一下，我的啰唆声戛然而止。

他的亲吻犹如初冬的第一片雪花，冰凉柔软，刚刚碰到就消失无踪，只留下一点点湿意，证明着它存在过。

我屏息静气，呆呆地看着吴居蓝。

吴居蓝凝视了我一瞬，突然展颜而笑。我已习惯了他眉眼冷峻、表情淡漠，第一次看到他这样温柔恣意，只觉得这一刻他容颜魅惑，让我心如鹿撞，脸唰的一下就红透了。

吴居蓝的笑意越发深，伸手在我脸颊上轻拂了一下，一边笑着，一边牵起我的手，继续往前走。

我彻底变成了哑巴，一路上一句话都没有说。

吴居蓝带着我走进一家西餐厅，我懵懵懂懂地坐下后，才发现巫靓靓和江易盛都在。

巫靓靓低着头，一副"我做错事、我很不安"的样子，江易盛不悦地看着吴居蓝。

我说："你们也来了啊？靓靓，放你老板的鸽子没有问题吗？"

江易盛像看怪物一样看着我，鄙夷地说："你的智商真是……无下限！"

巫靓靓忙说："没有问题！老板不会介意，你怎么会走丢呢？"

"我看了下手机，就找不到你们了，是我自己走路太不专心了。"我对巫靓靓挺客气，转脸对江易盛就是另一副嘴脸，"你智商倒是有上限，我个大活人就跟在你后面，你心里到底在想什么，竟然会一直没有发现我不见了？见色忘友！"

巫靓靓刚正常了一点，又开始做低头认罪状。江易盛一把抓起巫靓靓，对吴居蓝说："我不喜欢吃西餐，我想去吃中餐！"

吴居蓝说："好。"

江易盛带着巫靓靓离开了，我不解地问："江易盛怎么好像对你有点生气？"

"巫靓靓说你丢了，我一时着急，就斥责了巫靓靓两句。"

我又不是小孩子，丢了还要别人负责？好像是有点过分……我试探地问："要不你回头去给靓靓道个歉？"

吴居蓝瞥了我一眼，自顾自地拿起餐单看起来。

从认识他的第一天起，他就是绝不委屈自己的性子，我也不想委屈他，决定还是自己去给巫靓靓说几句好话赔罪吧！

我翻了翻餐单，发现是法国菜。倒不是我不喜欢法国菜，鹅肝蜗牛、鱼子酱牛排这些，偶尔吃几顿，我也是喜欢的。但今天晚上，刚刚坐过长途飞机，又在倒时差，身体有点不舒服，我并不想吃这些东西。

吴居蓝问："你想吃什么？"

我抱歉地说："刚坐完长途飞机，其实，我现在最想吃一碗酸汤面。"

"是我没考虑周到。"吴居蓝放下了菜单，带着我离开了餐厅。

···

我不知道哪里有中餐馆，吴居蓝肯定对现在的纽约也不熟，于是，我提议回公寓自己做吧！

我下午参观厨房时，发现那位老板或者那位老板的下属非常周到细致，不仅在冰箱里放了中国人常吃的食物，还在桌台上摆放了各种中式调料，连酱油和醋都准备好了。

我含含糊糊地给吴居蓝描述了一下公寓的位置，本来没指望他能找对路，没想到竟然一路顺利地回到了公寓。

我用自己的生日打开了公寓的门，笑对吴居蓝说："体会一下有钱人的奢华生活吧！"

可是，吴居蓝对公寓的奢华装修和美丽景致没有丝毫兴趣，淡淡扫了一眼，就看向了厨房。

我献宝地问："是不是很好？酱油、醋，什么调料都有，连腐乳和豆瓣酱都有。"

吴居蓝说："凑合而已。"

我说："这是美国，还是个外国人的房子，不要那么挑剔了！"

吴居蓝脱下外套，挽起衬衣袖子，走进了厨房。

一会儿工夫，他就给我做了一碗杂菜酸汤面，给自己煎了一块牛排。

我们坐在吧台前，一中一西地吃起来。

明亮的灯光下，吴居蓝穿着简单的白衬衣和黑西裤，却一举一动都流露出浑然天成的高贵优雅。我偷偷瞟了一眼又一眼，后知后觉地发现，他穿的衬衣我从来没有见过，看上去很不错的样子。

我怕他尴尬，没有问这套衣服究竟是偷的还是买的。等吃完饭，我跳下高脚椅，跑去沙发上拿了自己的钱包，把一张卡递给吴居蓝："这几天你要买东西，就用这张卡，还有……"我拿出钱包里的所有美元现金，开始数钱，"靓靓说美国用现金的机会不多，就是有时候给小费的时候需要现金，我只兑换了六百美金，咱俩一人一半，你别帮我节省，不够了我再去兑换。穷家富路，我们难得出来一次，玩得开心最重要……"

我正絮絮叨叨地叮嘱吴居蓝，江易盛和巫靓靓回来了。他俩都清楚我和吴居蓝的经济状况，我看了他们一眼，没在意，把数出来的三百块递给了吴居蓝。

吴居蓝一言不发地接过现金和卡，仔细地收了起来。

江易盛和巫靓靓都目光诡异地盯着我和吴居蓝。

"吴居蓝，你竟然拿沈螺的钱花？"江易盛的声音比他的目光更诡异。

我不高兴了，很后悔自己刚才没有回避他们，正要解释，吴居蓝笑看着江易盛说："男人为女人花钱很容易，但男人想花女人的钱却是要有几分魅力的！江医生，你这是羡慕嫉妒、自卑抑郁了吗？"

我很开心吴居蓝没有纠结于男人的面子和自尊问题，但还是解释说："吴居蓝刚到美国，没时间去兑换钱。何况什么叫他拿我的钱？你又不是不知道，我所有的钱都是他帮我赚的，我的就是他的，他拿的是自己的钱！"

江易盛冷嘲："我还帮我们医院赚钱呢！也没见院长说他的钱就是我的钱！"

巫靓靓拽了一下江易盛，岔开了话题："你们怎么没在餐馆吃饭？不喜欢我选的餐馆吗？"

我说："不是，是我没有胃口，只想吃一碗热汤面。"

巫靓靓抱歉地说："我太粗心了，没有考虑到你们刚坐完长途飞机，肯定只想吃中餐。"

"没关系，你已经很照顾我了。靓靓，有件事我想和你商量一下。"

"什么事？"

我很不好意思地说："我想让吴居蓝住在这里，可以吗？"

巫靓靓飞快地看了一眼吴居蓝："只要吴大哥愿意，我绝对没意见。不过，吴大哥只能住二楼，一楼是我和江易盛的地盘。"

"没问题！谢谢你！"我开心地说。

巫靓靓意味深长地笑了笑，对我们说："我回屋洗澡休息了，各位晚安！"说完，她就转身离开了。

江易盛道了声"晚安"，也回了自己的屋子。

ⅠⅠⅠ

我收拾了碗筷，带着吴居蓝去参观二楼。

吴居蓝对别的地方都是一扫而过，没什么兴趣的样子，只在阅览区多停留了一会儿。

他沉默不语、目光悠长地看着书架上的书，我忍不住问："你在想什么？"

他伸手，从书架上抽了一本书："以前我读过的书。"

我凑过去看，十分古老的样子，不是英语，也不是日语、韩语，对我而言，完全就是天书。

"什么书？这是什么语言？"

"Hans Andersen 的《埃格内特和人鱼》。丹麦语。"

Andersen？丹麦？人鱼？不就是大名鼎鼎的安徒生嘛！我说："中文翻译应该是《小美人鱼》或者《海的女儿》。"

"你说的是 The Little Mermaid，那是一个讲女人鱼的故事，这个是 Agnete and the Merman，是一个讲男人鱼的故事。"

安徒生居然还写了一个男人鱼的故事？我好奇地问："故事讲的什么？"

吴居蓝把书放回了书架上，淡淡说："这个故事是 Andersen 根据欧洲民间传说写的诗剧，被他视作自己最好的作品之一。故事有很多版本，但大致情节相同，都是讲一个男人鱼，有着纯金般色泽的头发和令人愉悦的双眸。有一天，他遇见了一个叫 Agnete 的人类少女，他们爱上了彼此，决定在一起生活。Agnete 和金发男人鱼生活了八年，为他生了孩子，但最终，Agnete 还是无法放弃人类的生活，选择永远地离开了男人鱼。"

我后悔好奇地询问这个故事了，尴尬地看着吴居蓝，不知道该说些什么。

吴居蓝微笑着摇摇头，一手握住了我的手，一手弹了下我的脑门："我没那么敏感，别胡思乱想！"

我立即安心了，笑嘻嘻地握紧了他的手，他不是那个金发人鱼，我也不是Agnete，我们绝不会放开彼此的手。

我拉着他走出阅览区，笑着说："只有一个卧室。我睡卧室，你睡会客区的沙发？"

"好。"

▌▌▌

安顿好吴居蓝后，我倒在床上，立即进入了酣睡状态。

但是，半夜里，突然就醒了。去了趟卫生间后，翻来覆去再睡不着。我看了下手机，才凌晨三点四十几分，应该是传说中的时差了。

我打开微信的朋友圈，刷了一遍朋友圈后，自己发了一条："睡不着的夜，明天还有重要的事情要处理，希望不会昏头昏脑，把自己卖了都不知道。"

除了几个点赞的家伙，竟然还有一条江易盛的回复："不用担心，因为……你已经没大脑了。"

我心理平衡了，看来不只我一个人有时差。

我犹豫了下，给吴居蓝发微信："还在睡吗？"

等了一瞬，吴居蓝回复："你睡不着？"

我一下子兴奋了："嗯，你呢？"

吴居蓝："也睡不着。"

"聊一会儿天？"

吴居蓝："不要起来，就算睡不着，也好好躺着，否则明天还要失眠。"

我乖乖地躺在被窝里发微信："等两块石头卖掉，我就算小小的财务自由了，你不用再帮我辛苦地赚钱。你有什么最想做的事情？我可以陪你一起去做。"

我早就发现吴居蓝是一个对物质完全没有感觉的人。因为不一样的生命形态，对他而言，世间一切都是身外之物。衣食住行里，除了对食物有要求外，别的他都无所谓，而他对食物的要求，也不是人类的金钱能满足的，他所需要的一切都在海洋里。

可是，因为我还需要物质，所以他在海岛上所做的一切，不管是捕鱼，还是做厨师，都是为了帮我。这也是我为什么决定卖掉两块石头的原因，我不想让他因为我而被金钱羁绊。

吴居蓝："你有什么最想做的事？"

"是我在问你。"我拒绝回答。

我怕我一回答，他就会优先考虑我。大概因为吴居蓝的生命太漫长了，于他而言，一切都是过客，他不但对不关己身的事情漠不关心，对关系己身的事情也不太在意，反正有的是时间，现在不做，以后再做也来得及。但是，我的时间很有限。在他漫长的生命里，我的几十年短暂到几乎不值一提。可是，我希望将来，他想起我和他在一起的时光时，是精彩有趣、开心愉悦的，而不是枯燥无聊、干巴乏味的，最终连回忆的价值都没有，被淹没在他漫长的生命中。

吴居蓝说："我说一件，你说一件。"

我想了想，妥协了："好。"

"我想你陪我去海上。"

他的意思肯定不是乘船出海去钓鱼看日落什么的，我把他的话反复读了三遍后，回复："我和你一起去。"

"该你了。"

"我已经说了。"

"？"

"我想和你一起去海上。不是骗你，我现在最想做的事情就是和你一起做各种各样的事，不管是一起爬山，还是一起下海，对我而言做什么不重要，重要的是我们在一起。"

吴居蓝一直没有回复，我问："是太感动了，还是睡着了？建议选择第一个答案，否则不利于生命安全。"

吴居蓝哪个都没选："天快亮了，再休息一会儿。"

"最后一个问题，你对纽约印象最深刻的地方是哪里？"

"剧院。"

我默默思索了一会儿，把手机放回床头柜，闭上了眼睛。

Chapter 14 | 你愿意嫁给我吗 ————————————

爱情从来都不可能只有甜蜜，苦痛也是爱情的一部
分，让我们更清楚地认识自己，也让我们更珍惜得到
的甜蜜。

　　我好梦正酣，睡得正香时，叮叮咚咚的音乐声响起，将我
从深沉的睡梦中叫醒。

　　迷迷糊糊中，我用被子紧紧地捂住耳朵，只想随着困倦，
再次沉入梦乡。可熟悉的音乐像一只温柔的手，执着地拉着我，
阻止我再次沉睡。

　　熟悉？

　　突然间，我反应了过来，一直响在耳畔、扰人清梦的曲子
是我最喜欢的《夏夜星空海》。

　　我不禁慢慢地放松了被子，仔细听了起来。

　　应该是用钢琴弹奏出的曲子，不同于古琴的空灵雅静，悦
耳动听的曲子中多了一点轻灵欢快，就好像一群美丽的小精灵

正在繁星满天的大海上轻盈起舞，赞美着星空下的大海是多么辽阔、多么美丽。

江易盛也会弹一点钢琴，但这绝不是他弹奏出的，是吴居蓝！

他肯定是不想我晚上失眠、白天睡觉，所以弹琴叫我起床。

我匆匆披上睡袍，赤脚跑出了卧室，站在二楼的栏杆前，居高临下看过去——

落地大窗前，阳光灿烂，吴居蓝穿着一件白衬衣，坐在黑色的三角钢琴前，正在弹奏曲子。轻薄的晨光中，他的上半身宛如古希腊神庙前的大理石雕像般完美，修长的手指灵活地抚过黑白相间的琴键，悠扬的音乐就像山涧清泉般流泻而出。

我倚着栏杆，静静地凝视着他，凝视着这人世间所能给予我的最美的风景。

一曲完毕，吴居蓝抬起头看向我。

大概我的目光中流露出了太多我心里早已经溢满的感情，他定定地看了我一瞬，才说："我已经准备好早饭了。"

我对他灿烂一笑，说："我去洗个脸、刷个牙，马上就下来。"

┃┃┃

吃完早饭，我问巫靓靓今天的安排。

本来以为肯定要和巫靓靓的老板见一面，但巫靓靓说老板有事，暂时不会见我。

他派了两个律师来公寓，我一边喝着吴居蓝煮的咖啡，一边把合同签了。我委托公司出售两块石头，对方从售价里抽取 30% 的佣金。

等律师走了，我问巫靓靓："是不是因为昨天晚上我没有去吃晚饭，你老板生气了才不愿见我？"

"他没有生气，至于为什么现在不想见你……"巫靓靓倚着吧台，很无奈地摊摊手，"老男人的想法太古怪了，我也不知道老板究竟在想什么。"

"会影响我卖石头吗？"

"绝对不会！不过，那两块石头没那么快卖出去，你恐怕要多留几天，可以吗？"

我想了想说："可以！我们正好在纽约玩几天。"我本来打算尽快赶回家去陪吴居蓝，就没有做任何游玩计划，但现在吴居蓝也来了纽约，正好可以改变一下计划。开玩笑！二十几个小时的舟车劳顿，不好好玩一下怎么对得起自己？

‖‖‖

接下来的四天，我一边和时差搏斗，一边按照网上的旅游攻略，中央公园、大都会艺术博物馆、自由女神像、帝国大厦、时代广场、华尔街……一个没落地全去了。

自由女神像是 1886 年落成，大都会博物馆建于 1870 年，都是吴居蓝离开美国之后的事。他和我一样，也是第一次来。我和吴居蓝一起站在这些建筑物前合影时，我一面觉得很开心，吴居蓝关于这些地方的第一次记忆是和我在一起，一面又有点莫名的伤感，百年后，如果吴居蓝旧地重游，再来这里，可还会想起今时今日？

纽约的所有旅游景点，我们基本都去过了，只差一个百老汇。江易盛问了好几次是不是该订票去百老汇看一场音乐剧，我和巫靓靓都装作没兴趣，不愿意去，江易盛只能悻悻地作罢。

事实上当然不是因为我没有兴趣，而是因为吴居蓝那句关于剧院的话，让我对百老汇的剧院格外重视。

根据网上查的资料，百老汇的第一家剧院 Park Theater 建于 1810 年，第二家剧院 The Broadway 建于 1821 年。毫无疑问，吴居蓝在纽约期间，百老汇已经有很多剧院在营业了，他曾在里面看过戏，留下过不少美好的记忆，所以这是他印象最深刻的地方。

我查了一下资料，1838 年到 1865 年，如今在百老汇最受欢迎的音乐剧还没有诞生，那时正是歌剧的黄金年代。1850 年前后，威尔第推出了三部风靡世界的传世经典歌剧：《弄臣》《游吟诗人》和《茶花女》。我相信，以当时美国人对欧洲文化的崇拜和追捧，这三部歌剧在纽约的剧院肯定是常演剧目。吴居蓝身在纽约，又喜欢去剧院，肯定看过。

前两部歌剧我查了资料才知道讲什么，后一部我看过小说，也看过电影，对故事很熟悉，就选它吧！

我悄悄找巫靓靓商量，希望她能想办法在 Park Theater 或 The Broadway 安排一场歌剧演出，演出剧目是《茶花女》，要威尔第时期的风格，所有费用我会出。

巫靓靓知道我不是一个乱花钱的人，诧异地说："要花不少钱！演员费可以省一点，反正纽约多的是有才华的年轻演员，但场地租用费不会便宜，只怕要好几万美金。"

那片星空，那片海

想到一比六的汇率，我咬了咬牙说："我有心理准备，你就从我卖石头的钱里扣好了。不过记得保密，不要让吴居蓝知道了，我想给他一个惊喜。"

巫靓靓盯着我看了一瞬，承诺说："我会帮你安排好，保证给你一部地道的十九世纪歌剧。"

我感激地说："谢谢！"

巫靓靓摇摇头："我奶奶说'爱情是世界上最神奇的巫术，它能让自私者无私、怯懦者勇敢、贪婪者善良、狡猾者愚钝'，一切都是因为你的巫术。"

我不好意思起来，哪里有她说的那么神奇？只不过是我不甘心吴居蓝以前的时光中没有我，企图用金钱重塑一段过去的时光，镌刻于他的记忆中罢了。

ιιι

在巫靓靓的安排下，《茶花女》的歌剧演出定在了十月份月圆之夜前一天的下午。

观赏歌剧的传统是要穿正装，吴居蓝自然是简单的白衬衣和黑西装。我穿上了特意去买的礼裙，一条海蓝色的长纱裙，十分飘逸蓬松，像是夏日午后的大海。我第一眼看到这条裙子，就觉得吴居蓝应该会喜欢。当我从旋转楼梯上迤逦走下时，他看到我的一瞬，从他的目光里，我感觉到我的判断没有错，他的确喜欢。

因为是包场，我们到达剧院时，剧院里冷冷清清，只有我们四个人。我带着吴居蓝选择了正中间的位置，江易盛和巫靓靓坐在了我们前面两排。

灯光渐渐暗了下来，前面的江易盛和巫靓靓头挨着头、窃窃私语，我和吴居蓝却沉默地端坐着。我敏锐地感觉到他情绪似乎并不好，一直目光幽深、若有所思地看着四周空荡荡的座位。

我突然有点惶恐，会不会弄巧成拙了？

幕布缓缓拉开，舞台布景非常复古，音乐也很古典，迅速把人带到了十九世纪的欧洲。

第一幕是茶花女的巴黎寓所。一群上流社会的男人围绕着巴黎当时最美貌的交际花大献殷勤，男主角阿芒被介绍给茶花女玛格丽特，他急切地表达着他的爱意，却遭到了茶花女的拒绝。

我看着舞台上衣饰烦琐优雅的男男女女，恍惚地想起《茶花女》小说出版于1848年，《茶花女》歌剧首演于1853年，描述的正是那个时代的爱情。我自以为是地强拉着吴居蓝坐在我身边，去看一段旧时光的爱情，却忘记了考虑，当年他看《茶花女》时，身边坐的是谁？

我试图用金钱去参与一段早已逝去的时光，可也许，是让逝去的时光参与了我现在的时光。吴居蓝正坐在我身边，但明显和我一样，心有所思，我所思是他，他所思是谁呢？

百年前，陪他看过《茶花女》的人已经消失；几十年后，我也会消失；百年后，是不是也会有个女孩不甘心地试图参与到已经逝去的今日时光中？

我也知道自己这么想很没有意义，过去和未来都在我的时光之外，实际上我都根本不存在，可以说，和我没有任何关系，但这一刹那，我竟然那么悲伤，又那么贪婪，不但想拥有现在，还嫉妒着过去和未来。

吴居蓝渐渐恢复如常，他察觉到了我的异常，轻声问："怎么了？"

我盯着舞台，摇摇头，不知道我能说什么。

吴居蓝握住了我的手："你不喜欢看这个？"

我努力笑了笑说："我想看看你看过的东西，那时候应该很流行看歌剧。"

吴居蓝明白了为什么会有这场只我们四个人的歌剧演出，他说："你特意安排的？为了我？"

我点头。

吴居蓝拉着我站了起来："我们离开！"

我都没顾上跟江易盛和巫靓靓打一声招呼，就晕晕乎乎地被他拉出了剧院。

离开了那个封闭黑暗的环境，不用再欣赏过去时光的爱情，我的心情一下子轻松了许多。

吴居蓝脱下薄羊绒大衣，披在了我肩上，我知道他身体特异，并不畏惧寒冷，就没有谦让。

他的外套带着他独有的清冷味道，我微笑着拢得更紧了些，脑中突然闪过一个念头——百年前、千年前，可曾有人也在萧瑟秋风中，用他的外套取暖？他现在可会想起她？

吴居蓝带着我避开了游人多的街道，向着附近的公园走去，越走视野越开阔。正是十月金秋时节，纽约街头的色彩浓烈明亮，犹如一幅幅色泽饱满的油画。

秋高气爽、天蓝云白，长长的林荫道上，高高的大树，有的金黄绚烂，有的绯红夺目，地上铺了一层薄薄的落叶，各种色彩交杂，远远望去，我们就像是走在华美的锦缎上。

我正心神恍惚地看着风景，突然听到吴居蓝说："我不喜欢剧院！我的听觉和嗅觉都比人类敏感，剧院里声音嘈杂，一大群人坐得密密麻麻，对我的耳朵和鼻子都是一种折磨。"

我傻了："可是你说……你对剧院的印象最深刻，我以为你是喜欢剧院。"

吴居蓝眺望着远处湛蓝的天说："我告诉过你，当年，我本来还想在纽约多住一段时间，可因为一件突然发生的意外，我不得不提前离开纽约，回到了海里。那件突然发生的意外就是我被人发现了真实的身份，被设计抓住了。"

我"啊"一声，几乎失声惊叫，明明知道吴居蓝现在好端端地站在我面前，可依旧觉得害怕紧张。不管东方，还是西方，人类对"非我族类"的残酷血腥都是一模一样的，我忍不住问："你怎么会那么不小心？"

吴居蓝淡淡说："1861 年，南北战争爆发，随着战局的恶化，越来越多的男人或自愿或被迫地加入了战争。因为证件上，我正是最合适的年龄，我和几个朋友都被征召入伍。其中一个朋友的情人是我的好友，离开前，我答应了她，会尽力保住她情人的性命。战场上，有太多无法控制的意外，为了保住这位朋友的命，我不得不显露了自己非同人类的力量。他当时没有表露出任何异常，装作没有留意到我的特异。1865年，南方宣布投降，南北战争结束。就在我们庆祝战争结束的那个晚上，他给我吃的饭菜里下了毒药，设计把我抓住了。"

又是一个关于背叛和出卖的故事，自从人类存在的那天起就在不断地重复发生，以致我都没有丝毫意外，只是觉得很心痛："后来呢？"

"他们把我关在一个特制的玻璃缸中，想在剧院里展出，凭借我一举成名。我对你说我对纽约的剧院印象深刻，是因为我曾在舞台上，透过玻璃缸，看他们一边激动地盯着我，一边贪婪地商量着展出成功后的各种计划。"

我屏着口气问："后来呢？"

"在正式展出的前一天，1865 年 7 月 13 日，我的人放火烧了那家叫 Barnum Museum 的剧院，趁乱救走了我。"

"啊！Barnum Museum？我……我……搜索百老汇的历史时，看到过这条新闻，在当年是很大的事件！"那篇文献强调说这是一个由四层楼改造的大娱乐中心，位于百老汇街西南角，荟萃了当时美国最受欢迎的流行文化，可惜一夜之间就被烧成了灰烬。我还遗憾它竟然在吴居蓝离开的那一年就被烧毁了，否则我可以把歌剧安排在那里上演。

吴居蓝对我安抚地笑了笑："已经是一百多年前的事了，都过去了！"

是啊！已经都过去了，他现在好好地在我身边！我松了口气，继而十分愧疚于自己的自作主张："我……我不知道你对剧院……我以为……对不起！"

吴居蓝半开玩笑地说："你告诉我你刚才在难过什么，我就原谅你。"

"你……怎么知道我是在难过？"

吴居蓝一边牵着我的手慢步而行，一边瞥了我一眼，淡淡说："你的情绪很强烈，我的感觉不算迟钝。"

我咬了咬唇，期期艾艾地说："我在想你以前喜欢过的女孩。"

吴居蓝猛地一下停住了脚步，转头看着我。

我不敢和他对视，低着头，不好意思地说："其实，有几个前女友，甚至结过婚，都很正常了！我只是随便想想，你放心，我能理解……"

吴居蓝用手托着我的下巴，抬起了我的头，逼我和他对视："没有！"

"没……没有？"我此刻的表情一定很像个傻子。

"一个都没有，你是唯一。"

如果是别的男人说这句话，我只会当作虚伪的甜言蜜语，一笑而过，但说这句话的是吴居蓝。虽然他表情平淡、语气平淡，只是陈述着一个不想我误会的事实，可那是千年的漫漫光阴。我知道我浅薄、小气、自私、无聊，但知道了没有一个女子握过他冰凉的手，没有一个女子享受过他的关心照顾，知道他心里没有任何人的影子……我的惊喜是如此强大剧烈，让我忍不住盈盈于睫。

"你啊……"吴居蓝弯着手指，用冰凉的指背轻轻地印了印我睫毛上的泪珠，似乎实在不知道该拿我怎么办才好。

我不好意思地偏过了头，像每个知道自己被宠爱的女孩一般，用装模作样的蛮不讲理去要求更多："那么漫长的时间，一个都没有？我不相信！就算你没有喜欢过别人，也肯定有别人喜欢过你吧？"

吴居蓝肯定看出了我是恃宠生骄，他捏了一下我的脸颊，似笑非笑地说："你以为每个女人都会像你一样脸皮比海龟壳还厚？"

我一下子真的羞恼了，蛮不讲理地说："我哪里脸皮厚了？你才脸皮厚呢！"

他笑着说："好，是我脸皮厚！我家沈螺的脸皮比牡蛎肉还嫩！"

我被他那句"我家沈螺"逗得心里直发酥，再板不起脸，用拳头轻捶了下他的胸口，嘟囔："我脸皮厚还不是被你逼出来的！"

他不笑了，轻声说："对不起！"

我愣了一愣，微笑着摇摇头。没有对不起，一切都是我心甘情愿，如同纪伯伦所说，爱情从来都不可能只有甜蜜，苦痛也是爱情的一部分，让我们更清楚地认识自己，也让我们更珍惜得到的甜蜜。

吴居蓝盯着我的眼睛说："在遇到你之前，我从来没有考虑过找一个人类做伴侣。归根结底，在人类的眼里，我是异形的怪物，不清楚我的真实身份时，他们也许会有好感，但绝不会有人真选择一个怪物做伴侣。"

我立即说："你不是怪物。"

"那我是什么？"吴居蓝笑吟吟地看着我，并不像是很在意我的回答，可又透着隐隐的期待。

我抱住他的腰，清晰地说："你是我的爱侣，相爱一生的伴侣。"

吴居蓝静静地站了一瞬，收拢了胳膊，紧紧地抱着我，低下头，在我的头发上轻轻地吻了一下。

．．．

我和吴居蓝回到公寓时，已经六点多。

江易盛在玩平板电脑，巫靓靓在看电视，都是一副百无聊赖的样子。

我抱歉地对巫靓靓和江易盛说："不好意思，我们中途离场了。"

巫靓靓没兴趣追究已经发生的事情，对我说："两块石头已经卖掉了，如我所猜，老板把两块石头都买了下来，总价是三百五十万，扣除各种缴纳的费用，你最后拿到手里是一百九十多万。"

我对这笔意外的收入很满意："谢谢你，也谢谢你的老板。"

巫靓靓说："前一句，我收下了。后一句，你亲自对老板去说吧！我奶奶安排了一个酒会，让你和老板正式见面。"

"什么时候？"

"今天晚上。"

我惊讶地说："今天晚上？你现在才告诉我？"

巫靓靓耸耸肩说："这可不是我的主意，是老板下午给我奶奶发的信息，谁知道他老人家碰到了什么事，突然就迫不及待地想见你？"

江易盛低着头，一边打游戏，一边冷笑着说："一会儿不见，一会儿想见，把人当猴耍吗？"

巫靓靓踢了他一脚，江易盛不吭声了。我暗笑，女王的调教很成功！

我想了想说："今天晚上就今天晚上吧！"

我计划等过了月圆之夜，吴居蓝的身体一切正常后，就回中国，估计以后再无机会见巫靓靓的老板。虽然只是一笔生意，可人家热情款待了我们，我也应该当面向人家道声谢。

我问巫靓靓："酒会的着装有什么要求？"

巫靓靓说："我奶奶已经帮你准备好了，都在你的卧室放着。"

请人吃饭，还要负责准备衣服？这是哪国的礼仪？我有点蒙。

巫靓靓看了眼吴居蓝，站了起来，对我诚恳地说："这件事对我奶奶很重要，她希望你能盛装出席，所以……拜托你了！"巫靓靓对我弯身，行九十度的鞠躬礼。

我被吓了一跳，忙说："好的，好的！"巫靓靓对我们一直照顾有加，我决定不管她奶奶准备了什么奇装异服，我都会硬着头皮穿上，权当彩衣娱亲。

走进卧室，看到巫靓靓奶奶准备的礼服，我放下心来了，并不是什么古怪的衣服，也不是我想象的鲜亮耀眼的老人家审美品位。一件白色的提花收腰及膝公主裙，剪裁简单，做工素净，除了衣料本身的提花，再没有其他任何装饰。

我穿上后，才发觉这剪裁和做工都肯定大有学问。看上去很简单，可全身上下没有一处不妥帖，让我觉得穿得很舒服的同时，完全凸显出了我身材的优点，可以说，我从没穿过这么舒服又这么美丽的衣服。我想翻看一下是什么牌子，却什么都没有找到，让我怀疑这大概就是传说中的高级私人定制。

我走出衣帽间，对巫靓靓说："裙子很合身，也很好看，谢谢你奶奶！"

"你喜欢就好。"

巫靓靓让我坐到梳妆台前，她站在我身后，帮我把头发绾上去盘成发髻，戴上亮晶晶的钻石发饰。她自己一头利落的短发，帮人打理起长发的速度却很快，不一会儿就说："OK，头发好了！稍等一下，再化个淡妆。"

也就十几分钟吧，巫靓靓说："换上那双银色的鱼唇高跟鞋，去照一下镜子，看看满意不满意。"

我穿上高跟鞋，走到镜子前，吃惊地看着镜子里的自己。

巫靓靓很满意我的反应，一边笑着，一边把一条钻石项链戴到我脖子上，又帮我戴上了配套的钻石耳钉："这就是我们女人的巫术。"

我不得不承认她说得很对，真的是巫术！一条裙子、一个发型、一个妆容、几件首饰，就让我好像彻底换了一个人，我自己都觉得自己看上去高挑、纤细、美丽、高贵。

女为悦己者容！我立即想到了吴居蓝，匆匆往楼下跑："吴居蓝！吴居蓝……"

没有人回答我，不但吴居蓝不在，连江易盛也不在。

巫靓靓在我身后说："他们有点事，提前出发了，待会儿和我们在酒会碰头。"

我失望地说："他们有什么事需要提前出发？"

巫靓靓笑着说："别担心，吴大哥不会错过你今晚的美丽。"

我被戳破了心事，不好意思了，忙掩饰地说："你去换衣服化妆吧！我等你。"

不到二十分钟，巫靓靓就换好了礼服、化好了妆，摇曳生姿地走了出来，一袭玫瑰红的长裙，纤秾合度、张扬热烈，犹如晚风中盛放的玫瑰，我忍不住惊叹："何谓尤物？你就是现身说法啊！"

巫靓靓笑挽住我的胳膊说："走吧！"

Ⅲ

我们到酒会现场时，我才发现根本不是我想象中的小酒会。

金碧辉煌的宴会厅，穿梭不息的白衣侍者，还有衣冠楚楚的客人，怎么看都很像是我在好莱坞电影中看到的隆重晚宴，难怪巫靓靓的奶奶要特意为我准备衣服和首饰。

一路走来，一直有人在打量我们。我有点局促不适，巫靓靓却顾盼生姿，十分享受众人的瞩目。她笑着说："别紧张，他们只是在欣赏你的美丽。"她亲昵地挽住我的胳膊，朝我眨眨眼睛，"谁叫我们今夜一个是烈火玫瑰，一个是清水百合，并蒂双开，男人最大的梦想！"

我苦笑："这就是你奶奶仓促准备的小酒会？"

巫靓靓无奈地说："今晚对她很重要，老人家很注重仪式感！你该庆幸，她时间有限，邀请的客人也很有限，如果再多给她几天时间，估计连非洲部落的酋长都会来。"

我好奇地问："为什么你一直说今晚对你奶奶很重要……"

"小螺！"

身后传来的声音打断了我的话，我回过头，发现竟然是周不闻和周不言。他们惊讶地瞪着我，把我从头仔细地看到脚，就好像从来没有见过我一样。

我也毫不客气地细细打量着他们。这两人挽臂而站，透着亲昵，明显是一对情投意合的恋人。只看外表，男子斯文、女子秀丽，的确是一对璧人。可想到周不闻竟然撇下自己的女友，跑来装模作样地追求我，而周不言竟然能眼看着自己的男友对别的女人玩暧昧，我觉得有点恶心。

大概我的眼神太嘲讽，周不闻不安地挪动了下身子，想分开一点和周不言的距离，周不言却挽得更紧了，示威地看着我。

周不闻微笑着说："小螺，你怎么在这里？"

我对他看似温和有礼，实际高高在上的语气很不舒服，学着他的口气，也微笑着说："不闻，你怎么也在这里？"

周不闻的笑容僵了一僵，问："吴居蓝没有陪你来吗？"

我的语气柔和了："他待会儿过来。"

周不言再按捺不住，讥讽地说："土包子！以为卖了两块破石头，就是有钱人了！拿着几百万人民币就敢来纽约炫富，当心你那个吃软饭的绣花枕头男朋友被真富婆看中，给抢走了！"

吵架吗？我想赢的时候，还从来没有输过！我笑眯眯地说："周小姐有空担忧我，不如先担忧一下自己，至少我男朋友从来没有企图出轨的不良记录。"我拍拍周不闻的肩膀，一副哥俩好、浑不吝的样子，"大头，你有没有告诉你女朋友，你向我表白，还企图强吻我，被我拒绝了？"

周不言气得脸色发青："你……你……那根本不是真的！不闻是我的未婚夫，他只是假装……"

"不言，闭嘴！"周不闻脸色难看地低斥，但已经晚了。

一件因为没有证据，我一直鸵鸟般拒绝面对的事实摊开在了我面前。我盯着周不闻，用力掐着他的肩膀，有很多话想质问，可过于愤怒难过，反倒一句话都说不出来。

竟然真的是周不闻！为什么？飞车抢劫、入室盗窃我还勉强能理解，可他怎么能那么对江易盛的爸爸？怎么能派了四个歹徒来袭击我？多年的情谊在金钱面前难道一点都不重要了吗？

一只冰凉的手握住我的手腕，把我的手拽离了周不闻的肩膀。已经熟悉到骨髓的温度，我立即反握住了他的手，才扭头看向他。

在吴居蓝深邃宁静的目光下，我的愤怒和悲伤渐渐平静了。

周不闻看到吴居蓝身旁的江易盛，脸色越发难看了。

江易盛笑了笑，对周不闻说："我记得第一次喝酒，是跟你学的，我觉得很难喝，一小口一小口地抿着喝，还被你嘲笑不像男人。大头，我再敬你一杯！"

江易盛随手从侍者端着的托盘里拿过了一瓶烈性洋酒，倒了满满一玻璃杯，仰起头一口气喝完。

周不闻看着他，面如死灰。

第一次喝酒，是年少友情的开始；最后一次喝酒，是年少友情的结束。因为当年的李大头，江易盛对周不闻所做的不再追究，但绝交酒后，周不闻再犯秋毫，江易盛会睚眦必报。

想起年少时，我们三个躲在无人的海滩上，一边偷着喝酒抽烟，一边嘻嘻哈哈地说笑，再看看眼前，我觉得心里堵得很难受，本来盘旋在嘴边的质问都变得没有了意义。没有"为什么"，或者说"为什么"根本不重要，重要的是时光终究改变了我们的模样，让我们变成了陌路人，追问过去的时光中究竟发生了什么，对陌路人没有任何意义。

江易盛笑着把喝空的酒杯递到周不闻面前，周不闻却迟迟没有接。江易盛笑问："敢做就要敢认！连喝杯酒的勇气都没有了吗？"

周不言并不懂江易盛和周不闻打的哑谜，看江易盛喝酒大概就像林黛玉看初进大观园的刘姥姥饮茶，她鄙夷轻蔑地说："你们这叫喝酒？连餐前酒和餐后酒的英文都没弄清楚就来参加 Violet 的酒会，丢人现眼！不闻，我们走，不用理他们！"

周不言拖着周不闻离开了，江易盛把空酒杯还给了侍者，我担心地问江易盛："你还好吧？"

江易盛说："别担心我，也别因为周不闻影响自己的心情，不值得！"他瞅了一眼吴居蓝，笑得意味深长，"小螺，今天晚上你是主角，重头戏还没开场呢！"

我看看他和吴居蓝格外正式的装扮，想起来今天晚上是来见巫靓靓的老板的，但我现在真的没心情和陌生人谈笑风生，只想赶快完成任务，返回公寓。

"靓靓，你老板叫什么名字，他在哪里？"

巫靓靓瞟了一眼我和吴居蓝交握的手说："老板叫 Regulus，是拉丁文，意思是王子，也有狮子的心的意思。我奶奶马上就会介绍他和你认识。哦，我奶奶就是刚才周不言提到的 Violet，很多不了解她的人都以为她博学、神秘、优雅、迷人……"

巫靓靓没有往下说，因为宴会厅里骤然的安静，让我随着众人热情的目光已经看到了她奶奶，一位打扮得体、谈笑迷人的老妇人正款款走进来。她一袭黑色晚礼服，头发整齐地绾在脑后，一眼就能看出她的年龄，可时光在她身上留下了优雅和风度，把每一条皱纹都变成了岁月的馈赠。一屋子花枝招展、争奇斗艳的女子，在她面前，突然之间竟好像都沦为了陪衬。

我忍不住看看她，又看看巫靓靓。巫靓靓的面孔很亚裔，她奶奶却很西方，不是金发碧眼的西方，而是拉美裔的黑色头发、蜜色肌肤。两张面孔截然不同，却又能找出明显的相似之处。

巫靓靓解释说："我奶奶自称是吉卜赛人，有西班牙的血统。我有印第安人和中国人的血统。"

我点点头，表示明白了。

巫靓靓的奶奶站在麦克风前，用英文致欢迎辞。

她的语速不快，发音也很标准，我基本都听懂了。她今晚邀请的客人都是和她有合作关系的朋友，有已经合作了上百年的老伙伴，也有正在拓展亚洲生意的新搭档。她的生意涉及很多领域，地产、珠宝、制药、医疗、矿产、新能源……Violet 做生意的方式和现在企业的经营理念不太相同，她没有一家公司上市，全部都是私人拥有，但毫无疑问，这是一个低调却富足的商业王国。

我越听越好奇，这样一位聪慧优雅的女士究竟会为什么样的老板服务？要多有魅力的人才能让她臣服？

Violet 突然看向了我们的方向，她伸出手，做出一个恭敬邀请的姿势："如我之前告诉大家，我的家族只是替我的老板经营所有生意。今夜，请允许我向你们介绍我的老板 Regulus。"

大家都看向我们，准确地说，都是顺着 Violet 的目光看着吴居蓝。我若有所悟，却难以相信，茫然地看看四周，试图找到另一个人，证明是我误会了。但是，周围再没有其他人，只有吴居蓝。

今天下午他说过的话突然浮现在我耳畔，"我的人救了我"，百年前他就不是一个人，有人追随他、保护他。美国自从建国，除了一次南北内战，政局一直稳定，只要有稳妥可靠的代理人，当年的产业延续到现在非常正常。

吴居蓝安抚地捏了捏我的手，放开了我，向着 Violet 走去。

Violet 退让到一旁，用力鼓掌，霎时间，整个宴会厅里爆发出雷鸣般的掌声。Violet 和几个站在前面的老人都激动得眼含热泪，似乎正见证着一幕不可思议的奇迹发生。

吴居蓝只是淡然地站在那里，冷峻的面容没有任何表情，就好像拥有一切、看尽

那片星空，那片海

一切的王者，不管发生什么都理所当然。

掌声渐渐停歇，吴居蓝对 Violet 和那几个老人说："Good evening, my friends, I'm back!"

他们又激动地用力鼓掌，看得出来，他们都如 Violet 女士一样，不仅个人魅力出众，财力和社会地位也很出众，他们的一举一动总是会带动别人跟随，惹得整个宴会厅里又是一阵雷鸣般的掌声。

唯独没有跟着激动的人就是我、江易盛、周不闻和周不言了。

周不闻和周不言正用最不可思议的目光瞪着我，一副"明明看到一个人踩了狗屎，却没想到竟然是金矿"的见鬼表情。

其实，我的心情和他们一样，眼睁睁地看着被我包养的人变成卖了我也包养不起的人，感觉真的很糟糕。而且，我一直或多或少地认为我是吴居蓝在这个世界上的唯一，可现在，我发现我顶多是几分之一，还是能力最弱小的那几分之一，让我觉得很没有安全感。

掌声停歇，那几个看上去很有社会地位的老家伙一一上前向吴居蓝打招呼，他们或带着自己的儿子、孙子，或带着自己的女儿、孙女。他们的祖先应该都是从欧洲移民到美国的，虽然故土早离，可他们的外貌和语言依旧带着故土的影子，西班牙裔、德裔、意大利裔、法裔……他们每一个人用的语言都不相同，吴居蓝也分别用不同国家的语言和他们说话，一举一动，礼仪完美。

众人簇拥中的吴居蓝让我觉得几分陌生，虽然我一直知道他穷得连鞋子都没有时，也不改傲慢和挑剔，但现在亲眼看见他犹如归来的王者一般，淡然地接受着众人的欢呼和敬服，却是另外一种感觉了。他说的话我完全听不懂，他做的事我完全看不懂，他身边的人我完全不认识……他显得很遥远、很陌生。那个月圆之夜，即使他显露真身，告诉我他不是人，我都没有这种感觉，可现在我觉得我们完全是两个世界的人。

我轻声说："他还真的很像他的名字呢，一位王子！"

巫靓靓盯着吴居蓝，毫不迟疑地说："不是很像，Regulus 就是王子！"

我愣了一愣，忍不住想，如果他是王子，那我是什么呢？会不会是午夜十二点前的灰姑娘，虽然穿上了美丽的公主裙，打扮得像一位公主，但终归是要脱下裙子，打回原形的？

江易盛用胳膊肘撞了我一下，在他的示意下，我看到周不闻带着周不言静静地退到了人群外，正向着门口悄悄走去。盯着他们的背影，我竟然也有一种想逃走的感觉。

"感谢诸位的光临……"吴居蓝的声音突然响起，竟然是中文。

周不闻和周不言都下意识地停住了脚步，回过身来看，我也回过了头，奇怪地看向吴居蓝。

吴居蓝正目光犀利地盯着我，和他视线相撞，我不禁心里发虚，他看透我的所思所想了！他的目光带着一点怒气，似乎在说：你敢逃？你试试！

吴居蓝盯着我，用中文缓缓说："今夜邀请你们来不仅仅是想和诸位见一面，更重要的是想请你们见证我即将要做的事。"

他穿过人群，迈步走向我，随着他的动作，所有人的目光都汇聚到了我和他身上。

从小到大，我都不是人群的焦点，也不习惯做人群的焦点，紧张地想后退。吴居蓝屈膝，单腿跪在了我面前，手上拿着一枚硕大的蓝色钻戒："小螺，你愿意嫁给我吗？"

我如同听到了定身咒语，立即被定在了地上，震惊地问："你说什么？"

幸亏，不只是我被惊吓住了，人群中也发出了此起彼伏的惊呼声，把我极其失礼的问话掩盖住了。

吴居蓝盯着我的眼睛，又重复了一遍："你愿意嫁给我吗？"

我屏息静气地听完，立即展颜而笑，迫不及待地一把从他手里抢过了戒指："我愿意！我愿意！"

江易盛拼命地咳嗽，我才发觉，我似乎太着急了，应该眼含热泪、矜持地把手伸过去，让吴居蓝给我戴上戒指。可是，我已经当着所有人的面抢过来了，难道要我再还给吴居蓝吗？

我捏着戒指，进也不是，退也不是。

吴居蓝本来犀利的目光柔和了，他笑着站了起来，很是自然地拉过我的手，替我戴上了戒指，就好像仪式本该如此。然后，他握着我戴着戒指的手，弯下身、低下头，非常绅士地在我手背上吻了一下。

如同有一股电流从我的手背击向了我的心脏，让我刹那间激动得心跳加速、血液逆行，这一刻，我才头晕目眩地真正意识到究竟发生了什么：吴居蓝，向我求婚了！是求婚！求婚！求婚！

从这段感情的开始，我就一直是那个奋力往前走的人，吴居蓝一直表现得很犹豫，甚至可以说，他根本就是很想拒绝，只不过架不住我脸皮厚，可连我这个脸皮厚的家伙都没敢考虑结婚，吴居蓝竟然向我求婚了！

真是奇怪！我依旧是我，他也依旧是他，只不过我的中指上多了一枚象征他承诺的石头，可是，一切都变了！就算他再说我听不懂的话，做我看不懂的事，周围都是我不认识的人，那又怎么样呢？不管多么陌生的世界，他都会陪在我身边！何况，他还宁愿让所有人都听不懂，也要用中文，只是为了让我能听懂。

吴居蓝握着我的手，盯了一眼周不闻和周不言，用中文对所有人介绍："我的未婚妻，沈螺！"

Violet善解人意地帮他翻译成了英文，但她身边的所有老人都保持着沉默，似乎完全接受不了这个事实。

吴居蓝静静地注视着他们。Violet第一个举起手，开始鼓掌，其他人也陆陆续续开始鼓掌，最终整个宴会厅里又是雷鸣般的掌声。

吴居蓝微微一笑，说："谢谢！"

音乐适时地响起，Violet给巫靓靓使了个眼色。

巫靓靓笑着对江易盛说："借用一下你的美貌！"不等江易盛反应过来，她就拉着江易盛走进了舞池，随着音乐，开始翩翩起舞。

江易盛动作略微迟滞了一下，很快就跟上了她的舞步。

他们俩，男的风流倜傥、女的艳光四射，舞步花样百出，又出奇地和谐，引得不少人也开始跳舞。

围绕在吴居蓝身前的人渐渐散去，Violet和那几个老人却没有离去，她恭敬地对吴居蓝说："请跟我来。"

我们随在她身后，走进了和宴会厅相连的一间休息室。

侍者把门关上，音乐声和人语声都被关在了门外，室内显得很静谧。吴居蓝带着我在沙发上坐下，别的人全都站着。

Violet很亲切地对我说："已经听靓靓提起过你很多次了，我可以叫你小螺吗？"

中国人的礼貌，尊老爱幼，Violet肯定算是长辈，我想站起来，吴居蓝却按住了我，我只能坐着不动，笑说："当然可以。"

Violet微笑着向我介绍她身边的几个老者，每个人都会走上前，拿起我的手，弯身低头，轻吻一下我的手背。自始至终，吴居蓝一直坐在我身旁，一句话都没有说。我隐隐地觉得这不仅仅是一个西式礼节，更像是一个仪式，但究竟代表着什么，吴居蓝没有解释，我也没有问，只是尽可能地维持着从容端庄，不求出彩，只求不出错。

等所有人和我打过招呼后，吴居蓝握住我的手，站了起来，开口说道："沈螺是我选定的生命伴侣，从今日起，我们分享生命赐予的所有荣耀，也分担生命带来的所有苦难。"

我心中震动，呆看着吴居蓝。

Violet 几乎大惊失色地说："Regulus……"

吴居蓝目光锐利地盯着她，Violet 挣扎了一瞬，谦恭地低下了头。

吴居蓝又用英文把刚才的话重复了一遍，在所有人震惊的目光中，他说："我希望你们牢牢记住我说的话。"

说完，他带着我，走出了休息室。

吴居蓝看了眼正翩翩起舞的江易盛和巫靓靓，问我："你想再玩一会儿吗？如果想跳舞，我可以陪你。"

我摇摇头："我想回家了。"

他说过他的听力和嗅觉都远比人类敏锐，这样声音嘈杂、气味混杂的场合，他肯定不喜欢，正好，我也不喜欢。

吴居蓝笑了笑，温柔地说："好，我们回家！"

⫶⫶⫶

回到公寓后，当我站在密码锁前输入密码时，突然反应过来为什么这套公寓的密码是我的阴历生日了。不是巫靓靓叫人换的密码，而是吴居蓝特意设置的密码。

我问："这个房子是你以前住过的房子？"

吴居蓝说："嗯！不过，每隔二十年，他们会重新帮我办一个身份证件，也会重新装修一次房子，除了那些书架上的书，别的地方基本都看不出以前的样子了。"

我推开门，弯身屈膝，俏皮地做了个请进的姿势，对吴居蓝说："欢迎回家！"

吴居蓝说："以后也是你的家。你的生日我没有送你生日礼物，这套房子就算我补送给你的生日礼物。"

什么？送给我了？我愣住了。

吴居蓝拉着我走进公寓："你别觉得很贵重不愿意收，当年我只是喜欢这里植被茂密、人烟稀少，以极低的价格买下的。"

我回过神来，嬉皮笑脸地说："我没嫌贵！傻子才会嫌钱多！只要是你送的，多贵我都敢收！我就是不敢相信天下真的竟然有这样的好事，本来我做好了勤勤恳恳、努力养家的准备，没想到你这么土豪，让我直接升级成了米虫。"

吴居蓝微微而笑，凝视着我说："小螺，这样的你，真的很好！"

他的目光深邃专注，简直可以用"深情款款"四个字来形容。我不好意思了，红着脸看看这里、看看那里，就是不好意思和他目光对视。

吴居蓝轻声地笑了起来，戏谑地问："你在看什么？"

我振振有词地说："看我的房子！"说完，我真的仔细打量起我的房子来。

突然，我看到了两样熟悉的东西。

"呀！它们在这里！"我惊喜地跑了过去。

那块螺化玉的珊瑚石像是在海岛的老房子里一样，放在客厅的地板上，上面放着一盆绿色的盆景；鹦鹉螺化石也像以前一样，作为装饰，放在客厅的架子上。

吴居蓝说："这是你爷爷的旧物，如果不是为了钱，你肯定不愿出售。现在我们既然不缺钱，就让它们依旧陪伴着你吧！"

我看看珊瑚石和鹦鹉螺化石，再看看屋子四周，沉默地凝视着吴居蓝。

厨房里很中国化的调料和食材，卧室里的海螺摆设，浴室里我用惯的洗发水和沐浴露，甚至打开电视后能收到的中文台……难怪我总觉得布置屋子的人好贴心，想得好周到，几乎照顾了我所有的需求。

吴居蓝走到我身前，关切地问："怎么了？"

我说："这屋子里的东西我以为是巫靓靓找人布置的，原来是你亲手布置的。"

吴居蓝说："时间太紧张，只有半天时间，我只能随便布置一下。回头按照你的心意，我们再好好布置一下，以后你再来纽约，就可以住得更舒服一点。"

我从来没有想到，有一天我会被人这样放在掌心，呵护周全、万般宠爱。

我眼睛潮湿，忍不住偎到他怀里，紧紧地搂住了他的脖子，那枚深蓝色的钻戒在我的手指上熠熠生辉。

我爱的人，来自蓝色的海洋，给了我海洋般的深情！不管前方是什么，荣耀或者苦难，我都心甘情愿去承受！

Chapter 15 | 心甘情愿被扑倒 ———————

不要对我太好了，我已经很爱很爱你，可我还是会怕
我的爱配不上你对我的好！

湛蓝的天空，蔚蓝的大海。

一只灰黑色的小船漂浮在海中央。

海面上没有一丝风，海浪温柔得犹如婴儿的摇篮一般，轻轻地一摇一晃。

我在海里游弋，那么快乐、那么自在，就好像花儿开在春风里、鸟儿飞在蓝天中。

突然，爸爸妈妈又开始吵架，我一着急，腿抽筋了，海水灌进了我的口鼻，我双手无意识地挥舞挣扎着。爸爸妈妈却忙着吵架，谁都没有留意到我。

我向水下坠去，我不停地挣扎，却越挣扎越下沉。

我渐渐地闭上了眼睛，失去了呼吸，整个人像一缕白云般，

一直飘向海底、一直飘向海底……

我猛地从梦中惊醒了过来，不停地大口喘着气，就像是真的差点窒息而亡。

过了好一会儿，我才渐渐平静下来。自从我克服心理障碍，敢穿着救生衣下海后，就很少做溺水的梦了，但偶然做一次，总是让人觉得好像真死了一次般的痛苦。

为了尽快摆脱这种刚从地狱里爬出来的不愉快感，我下意识地去想快乐的事……我想起了昨夜吴居蓝的求婚，总觉得幸福美好得不像是真的，不会只是黑夜里的一场美梦吧？

我急急地举起手，看到了我连睡觉都舍不得摘下来的蓝色戒指，才确定一切都是真实的。

吴居蓝确确实实向我求婚了，我也答应了！

我凝视着手上的戒指，微笑着说："早上好，吴夫人！"说完，我用力亲了下戒指，精神抖擞地跳下床，去刷牙洗脸。

Ⅲ

我下楼时，吴居蓝已经在吃早餐。

他听到我的脚步声，抬头看向我。

我走到餐桌旁，笑着说："吴先生，早上好！"

他被我的称呼弄得有点莫名其妙，疑惑地盯着我。

我背着双手，看着他，甜蜜蜜地笑着，没有一丝要答疑解惑的意思。

他面无表情地起身，把准备好的早餐放到我面前。坐下时，顺手在我脑门上敲了下："吃饭了！"

我坐到他身边，一边喝牛奶，一边神神秘秘地问："想不想知道我在高兴什么？"

吴居蓝瞥了我一眼，完全看透了我的鬼伎俩，淡淡说："不管我说什么，你都不会告诉我。"

我懊恼地说："不管我要说什么，你都应该先说'我想知道'。"

他配合地说："我想知道。"

我愉快地说："我不会告诉你！"

吴居蓝一边用刀叉切着培根，一边表情淡漠地说："真难以想象，我竟然和你进行这么无聊的对话。"

我瞪着他："吴先生，你什么意思？"

他头也没抬地说："难以想象的不是对话无聊，而是，我竟然甘之若饴。"

我就像是突然掉进了蜜罐里，从头到脚都冒着甜蜜蜜的泡泡。可那个说着甜言蜜语的人却好像完全没觉得自己是在说甜言蜜语，不管表情，还是语气，都如同陈述客观事实般淡然平静。

我笑眯眯地看着他，越看只觉得越开心，忍不住又叫了一声"吴先生"，吴居蓝抬起头，对我说："我在这里！"然后，他转头看向走道，淡淡地问，"你们看够了吗？"

躲在墙后、只探出一个脑袋的巫靓靓和江易盛讪讪地走了出来，巫靓靓急急忙忙地解释："我是怕打扰你们。"

江易盛没有那么多顾忌，走过来揉了一下我的头，坐到了我身旁，大大咧咧地说："我就是想看一下某个脸皮超厚的女人脸红的样子。"

我得意地扫了他一眼："不好意思，让你失望了！"

江易盛咬着面包，不怀好意地说："是吗？吴夫人！"他非常有意地加重了最后三个字。

糟糕！小秘密暴露！我立即心虚地去看吴居蓝，没想到吴居蓝也正看向我，两个人的目光撞了个正着，我的脸唰一下就变红了。我忙说："江易盛胡说的！我叫你吴先生才不是那个意思！"

江易盛哧哧地笑："拜托！吴夫人，你智商能再低一点吗？这种解释和招供有什么区别？"

我再不敢看吴居蓝，转头瞪着江易盛，简直恨不得把手里的牛奶泼到他头上，青梅竹马什么的最讨厌了，一点秘密都藏不住！

江易盛不但不惧，反而拿出手机，迅速地给我拍了几张照，笑眯眯地对吴居蓝说："吴先生，想要赎回吴夫人的恼羞成怒照，必须答应我一个条件，否则，我就发朋友圈示众了！"

我气得要捶江易盛："你敢！"

吴居蓝平淡的声音从身后传来："照片发我手机，条件随你开。"

江易盛愉快地说："成交！"他对我做鬼脸，"吴先生已经摆平了我，吴夫人请息怒！"

我心里又尴尬又甜蜜，悻悻地放开了手，低下头，做出专心吃早餐的样子，没有一点勇气去看吴居蓝。

早餐快吃完时，巫靓靓问："Regulus，你今天的安排是什么？需要我做什么？"

吴居蓝问："船准备好了吗？"

"准备好了，一艘配置齐全的小游艇，有两间卧室，非常安全，也很舒适。"

江易盛诧异地问我："你们今天要出海？"

我抬头看吴居蓝，今天是阴历十五、月圆之夜，吴居蓝肯定自有安排，我不敢擅自做主。

吴居蓝说："我要带小螺出海，你们不用去。"

巫靓靓忙说："Regulus，我和江易盛一起去比较好，我知道您会驾驶船，但我有开船的驾照，而且熟悉这艘船的所有设备，多一个会开船的人总是安全点。"

吴居蓝想了想，说："好！"

巫靓靓看吴居蓝答应了，转头叮嘱江易盛："待会儿收拾行李时，多带一点衣服，我们要在海上过夜，晚上会很冷。"

江易盛惊讶地问："这么早出门，还不能当天往返，要去的地方很远吗？"

吴居蓝说："纽约附近的海水太脏了，我们要去深海。"

"哦！"江易盛以为我们是为了看到好的风景才要去深海，我却明白吴居蓝的意思，他是真嫌弃纽约附近的海水脏。

∷

淡蓝色的天空、深蓝色的大海，白色的游艇行驶在海天之间，放眼望去，蓝色几乎成了唯一的色彩，无垠又纯粹。

我靠坐在背风处的甲板上，晒着太阳，惬意地舒展着身体。

江易盛和巫靓靓却身体僵硬，神情凝重地盯着船舱，因为我可爱的老古董吴先生根本没有驾驶过设备这么先进的船，他又傲娇地拒绝了巫靓靓的帮助，竟然一边翻看着说明书，一边开始学着开船。

但凡看到说明书上某个没有见过的功能，他立即像小孩子试驾玩具船般，兴致勃勃地试验起来。

江易盛眼含热泪地说："我们这是真船，我也是真人啊！"

白色的游艇像喝醉了一样，歪歪扭扭地行驶着，时不时还会突然发出响声，冒出一个新鲜的功能，吓人一跳。

江易盛不敢再看，无力地瘫靠在舱壁上，哭丧着脸问巫靓靓："这真的是他的船？"

巫靓靓也没有勇气继续看了，小心地说："是老板的船，只不过……他是第一次开。"

江易盛用脚踢我："你听到了吗？"

我点头。

江易盛说："你能不能去劝劝他？考虑一下我们的人身安全吧！"

我干脆利落地说："不要！我觉得他的开心比你们的安全重要很多。别紧张，就算船翻了，他也会救你，不会让你淹死的。"

江易盛恨恨地骂："沈螺，你这个有异性就没人性的家伙！算你狠！"

我皮笑肉不笑地说："哪里有你们狠？早知道吴居蓝的身份，却不告诉我，让我一个人蒙在鼓里！你们还想继续愉快地做朋友吗？"昨天晚上我太高兴了，顾不上找他们算账，现在开始秋后算账。

巫靓靓忙撇清了自己："不是我不想告诉你，而是 Regulus 是我的老板，老板的命令，我不能不听啊！"

我悻悻地说："好吧！算你理由充足！可是，江易盛，你呢？"

江易盛冷嘲："是你自己太笨，那么明显都看不出来，关我什么事？"

我默默检讨了一下，的确有不少蛛丝马迹。只不过我被吴居蓝的第一面印象给迷惑了，总是把他想成一个一无所有的人。却忘记了，我那两块从海里捡来的石头就卖了几百万，他能在海里来去自如，相当于坐拥一个无穷无尽的宝藏，怎么可能会穷到一无所有？

我问巫靓靓："你去海岛做医生，是特意去寻找吴居蓝的吗？"

"我无意中在网上看到了那段斫鱼脍的视频，觉得视频里的男人有点像奶奶收藏的老照片上的老板，就立即赶去确认了。"

吴居蓝的老照片只能是 1865 年以前的照片了，我吃惊地问："你是说……吴居蓝的老照片吗？"

巫靓靓说："对，我们家仅有的一张老照片。"

昨天晚上，我就感觉到 Violet 是知道吴居蓝的身份的，看来我的感觉没有错。

我担心地问："知道这事的人多吗？"

巫靓靓说："别担心，非常少！连我妈妈都不知道。我是因为将来会接替奶奶的位置，所以奶奶告诉了我。"

江易盛疑惑地问：“什么知道不知道？你们在说什么？”

我对江易盛做了个鬼脸：“我有个秘密，可是，就是不告诉你。”

江易盛讥笑：“你现在满脑子除了吴居蓝，还能有什么？他再帅，也是个男人，我对男人的秘密没兴趣！”

我笑眯眯地反唇相讥：“你没兴趣可真是太好了，至少咱俩这辈子不用因为抢男人反目成仇了！”

巫靓靓扑哧笑了出来：“你们感情可真好！”

我和江易盛相视一眼，彼此做了个嫌弃的表情，各自扭开了脸。

巫靓靓笑问：“你们这算是网上说的相爱相杀吗？”

我突然想起什么，求证地问：“吴居蓝的那些网上视频是你删除的吗？”

巫靓靓不好意思地说：“是我让人去删除的，还让人发帖宣传说视频里的内容都是假的，只是商业包装手段。抱歉！”

我说：“你考虑得很细致谨慎，是我应该谢谢你。”

果然不是吴居蓝做的，不过，吴居蓝揽下这事也是有道理的，巫靓靓是他的人，做的事自然算在他头上，只是……我纯粹好奇地问：“在你来我家之前，吴居蓝就知道你了？”

巫靓靓往我身边挪了挪，悄悄说：“我刚到海岛时，就见过老板了。当时，我跟踪他去菜市场买菜，完全不敢相信这么居家的男人会是奶奶口中描绘的Regulus。我还在纠结怎么试探他一下，没想到他早察觉了有人在偷偷跟踪他，把我揪了出来。我没有立马说出自己是谁，他把我当成了周不闻的同伙，差点痛下杀手，吓得我立即报出家族姓氏，他才放过了我。我确定了他是Regulus，可是，他完全没兴趣搭理我，我没有办法了，才通过江易盛登门拜访。”

原来是这样啊！难怪巫靓靓那天说的话句句都很有深意。

巫靓靓看着我手指上的蓝色钻戒，说：“昨天晚上，周不言看到你戴上这枚戒指时，眼睛都能喷火了！这样的蓝色钻石不是有钱就能买到的，更不可能是打折商品。”

她扫了眼船舱，看吴居蓝正专注地研究着雷达屏幕，压低了声音说：“老板肯定是故意的，只是不知道他这是介意周不言对你出言不逊，还是介意周不闻对你意图不轨。”

我不好意思地说：“吴居蓝才不会介意这些小事呢！”

巫靓靓笑得颇有深意：“不介意？你知不知道是老板让我奶奶请的周不闻和周不

言，否则，就算奶奶和他们有一点生意往来，也不可能邀请他们出席昨日的酒会。"

我傻眼了。

巫靓靓幸灾乐祸地说："小螺妹妹，听姐姐一句劝，以后千万别在老板面前提周不闻想强吻你。你当时只顾着和周不闻说话了，我可是亲眼看到老板的眼神突然变得很可怕。"

我想起来，吴居蓝抓着我的手腕，把我的手从周不闻肩头拽开，当时没有多想，现在才对他这个小动作回过味来。我心虚地问："吴居蓝真的眼神变得很可怕？"

巫靓靓点头，学着我那晚的动作，哥俩好地搭到我的肩头："你不但说了周不闻想强吻你，还这么亲昵地搭人家肩膀，老板的眼神就变得很可怕了。"

"我只是想恶心一下周不闻和周不言！"

江易盛嘲讽说："你这就叫作无差别攻击，顺便也恶心了吴大哥。"

巫靓靓附和说："这种伤敌也伤己的招数还是慎用吧！"

我郁闷地想，昨天晚上我还说了什么，没有再乱说话吧？

凝神回想着昨晚见到周不闻的细节，周不言的几句话从记忆中跳出："土包子！以为卖了两块破石头，就是有钱人了！拿着几百万人民币就敢来纽约炫富，当心你那个吃软饭的绣花枕头男朋友被真富婆看中，给抢走了！"

我心里一惊，细细琢磨起来。

江易盛在我面前打了个响指，嘲笑地问："喂，你不会这么怕吴大哥生气吧？"

我拍开他的手，严肃地问巫靓靓："周不闻和周不言他们家是不是挺有钱的？"

"看你怎么定义有钱，和老板相比，他们犹如萤火对月光。"

"几百万人民币对他们是不是不算什么？"

"肯定！昨天晚上周不言身上戴的首饰至少就要一百多万。"

我看着江易盛，江易盛也看着我。以他的智商，肯定明白我在思索什么了。

江易盛皱着眉头说："如果几百万人民币对周不闻和周不言不算什么，你的那两块石头就不可能是他们的行动目标了，他们究竟想要什么？"

吴居蓝的声音从船舱门口传来："我让 Violet 邀请周不闻和周不言出席酒会，其中一个目的就是想查清楚他们究竟想要什么。"

我和巫靓靓面面相觑，刚才背后议论他的话都被听到了！

我忙狗腿地说："看！我就知道吴居蓝不会那么无聊小气，肯定是有正经的原因才会邀请周不闻和周不言的。"

巫靓靓对我这种做法极其不齿，压着声音提醒我："只是其中一个目的！"

吴居蓝提着一打啤酒走过来，轻描淡写地说："不错，只是四个目的中的一个。"

巫靓靓朝我做了个"危险人物靠近，我还是躲远点"的怪异表情，急急忙忙地站了起来，朝着船舱走去，大声地说："为了大家的安全，还是应该有个人守在船舱内，船上只有老板和我有驾照，老板既然出来了，我就去守着了。"

吴居蓝坐在了我身旁，把啤酒递给江易盛。江易盛拿了一罐，给我扔了一罐，要给吴居蓝，吴居蓝摇摇头，表示不喝。

我打开了易拉罐，一边喝着啤酒，一边装模作样地看风景，企图把刚才的话题揭过："已经看到了很多鱼群，希望待会儿能看到鲸鱼。"

江易盛却成心要害我，一边喝酒，一边笑眯眯地问："吴大哥，你邀请周不闻和周不言出席酒会的其他三个目的是什么？"

吴居蓝说："一个是让他们看清楚小螺身后的力量，我之前就说过，再企图伤害小螺，必须考虑承受我的怒火，但他们应该觉得我不够资格说这话，没往心里去，我只能用他们能看懂的浮夸方式再告诉他们一遍。"

本来以为他在饭桌上说的这句话是玩笑话，没想到他是认真的，我心里暖意融融，温柔地看着吴居蓝。

江易盛问："还有两个目的呢？"

吴居蓝淡淡说："刚才巫靓靓已经说了，我不喜欢周不言对小螺说话的态度，更不喜欢周不闻对小螺表达爱慕之意，尤其他竟然敢当着我的面！"

刹那间，我觉得头顶电闪雷鸣，窘得立即转过了脸，还是看风景比较安全！

江易盛也被困到了，刚喝进口里的一口啤酒差点全喷了出来，他一边咳嗽，一边说："大哥！你能不能不要用这么正儿八经的语气说这么不正经的事情，会死人的！"

吴居蓝蹙了蹙眉，严肃地问："你认为这事不正经？"

巫靓靓趴在窗户上，半个身子探在外面，大声说："江医生，你刚才的说法非常不科学、不严谨！但凡看过一点《动物世界》就应该知道，对于雄性而言，凡是关于配偶的事都很正经，不管示好还是示恶，都有可能引发生死决斗！老板可是很守旧的人，上次我看到周不闻当着老板的面竟然对小螺大献殷勤，就在愉快地等着看他怎么死了。"

我忍不住问："靓靓，你确定你是在开船，不是在偷听？"我觉得巫靓靓本来挺正常，可自从跟了个不正常的老板后，说话也开始又雷又窘。

"是在开船！"巫靓靓立即缩回了身子，装出很忙碌的样子。

江易盛呵呵干笑了两声，看看我，又看看吴居蓝，自己找借口撤退了："我去看一下靓靓。"

■■■

游艇一直向着碧海蓝天的深处驶去，越远离人类居住的陆地，风景就越好。

我和江易盛在海边长大，也算是从小看惯大海的景致，可不同的海域，风景总是不同，别的不说，就是大海的颜色都不同。

白色的海鸟绕着我们的船上上下下地飞舞，偶尔还会落在栏杆上，借我们的船行一段路。海豚追赶着鱼群，时不时跳出海面，在蔚蓝的海面上划出一道道美丽的弧线。

江易盛和巫靓靓用力地打口哨、鼓掌，聪明的海豚似乎明白有人在欣赏它们"翩若惊鸿，矫若游龙"的美丽身影，越发来劲，偶尔还会在空中来个连体翻，惹得我们大呼小叫。

吴居蓝坐在我身旁，安静地看着我一边大叫，一边拿着手机不停地拍照。

巫靓靓看到我的手机外面套着一个透明的密封塑料袋，塑料袋上有一根长长的带子，让我可以挂在脖子上，她好奇地问："你的手机怎么这样？"

"网购的手机防水袋，设计很合理，完全不影响打电话和拍照，既能挂在脖子上，又能绑在胳膊上，防止落水后手机被水流冲走。"

我笑拉起吴居蓝的衣袖，他的手机用束带固定在了胳膊上，和我的是情侣手机套。我把我的手机摆旁边，向巫靓靓炫耀："怎么样？"

"你……考虑得真周到！"巫靓靓好不容易找到一句可以赞美我的话后，默默地转过了头。

我心里想，不是考虑周到，而是吃一堑长一智，我可不想每个月换一个新手机！

目送着一群海豚远去后，我对吴居蓝遗憾地说："爷爷说他小时候海岛附近有很多海豚，船稍微开一开就能看到鲸鱼，可惜这些年环境被破坏得厉害，海豚越来越少，至于鲸鱼我更是从小到大一次都没有见过。"

吴居蓝微微一笑，什么都没有说。

我看江易盛和巫靓靓离我们还有一段距离，低声问："海豚虽然生活在海里，可其实并不是鱼，而是哺乳类动物，那个……"

我有点不知道该如何措辞，吴居蓝却立即明白了我想问什么："虽然被叫作人鱼，但我们和海豚、鲸鱼一样，都是胎生，并不算鱼。人类的古老传说中，东方把我们叫作鲛人，西方把我们叫作"mermaid""merman"，都离不开同源的'人'。我想大概你们的祖先早就知道从基因的角度来说，我们的确是同源。只不过在进化的过程中，你们选择了陆地，我们选择了海洋。为了在不同的环境中更好地生存下去，身体不得不向着不同的方向进化，亿万年后，大家就变得截然不同了。就像鲸鱼和海豚本来都是有后肢的，但因为选择了海洋，它们的后肢消失，变成了鱼鳍。"

很早以前，我曾看过一篇论文，是对比研究中西方的古老传说。

那篇文章分析：在古老的年代，中西方隔着浩瀚的海洋，根本不可能有文化上的交流，但很多的传说和记载却表现出惊人的相似性。从概率的角度来说，巧合的可能性很小，更大的可能是生活在不同陆地上的人类都见过、经历过，所以不同大陆的传说和记载有了惊人的相似性。比如，远古时期的洪水。不管东方还是西方的传说中，都有洪水泛滥、人类艰难求生的记录。随着科学技术的发展，地质研究证明了，人类历史上的确经历过大洪水。

我还记得那篇文章也提到了人鱼，说不管是东方，还是西方，都在很古老的传说中就有了这个物种，对他们的外形描述也是大同小异，如果排除小概率的巧合，更大的概率就是这个物种曾经真实地存在过，甚至仍然存在。

毕竟，虽然人类已经登上过月球，可对地球的了解却还是浮于表面，整个地球只有29%的面积是陆地，71%的面积都是海洋。那么浩瀚的海洋里，究竟藏着什么，现在还没有人真正知道。

吴居蓝看我一直在凝神思索，温和地说："我对这些只是泛泛了解，你如果对生物进化的事情感兴趣，可以问 Violet，她的家族一直致力于研究这些。听说她帮 Discovery 做了两期 Mermaids，还帮 Crypt-O-Zoo 做了 The Merman，里面探讨了人鱼的起源和进化。"

我感兴趣地说："回头去找来看看。"

我想起了查阅的资料，好奇地问："书上说鲛人哭泣时，流下的眼泪是一颗颗珍珠，真的吗？"

吴居蓝说："好像是真的。"

我惊讶地问："好像？你都不知道？"

吴居蓝说："你以为我们像你们一样想哭就能哭吗？人类和海豚一样，有泪腺，但人鱼和猿猴、鲸鱼一样，根本没有泪腺。"

我想不通地说："海豚有泪腺，人类的近亲猿猴却没有泪腺？"

吴居蓝说："很多生物学家也想不通这个问题，一直在研究。因为没有泪腺，人鱼几乎一辈子都不会哭一次，我从没有亲眼见过人鱼哭，只是听族里的长辈提起过，似乎确有其事。"

我盯着吴居蓝的眼睛，不解地问："没有泪腺，那怎么才能哭出珍珠呢？"

吴居蓝弹了一下我的额头，好笑地说："我又没有哭过，我怎么知道？族里的长辈说要痛苦伤心到极致，我想象不出那种感觉。"

我点点头，表示理解。吴居蓝都已经活了上千年，被人背叛陷害过，被自然界的猛兽重伤过，目睹了无数次生离死别，不管什么痛苦和伤心都算是经历过了，却一直没有落过泪，估计是没有泪腺，真哭不出来。

                                    ⫶⫶

突然，一声闷雷般的巨大声音传来，我吓了一跳，扭头看向海面，一下子变得目瞪口呆：蓝宝石般澄净的蓝天下，一道冲天而起的"喷泉"，高达十几米，声势惊人。

江易盛冲到了栏杆边，兴奋地大叫："鲸鱼！鲸鱼！"

"真的是鲸鱼！好大！"我也忍不住兴奋地站了起来。

极目望去，海面上不知何时聚集了十几条鲸鱼，绕着我们的船缓缓游动。

刚才那一下声势惊人的"喷泉"就像是报幕员的报幕，把我们的目光都吸引到了它们身上。

好戏，现在才真正开始！

它们像一个有经验的表演团般，大小间隔、参差错落地一时沉下、一时浮起。每当浮起时，就会喷出水柱，水柱上粗下细，顶部丝丝缕缕飞散开，犹如一朵朵白色的大菊花。

它们彼此配合，变换着喷水的方位和喷水的高度，让空中的朵朵水花时而高、时而低，组合成了不同的形状。有的时候像天上的星辰，有的时候像起伏的涟漪，有的时候像是盛开的花朵。

它们甚至懂得利用阳光的折射，制造彩虹。最大的一条鲸鱼的身躯比我们的游艇还大，它会缓缓地从我们的游艇边游过，在最适合的位置喷出高高的水柱，让阳光在我们的眼前折射出一道七色彩虹，伸出手，那彩虹就浮在掌心。

江易盛刚开始还激动地拿着手机，不停地拍照，后来完全看傻了，呆若木鸡地站在栏杆前，不停地说："它们是在有意识地表演！"

似乎是为了回应江易盛的话，十几条鲸鱼齐齐浮出水面，成交叠的环状围绕着我们的船，一起喷出了高高的水柱。美丽的水花在我们头顶的天空绽放，好几道彩虹交错出现在蔚蓝如洗的天空。我们眼前、身边都是彩色的光芒，像是绚丽的烟花在缤纷地绽放，可因为是朗朗白日，比沉沉黑夜的烟花更明媚鲜亮、轻盈灵动。

流光溢彩中，我回头看向了吴居蓝——这是大海，是他的领地，只有他才能让这如同童话般的梦幻场景发生！

吴居蓝淡淡说："一个小礼物，送给从来没有看到过鲸鱼的你。"

碧海蓝天间，七彩的霓虹就飘浮在他身后，让人仿若置身仙境，但此时此刻，再瑰丽的天地景色，也比不上他淡然的眉眼。

我一时冲动，猛地扑过去，搂住他的脖子，在他脸颊上用力亲了一下，贴在他耳畔喃喃说："不要对我太好了，我已经很爱很爱你，可我还是会怕我的爱配不上你对我的好！"

吴居蓝看上去静站不动、面色如常，鲸鱼的"表演队伍"却骤然乱了，喷出的水柱也失控了。

一个喷起的水柱距离船舷太近，水花朝着我和吴居蓝飞溅而来。吴居蓝急忙搂着我一转身，背对飞过来的水花，把我藏在了怀里，他自己被水花溅个正着。

江易盛阴阳怪气地嘲笑我："沈螺，你的智商和脸皮都开始越来越没有下限了。光天化日、众目睽睽下，就往男人怀里扑。"

我心中又惊又喜，对江易盛的话充耳不闻，呆呆地盯着吴居蓝。

吴居蓝放开了我，没在意地拭了一下头上的水珠。自始至终，他一直都是那种平静淡漠、波澜不兴的表情，但刚才，他肯定情绪波动很大，所以才让鲸鱼们失了控。

我窃喜地想：是因为我？！

我一直目不转睛地盯着他，吴居蓝神情自若地说："衣服湿了，我去换件衣服。"

他转身走向船舱，经过江易盛身边时，顺手拿过江易盛手里的空啤酒罐，双手轻松一拍，就拍成了一张扁平的圆片。他又把圆片放回江易盛的手里，淡淡说："如果我不是心甘情愿，没有人能扑到我。"

江易盛的嘲笑声戛然而止，目瞪口呆地看着手里形状规整的薄薄的圆片。

我本来严重怀疑，吴居蓝其实并不介意穿湿衣服，而是和我某些时候一样——不好意思地落荒而逃了！可看到他还能分出心神帮我从江易盛那里找回场子，我又觉得我大概真的想多了！

我从江易盛手里拿过被吴居蓝压成薄片的啤酒罐，一边翻来看去，一边忍不住地笑了起来。

不管怎么样，我都是被他的面瘫脸给骗了，在这段恋爱中，他也会羞涩紧张，也会因为我的一个亲昵触碰而失控。

我心满意足地想，这才正常嘛！好歹我也是看遍言情剧的人，什么激情画面没有见识过？没有道理比他这个老古董更紧张羞涩啊！

⠿

和心爱的人在一起，时间总是过得格外快，只觉得太阳刚升起没有多久，就已经到了日落时分。

我们把船停在海中央，一边欣赏着晚霞，一边用晚餐。巫靓靓做了香味浓郁的海鲜忌廉烩意面，味道十分鲜美，吴居蓝却没有要海鲜忌廉汤，只吃着很清淡的面。

我记得吴居蓝并不排斥味道浓郁的食物，奇怪地问："今天有忌口的食物？"

吴居蓝淡淡说："如果不是我自己烹饪的食物，清淡一点，方便吃出有没有加入药物。"

江易盛差点被刚吃进口里的意面给噎住，表情古怪地说："你认真的？"

我知道这是真得不能再真的话，但看巫靓靓的神情很尴尬，忙哈哈笑着说："当然是开玩笑的了！他就是有点上火而已。"

吴居蓝瞥了我一眼，没有反驳我善意的谎话。

等吃完晚饭，收拾完餐具，天色已经快要全黑了。

江易盛一边喝着酒，一边兴致勃勃地提议："今天是农历十五，月圆之夜，等月亮升起来了，我们来个月下垂钓吧！"

我立即否决："今天晚上我要和吴居蓝单独活动。单独活动！只有我和吴居蓝！"江易盛自小就喜欢热闹，不突出强调我需要私密空间，他肯定要跟着过来凑热闹。

"哦——"江易盛不知道想到了什么，笑得又奸又贱。他放下酒杯，拉开窗户，探头出去看了一圈："幕天席地，你们可真有野趣，今天晚上风大，小心着凉！"

我反应了一瞬，才明白了他的荤话，忍不住一拳捶到他背上："哪里来的那么多龌龌思想？"

江易盛应声而倒，瘫软在桌子上。

我笑着推他："别装柔弱了！"

他却纹丝不动，我又推了几下，才发现他不是装的，而是真的昏了过去。我被吓着了，就算我那一拳用了点力气，可怎么样也不至于把个一米八几的大男人打晕啊！

我惊慌地叫："吴居蓝！"又想起巫靓靓才是正儿八经的医生，"靓靓，你快过来看一下！江易盛昏倒了！"

巫靓靓倚着吧台，非常淡定地喝着红酒："我给他的海鲜面里放了镇静剂，不昏倒才奇怪。别担心，睡一觉，明天就好了。"

我彻底傻了，下意识地去看吴居蓝，味道浓郁的食物真的会添加药物啊？那我呢？我也要昏睡过去了吗？

巫靓靓猜到了我所想，忙解释说："你的食物里，我什么都没有放。"

吴居蓝盯着巫靓靓，平静地说："原因！"

"有些事没必要让江易盛知道，这是最保险的做法，公平起见，我也会服用镇静剂，陪他一起昏睡一晚。"巫靓靓晃了晃酒杯，"已经放在了酒里。"

巫靓靓一口气喝光了红酒，走过来，竟然双手用力一提，就把江易盛扛了起来。她像扛沙袋一样扛着江易盛，朝着通往舱底的楼梯走去："我们下去睡觉了，两个房间我和江易盛一人一间，反正你们用不上，就不给你们留了，明天早上见！"

巫靓靓的脚步声消失在舱底，我依旧目瞪口呆地看着楼梯口的方向。

吴居蓝说："他们家的人从小就要接受严格的体能训练，一百多年前是为了保命，现在好像是家族传统。"

我回过神来，果然是女王威武！不管是力气，还是智慧，都简单粗暴！她对江易盛够狠，可她也算陪江易盛有难同当了。而且，她所做的，也许正符合江易盛的心意。

以江易盛的智商，我不相信他没有发现吴居蓝的不同寻常，但是他什么都不问，就表明了什么都不想知道。其实，很多时候，知道得太多不但于事无补，反而会成为一种负担。

Chapter 16 | 你可以出卖我

只要你能够安全，不管是用我做交换，还是出卖我，
都无所谓！

天色已经全黑，海上的风又急又冷，吹得人通体生寒。

吴居蓝穿着薄薄一件白色衬衣，站在栏杆边，眺望着东边
徐徐升起的月亮。

我却全副武装，高领的套头羊绒衫、短款薄羊绒大衣、加
厚牛仔裤，还戴了一顶毛线帽。

我搓了搓手说："白天还好，晚上真挺冷的。"

吴居蓝扭头看了我一眼："待会儿我下海后，你去船舱里
等我。"

"不要！我要一直和你在一起！"上一次，吴居蓝怕吓到
我，只在远处向我展示了他的身体，一旦靠近我，就会把下半
身藏到水里。这一次，我不想他再躲避我了，我希望他真真切

切地感受到，我不仅仅是不害怕他，我还爱任何模样的他。

吴居蓝说："海水很冷，正常人在这样的海水里泡一个小时就会休克，你的身体不可能下水。"

现在是十月底，在陆地上都需要穿大衣御寒了，我当然明白自己不可能陪他下海。

我指着船尾说："游艇的后面挂着一只救生用的小气垫船，我可以坐在气垫船上陪着你。"那样虽然我在船上、他在水里，但至少，我们可以手拉着手，可以清楚地看见对方。

吴居蓝想了想，说："好！"

本来我还以为要费一番口舌才能说服他，没想到他这么容易就接受了我的提议。我高兴得几乎要跳起来，抱着他的胳膊，激动地说："吴居蓝，你真好！"

吴居蓝摇摇头，伸出手，帮我把帽子戴正了一点："是你很好，非常好！"

我有点害羞，不好意思地拖住他的手，往船尾走："赶在你腿还能动前，帮我把气垫船放到海里去。"

吴居蓝翻出了栏杆，踩着船沿，轻轻松松地把固定在船尾的气垫船放到了海里。

我着急地想立即下去，他说："等等！"

吴居蓝走进船舱，从船舱里拿了两条羊绒毯、一个热水瓶和一小瓶伏特加。

这会儿没有人，他也不再掩饰，足下轻点，一个飞掠，就跳进了气垫船里。

我说："我穿得这么厚，肯定冻不着的！你别光忙着照顾我，还是先想想你还需要什么。"

吴居蓝低着头，一边布置气垫船，一边说："一切我需要的都能在大海里找到，除了你！"

他说话时神态自然、平平淡淡，就像是说"渴了要喝水、困了要睡觉"一般寻常，我却听得耳热眼酸、心荡神摇。

吴居蓝抬起头，对我说："可以下来了。"

我没有动，一直凝视着他。

他十分奇怪，露出个"发生了什么"的疑惑眼神。

我的老古董吴居蓝啊，真是又精明又呆傻！我笑了出来，忍不住脆生生地说："吴居蓝，我爱你！"

吴居蓝的表情越发地平静淡然，眼神却有点飘忽，避开了我的视线，微微下垂，冷冰冰地说："下来吧！"

只可惜，我已经完全识破了他这种用波澜不兴掩饰波澜起伏的花招，而且他越这样越激发我的恶趣味，很想调戏他。

　　我笑眯眯地说："喂！我说我爱你呢！你都不回应的吗？至少应该深情地凝视着我的眼睛，对我说'我也爱你'，或者……直接深情地拥吻？"

　　吴居蓝以不变应万变，看着月亮升起的方向，表情淡然地说："我的腿马上就要动不了了。"

　　呃——算你厉害！我再不敢磨磨蹭蹭，立即抓着栏杆，翻骑到了栏杆上。我心里默念着不要看水、不要看水，可眼睛总要往下去看气垫船，不可避免地看到了起伏的海水。身体立即起了本能的畏惧，我自己都难以理解这种心理机制——坐在船上，就没事，刚翻上栏杆，脚都还没有离开船，就畏惧得想打哆嗦。

　　吴居蓝伸出手，想把我抱下去，我忙说："我自己来！"如果我爱的人是一个普通人，我怕不怕水都无所谓，大不了一辈子不下海、不游泳。但是，吴居蓝以海为家，那么我就算不能做一个游泳健将，也绝对不可以怕水。

　　吴居蓝站在一旁，静静地看着我。

　　我一边紧紧地抓着栏杆，一边在心里默念："有吴居蓝在！不怕！不怕！你能做到……"

　　突然，"叮叮咚咚"的手机铃声响起，是我的手机在响。

　　我应该尽快下到气垫船里就可以接电话，但是，我的手紧紧地抓着栏杆，就是不敢松手。"叮叮咚咚"响个不停的手机铃声像是一声声不停歇的催促，我越着急，就越害怕。

　　"不用这么逼自己！"吴居蓝猛地抱起了我，把我放到了气垫船上。

　　我十分沮丧，这么简单的一件事，怎么就是做不到呢？

　　吴居蓝说："先接电话！"

　　我打起精神，接了电话："喂？"

　　"沈螺吗？"

　　声音听着耳熟，但又一下子想不起来是谁，我说："我是沈螺，你是哪位？"

　　"我是沈杨晖！"

　　没等我反应过来，沈杨晖就开始破口大骂："沈螺！你个王八蛋！浑蛋！臭鸡蛋！烂鸭蛋！你怎么不去死？都是因为你，你个扫帚星，我一定不会放过你……"

　　沈杨晖边骂边哭，我整整听他骂了三分钟，还是完全不知道究竟发生了什么事，只是感觉上发生了什么不好的事情。可是，我已经几个月没见过他们，连电话都没有通过，我怎么就成了扫帚星，去祸害他们了？

沈杨晖依旧在翻来覆去地咒骂我："沈螺！都是你这个扫帚星的错！如果不是你，妈妈根本不会和爸爸吵架！我妈没说错，你就是个贱货……"

我说："我是贱货，你和我有一半相同的血脉，你就是贱货二分之一！连贱货都不如！"

"臭狗屎！"

"你臭狗屎二分之一！剩下的二分之一都进了你大脑！人家是脑子进水，你是脑子进屎！"

"……"

我和沈杨晖来来回回地对骂，两人的言辞堪称会聚了汉语言文化的糟粕，我担心地扫了一眼吴居蓝，发现他站在一旁，安静地听着，对我泼妇骂街的样子很淡定。我放下心来，继续狠狠地骂。

沈杨晖被我骂傻了，终于安静下来，不再像疯狗一样乱叫，可以正常地谈话了。

我说："究竟发生了什么事？你给我好好地说清楚！否则，我立即挂电话！"

"你可真冷血！"

"你对我很热血吗？沈杨晖，你妈骂我时，压根儿不回避你，证明她压根儿没打算让你和我做姐弟，你想我怎么样？"

沈杨晖不吭声了，手机里传来呜呜咽咽的抽泣声。然后，他开始语无伦次地讲述事情的经过，我渐渐整理出了事情的来龙去脉。

起因是那面被继母抢走的铜镜。有人找到继母，想购买那面铜镜，刚开始，继母考虑到沈杨晖姓沈，那也算是沈家传了几代的纪念物，没有答应出售。可对方提高了出价，许诺一百万，继母就动心了，决定把镜子卖掉。

但是，谁都没有想到一贯懦弱的爸爸这一次却很坚决，不管继母是装可怜哀求，还是撒泼发疯地哭骂，他都不同意继母卖掉镜子。继母在家里随心所欲惯了，自然不可能就此罢休，两个人为了铜镜吵个不停。

今天早上，爸爸开车送沈杨晖去学校，顺带打算把继母放到地铁站口，方便她去上班。一路之上，一家三口也算其乐融融，可继母又接到了买镜子的人的电话。爸爸才发现，因为对方承诺出到一百二十万，继母已经答应了卖镜子，并且偷偷地把镜子带了出来，打算待会儿就把镜子交给对方。

两人又开始为卖不卖镜子大吵，无论继母说什么，爸爸都不同意。吵到后来，继母情绪失控下，不顾爸爸正在开车，竟然动手打爸爸，导致了车祸。

爸爸坐在驾驶位，继母坐在副驾驶位，沈杨晖坐在继母的后面，在发生车祸的一瞬，爸爸为了保护妻儿，把方向盘拼命向右打，让自己坐的一面迎向撞来的车。

最后，沈杨晖只是轻微的擦伤。继母骨折，伤势虽重，可没有生命危险。爸爸却脾脏大出血，现在正在手术抢救中，生死难料。

沈杨晖六神无主、慌乱害怕下，就迁怒于我。如果不是因为我，爸爸就不会那么坚持不卖镜子；如果爸爸同意了卖镜子，继母和爸爸根本不会吵架，就不会发生车祸，继母不会重伤，爸爸也不会生死未卜。

沈杨晖打电话来，不是为了向我寻求安慰帮助，而是纯粹地发泄，他说着说着，又开始骂我。

我一边听着他的咒骂哭泣，一边恍惚地想起爸爸离开海岛时对我的承诺："小螺，我知道你担心什么，不是只有你姓沈，你放心，那面镜子我一定让杨晖好好保管，绝不会卖掉！"

从小到大，爸爸在我的印象中一直是没有原则地善良软弱，像黏糊糊的面团，没有一点棱角，谁都能揉搓一番，所以他总是惯性地出尔反尔，也没有什么男子汉的担当。妈妈却不但能干，而且漂亮，她和同事发生婚外恋，闹到离婚，虽然外人都喜欢指责她，我对她有失望、有心冷，却从来没有恨过她离婚，因为爸爸这样的男人真的很让女人绝望。

只是这一次，我完全没有想到爸爸能这么坚持地遵守诺言，也完全没有想到危急时刻，他竟然能果断坚毅地把生的机会让给妻儿。当然，我更没有想到爸爸好不容易坚守一次诺言，会换来这样的结果。

我心情沉重地问："手术还要多长时间？"

"这是很大的手术，医生说时间不一定，至少还要两三个小时。"

"现在谁在照顾你？"

"我不需要人照顾！"

叛逆期的少年，我换了一种说法："现在哪个亲戚在医院？"

"我姨妈，她一直骂骂咧咧，说全是我爸的错，还追问我到底从爷爷那里继承了多少钱，我都懒得理她！"

杨家真是家风彪悍，不过，幸好沈杨晖也继承了这点，不至于吃亏。我问："你们钱够吗？"他们虽然继承了爷爷的存款，可还房贷、买车，估计已经花得七七八八。

沈杨晖讥讽："不够又怎么样？难道你还打算给我和我妈钱？"

我没理会他的刻薄，平静地说："我现在手头有一笔钱，可以打给你们。你需要多少？"

沈杨晖一下子沉默了。

我不耐烦地说："喂？你说话啊！"

沈杨晖吸了吸鼻子，说："谁稀罕你的破钱！那个想买镜子的人又给妈妈打了电话，妈妈还在昏迷，我就接了电话，已经把镜子卖掉了！沈螺，我告诉你，我讨厌那面破镜子，就是讨厌！什么沈家的祖爷爷、祖奶奶的，关老子屁事！"

"沈杨晖，你……"我想说，你觉得是我导致了爸爸和你妈吵架，却不想想，如果不是这个买镜子的人一再来诱惑你妈，你妈会和爸爸吵架吗？你以为这样做是报复我，却没想到是便宜了敌人吗？但是，想到他妈妈昏迷未醒，爸爸生死未卜，我把到嘴边的话都吞了回去。

我说："既然已经卖掉了，你就把钱看好了，你姨妈肯定喜欢钱大于喜欢你这个外甥。等你妈醒了之后，你避开你姨妈，把这事跟你妈悄悄说一声。"

沈杨晖不屑地说："你当我傻啊？我当然知道人心隔肚皮、财不露白的道理了！"

我说："等爸爸手术成功后，你再给我打个电话行吗？"

沈杨晖吸了吸鼻子，鼻音浓重地问："你觉得手术会成功？"

我宽慰着他，也宽慰着自己："宇宙有吸引力法则的，我们这么想，事情就会向我们想的方向发展。"

沈杨晖说："手术成功了，我就给你打电话。"

"好，我等你的电话。"

沈杨晖恶狠狠地说："万一要是……我告诉你，我不会放过你！"他说完，立即挂了电话。

我怔怔地拿着手机，心里滋味复杂。

和爸爸吵架时，不是没下过狠心，权当自己没有爸爸，可是，真出事了，却是割不断的血脉相连，心里又慌又怕。但是，我现在除了等待，什么都做不了。隔着茫茫太平洋，就算立即往回赶，也需要十几个小时，手术早已经做完了。

一只冰凉的手握住了我的手，我像受了惊吓突然看到大人的小孩，立即攥紧了他的手。真的好奇怪，明明他手的温度比我的体温低很多，可每一次握住他的手时，都觉得最温暖。

吴居蓝说："我已经发了消息给 Violet，她会联系上海的同行，尽全力抢救你爸爸。"

我不知道能有多少帮助，但心里稍微好受了一点。

我后知后觉地留意到，我坐在气垫船上，吴居蓝双腿僵直，没有办法屈膝，只能以一种古怪的姿势弯下身，握着我的手。

我急忙站了起来，不好意思地问："你的腿……是不是要消失了？"

吴居蓝安抚地说："没有关系，还能再坚持一会儿。"

我说："你赶紧下海吧！"

吴居蓝说："你现在心情不好，还是回船上休息，顺便等沈杨晖的电话，不需要担心我……"

我摇摇头："正因为我心里不好受，才想和你在一起，我知道你能照顾自己，并不需要我，但我需要你！"

不管是肉体，还是精神，吴居蓝都比我强悍太多，一直以来，都是我需要他多过他需要我。

吴居蓝不再劝我，凝视着我说："我也需要你！"

我笑了笑，正要说话，吴居蓝突然对我做了个嘘声的手势，示意我保持安静。

他凝神听了一瞬，对我说："有船在接近我们。"

我什么声音都没有听到，不过吴居蓝说有，肯定就是有了。我皱了皱眉，抱怨地说："这么大的一片海，竟然偏偏要从我们停泊的地方路过。"

吴居蓝平静地说："也许不是路过。"

我愕然，不是路过，那是特意而来？我急忙说："因为我的事，已经耽搁了很长时间，你赶紧下海，不管来的是什么人，我都会应付的。"

吴居蓝不理会我的提议，说："你先上船，去舱底和巫靓靓待在一起。"

我紧紧地握着他的手，表明他不下海，也休想让我上船。

吴居蓝深深地看了我一眼，什么话都没有再说。

我看到挂在胸前的手机，念头一转，把手机塞到了高领羊毛衫里，藏得严严实实。

Ⅲ

我和吴居蓝手拉手，站在气垫船上，静望着夜色深处。

渐渐地，我听见了引擎的轰鸣声，两艘冲锋艇以极快的速度向着我们飞驰过来。

似乎怕我们逃跑，还用了左右包抄的阵势，明显不是善意而来，我心里的一丝侥幸也落空了。

我看看越升越高的月亮，焦急地对吴居蓝说："你先跳下海去！不管这些人来的目的是什么，我都会好好和他们谈。反正你不善于和人沟通，还常常把人激怒，留下来也没有任何意义！"

吴居蓝没有吭声，也没有动。

我明白他的心情，他不愿意让我独自去面对危险，但是，我真的不能让他留下，只能利用他的弱点来逼迫他。我轻声央求："如果让他们看见你，我才会真变得危险！人类的贪婪会驱使他们变得疯狂……"

吴居蓝突然低下头，在我的唇上吻了一下，我一下子蒙了，呆呆地看着他。

他盯着我的眼睛说："对我而言，最重要的是你的性命，不管他们要求什么，你都配合。只要你好好活着，别的都无所谓，包括我的秘密和我。"

他在说什么？是说我可以出卖他吗？我瞪着他："你让我出卖你？"

吴居蓝说："不是出卖，是交换！必要时，你可以用我来交换你的安全，我可以保证自己的安全。"

他在说什么？我郁闷地说："用你来交换我的安全？那不就是出卖你吗？"

吴居蓝不耐烦和我纠缠字眼了，斩钉截铁地说："只要你能够安全，不管是用我做交换，还是出卖我，都无所谓！"

正在此时，一束刺眼的光打在了我们身上。

我不得不先放弃了"出卖他"的问题，眯着眼睛看向两艘冲锋艇。

冲锋艇上站着一群荷枪实弹的大汉，两排黑压压的枪口对着我和吴居蓝。即使以吴居蓝的非人体质，若被这么两排枪扫中，只怕也活不下去了。

除了大学里军训打靶，我这辈子再没有见过真枪，总觉得有一种荒谬的不真实感。但是，美国是私人拥有枪械合法的国家，一个普通的家庭主妇都可以在手袋里装一把合法的枪，何况来的这群人明显不是普通人呢？

"沈螺，腿脚吓得发软的感觉如何？"

闻声看去，我才发现周不言和周不闻站在冲锋艇的正中间，我一下子松了一口气。即使面对着两排能瞬间把我打成筛子的枪口，可因为知道了不是冲着吴居蓝来的，而是冲着我来的，我竟然觉得轻松和欣喜，完全没有周不言想象中被吓得腿软的感觉。

不过，识时务者为俊杰，这个时候我可犯不着激怒她。我可怜兮兮地看着周不言：

"你们……想干什么？杀人可是犯法的！"

周不言嘻嘻一笑："听说你喜欢看电视剧，肯定看过 CSI 这些美剧吧！应该知道那句著名的'No body，no case'。没有尸体，就没有案件。这么辽阔的大海，想让你们尸骨无存不费吹灰之力，等太阳升起时，不会有人知道发生过什么。"

我猜不透周不言到底是想吓唬我，还是真的不在乎杀人。我试探地问："你们到底想要什么？"

周不言皮笑肉不笑地说："想知道我们要什么，麻烦你到我们的船上来。"

我看了眼吴居蓝，迟疑着没有动。如果我动了，他还站立不动，肯定会引人怀疑，可是现在吴居蓝根本寸步难行。

"砰"一声，一发子弹打在了吴居蓝的面前，气垫船破了个洞，开始漏气。

我被吓得脸色煞白，紧紧地抓着吴居蓝的手。

周不言娇笑着说："你们最好配合点，否则下一次说不定就打在吴居蓝身上了。"

我忙说："我马上就过来！正好，我也想知道你们究竟为什么一直追着我不放，说实话，连我自己都想不通我有什么值得你们这么大动干戈的。"我一边说话，一边用眼神示意吴居蓝放心离开，周不言他们对我有所求，我暂时不会有生命危险。

吴居蓝紧紧地握着我的手，凝视着我。深邃的双眸不再像夏夜星空下风平浪静的大海，而是像暴风雨前的大海，颜色越来越深。我知道他现在的愤怒和无奈，身为一个强者，在我最需要他保护的时候，他却无法行动，连自保都困难。

我猛地搂住他的脖子，吻住了他的唇，不是蜻蜓点水式的轻吻，而是法式深吻。他没有防备，轻易地被我的舌头撬开了双唇，舔舐过他冰凉的唇齿，只觉得像划过锋利的刀刃，舌头立即破了，血腥味充斥在口腔间。

这个大傻瓜，连内部器官都已经变得不像人了，竟然还在为了我苦苦支撑。

我没有丝毫惧怕，反而想加深这个满是血腥味的吻，吴居蓝用力地推开了我。

我笑看着他，用口型对他无声地说："我等你来继续这个吻！"一边说话，一边借着他推开我的力，也用力地把他往后一推。

他完全没有想到我会突然从用力地搂抱变成了用力地往外推，他不想我掉进海里，只能自己立即收力，偏偏双腿已经僵硬无力，整个人重心不稳，直挺挺地翻向海里。

随着他翻下海的动作，枪声响起。砰砰的声音，将平静的黑夜撕裂成无数晃动的碎块，我看不清吴居蓝究竟有没有被射中，只看到他被风吹起的白衬衣像是一只白色的蝴蝶，掠过夜色，坠入了黑暗的大海。

枪声依旧响个不停，周不言脸色难看，猛地叫了一声："够了！"

我含着泪，愤怒地瞪着周不言，此时此刻我什么都做不了，只能在心里一遍遍祈求：没有射中、没有射中……

周不言生气地对周围的人说："你们还愣着干什么？赶紧把人带过来！"

两个壮实的大汉像拎小鸡一样把我拎到了冲锋艇上。

周不言"啪"一巴掌扇到了我脸上，"你再瞪我！是你们先企图逃跑，我们才开枪的！白痴，人掉进这么冷的海里，就算我们不开枪，他也会被活活冻死！"

周不言下令冲锋艇绕着游艇一圈圈行驶，明亮的探照灯将海面照得一清二楚，一直没有人浮出海面。

周不言的脸色越发难看了。

周不闻带着两个人搜查了一遍我们的游艇。

一个大汉站在游艇上，对周不言说："小姐，船舱里还有两个人，不过都喝醉了，沉睡不醒。"

周不言身旁一个肤色黝黑、长得像东南亚人的精瘦男子恶狠狠地说了一句什么，周不言似乎吓了一跳，一时间没有吭声。

我隐约猜到他们的意思，祈求地看向游艇上的周不闻。

周不闻没理我，从游艇跳到冲锋艇上，漫不经心地对周不言说："船舱里的人是江易盛和巫靓靓。江易盛无足轻重，可巫靓靓是 Violet 的孙女。对能干的下属而言，死了老板说不定是好事，但死了孙女，没有人会善罢甘休。"

周不言点点头，对身旁的男人凶巴巴地说了两句话，那个男人不敢再吭声。

我放下了悬起的心。

周不言下令说："开船！"

马达轰鸣声中，冲锋艇带着我向黑黢黢的大海深处行驶去。

半个多小时后，冲锋艇靠近了一艘大船。

周不言率先带着人上了船，一边往前走，一边说："不闻，你带着沈螺去见爷爷吧！我回房间换件衣服洗个澡，晚点再过去陪爷爷。"

周不闻说："好！"

我被押到了船上，起先说话的那个精瘦的东南亚裔男人过来，搜我的身。从我的口袋里陆陆续续搜出纸巾、唇膏、护手霜和几枚糖果，他看都没看，直接扔进了海里。我努力地收紧小腹，不想他发现我藏在衣服里的手机。

他检查完外面，不满地皱了皱眉，命令我解开大衣。

我一边不得不解开大衣，一边心里紧张地想：怎么办？怎么办？要被发现了……

已经走到船舱里面的周不闻等得不耐烦了，回头问："好了吗？"

男人说："没有手机。"

我讥嘲地说："在游艇上！你们突然就把我抓了过来，难道我还有时间去带手机？没看连钱包也留在游艇上了吗？"

男人看了一眼不耐烦的周不闻，接受了我的说法。他掀开我的大衣，检查了一下有没有暗袋，又扫了一眼我绝不可能有衣袋的套头羊绒衫，让开一步，表示放行。

周不闻带着我，沉默地向前走着。

直到走到一个房间外面，他停住了脚步，轻声说："我爷爷想见你，为了你自己好，说话态度好一点。"

他敲了敲门，有人说："进来！"

我们走进了一个布置奢华的大房间。落地大窗前，一个白发苍苍的老人坐在沙发上，正在品尝红茶。他穿着三件套的西装，头发梳得一丝不乱，一副马上就要去参加盛宴的样子，可凹陷的脸颊、浑浊的双眼、泛白的嘴唇，让我感受到了死亡的气息。

"爷爷，我们来了。"周不闻说完，恭敬地站到了一旁。

"不言呢？"

"她说先回房间洗个澡，换件衣服。"

周老头嗤笑："女大外向，她是想让你一人独领这份功劳。"

周不闻低着头说："我明白。"

周老头盯了一眼周不闻，眯眼看向我，和蔼地说："你就是沈螺吧？不闻可是经常提起你，我早就想请你过来见一面，但不闻总是坚持要用温和的方法，不想惊动你，没想到最终我们还是要按照我的方式来见面。"

我看到房间里有单独的卫生间，突然计上心头，做出尿急的样子，问："能让我用一下卫生间吗？"

周老头好笑地问："他们连卫生间都不让你用吗？"

我不悦地说："之前在汽艇上，周围都是拿着枪的男人，没被打死就不错了，我还敢提要求上厕所？后来一上船，就被押到这里来了。"

周老头笑指了下卫生间，绅士地说："请自便。"

我立即走向卫生间，进去后先反锁了门，抬头看看四周，这是周老头自己的卫生间，应该不可能安装监视器。

我一边真的用马桶，一边急急忙忙掏出手机，检查声音，果然不是静音，幸亏一路之上没有人联系我。

我赶紧把手机调成了静音，然后给吴居蓝发短信，没有时间打字，只发了一个："5？"

我坐在马桶上，手上合掌，把手机夹在手掌中间，默默地祈求着：回我！回我！回我……

手机轻颤，回复到了。虽然还没看到他写了什么，但知道了他还活着，一直被挑在刀尖的心终于回到原处。我激动得差点哭了出来，含着泪花，吻了下中指上的蓝色钻石戒指。

我怕外面的人起疑，不敢多待，站起身，一边冲马桶，一边看短信。

吴居蓝的短信也很简短：船外平安。

我一下子觉得心安了，他就在船外的海里，纵然这是龙潭虎穴，只要知道我不是孤单一人，我就什么都不怕了。我发了条短信：平安有人再联。

我打开水龙头，任由水流着，先迅速地把三条短信删除，以防万一被他们发现了手机，暴露了吴居蓝。

我依旧把手机贴身藏在毛衣里面，紧贴着肚皮。照了下镜子，确认外面看不出来后，我快速地洗了下手，打开了卫生间的门。

我走到周老头面前说："能给我一杯水吗？"

周老头这次没有立即答应我的要求，而是微笑着说："你不好奇我们究竟想要什么吗？"

"好奇！"确认了吴居蓝平安无事后，我变得很镇定，既然已经见到了幕后的大BOSS，不妨就好好地探探来龙去脉。

周老头说："你认为我们想要什么呢？说对了，我就允许你坐下和我喝杯茶。"

"刚开始，我以为你们是图财，想要那两块石头，后来发现你们根本不在乎几百万人民币。准确地说，就算是几百万美金，你们也不在乎。"今天晚上那阵仗不是一般家底的人能搞出来的，周老头一定比我想象的更加有钱有势。

周老头笑了笑，自负地说："周家不敢说大富大贵，但绝对没有缺过钱。"

我说："我弟弟说你们花了一百二十万买走了沈家的铜镜，可我觉得，那面铜镜并不是你们的最终目的。如果你们只是想要铜镜，以周不闻和我的关系，老早就打听到那面铜镜到了我继母手里，不可能等到现在才去找我继母买。"

周老头笑着点头，对周不闻说："是个聪明姑娘，不言比不上她。"

周不闻说："我喜欢的就是不言的简单直接。"

我没理会他们的拉家常，继续说："我的推测是，你们并不确切地知道自己究竟在找什么，唯一能肯定的就是和沈家老宅有关。你们是因为在沈家老宅里一直没有发现，才寄希望于那面被我继母拿走的铜镜，毕竟那也是老宅的旧物。"

周老头鼓了两下掌，表示我全部推测对了："请坐。"

我没客气地坐到周老头的对面，周老头拿起桌上精美的茶壶给我倒了一杯茶。

我一口气喝了大半杯，解了渴后说："大吉岭茶，你是下南洋的华人后裔？"

周老头端起镶着金边的白瓷茶杯，品了一口说："小姑娘怎么不猜我是第一代的过番客呢？"

"乡音易改，旧习难弃，如果你是第一代下南洋的华人，就算喝红茶，也肯定是紫砂壶的工夫茶，不会用英式的茶具，更不会喝这种地道的印度红茶。"

"乡音易改，旧习难弃！"周老头颇有感触地叹了口气，"我爷爷的确是喝了一辈子的工夫茶，连带着我爸爸也深受他影响，茶具一定要用紫砂壶。"

原来是下南洋的过番客，难怪行事胆大心狠。爷爷曾说过，当年过番的人，都是从死路里寻一条生路，但凡在海外能闯下一片基业的都不是泛泛之辈。

我问："那面铜镜应该又让你们失望了吧？"如果铜镜里就有他们找的东西，我就不会被带到这里来了。

周老头说："这次你可猜错了！"

猜错了？我意外地愣住了。

周老头把两张放在他手边的照片递给我："照片上的东西就是在老铜镜里面发现的。"

照片上是一张薄薄的似绢非绢、似革非革的白色东西，上面画着一幅地图，我看了一会儿，看不出所以然，疑惑地看向周老头："这是什么？藏宝图？"

周老头呵呵地笑了起来，他清了清嗓子，刚要说话，周不闻说："爷爷，我出去看看不言。"

周老头目光犀利地盯了周不闻一瞬，说："你留下吧！我相信你也很好奇我到底让你和不言在沈家找什么！不过，记住了，下面的话你听到耳里，记到心里，绝对不能再从口出！"

周不闻说："是！"

周老头定了定神，问我："你相信世间有起死回生药吗？"

我怀疑自己幻听了："你说什么？"

周老头又问了一遍："你相信世间有起死回生药吗？"

他竟然是认真的！我用看疯子的目光看着周老头，干脆地说："不相信！"

虽然我亲眼见过了童话故事中的人鱼，甚至相信有外星生命的存在，但是起死回生药……完完全全不相信！

个体的生命怎么可能长存？我相信浩瀚宇宙中，包括我们的地球，有生命漫长的生物，寿命以千年，甚至万年计，但是，一切生命的终点都是死亡，不外乎是时间长短的差异。

比如，朝生暮死的蜉蝣、春生秋死的昆虫，相较它们，我们人类数十年的生命简直像长生不死；可乌龟能活数百年、玳瑁能活上千年，在人类眼里，它们才算得上长寿。

可是，不管是低级物种，还是高级物种；不管是寿命长，还是寿命短，只要有生，就肯定会有死。这是宇宙不变的定律，因为连孕育生命的星体，甚至整个宇宙，都会湮灭。

周老头说："这世间任何一个人都可以不相信起死回生，唯独你应该相信！"

"我？"

周老头神秘地笑了笑，话题一转，问我："知道秦始皇寻找长生不老药的故事吗？"

话题还真是越来越诡异了，我说："知道！"

周老头说："秦始皇派徐福带队出海去寻找长生不老药，后人多认为秦始皇是被徐福骗了，可骗子骗人通常是为了获得利益，以当时的航海技术，徐福离开富饶的内陆，去危险的海上无异于寻死，世间有这样自寻死路的骗子吗？我倒更倾向于认定徐福坚信海上有长生不老药，他不惜冒着生命危险去追寻自己的信念。你有没有想过为什么秦始皇和徐福都认定长生不老药在海上？海里到底有什么东西让古人对于海上有长生不老药确认不疑？"

我刚开始还听得漫不经心，可他越往下说，我越心惊，如果徐福见过吴居蓝的族人，把对方的寿命漫长、容颜永驻理解为长生不老，不就是会幻想对方有长生不老的办法吗？

周老头问："你相信鲛人的存在吗？"

我霎时间心里惊涛骇浪，却一点异样也不敢流露，尽力装出不感兴趣、百无聊赖的样子："起死回生药，长生不老药，鲛人，你不会接下来要和我谈五维空间和外星人吧？"

周老头没理会我的讥嘲，自顾自地说："中国有鲛人的传说，'南海之外，有鲛人，水居如鱼，不废织绩，其眼泣，则能出珠'。西方有人鱼的传说，欧洲一直流传着人类女子 Agnete 和人鱼相恋的故事，安徒生还根据这个民间传说写了一部诗剧 *Agnete and the Merman*，这个你大概不知道，但肯定知道他的另一个故事 *The Little Mermaid*……"

我装作不耐烦，打了个哈欠："你抓了我来就是想说服我海里有人鱼存在吗？"

周老头露出如邻家爷爷一般的慈祥微笑，我却不自禁地打了个寒战。

周老头说："我爷爷告诉我，曾有个打鱼人亲口告诉他见到了鱼神，说鱼神上半身是人身，下半身是鱼尾，这不就是传说中的人鱼，或者说鲛人吗？"

周老头盯着我说："那个亲眼见过鱼神的打鱼人就是你爷爷的爷爷，我记得他的外号叫沈鱼仔，爷爷说因为他水性好得就像一条鱼，人又瘦小，他们就都叫他鱼仔，本名反倒没有人叫了。"

我再也装不出不在乎的样子，目瞪口呆地看着周老头。因为高祖爷爷的水性实在神乎其技，虽然事隔百年，渔民里仍有关于他的零星传说，所以我一直都知道高祖爷爷外号鱼仔，有不少老渔民都说他是鱼神的儿子。

周老头露出缅怀的神情："当年我们家在沙捞越，我是爷爷最小的孙子，父亲为了尽孝，让我去陪伴腿脚不便的爷爷。爷爷快去世前，总给我讲这个沈鱼仔的故事，我以为是他瞎编的故事，从来没有当过真，等后来发现有可能是真的时，爷爷早已死了几十年，很多事都无从求证。"

事关我的祖先，我忍不住问："你爷爷到底讲了些什么？"

周老头说："如果不是事关你我，其实就是一个最寻常的民间传说，所以我一直没有当真。在一个美丽的海岛上，有一个叫沈鱼仔的贫苦少年，他经常受人欺负，却勤劳又善良，水性在一群年轻人中最好，所以被叫作鱼仔。一天，他冒着暴风雨出海打鱼时，捞到了受伤的鱼神，他不惜代价救了鱼神，鱼神为了报答他，传授了他秘术。从此沈鱼仔变得更加善于泅水，能采到别人采不到的珍珠，捉到别人捉不到的鱼。后来，他买了渔船，盖了大屋，娶了媳妇，幸福地生活着。"

的确如周老头所说，这事如果不是事关自己，怎么听都是一个宣扬善有善报、鼓励人们多多行善的民间传说。

周老头说："爷爷说沈鱼仔有一次喝醉后，告诉他鱼神送给他的秘术是起死回生术，能让他死而复生，所以他不再怕水了。"

我回过神来，嗤笑地摇摇头："我高祖爷爷死了，曾祖爷爷死了，爷爷也死了，如果有起死回生术，或者长生不老术，他们怎么会死的？"

周老头皱着眉头，烦躁地说："我不知道！但我查到的越多，就越相信爷爷的话。你们家一定有人鱼传授的秘术，我也一定要找到！"

我把他递给我的两张照片还给他，讥讽地说："你找到了，一定要告诉我一声。"

周老头说："我爷爷说他因为失手打死了人，决定只身下南洋。临走前，和他关系最要好的沈鱼仔拿了一幅海图给他看，说是海里的鱼神送给他的。爷爷照样绘制了一份，之后许多年，爷爷靠着那幅鱼神传授的海图几次死里逃生，最终在南洋站稳了脚跟。"

我不禁腹诽，常年在海上漂荡，靠着海图才能站稳脚跟，如果不是做船运，就是做海盗。看周老头这副模样，十之八九是做海盗了。

周老头似乎看透了我所想，带着点自傲，坦然地说："爷爷做过很多年海盗，后来金盆洗手，带着一帮兄弟开起了船运公司。那幅被爷爷视作命根子的海图，我们这些儿孙都见过，但是，没有一个人相信爷爷的话，都认为是老爷子为了树立威信故弄玄虚。"

周老头举起那两张照片，热切地盯着我："可我现在亲眼看到了爷爷说的那幅海图，沈鱼仔的海图！研究人员已经发来了研究数据，绘制这幅海图的材料非常特殊，不是现知的任何一种材料，我怀疑就是典籍中记载的鲛绡。等地图送到美国，进行完更细致的分析，就可以证明我所说的一切了！只要沈鱼仔的海图是真的，那么他所说的起死回生术也肯定是真的了！"

一个垂垂老矣的将死之人，却因为贪婪，双眼迸发出烈火燃烧般的欲望。我看得心惊肉跳，唯一的念头就是绝对不能让他知道吴居蓝的真实身份，否则，他会化身为魔鬼，做出难以想象的恐怖举动。

不知道是不是因为周老头太过激动，引发了病势，他突然开始剧烈地咳嗽，好像要把五脏六腑都咳出来。

周不闻立即拿起电话叫人，一个医生和两个护士跑了进来。

周不闻想上前帮忙，周老头暴躁地推开了他，示意他离开。

周不闻恭敬地说："爷爷，那我先带沈螺下去了，等爷爷身体好一点了，你们再聊。"

周老头不耐烦地挥挥手。

周不闻带着我离开了。

Ⅲ

走廊上铺着厚厚的地毯，把我和周不闻的脚步声完全地吸去，白惨惨的灯光照着狭窄的通道，让人有一种沉闷的压抑感。

我脑子急速地转动着，必须要想办法尽快离开，否则万一他们发现了一直尾随的吴居蓝，或者吴居蓝因为担心我，做出什么举动，引起他们的注意，都会变成不可想象的劫难。

我主动开口，打破了沉默："江易盛的事谢谢你！"

周不闻的脚步慢了一点："我以为你会因为吴居蓝恨死我。"

"吴居蓝的事和你无关。"

周不闻扫了眼四周，说："我搜查你们的游艇时，悄悄扔了两个救生圈下去。也许等我们走后，吴居蓝会自己爬回游艇上。"

虽然我知道吴居蓝根本不需要，但难得他还有这份心……我沉默着没有说话。

到了走廊尽头，周不闻一个拐弯，带着我走到了甲板上。

冰冷的海风猛地吹了过来，我一个激灵，脑子变得格外清醒。

周不闻走到我身旁："你爸爸的事，我很抱歉！我让他们用金钱和平地解决这事，没想到会发生车祸。"

"我继母那个脾气，怪不得别人，沈杨晖说她竟然在车上打架，结果她没事，我爸爸却生死难料。"

我们这种家庭复杂的人，除了我们自己，别人都不知道该如何评论。周不闻安慰我说："听说是上海最好的医生，叔叔会平安的。"

我停下脚步，说："我爸爸现在生命垂危，如果我们沈家有起死回生药，我早就给我爸爸用了！我真的完全不知道，甚至听都没听过说什么起死回生药！"

周不闻说："我相信你！"

我说："那个疯老头明显就是病入膏肓，因为贪生怕死，偏执地追逐一个虚妄的幻想，难道你要一直跟着他一起发疯吗？"

我刻意地用了贬义称呼去叫周老头，观察着周不闻的反应，周不闻却依旧是那副温文尔雅的样子，没有任何不悦，显然对周老头没有什么感情。

周不闻说："我是不相信，但是，爷爷说的话也不是全无道理。你怎么解释你高祖爷爷非同寻常的水性，还有藏在铜镜里的海图？"

"我高祖爷爷的水性谁都没有真正见过，也许只是因为他运气好，又的确水性好，采到了别人没有采到的珍珠就被人夸大其词了。至于藏在铜镜里的海图，也许是机缘巧合，高祖爷爷从哪个达官显贵那里得来的，不敢说真话，假托鱼神赏赐……"

我正在努力地说服周不闻，一个声音突然打断了我的话。

"你们在聊什么？"周不言脸色不悦，带着一个拿枪的大汉从船舱里走了过来。

周不闻微微一笑，坦然地说："在聊刚才爷爷说的一些事。"

周不言脸色稍霁："听说爷爷又不舒服了，我们去陪陪他吧！"

周不闻说："好！"他指了指我，对那个带着枪的大汉下令，"把她带去关起来。"

周不言笑眯眯地挽住周不闻的胳膊，转身就走。

我提高了声音，大声说："周小姐！周不闻对我的感情只是小伙伴的感情，因为我们俩特殊的家庭，我们也算是患难之交，所以他对我多了几分关心和照顾。你不但不应该生气，还应该高兴他这么做。"

周不言停住了脚步，回过头："你什么意思？"

我第一次如此感谢周不言的高傲做派，她不屑走回来和我对话，正好方便了我继续大声地说话："证明你选对了男朋友！女人想要什么样的男人？不就是对自己有情有义的男人嘛！如果他能那么轻易就对我和江易盛下狠手，只能说明他不念旧恩、薄情寡义，今日他对我们这些小伙伴都这么长情，明日只会对你更长情，毕竟你才是那个一直陪伴在他身边的人。"

周不言明显被我的话打动，却刻意地板着脸，对我冷冰冰地说："我们的事，不用你管！"说完，她拉着周不闻扬长而去。

周不闻回过头，狐疑地看了我一眼，却什么都没有说。

如他之前所说，对于能干的下属而言，老板死了，不见得是坏事。尤其是一个贪恋权势、独断专行的老板，应该没有下属会希望他起死回生、长生不老！

┇┇┇

押送我的大汉推了我一下，示意我往前走，我一边走，一边向着栏杆靠过去。

"你干什么？"他拿着枪，冲我指了指，警告我老实点。

我笑了笑说："这是大海，又不是小河，难道我还指望跳下去游到岸边吗？而且你的老板可是知道我有恐水症，绝不可能自己跳下水！"

我摘下了手上的蓝色钻戒，举在他眼前："这枚钻戒，可以让你一辈子什么都不用干了。"

迷离的灯光下，硕大的蓝色钻戒光芒闪耀，对追寻金钱的人散发着致命的诱惑。

他盯着看了一瞬，好不容易收回了目光，恶狠狠地对我说："少废话！赶快走！"

"送你了！"我把钻戒扔给他，他下意识地伸手接住。

我趁机翻上了栏杆，他急急忙忙地举起枪。

我说："你的老板见过这枚钻戒，知道这枚钻戒我绝对不可能送人。如果钻戒在你手里，你却说我送给你后跳海自杀了，绝不会有人相信！最合理的推测是什么？当然是你见财起意，为了抢钻戒把我推下了海！我劝你，最好还是带着这枚钻戒赶紧跑，算是我的封口费！"

说完，我闭上了眼睛，一个倒仰，身体笔直地坠入了大海。

Chapter 17 | 绝对不可能放弃 ——————————————

也许真如他所说，漫长的岁月已经把他锻造得十分坚
强，不会受伤，也不会脆弱，更不用说委屈这种情
绪。可是，我还是为他觉得委屈。

我不知道吴居蓝到底在船外的哪里，也许只是远远地缀在
船后，但我刚才故意大声说了那么多话，以吴居蓝的非人听力，
应该能捕捉到我的声音，也应该会赶到附近。

"扑通"一声，我落进了冰冷的海里。

即使闭着眼睛，完全拒绝看到让我恐惧的水，可依旧能清
晰地感受到死亡一般的黑暗迅速将我包围。海水像黏稠的浓浆
一般堵塞住我的每个毛孔，恐怖的窒息感席卷了我的每根神经，
和噩梦中的感觉一模一样。

刹那间，理智完全溃败，我本能地挣扎起来，甚至张开嘴
想要呼吸，似乎水面就在头顶上方，只要扬起头、吸进氧气，
就会摆脱这恐怖的窒息感。

突然，一双强壮的臂膀将我用力地拥进了怀里，张开的嘴也被他用唇封住了。

我睁开眼睛，惊恐地看着他。

他的手紧紧地搂着我的腰，唇紧贴着我的唇，湛蓝的双眸凝视着我，似乎在安慰我：不要怕！不要怕！我在这里！

此时此刻，我正在海底，全身上下、从头到脚都被水包围着。但是，我正在这世上最温暖的怀抱里，氧气源源不绝地从他的唇间渡到我的唇间。静下心去感受，没有记忆中的可怕窒息，也没有记忆中的恐怖死亡，肌肤相贴、唇齿相依，反而有一种说不出的温柔旖旎。

我忍不住伸出手，环住了吴居蓝的脖子。

他知道我已经平静下来，一手搭在我的头顶，一手紧搂住我，突然加速游动起来。因为速度太快，急速掠过的水流变得有若实质，从裸露的肌肤上划过时，竟然有切肤的刺痛感。如果不是他的手掌撑在我头顶，帮我卸去了一部分力，应该会更加疼痛。

"哗啦"一声，吴居蓝带着我从海下升出了海面。

我急急忙忙四处张望，目力所及，已经看不到周不闻他们的船，一轮金黄的圆月下，只有无边无际的大海在一起一伏。

平安逃离！

我忍不住欢畅地大笑起来！

吴居蓝在我头上敲了下："还笑！这么冷的海水你也敢跳下来，完全不要命了！"

他面色不善地盯着我，似乎还要训斥。我双手攀着他的肩膀，突然在他唇上不轻不重地咬了一口。他愣住了，我笑嘻嘻地看着他，有本事你再训我啊！

你再训，我就再咬！

看他不敢再吭声，我得意扬扬地放开了他："别以为你武力值比我高，我就没有办法对付你！"

吴居蓝盯着我，对我微微一笑。

我毛骨悚然，"大事不妙"的念头刚刚升起，忽然间，就觉得天旋地转，似乎整个世界都颠倒过来，我忍不住"啊"一声惊叫。

然后，我发现不是世界倒了，而是我倒了下来。我像是躺在草地上一样，平躺在海面上，而吴居蓝正压在我身体上方。

我喃喃说："这不科学！"身体微微动了一下，才发现他长长的尾鳍柔软地打了个卷，裹着我的下半身，他的双手拥着我的上半身，让我稳稳当当地躺在了海面上。

我忍不住动了动双腿，又蹬了蹬脚，发现我仍然稳稳地平躺在海面上。我胆子大了起来，动作也变得剧烈了起来。他尾鳍的力量温柔却又强大，并没有给我强硬的束缚感，可不论我如何折腾，他都能卷住我，让我绝对不会掉到水里。

我正欢快地动着，突然发现吴居蓝的身体变得很僵硬，他面无表情地盯着我，眼眸深处似有什么在熊熊燃烧……我后知后觉地意识到卷着我双腿的尾鳍不是无知无觉的玩具，而是……吴居蓝的下半身。

我的下半身，他的下半身，而且是没有穿衣服的下半身……突然之间，我觉得自己下半身的感觉变得十分敏锐，明明穿着一条牛仔裤，却好像什么都没有穿，每一寸肌肤都能清晰地感受到他尾鳍的触碰……

我全身僵硬、一动不动，呆呆地看着吴居蓝。

吴居蓝嘴角轻扯，面无表情，却声音沙哑，满是蛊惑地问："还有胆子再咬一下吗？"

我的目光下意识地看向他的嘴唇，皎洁的月光下，犹有水珠的嘴唇像是带着露珠的玫瑰花瓣，让人想……我的心"扑通扑通"狂跳，立即移开了目光，刻意地越过他的面孔，看向头顶的苍穹。

墨蓝的天空中，悬挂着一轮金黄的圆月，犹如宫崎骏的动漫般梦幻完美，可更梦幻完美的还是月光下的那张俊美容颜，似乎整个浩瀚苍穹都变成了幕布，只为了凸显出他的容颜。

吴居蓝说："如你所愿，我们继续来完成那个未完成的吻！"

***

一吻结束，我喘着气，不好意思地把头埋到了吴居蓝的颈窝里。

吴居蓝沙哑着声音问："吻疼你了吗？"

我老实地点点头："但是……更快乐！连疼痛都是快乐的！"

吴居蓝笑了起来："下次，我会更小心的。"

我贴着他的脸颊，低声说："我也会学习如何避开你锋利的牙齿的。"

吴居蓝紧紧地抱着我，一句话都没有说。

突然，我打了个喷嚏。

吴居蓝忙问："冷吗？"

我想说"不冷"，可是寒意已经从每一寸肌肤渗透进我的身体里面，被夜晚的冷风一吹，我开始忍不住打哆嗦，根本没有办法撒谎。

我说："刚才还不觉得冷，这会儿开始觉得有点冷了。"

吴居蓝说："人类的体温临界点是 33 摄氏度，一旦体温低于 33 摄氏度，肌肉就会失去控制，器官机能就会失常，陷入昏迷或痉挛。现在的海水只有 7 摄氏度，一般人浸泡在这样的海水中，四十分钟到一个小时，体温就会低于 33 摄氏度。"

我苦中作乐地说："原来《泰坦尼克号》的悲剧结尾，科学原理是这个。我小时候看的时候还奇怪，水又没结冰，人怎么会冻死呢！"

吴居蓝显然没看过这部风靡全球的爱情电影，没听懂我的冷幽默。他手搭在我的颈窝，测试着我的心跳："你最多再坚持半个小时。"

我开始算时间，冲锋艇开了半个多小时，我又在周不闻他们的船上待了一个多小时，也就是说，即使开船也至少需要一个半小时才能开回我们的游艇所在处。我试探地问："能游回我们的游艇吗？"

吴居蓝说："如果我带着你，大概四十分钟能到达游艇，但你的体温会降得更快，也许十几分钟后就会陷入昏迷。"

我开始觉得我跳下海的举动有点莽撞了，难怪吴居蓝只是尾随着周不闻他们的船，并没有冲动地想要救我，他很清楚我的肉体是多么脆弱。

我讪讪地问："现在我们怎么办？"

吴居蓝说："尽量保持你的体温，等 Violet 来。你被带走后，我已经打电话通知了她，她会派人开直升飞机来接我们。"

我一下子振作了起来，捶了一下他的肩膀："你故意吓我！"

吴居蓝直立在水里，打横抱起了我。他背向风吹来的方向，替我挡住了冷风："从现在开始，尽量缩起你的身体，减少热量流失，但必须一直和我说话，保持神志清醒。"

我开始意识到事情的严峻性，一边努力地像个婴儿一样缩到他怀里，一边忐忑地问："Violet 是不是没有那么快？"

吴居蓝凝视着我说："你不会有事的。"

他没有正面回答我的问题，我也没有再问。

我看着身周的茫茫大海，笑嘻嘻地问："这里没有街道名、没有标志性建筑，Violet 怎么找到我们？"

"手机有全球定位功能，只要我选择开放权限，Violet 自然能锁定我的经纬度，你不阅读说明书的吗？"

"哦，这样啊！"美剧里演过的，只是我一时没想起来而已。不过，我也真佩服吴居蓝，估计除了他，没有人真会把手机、电视机、电饭煲的说明书从头看到尾，并且一字不落地记住。

我东拉西扯地问："不是说运动产生热量吗？为什么你要让我缩起身子呢？"

吴居蓝说："陆地上，通过运动让身体散发热量，衣服这些保暖物会把热量留在体表。但在海里，衣服都是湿的，你运动产生的热量没有办法留在体表，很快就会被冰冷的海水带走，反倒会加速消耗你的体温，和发烧时用湿毛巾冷敷来降低体温是一个道理。"

"哦，这样啊……难怪 Jack 让 Rose 爬到板子上，没有让她游泳呢……"

我的身体变得越来越僵硬，虽然脑子里仍然牢牢地记着吴居蓝的话，坚持和他说话，保持神志清醒。可是，不仅肌肉被冻僵了，连思维都好像被冻僵了，不是我不想说话，而是完全想不到要说什么。

吴居蓝用牙齿轻轻地咬了一下我的嘴唇："小螺，和我说话。"

"嗯，我……我想想……想……"我又闭上了嘴巴。

吴居蓝问："你为什么会突然跳下海？我看船上一直挺平静，本来想等 Violet 来后再行动。"

我一下子清醒了，这么重要的事我却一直没顾上告诉他。

我强打起精神说："周不闻的爷爷在找起死回生药，他说我的高祖爷爷见过鱼神……就是鲛人。他在我家的那面铜镜里找到了一幅鲛绡做的海图，他相信鲛人懂得长生不老，能治好他的病，帮他起死回生。"

吴居蓝不悦地说："这就是你突然跳下海的原因？"

"嗯！不能让他们……发现你。"

"我不是说了，用我交换你的安全是可以的吗？"

我生气了："吴居蓝，你个神经病，你把自己当什么？你以为什么都可以拿来做交换的吗？我可以用金钱或者其他东西去交换我的安全，但我能用自己的心脏去交换我的安全吗？我把心脏割给了别人，我还能活吗？"

吴居蓝沉默了一瞬，低下头，额头抵着我的额头，说："可是，我不是你的心脏，它不能自己回到你的胸膛里，我却能保证自己回到你身边。"

我其实连抬起头的力气都没有了，却恶狠狠地威胁："你再说，信不信我咬你！"

他笑了起来，轻轻地在我唇上啄了一下。

我喃喃说："以后不要再说这样的话了，有些东西是绝对不可能放弃的！"

他说："好！"

不知不觉中，我闭上了眼睛，迷糊了过去。

吴居蓝重重咬了一下我，逼我睁开眼睛："再坚持一会儿，马上就会有暖和的毯子了。"

我精神了一点："Violet……要来了吗？"

吴居蓝没有回答我的问题，逗引着我和他说话："你怎么把我给你的戒指送人了？那可是我们的订婚戒指！"

"戒指……是可以交换的，你再送我一个好了，可以更大一点！"

"好，我再送你一个更大的！你猜猜那个人有没有告诉周不闻你跳海了？"

"没……没有。"

"他没有说，但应该被发现了。"吴居蓝笑了笑说，"小螺，我们有客人来了，正好借他们的烈酒和毯子一用。"

我昏昏沉沉，脑子不太管用，根本没理解他话里的意思，就说："好！"

轰隆隆的马达轰鸣声传来，我以为是 Violet 来救我们的飞机，精神一振，清醒了几分，人也变得有了力气。可是仔细看去，竟然是周不闻他们的船去而复返。

我不明白，以吴居蓝的听力，不可能现在才知道船来了，为什么不提前离开呢？

我立即就想到了，唯一的原因就是我。

我的体温已经接近人类体温的临界点，肯定坚持不到 Violet 来了。如果不及时救治，也许会出现器官冻伤。

吴居蓝这是打算用敌人的物资来救我了，可是……

刺眼的灯光照亮了黑夜，让藏匿变得很困难，两艘冲锋艇四处巡弋，还有身着全套潜水装备的人正在待命。

船上的扩音器里传来周老头激动到疯狂的声音："沈螺，我知道了！我知道了！你的男朋友吴居蓝就是！吴居蓝就是！哈哈哈……他肯定知道让我活下来的办法！"

我心里一寒，他怎么会知道？难道是我哪里露了馅？

吴居蓝猜到我所想，低声说："和你没有关系！我身上的疑点很多，周不闻只是没有往那个方向想，只要他接受了周老头的想法，迟早会联想到我。"

是啊！吴居蓝的斫脸视频、客栈上的牌匾、会武术、神秘身份……这些都是周不闻知道的。

周老头在船上走来走去，兴奋得手舞足蹈，完全不像个病入膏肓的病人：“沈螺、吴居蓝，你们出来，我们可以好好谈一下……你们放心，我决不会伤害你们！”

我着急地对吴居蓝说：“沉下去！趁着他们还没发现你……沉下去！”

吴居蓝没有动，扫了眼冲锋艇上的人，淡淡说：“他们手里拿着的仪器是雷达生命探测仪，可以用于搜救落水的人类，我们的游艇上也有。我看过说明书，五十米以内，他们仍旧会发现我们。你买的手机防水袋，水深超过二十米，就会因为水压而失效，手机会立即失去信号。”

看到他们操作着那个仪器搜来搜去，我几乎要哭出来，无力地拍着他的胸膛：“没有关系！没有关系！不管多深都可以！快点沉下去！要不你自己先游走，反正我快要被冻死了，让他们先救了我去，你速度那么快，肯定能躲开……”

吴居蓝用自己的唇封住了我的嘴，看我不再说话了，他抬起头，盯着我，神情冰冷地说：“永远不要再对我说放弃配偶的话，我一生只择偶一次！”

我愣住了，呆呆地看着吴居蓝，眼里渐渐盈满了泪花。

突然，我的手机响了，在我胸前不停地振动。

我脑子发蒙，不明白为什么这个时候我的电话会响。

吴居蓝说：“沈杨晖的电话，你爸爸的手术结果应该出来了。”

我看向距离我们越来越近的船和冲锋艇。

接电话吗？

就是放弃最后的逃走机会！

不接吗？

这可是有关爸爸安危的电话！

吴居蓝说：“这是你一直在等的电话，接电话！”

我哆嗦着手，颤颤巍巍地拿起了手机。

“喂？”

“手术很成功，爸爸没有事了！医生说应该能完全康复！姐姐，谢谢你的医生朋友……”

听到了爸爸平安的消息，我本来想立即挂断电话，可是手机中传来的那声“姐姐”让我一下子傻掉了。

沈杨晖似乎也觉得不好意思，急匆匆地说："我妈叫我了，我挂电话了，不和你说了！"

但是，他并没有立即挂断电话，而是又快速地说："姐，你不用赶来上海，反正见到我妈就是吵，搞得大家都不愉快，很没意思！等明年暑假我和爸爸去海岛看你，我会想办法让我妈留在上海，只我和爸爸去看你！到时候你带我出海去玩啊！拜拜！"

我呆呆地拿着手机，怀疑自己的听力已经被冻出问题，出现了幻听，沈杨晖竟然叫了我"姐姐"？

几声大叫，从冲锋艇上传来："找到了！找到了！"

我回过神来，危机已经迫在眼前，顾不上再思索沈杨晖诡异的"姐姐"了。

"那边！在那边！"

他们在仪器上发现了我们的位置，冲锋艇朝着我们的方向开来。

雷达生命探测仪应该只能锁定人类生命特征的我，对吴居蓝完全没用。如果吴居蓝肯放弃我，想要逃走轻而易举。

但是，既然他不愿意，那么，不管什么，我们都一起承担吧！

两艘冲锋艇、一艘大船，朝着我们的方向，成三角合围的阵势包抄过来。

吴居蓝却没有一丝紧张，从容不迫地拿起手机，给 Violet 打电话："你不用赶来了，我要先处理一点事情，处理完，再联系你。"

吴居蓝挂了电话，对我说："我要完全变形了，会不能发出人类的声音。"

我全身打着寒战，点了点头。

如同看电影的快镜头，我清楚地看到了他的变化。

鳞片像是迅速结冰的冰面，从他的腰部迅速地向上蔓延，逐渐覆盖了整个背部，又继续向上，覆盖到肩头和后颈。鳞片的颜色从克什米尔蓝宝石般的深蓝逐渐变淡，直到水晶般的浅蓝。然后，鳞片又从肩头顺着两只手臂往下蔓延，逐渐覆盖了整条手臂，颜色从水晶般的浅蓝逐渐加深，到手腕时是蓝宝石般的深蓝。随着鳞片覆盖过青筋暴起的手背，手也发生了变化，手指变得细长，指间生出相连的蹼。鳞片的颜色到指尖时已经变得蓝得近乎发黑。

我感觉我依靠的怀抱变得如同钢铁般牢靠，他的两条胳膊坚硬如石，似乎无坚不摧。

随着他身体的变化，他的面容也开始有了变化，眼眶更加深陷，眉骨更高，鼻梁

那片星空，那片海

更挺，鼻翼更窄，下颌更突出。眼珠和头发本来都只是黑中带着一点蓝，现在却完全变成了克什米尔蓝宝石般的蓝色，和他的尾鳍是一个颜色。

吴居蓝看我目不转睛地盯着他，突然低下头，把他的脸几乎贴到了我的脸上。他故意地朝我张开了嘴，一颗颗白森森的利齿，和鲨鱼的牙齿一般锋利，充满了骇人的力量。

我即使已经被冻得马上就要失去意识，仍旧忍不住咧开嘴，僵硬地笑了笑。不是因为他锋利的牙齿长得多么好笑，而是，他已经不再担心会吓到我了，反而开始用自己的锋利獠牙来故意吓唬我，只能说明他知道我爱的就是他，不管何种面貌，我都深爱，所以他可以任意地做自己。

船上的探照灯照向我们所在的这片海域，我们俩被笼罩在了一片白惨惨的光芒中。

吴居蓝却没有任何反应，依旧低着头，温柔地凝视着我，似乎说着：没有关系，如果实在坚持不了，就睡吧！

我精疲力竭，眼皮重得怎么撑都撑不开，却知道这绝不是睡觉的时候，依旧苦苦地支撑着。

吴居蓝轻轻地吻了下我的眼睛，似乎给了我一个许诺：不要担心，一切都会解决！

我终于安心地闭上了眼睛。

朦朦胧胧中，我听到了如同天籁一般的歌声响起。

发音奇怪，没有歌词，只是意义难辨的吟唱，甚至根本分辨不出歌声来自哪里。

墨蓝的苍穹之上，一轮金黄的圆月照耀着无边无际的大海，波光粼粼的海水随着海风轻轻荡漾。

空灵动听的歌声就好像从那美丽的月亮上随着皎洁的月光倾泻而下，温柔地落在了人们的身上。从耳朵、从眼睛、从鼻子……从肌肤的每个毛孔钻进了心脏深处，直接和灵魂共鸣。

在每个人的记忆海洋深处，都有一座收藏着时光却被时光遗弃的孤岛。那里没有风雨、没有苦涩，也没有伤害，只珍藏着所有的快乐和温暖。

操场上，小伙伴们一起追逐喊叫；夕阳下，妈妈递过来的一朵蒲公英球；周末的早上，爸爸开着车带一家人出门；林荫道上，和暗恋的人迎面而过时，他的一个微笑……

灵魂走得太久、走得太远，一直忘了回头，现在终于可以擦去一层层的灰尘，拨开一道道的迷障，再次去问候那个被掩埋、被遗忘的自己。

　　时光之海在轻轻地荡漾，欢乐犹如海面上的粼粼月光般闪耀着迷人的光芒。

　　就在这个珍藏着时光却被时光遗忘的孤岛上，和过去的自己好好休息一会儿吧！

‖‖‖

　　灼烫刺激的液体从咽喉落入五脏六腑，我渐渐有了几分微弱的意识。

　　迷迷蒙蒙中，不管是身体，还是灵魂，都十分疲惫无力。那种好像自己变成了一块岩石的沉重感，让我不愿思考，也不愿动，似乎连动一下小指头都困难，只想沉沉地睡过去。

　　虽然身体的每寸肌肤、每个毛孔都渴望沉睡，但是，灵魂却挣扎着不愿睡去。潜意识深处总觉得有一件很重要的事，非常重要的事，比我的生命更重要的事……

　　吴居蓝！

　　我猛地睁开了眼睛，看到吴居蓝趴在地上，一手托着我的头，一手拿着一瓶烈性洋酒，正在给我灌酒。

　　看到他平平安安地就在我眼前，我如释重负，松了口气。

　　吴居蓝应该完全没有想到我会突然醒来，他愣了一下后，似乎明白了我反常醒来的原因。他的眸色突然加深，一边凝视着我，一边继续喂我喝酒。

　　我配合地喝了几口，他看着差不多了，放下了酒瓶。

　　酒精起了作用，我感觉身体从内到外都渐渐暖和起来，应该已经平安度过会被冻伤的危险。

　　我想坐起来，却发现脖子以下完全动不了，身上裹了一层又一层毯子，被裹得像是博物馆里的木乃伊一般。这个倒不重要，重要的是——我全身光溜溜，一丝不挂。

　　我完全理解这么做的必要，又湿又冷的衣服穿在身上肯定不行，想要迅速恢复体温、避免冻伤，当然要尽快把湿衣服全部脱掉，把身体擦干、温暖四肢。可是，想到有可能是吴居蓝扒光了我的衣服，我就觉得全身的血液都要沸腾了。

　　我缩在毯子里，怀着一丝侥幸问："是 Violet 帮我脱的衣服？"

　　吴居蓝摇摇头。

　　我脸涨得通红："是……你？"

吴居蓝点了点头。

我和他都有点不敢看彼此，匆匆地移开了视线。

突然，我发现我们所在的房间有点熟悉，竟然、竟然……是周老头的房间！因为我平躺在地上，视线的角度和上一次进来时站立的角度很不一样，所以没能立即认出来。

我再顾不上害羞了，惊恐地问："我们被捉住了？"

吴居蓝摇摇头。

我突然意识到了什么，急促地问："你怎么不说话？现在是什么时间？"

吴居蓝没有回答我。

我也不需要他的回答，因为我猛地抽出一只手，掀开了遮住我视线的毯子，清楚地看到他的下半身仍旧是一条深蓝色的鱼尾。

鱼尾的色泽不再是如同克什米尔蓝宝石般的晶莹剔透，而是如同太阳下被晒得皱巴巴的蓝色旧绸缎。他的胸口、下腹，还有手上都是伤痕，长长的鱼尾更是不知道被什么东西刮擦过，几乎遍体鳞伤，不少鳞片下都渗出了血迹。

我挣扎着要坐起来，气急败坏地说："你还没有变回人身，怎么就敢上岸呢？你什么时候见过海豚和鲸鱼跑到陆地上来啊？"

吴居蓝没有吭声，一手撑着地，一手扶着我，艰难地坐了起来。

他的鱼尾在水里那么优雅美丽、行动敏捷，现在却显得笨重硕大、举步维艰，甚至连一个扶我坐起来的简单动作，都让他费尽了全身力气，好不容易才保持住了平衡。

我扫了一眼四周，发现面朝甲板的那扇落地窗户被打碎了，地上一片狼藉，可以判断出吴居蓝是从那里进到房间里来的。可是，我难以想象他如何只凭借两只手，带着我上了船，又如何打破了玻璃窗，拖着一条长长的鱼尾，把我带进了屋子里。

他没有腿，只能靠着两只手，在地上爬行，帮我找到保暖的毯子，帮我拿到烈酒。

我的眼泪在眼眶里滚来滚去。

吴居蓝指指自己的鱼尾，朝我摇头，我明白他的意思，他是说：伤口已经开始愈合了，这点小伤对他而言没什么，不要担心！

我俯下身去看他的鱼尾。

为了替我取暖，房间里的空调开到了最大，温暖干燥的热风呼呼地吹着，对我自然是好的，可是对一个本来就需要水，还离开了水的人鱼来说显然不好。

鱼鳞像是晒干的松果，变得干枯翘起，很是难看。还有好几个地方，应该是在地上爬行时，在哪里刮擦的，鳞片全部掉了，露出里面被擦伤的嫩肉，看上去有点可怖。

我的手从他受伤的地方抚过时，想到拔去鱼鳞的痛苦对他而言，大概就像剥下我们人类皮肤的痛苦，我的眼泪如同断线的珍珠般簌簌滚落，滴在了他的鱼尾上。

吴居蓝把我扶了起来，他为了转移我的注意力，笑着指指裹在我身上的毯子，示意我的毯子就要滑到胸口下了。我没有管毯子，反而伸出双手，猛地抱住了他。吴居蓝急急忙忙帮我按住下滑的毯子。

他是鱼尾，我是被毯子裹着的人，两个人都行动不便，搂在一起摔在了地上。

我的眼泪依旧落个不停，吴居蓝安抚地一下下吻着我，用唇将我脸颊上的泪珠一颗颗拭去。

也许真如他所说，漫长的岁月已经把他锻造得十分坚强，不会受伤，也不会脆弱，更不用说委屈这种情绪。可是，我还是为他觉得委屈。

他是这个世界的强者，明明可以不用这么委屈自己。但是，因为我，他就是这么委屈了自己！为了我，上了陆地！为了我，受完全没必要的伤！为了我，变得行动笨拙！

我呜呜咽咽地说："我现在已经没事了，你赶快回到海里去！"

吴居蓝看了一眼窗外，笑着点了点头。

我撑着地，想要起来，抽抽噎噎地说："我帮你。"

他摇摇头，指了指我，做了个费力的样子，表示我很沉。现在回去时，没有我的拖累，他很容易。

我被他弄得哭笑不得："我体重刚刚好，才不胖呢！"

吴居蓝示意我把头转过去，不要看他。

我知道，他是怕我看到他拖着长长的鱼尾，笨拙艰难地爬过地板时觉得难受吧！骄傲的他不愿这样难堪的画面被我亲眼看到！

我冲他笑了笑，听话地转过了身子，背对着他。

听到身后传来的沉重摩擦声，我忍不住又开始流眼泪，却不愿让他知道。我努力地屏住气息，让眼泪安静地流下。

过了一会儿，"扑通"一声的落水声传来。

我立即回头，看到他已经不在了。

不过，我知道他就在船外，依旧在陪伴着我。

我有所依仗，胆子很大，拽着毯子站了起来。我跑出周老头的房间，去别的房间找衣服穿。

我快速地推开几个房间的门后，应该是找到了周不言的房间，衣柜里塞着满满当当的名牌衣服。

我们俩胖瘦差不多，但身高不一样，她的衣服对我来说都有点小，不过，有得穿总比没得穿好。我挑了件宽松的毛衣和长裙套到身上，谈不上好看，但足够保暖。

我把薄毯子当大披肩裹到身上，迫不及待地走到了船舱外。

｜｜｜

清凉的海风中，东方已经破晓，太阳快要升起来了。

我忍不住深深地吸了一口气，漫长的一夜终于要结束了！

突然，我的身体僵住了，目瞪口呆地看着前方——

不管是大船上，还是两艘冲锋艇上，就好像突然之间时间被冻结，所有人以一种古怪的姿态突然陷入了沉睡状态。

周老头趴挂在船栏上，神情兴奋喜悦；周不闻和周不言抱着彼此，正在甜蜜地微笑；冲锋艇上的大汉有的蹲着、有的站着、有的坐着，每个人的姿势都不相同，可是表情都相同，都在幸福陶醉地笑着。

四周人很多，却鸦雀无声，场面十分诡异，但我很清楚这是吴居蓝弄出来的，所以没有惊吓，只是觉得很神奇。

应该是昨天晚上我朦朦胧胧中听到的歌声吧！让人沉睡在自己最美的记忆中，不愿意醒过来。

我好奇地盯着甲板上的一个船员，犹豫着要不要戳一戳他，看看他究竟会不会一下子醒来。

身后传来吴居蓝的声音："你就算推倒他，他也不会醒来。"

我惊喜地回头。

吴居蓝站在初升的朝阳下，对我微微而笑："欧洲的民间传说中，人鱼的歌声有魔法，可以魅惑人类的灵魂。如果用现代科学来解释的话，也许算是一种高级催眠术吧！"

不过分开了短短一会儿，却像是久别重逢，我有点鼻酸眼热，一下子扑进了他怀里。

吴居蓝拥着我说："太阳升起，人鱼的魔法就会消失。"

他的话音刚落，随着明亮的阳光照射到一个个人身上，我听到了此起彼伏的声音，陷入沉睡的人们陆陆续续地醒了过来。

他们的意识依旧停留在要抓我和吴居蓝的思维中，喊着："人呢？他们在哪里？"

"啊——在甲板上！"

"抓住他们！"

周不闻和周不言也醒了过来，他们看看四周，再看看我们，表情惊讶困惑。

周老头却因为贪婪和疯狂，完全忽略了一切，看到我和吴居蓝，兴奋地叫起来："抓住他们！抓住他们……"

吴居蓝乖乖地举起了双手，表示完全配合他们。

我看了眼吴居蓝，不知道他在玩什么花招，不过我确信这些人肯定要倒霉了……我乖乖地也举起了双手。

当我们刚被押进船舱，外面突然传来轰隆隆的声音，我透过玻璃窗，看到了直升飞机，美国海岸巡逻队的船。巫靓靓、江易盛，还有 Violet 都站在船上。

荷枪实弹的军人站在船头，大声用英语喊："我们接到报案，你们的船劫持了美国公民，现在请你们放下武器，配合检查！重复，放下武器，配合检查……"

我疑惑地去看吴居蓝。

吴居蓝说："我本来想杀了他们，但你要在人类社会生活，我不想你因为我的行为产生心灵困扰，那就很不值得了，还是用人类的规则来解决这事。"

难怪 Violet 一直没有出现，我还觉得纳闷，她再慢也应该到了啊！原来是吴居蓝改变了计划，让她去报警，然后掐着时间赶到。

吴居蓝对我笑了笑，我正纳闷，他怎么突然莫名其妙笑得这么温柔，然后我眼前一黑，就晕了过去。

III

等我再醒来时，我已经在回纽约的直升飞机上了，吴居蓝却不在飞机上。

巫靓靓说吴居蓝作为受害者要向警察陈述事情经过、配合警察的调查，所以他和 Violet 都随警察走了，让巫靓靓、江易盛和我先回来。

我郁闷地问："吴居蓝为什么要把我打昏？"

亚靓靓惊讶地说："不是那些劫匪打的吗？老板是这么跟警察说的！"

劫匪打的？明明是他把我打晕的，好不好？我满面困惑地揉了揉自己的后脖子，也不知道他是怎么敲的，我倒是没觉得疼。可是，为什么要把我敲晕呢？

巫靓靓想了想，笑了起来："老板真是体贴又腹黑啊！"

江易盛安慰我说："吴大哥是为了你好，那个场面不看最好！我这个看习惯了尸体的人都有点受不了。"

我问："怎么了？"

巫靓靓言简意赅地把我昏倒后的事情讲述了一遍。

周老头人到暮年，却仍旧保持着海盗的凶悍，丝毫不害怕政府的军队，还企图反抗。但是，他手下的人没有他的贪婪，也没有他的狠辣，在正规军的压倒性火力面前，周老头雇用来的打手们很快就投降了。

企图反抗的人都被当场击毙，包括周老头的心腹和周老头。

我和吴居蓝作为受害人被成功解救。

周不闻和周不言被抓了起来。

巫靓靓告诉我会以绑架胁迫和谋杀未遂罪起诉他们，具体判多少年，还要看官司究竟怎么打，但坐牢肯定免不了。

听到周不闻要坐牢，我心里很难受。

江易盛冷冷地说："你知道周不闻他们是怎么找到我们的吗？周不闻在我的手机上安装了跟踪程序！幸亏你和吴大哥平安无事，否则我……我……该怎么办？每个人的路都是自己选的，周不闻的路也是他自己选的！"

我小声说："周不闻还是手下留情了。"

江易盛说："我知道，所以吴大哥也对他手下留情了。但是，不能因为他捅人刀子时没有一刀致死，就觉得他做的事情可以原谅。"

我想了想，没有再吭声。

从开始到现在，几次都差点出人命，不仅是江易盛的爸爸和我爸爸，还有吴居蓝。如果不是吴居蓝恰好体质特异，上一次在鹰嘴崖，这一次在海里，他已经死了两回了。

巫靓靓说："小螺，你的心情我能理解，不过，老板已经看在你和江易盛的面子上，手下留情了，否则被当场击毙的就不只是周老头了。"

我叹了口气说："你放心！我难受归难受，但不会去求吴居蓝放了周不闻的，一定让巫女王把这口恶气出了！"

巫靓靓拍了拍我的肩膀，嘟囔着说："我奶奶都快被气死了，回去还不知道要怎么教训我呢！"

ⅠⅠⅠ

我们回到公寓时，吴居蓝和 Violet 竟然已经回来了。

巫靓靓惊讶地问："奶奶，你怎么比我们还快？"

Violet 说："我们坐的是军用飞机，又是警察护送回来的，自然比你们快了一点。"

吴居蓝问我："你身体怎么样？"

我瘪了瘪嘴说："没事！你呢？"

吴居蓝说："没什么问题，一点皮外伤正好帮助警察取证。"

我一愣，他还真是……会就地取材啊！

Violet 对我说："晚一点警察会来一趟，需要你配合做一下调查。"

"哦，好的。"

我突然想起周老头最后的话，面色骤变。

Violet 问："怎么了？"

我欲言又止，巫靓靓对江易盛说："我们先回房间吧！"

江易盛立即和巫靓靓离开了。

我担心地说："周不闻和周不言应该知道吴居蓝是……怎么办？"

"原来你是担心这个！"Violet 神色一松，笑了起来，"周不闻是聪明人，知道作案动机、涉入案件的深浅会影响最终的判决结果，他现在已经把一切都推给了周老头，声称自己和周不言什么都不知道，只是出于孝心，按照周老头的命令行事，绝对没有想过危及他人生命。放心，他不会乱说话！周不言被他保护得很好，是真的什么都不知道。"

我说："可是……"

Violet 笑说："小螺，颠覆他人的信念绝不是一件容易的事！Youtube 上每年有上千条视频号称自己亲眼看到了人鱼，还有录像为证，可有谁相信呢？就算是真的也会被当成假的。如果这位周先生说 Regulus 是人鱼，我正好可以请精神病专家鉴定一下他的精神状况，建议监狱给他们强制服药和治疗。"

我说："周不闻从我家的镜子里拿到了一张地图，有可能是鲛绡做的。"

Violet 不在意地说："那个东西啊……现在正在我们的实验室里。周先生会收到满意的分析报告的。"

我松了口气，可能存在的唯一证据解决了！

周老头和周老头的心腹都不在了，其他人并不知道周老头抓我们的原因。周不闻是听了周老头的猜想，自己做的推断，估计只是将信将疑。当时，他随着周老头追过来时，未尝不是抱着验证真假的态度。结果，还没有等到真看清楚吴居蓝，就被吴居蓝的歌声催眠了。

等他收到那份地图的化验报告时，也许仍然没有办法打消他的怀疑，但他只能一辈子都将信将疑了。如 Violet 所说，就算他说出来 Regulus 是人鱼，谁会相信呢？

我如果不是遇见了吴居蓝，突然有个人跑来告诉我某个长着两条腿，看上去正常得不能再正常的人是人鱼，我一定会一边呵呵干笑着，一边悄悄地后退，心里告诉自己千万别激怒疯子，赶紧逃走为妙！

Violet 犹豫了一下，问："Regulus，我们到达时，没有任何人受伤，您采取的行动应该很温和，是用人鱼的歌声把他们都催眠了吧？"

吴居蓝盯了 Violet 一眼，淡淡说："看来你把长辈们传授的知识都记住了。"

"谢谢您的夸奖！" Violet 僵硬地笑了笑，对我说，"那就更不用担心。并不是所有的人鱼都能使用声音作为武器，Regulus 是人鱼中的最强者，又是月圆之夜的歌声，所有被歌声催眠了的人关于那一夜的记忆都会越来越混乱的。"

原来是这样啊！我彻底放心的同时，开始有点好奇 Violet 怎么会这么了解人鱼，他们家究竟和人鱼族是什么关系？我看了一眼吴居蓝，觉得也许应该找个机会问一下他。毕竟从某个角度来说，Violet 他们现在相当于是我的婆家人。

Chapter 18 | 我清楚自己的心意 ──────────

因为爱上了一个人，所以爱上了和他有关的一切。所
有代表他的一切，都会让我觉得温暖幸福。

睡了个懒觉，起床后已经九点多。

刚吃完早饭，就接到了沈杨晖的电话，他叫起"姐姐"来
已经十分顺溜。我没有询问他改变的原因，顺其自然地接受了
他"让我们以后好好相处吧"的信号。

沈杨晖和我聊了几句后，说爸爸想和我说话，把手机给了
爸爸。

我一边和爸爸聊着天，一边走到楼上，在会客区的沙发上
坐了下来，正对面是那扇五米多高的落地大窗。温暖的阳光从
窗户外照进来，和煦地笼罩在人身上，有一种暖洋洋的舒适感。
抬眼望去是湛蓝的天、洁白的云，还有几只盘旋飞舞的黑鹰，
令人心旷神怡。

爸爸虽然刚做完手术不久，但因为心情好，精神也很好，说话声音比以前没受伤的时候还有生气，也算是因祸得福吧！平时动辄呵斥他的妻子变得温柔了；正在叛逆期、压根儿瞧不起他的儿子也对他尊重了许多。

"爸爸，你别担心了，我会照顾好自己的，你也好好养病，早点休息……好的！我挂了，拜拜！"

我放下手机，望着外面的蓝天白云，想起了那面从高祖爷爷手里传下来的铜镜。虽然东西没了，但换来了爸爸一家和睦，爷爷和高祖爷爷肯定不会介意，只会欣慰。

吴居蓝提着一个深褐色的木盒从旋转楼梯上优雅地走了上来。我斜倚在沙发的扶手上，静静地欣赏着他的一举一动。宽肩窄腰，长腿翘臀，完美的人鱼线和麒麟臂，一身简单无华的白衬衣和黑色牛仔裤，却被他穿出了时尚大片的魅惑和性感。

大概我的目光太过赤裸裸，他盯了我一眼，表情越发漠然，一言未发地坐到了我身旁。

我瞅着他，笑眯眯地说："现在的女人们夸赞一个男人身材好都喜欢说他有人鱼线，你知道什么叫人鱼线吗？"

"不知道！"吴居蓝面无表情地把精美的木盒放到了我面前的茶几上。

我怀着调戏面瘫男的恶趣味，正想仔细解释一下何谓人鱼线，吴居蓝抬眸看着我，淡淡地说："不过，顾名思义，既然是以人鱼为标准，我相信，我肯定会让你满意的，毕竟我才是真人鱼。"

我呆愣住了，目光下意识地看向他——微微解开的领口，肌肉匀称的胸膛，平坦紧致的小腹，线条流畅的人鱼线……

霎时间，我心跳加速、脸发烫，有一种全身的血都冲进了脑袋里的感觉。

吴居蓝却依旧面无表情、一本正经地看着我，似乎等着我给他解释何谓人鱼线。

我立即移开了目光，再不敢看他一眼，更不要说调戏了。我像往常一样，开始转移话题，顾左右而言其他。

我弯过身子，做出十分感兴趣的样子，拍拍茶几上的木盒："给我的礼物吗？这么大，什么好东西？"

幸好吴居蓝没有再和我纠缠他的人鱼线，一声不吭地帮我打开了木盒，里面装的竟然是那面已经被周不闻买走的铜镜。

我惊讶地问："你买回来的？"

吴居蓝说："不是。我有此打算，但还没来得及采取行动，周家两兄弟主动送回来的。"

我说："周不闻和周不言的父亲，周老头的两个儿子？"

"嗯。他们希望取得我的谅解。"

我想了想，大致明白了周不闻和周不言父亲的想法。从周不闻的态度上，能感觉到他继父对他是真好。估计两兄弟本来觉得周老头活不长了，为了顺利得到遗产，就顺着老人家去闹腾。等老人家死了，一切自然就都结束了，可没想到最后出了这么大的事。

"你会原谅吗？"

吴居蓝说："让他们没有能力再作恶就行了。"

他的意思应该就是没有财力，也没有能力再来打扰我们，我发现吴居蓝虽然久不在人世居住，但他处理事情远比我这个人类考虑得周到。我没有再多问，放心地交给他去处理。周不闻对我和江易盛心存余情，吴居蓝也没有对他赶尽杀绝，但从他别有所图地出现在我和江易盛面前时，就注定了我们绝不可能再是朋友。以后我们就是没有关系的陌生人，他的未来和我无关。

我拿起镜子仔细看了起来，和以前一模一样，完全看不出来被打开过。

吴居蓝说："那张海图，我让 Violet 放回了镜子里，算是原物奉还。"

我考虑了一会儿说："我想把镜子留在这个屋子里，不带回海岛了。"倒不是提防继母再起贪心，而是，不想再把他们卷入到麻烦中。

吴居蓝无所谓地说："都是你的房子，你喜欢放哪儿就放哪儿。"

我敲了敲镜子，好奇地问："周老头说绘制那张海图的布料是传说中的鲛绡，真的吗？"

"是人鱼做的东西，人类把它叫作鲛绡。"

果然，周老头说的话是真的呢！我唏嘘感叹地说："高祖爷爷竟然真的遇到了人鱼！天哪，好神奇！人家怎么想见都见不到，我们家竟然有两个人遇到了人鱼！可是，高祖爷爷从来没有告诉过太爷爷吗？为什么爷爷一点都不知道呢？一句都没有对我提过！"

吴居蓝的表情很古怪——尴尬、窘迫、为难，踯躅着欲言又止，似乎完全不知道该如何开口的样子。

我十分惊讶，他这个面瘫脸竟然会有这么丰富的表情？什么事情会让他都觉得尴尬为难？

突然间，我福至心灵，把所有事情联想到了一起——1865 年，吴居蓝被人下药抓了起来，受伤后仓促地回到海里。纽约岛和海岛看上去很遥远，可都在太平洋，对人鱼而言，是没有疆界的同一片海域。更何况，吴居蓝第一次登上陆地做人就是在海岛所在的大陆，他对这片大陆有感情。

我指着他，满面震惊地说："是……是……你！海图是你给高祖爷爷的？"

吴居蓝表情怪异地轻轻点了下头。

"你……你……是高祖爷爷遇见的鱼神！"我觉得头很晕，心跳很急。

我当然知道他寿命比人类漫长，但是，知道是一回事，亲眼见到活生生的证据是另外一回事。想到我爷爷的爷爷曾经和他交谈过，把他奉若神明，而我现在和他谈恋爱，还企图把他变成我们家的女婿，我突然觉得……我真的好彪悍、好厉害啊！

吴居蓝肯定想到了这件事会对我产生冲击，很是不安的样子。

我心里有点不舒服，伸出手，掐了一下他的脸颊。

吴居蓝诧异地盯着我的手，又是一副被冒犯到的表情。

我诚恳地检讨，看来还是我调戏得太少，他竟然还没有适应！

我还想再掐，他抓住了我的手。我立即换了只手，非常愉快地再次冒犯了一下他的另一边脸颊，他无可奈何地再次抓住了我的另一只手。

我笑嘻嘻地看着他，他恢复了凛然不可侵犯的面瘫脸，我心里舒服了。

我不解地说："高祖爷爷都把自己的神奇经历告诉了周老头的爷爷，没有道理不告诉自己的子孙啊！爷爷应该知道这些事吧！可是他怎么从来没有对我提过呢？"

吴居蓝的目光很是深沉，慢慢地说："大概是不想你有心理负担，希望你像正常人一样平静地生活。"

我点点头："也是！如果不是遇见了你，这些事还是不知道的好。对了，高祖爷爷真的救了你吗？"

吴居蓝说："我需要一味解毒的药，那种药只长在内陆的高山上。我因为有伤，没有办法变身。你的高祖爷爷是个很善良的人，帮我找来了那味药。"

我笑："难道我不善良？"

他扫了眼我被他紧紧抓着的两只手，面无表情地保持了沉默。

刚才看到他神情尴尬不安时，我心里不舒服，想要他恢复平常的面瘫样；这会儿他波澜不兴了，我又总想看到他的禁欲脸上出现裂痕。我这到底是什么恶趣味？

我眼睛一眯，想把手挣脱，他知道我又要使坏，抓着没有放。

我不怀好意地朝他笑笑，你以为我手不能动，就没辙了吗？

我嬉笑着扑了上去，企图用嘴去咬他。吴居蓝左躲右闪，又不敢真用力怕伤到我，他叫："小螺！小螺……"

这个时候，你叫什么都没用，我才不会听呢！

终于，我如愿以偿地扑倒了他。

我压在他身上，故意做出色眯眯的恶霸样子："美人，今天你就从了我吧……"

"哈哈哈……"江易盛的爆笑声从楼梯上传来。

在他的声音掩盖下，还有一声小小的偷笑。毫无疑问，一定是想笑却不敢笑的巫靓靓了。

我僵住了，愣了三秒钟，立即翻身坐起，郁闷地瞪着吴居蓝：你的非人好听力呢？

"我想提醒你，你不肯听。"吴居蓝面无表情地解释完，也翻身坐了起来，看向江易盛和巫靓靓。

巫靓靓立即收敛了表情，做出一本正经的样子，顺带还给了江易盛一胳膊肘，警告他也收敛。

江易盛忙也做出一本正经的样子，可看到我，忍不住又笑了起来。

我沮丧地想，吴居蓝面无表情是高深莫测、不怒自威，我面无表情是拿腔作态、心虚胆怯。

我索性破罐子破摔，原形毕露，顺手拿起一个靠垫，恶狠狠地砸了过去："有什么好笑的？"

江易盛笑嘻嘻地接住，做出一副低眉顺眼的小心样子："大王息怒，小的有正事禀奏！"

"什么事？"

"我已经在美国玩了十一天，医院只给了我两周的假，我必须要回去了。你看你是再在纽约住一段时间，还是和我一起回去？"

我征询地看着吴居蓝。虽然我现在也算是在纽约有了一个家，可纽约对我的全部意义就是他。

吴居蓝说："随你。"

"那……我想回去了。纽约的冬天太冷了，不像海岛的冬天，风和日丽，到处都还是绿树鲜花。"

吴居蓝说："好，我们回去。"

他对亚靓靓吩咐："帮我申请签证，买机票，这次我和小螺一起乘飞机回去。"

我一听乐开了花，吴居蓝如今是有身份证件的人了！以后我们想去哪里就能去哪里了！

巫靓靓迟疑着说："Regulus，您……"

吴居蓝盯着她。

巫靓靓勉强地笑了笑，说："好的，我下午就去办。"

我装作没有看见巫靓靓的异常，什么都没有问。既然吴居蓝没有告诉我，那就是我无须知道。

吴居蓝对江易盛说："在你走前，你能不能抽时间去一趟 Violet 的研究室，做一次全面的身体检查？"

江易盛似乎想到了什么，看了一眼巫靓靓，没有说话，脸上的嬉笑表情却渐渐消失了。

我不解地问："检查什么？"

吴居蓝说："Violet 的研究室有人类世界最好的脑科神经专家，还有专门研究遗传精神病的专家。江易盛的病不见得能完全根除，但也许能降低发病的概率。"

巫靓靓说："人类目前的医学研究并不能完全根治基因携带的疾病，但也不是束手无策。就像宫颈癌和乳腺癌，通过防疫针或提前手术，可以降低 75% 左右的发病概率。影星安吉莉娜·朱莉通过提前手术将自己得乳腺癌的概率从 87% 降低到了 5%。而且我们很幸运，有 Regulus 在，他们……他对治疗江易盛的病会有很大帮助。"

江易盛冷笑了两声，对巫靓靓说："你的意思是说，我不仅要知道自己有可能会变成疯子，还要把这个变成疯子的概率精确地计算出来。我现在还可以告诉自己我也许像爷爷，但检查后，我却会知道我一定会像爸爸？"

巫靓靓说不出话来。任何身体检查都会是两种结果——好消息、坏消息。

江易盛冷冷地说："不是只有你懂医学，你以为我这些年没有看过前沿的研究资料吗？请不要自以为是地插手我的私事，我和你没那么熟！"他说完，转身就向楼下走去。

巫靓靓立即追了过去："易盛，易盛……"

我顾不上去安抚江易盛，压着声音，着急地问吴居蓝："你真的有可能帮到江易盛？"

吴居蓝说："人鱼和人类作为进化的两个分支，走向了两条截然不同的进化道路。就像北极熊和熊猫，同一个祖先，可因为选择了不同的生活环境，北极熊现在是食肉的凶悍猛兽，熊猫却变成了食草的观赏性动物。相较人类对外在力量的倚重，人鱼的进化一直是围绕自身，人鱼对脑域的开发、对身体各个器官的了解和使用的确比人类强。我不能说一定，但有很大可能我可以帮到江易盛。"

看来巫靓靓之前已经私下和吴居蓝详细地沟通过，确定了可行。我立即说："我去劝江易盛接受检查！"

"小螺，应该……"

事关江易盛的未来，我十分着急，顾不上再听吴居蓝的分析，疾风一般冲下楼梯，想要尽快去说服江易盛。

可是，当我冲到客厅，一个转弯，跑到过道里。正要往江易盛的卧室冲去，却猛地急刹车停住了，眼前的一幕是——

巫靓靓双手按在墙上，身体紧贴着江易盛，把他压在墙上，正在强吻他。

我半张着嘴，目光呆滞地看了三秒，默默转身，蹑手蹑脚地走回了客厅。

吴居蓝站在旋转楼梯的楼梯口，倚着楼梯的扶手，似笑非笑地看着我。

这个非人类的耳朵肯定早听到了动静，明明知道发生了什么，却不阻止我。我红着脸冲他挥了下拳头。

吴居蓝说："我说了'应该不用了'。巫靓靓的劝说方法肯定比你的更有效率。"

我回想着刚才看到的画面，双手捂着发烫的脸颊，开心地笑了起来。

好开心！好开心！这个世界上终于有一个女孩在完全知道江易盛家的情况和江易盛的情况后，依旧选择了爱他！原来他那些年的孤单和伤心，只是因为还没有遇到最好的这个！

我忍不住踮起脚，用力地抱住了吴居蓝："谢谢！"谢谢你出现在我的生命中，谢谢你让巫靓靓出现在江易盛的生命中！

我拖着吴居蓝坐到楼梯的台阶上，等着江易盛和巫靓靓。

我拿着手机，一直替他们算时间，惊叹地说："好长时间！"

吴居蓝在我脑袋上敲了下："胡思乱想什么呢？这会儿他们在说话。"

我兴致勃勃地问："在说什么？"

吴居蓝瞥了我一眼，显然没兴趣回答我的问题。

我才不相信他们会只说话，也不相信以江易盛的性格会不"反守为攻"。我嘿嘿一笑，眼珠子骨碌碌一转，把手机调到录像功能，决定去录制……

吴居蓝拎着我的衣领，把我拽了回去："巫靓靓是柔道九段。"

我脑海里生动地浮现出她那天像扛沙袋一般扛起江易盛的画面，如果替换成我……

我打了个哆嗦，立即决定还是乖乖地坐着等吧！

又过了好一会儿，江易盛和巫靓靓一前一后走了出来，看到我和吴居蓝并排坐在楼梯上，一副"排排坐、分果果、看大戏"的样子，两人都一愣。

江易盛说："吴大哥，我跟你去检查身体。"

我悄悄对巫靓靓做鬼脸、竖大拇指，故意是两个相对的大拇指，还轻轻地碰了碰。

巫靓靓的脸唰一下就红了，我差点"嗷呜"一声叫起来。江易盛到底又做了什么，竟然让巫女王脸红了？

江易盛扭头看了一眼巫靓靓，笑眯眯地对吴居蓝说："吴大哥，我有很多小螺小时候的照片，你要看吗？"

赤裸裸的威胁！我立即求助地挽住吴居蓝的胳膊。

吴居蓝对我和颜悦色地说："没有关系，你可以把他小时候的照片拿给巫靓靓。"他又对江易盛说："作为报复，如果你还有小螺的什么秘密，都可以告诉我。"

我和江易盛面面相觑。

巫靓靓"扑哧"一声笑了出来，她朝我眨眨眼睛："欢迎你们俩继续内斗，互相揭发！"

‖‖‖

四个人一起吃过中饭后，吴居蓝和江易盛去 Violet 的研究所检查身体，巫靓靓去公司帮吴居蓝准备旅行文件，我一个人留在了公寓里。

我有点无聊，决定找本书来看，在阅览区的书架间慢慢地走着。

吴居蓝的藏书很多，不亚于一个小图书馆，只是书的语言种类也很多，几乎囊括了欧洲各个国家的语言，而我唯一懂的外语就是英文，所以我能看的书并不多。

我抽出了那本丹麦文的 *Agnete and the Merman*。我们到纽约的第一个晚上，吴居蓝看着书架上的这本书说："以前我读过的书。"

我以为他是说看过这个故事，现在明白了，他的意思就是字面的意思——他读过这本书。扉页上有安徒生的亲笔签名，别的都看不懂，但 Regulus 却看懂了。

又是一位已经化作了皑皑白骨的故人！我感慨地叹了口气，轻轻地把书又放回了书架上。

最终，我拿了一本英文版的《安徒生童话》，靠在会客区的沙发上看了起来。

翻开扉页，目录上的名字基本都熟悉，我选了那个人人都知道的《小美人鱼》，也就是《海的女儿》。

一个短篇童话故事，大概情节我都知道，读起来很快。只是，这一次很多情节都别有感触。

比如，人鱼公主变成了哑巴，不能开口讲话。故事里描述是因为她用自己的美妙声音换了两条人类的腿，我却觉得更有可能是她的变身不彻底。像吴居蓝一样，在某些情况下，发音器官依旧停留在人鱼的形态，自然就没有办法发出人类的声音。

还有，故事里说因为人鱼公主失去了声音，不能讲话，所以她没有办法告诉王子真实的情况。王子不知道是她救了他，误以为是人类公主救了他，爱上了人类公主。可我觉得人类和人鱼都是高等智慧生物，怎么可能因为不能讲话就无法沟通？手势、文字、绘画都可以交流啊！

而且，就算人鱼公主不能说话，只要她愿意，完全可以找一个中间人转达。她的姐姐，还有女巫，又没有失去声音，都可以去告诉王子真实的情况。与其说，人鱼公主是因为失去了声音，无法告诉王子一切，不如说是她自己选择了不把一切告诉王子。

不过，我最不能理解的是故事的后半段。女巫给了人鱼公主一把锋利的匕首，让人鱼公主去杀掉王子，只有王子的鲜血和生命才能让人鱼公主返回大海，继续活下去。

故事为什么会变成"不是你死，就是我亡"的局面呢？难道一个女孩得不到男人的爱情，就必须杀了他，才能拯救自己吗？

我正浮想联翩地推敲着这个童话故事，突然，门铃声响了。

我立即拿着书，往楼下冲，快到门口时，才反应过来，不可能是吴居蓝，他知道开门的密码。但是，也不可能是陌生人，否则大堂的前台和开电梯的 David 不会让他上来。

我打开了监视器，站在门外的居然是 Violet。

我想了想，打开了门。

Violet 微笑着问：“我能进去坐一会儿，和你聊几句吗？”

“请进！”

我走进厨房，询问：“咖啡还是茶？”

“茶，不用准备奶和糖了，我和中国人一样，已经爱上了茶的苦涩。”

“这样的话，那我请您喝工夫茶。”

我端出整套茶具，为她冲泡了一壶中国的大红袍。

Violet 一边喝茶，一边拿起我随手搁在沙发上的《安徒生童话》。

Violet 微笑着问：“有没有觉得自己很幸运，竟然遇到了童话故事中的人鱼？”

我说：“我是很幸运，不过不是因为遇见了童话故事中的人鱼，而是因为遇见了吴居蓝。”

Violet 说：“请不要觉得我今天来意不善，我对 Regulus 绝对忠心。”

我喝着茶，未置可否。她刻意挑吴居蓝不在的时间来见我，肯定不仅仅是为了和我喝茶聊天气。

Violet 沉吟了一瞬，说：“Regulus 应该告诉过你，他上一次来纽约时，发生了一件很不愉快的事。”

“说过。”

“Regulus 品性高贵，肯定没有告诉你是谁出卖伤害了他。”

“没有。他只是说一个好朋友请求他在战场上保护她的情人，他为了救那个男人，不小心暴露了身份，没想到战争刚结束，那个男人就设计陷害了他。”

“好朋友？竟然仍然认为是好朋友……”Violet 喃喃重复了好几遍，对我说，“那个出卖了 Regulus，给他下药，联合外人把他抓起来的人是我的太爷爷。”

我放下茶杯，惊疑地看着 Violet。

“那个请求 Regulus 保护她的情人，后来又带着人放火烧了 Barnum Museum 剧院，冒死把 Regulus 救出来的人是我的太奶奶。那场大火不仅烧毁了一座大剧院，还烧死了十几个人，其中一个就是我的太爷爷。”

Violet 苦涩地笑了笑：“从某个角度来说，我的太奶奶亲手杀死了太爷爷，那场大火之后，奶奶说太奶奶一生再没有笑过。当然，不仅仅是因为太爷爷，更因为她觉得愧对 Regulus。如果太奶奶能亲耳听到 Regulus 依旧认定她是朋友，没有介意那件严重伤害到他的事，她一定会非常开心。”

Violet 把《安徒生童话》放到我面前：“既然你已经见到了真正的人鱼，请允许我向你介绍侍奉人鱼的女巫。我的太奶奶、奶奶都是追随侍奉 Regulus 的女巫，我也是！" Violet 对我优雅地弯腰行礼。

"什么？女巫？"我神经再坚强，也被吓了一跳。

Violet 笑着说："很奇怪吗？每个人鱼故事里都有我们女巫的存在啊，虽然常常扮演着邪恶的角色！"

我讪讪地说："只是没有想到……女巫也是真实存在的。"

Violet 说："在欧洲历史中，女巫是不可缺少的重要篇章，我们当然是真实存在的了。你对女巫的了解是什么？"

我不好意思地说："我对欧洲历史没什么了解，只是在好莱坞的电影里看过女巫。穿着黑衣服，戴着尖帽子，骑着大扫帚，可以在天上飞来飞去。"

Violet 笑着说："这个世界充满了无穷的可能性，但我的家族和我认识的女巫都没有能力骑一把扫帚就可以在天上飞，虽然这的确很环保，值得提倡！"

我禁不住笑了笑。

Violet 说："我们家族和人鱼的结缘要上溯到十五世纪罗马教廷对女巫的捕杀。最早导致猎杀女巫的原因并不是你说的那种'特殊能力'，而是因为当时有这么一群女人，她们识字、研究人体和动植物、会配制药物帮人疗伤救命，并以此为生。但是，她们的存在危及罗马教廷的信仰推广。1484 年，两位教士亨利希和耶科布写了《女巫之槌》，在罗马教皇英纳森八世的支持下发动了'女巫审判'，对女巫进行追捕和猎杀。几百年间，几十万女性，有的研究数据说是上百万，死于猎杀女巫的酷刑下。我的祖先非常幸运，她们遇见了人鱼，在人鱼的帮助下，平安地度过了那段黑暗恐怖的日子。"

Violet 说："现在提起'猎杀女巫'，听的人没有什么感觉，只觉得是个很遥远的名词，可只有身处其间的人才会明白在罗马教廷的支持下，这个法案的影响力有多么深远和多么恐怖。你猜猜最后一起审判女巫的案子发生在什么时候。"

我想了想说："一八几几年？"

Violet 摇摇头："1944 年，女巫海伦·邓肯被英国政府逮捕。"

我吃惊地说："1944 年？"

Violet 微笑着说："你看！对女巫的迫害，并没有你想象的那么遥远。1735 年，英国通过了《巫术法案》，直到 1951 年才被丘吉尔废除。你可以想象从 1484 年到 19 世纪末，我的祖先们的生活是多么艰难。从十五世纪，我们和人鱼缔结盟约开始，我们就追随侍奉人鱼族，不仅仅是因为他们救了我们，也不仅仅是因为女巫和人鱼一样被人类视作异类，还因为人鱼一直帮助我们继续做自己喜欢做的事——研究我们的'邪恶巫术'，人体的秘密，每个植物、每个动物的秘密。从过去到现在，女巫都渴望了解这具肉体里藏着的秘密，想要更健康的体魄、更年轻的容颜、更长寿的生命……以前被视作异端，只有人鱼认可我们的执着，但现在……我们被叫作科学家。"

Violet 自嘲地笑了笑，说："现在，每个女人比过去的女巫更疯狂地追求容颜的年轻美丽！羊胎素、人胎素、玻尿酸、肉毒素……各种神奇的巫术都被看作了合理的存在，即使那些研究通灵的女巫也只是在研究'超自然现象'。我的祖先一直在幻想这一天的到来，没有人鱼的帮助和资助，我们坚持不到今天。"

Violet 凝视着我，非常诚恳地说："我们欠了人鱼很多很多，我们家作为 Regulus 一族的追随者，更是欠了他很多很多。请你相信，我对 Regulus 的爱与忠诚绝对不会比你少。"

我丝毫不怀疑她对吴居蓝的忠诚，但是，就如同婆婆肯定都深爱自己的儿子，可对儿媳妇嘛……我说："您今天来的目的究竟是什么？"

Violet 端起一杯茶，安静地喝完后，说："安徒生从他的角度讲述了《小美人鱼》的故事，你想不想听一下从女巫的角度讲述的《小美人鱼》故事？"

我一直知道好奇心害死猫的道理，谨慎地说："如果和吴居蓝有关，我才会想知道。"

Violet 说："人鱼和我们人类的进化方向不同，人类更倚重科技这些外力，人鱼的进化却一直是围绕自身。每个人鱼的体内都有一颗珍贵的灵魂之珠，人鱼的灵珠和他们的精神力息息相关。"

我问："什么叫精神力？"

Violet 说："很难用我们人类的名词去精确定义，简单地说就是不像强壮的拳头、锋利的牙齿这些眼睛能直接看到的肉体力量。比如，人鱼的歌声就是他们精神力的一种外在表现形式。还有，人鱼和海洋生物之间的神秘沟通方式，人鱼像海豚一样的回声定位，这些看不见、摸不着的力量，都算作人鱼的精神力吧！"

我点点头，表示大概明白了。

Violet 说："很久很久以前，有一个人类王子去大海游历，一条从来没有去过陆地，也从来没有见过人类的小人鱼好奇地跟随着王子的船，一直偷看他们。很不幸，王子的船遇到了暴风雨，掉进了海里。小人鱼想救他，可惜她自己还不够强大，暴风雨又实在太大，王子还是被淹死了。小人鱼很内疚，舍不得王子就这么死去，一时冲动，将自己的灵魂之珠给了人类王子。有了人鱼灵珠的力量，王子死而复生……"

我忍不住打断了 Violet 的讲述，好奇地问："难道周老头说的起死回生术真的存在？"

Violet 解释说："所谓的起死回生只是一种相对而言的概念，一种对我们还不了解的技术的敬畏称呼。比如，我们现在切除大脑、移植内脏，已经很寻常，可如果让古人看到，肯定会震惊地说是起死回生的秘术。人鱼只是可以通过自己的灵珠救活溺水而亡的人，而且时间有严格的限制，对人类别的绝症并没有办法。"

我点头："明白了！"

Violet 继续讲述："本来，这并不是什么大不了的事情，用自己珍贵的灵珠去救人类的人鱼，小人鱼不是第一个，肯定也不是最后一个。反正人鱼的寿命远比人类漫长，她只需耐心等候，等到人类王子死了，把灵珠拿回来就好了。小人鱼救活了王子后，决定把王子送到陆地上，为了确保王子获救，小人鱼把他送到了一个有人类居住的地方。当她躲在礁石后，看到昏迷在岸边的王子被人救走后，她放下心来，打算返回深海，没有想到却被人类的渔船发现了。因为海上的风暴和救王子，小人鱼已经非常疲惫，在逃离人类捕捉的过程中，小人鱼受了重伤。她必须拿回自己的灵珠，否则她就会死去。但是，王子一旦失去了灵珠，就会死去。"

我听得整颗心都吊了起来，明明知道故事的结局，依旧紧张地问："小人鱼去找王子拿回自己的灵珠了吗？"

Violet 说："人鱼虽然是力量强大的种族，却喜好和平，从来不随意杀戮。人鱼灵珠的转让原则也不是杀戮，而是心甘情愿。如同人鱼要心甘情愿让出灵珠去救王子一样，王子也必须心甘情愿放弃灵珠，人鱼才能拿回自己的灵珠。可是有谁会轻易放弃自己的生命呢？小人鱼不知道该怎么办，只好求助于追随自己家族的女巫。女巫是人类，很了解人类天性中的自私自利，想让一个人类为小人鱼舍弃生命，绝无可能，唯一的可能就是让他爱上小人鱼。我奶奶说过'爱情是这世界上最神奇的巫术，它能让自私者无私、怯懦者勇敢、贪婪者善良、狡猾者愚钝'。小人鱼在女巫的帮助下，上了陆地，来到了王子的身边，但是，王子已经爱上了那个把他从海岸边救回并悉心照料他的人类少女。不管小人鱼是多么美貌聪慧，多么努力地想引起王子的注意，王子自始至终都没有爱上她，而是一直爱着那个心地善良的人类少女。无可奈何下，女巫准备了锋利的匕首，想要帮小人鱼强行拿回灵珠。但是，小人鱼已经深深地爱上了品性正直、对爱情忠贞的王子。不管女巫和姐姐们如何哀求，她还是心甘情愿地再次放弃了灵珠，化成泡沫死去，用自己的漫长生命换了人类王子短暂的一世欢愉，甚至他都完全不知道小人鱼为他所付出的一切。"

Violet 低下头，用纸巾轻轻地擦去了滑下的泪珠。

Violet 的眼泪让我心里惊涛骇浪，恨不得自己只是置身于噩梦中，只要醒过来，就什么事都没有发生过。我努力告诉自己只是一个故事，一个很遥远的故事而已……但是，我比谁都清楚，Violet 怎么可能特意跑来，只是单纯地给我讲一个故事，还讲得自己潸然泪下？

Violet 抬起了头，目光犀利地盯着我，就好像锋利的匕首，抵着我的命脉，不允许我有任何退路。

我声音颤抖地问："如果人类有了……人鱼的灵珠，她的身体会……会……有什么症状？"

"表面上不会有任何异常变化，医院里的检测仪器也完全检测不出来。她不可能长出鱼尾，不可能突然就能在水里来去自如，也不可能寿命变长。但是，她的身体会变得比以往更好，几乎不会生病，就算生了病也康复得比别人快。"

我喃喃说："原来……竟然是这样啊！"

Violet 说："Regulus……"

我站了起来，努力克制着内心的震惊和恐惧，对她说："请你离开！"

Violet 急切地说："小螺，让我把话说完，我必须要告诉你……"

我指着门，厉声说："我和吴居蓝之间的事，轮不到你来必须告诉我！有什么话，你让吴居蓝来亲口告诉我！"

"小螺，Regulus……"

我一下子情绪失了控，捂着耳朵尖叫起来："我让你离开！离开！马上离开……"

Violet 急急忙忙地朝门口走去："好的，我离开，我立即离开！"她站在门口，高声说，"小螺，我知道你需要一点时间来接受我说的一切，我会等你的决定。"

门重重地关上了，屋子里只剩下我一个人。

我依旧捂着耳朵，一动不动地站着。但是，有些事情不是不去听，就可以当作它不存在的。

隔着蒙眬的泪光看出去，四周依旧是熟悉的一切，可是，原本的一屋温暖已经变成了刺骨寒凉，无边无际的黑暗从四面八方汹涌而来，将我从头到脚淹没，让我连喘息都觉得艰难。

！！！

我惊慌失措、什么都没带地逃出了屋子，隐隐约约听到前台和我说话，我充耳不闻，径直走出了大厦。

我没有分辨方向，随意地走着，反正也没有能去的地方，只是想远离一下吴居蓝。

冷风吹到身上，带来刺骨的凉意。

我觉得我应该静下心来，好好地思索一下，但是，身体内的每一寸地方都充斥着惊恐和愤怒，让我的大脑一片混沌苍凉，不知道能想什么，也不知道能做什么，只能不停地走着。

走着走着，我的眼前出现了一个蓝色的湖泊，不知不觉中我就停下了脚步。

虽然我也算是个在海边长大的孩子，可我对水的感情并没有比其他人类更深厚，直到我爱上了吴居蓝——来自海洋深处的人鱼，我才真正爱上了水。

任何时候，看到蓝色的水面，我都会情不自禁地微笑。吴居蓝的谐音是吾居蓝，我爱的人居住在蓝色的水里呢！

因为爱上了一个人，所以爱上了和他有关的一切。所有代表他的一切，都会让我觉得温暖幸福。

但是，现在我看着湖面，却没有了温暖幸福的感觉。

因为，我会忍不住地去想那些吴居蓝给我的温暖和幸福，究竟是因为我，还是因为我身体内的人鱼灵珠？

我站在湖边，静静地凝视着湖面，回想着遇见吴居蓝后所发生的一切。

那个悲伤的清晨，我拉开了门，他倒在了我家的院子里。

赤裸的双脚上伤痕累累，他应该走了很多的路，才艰难地找到了我。一百多年过去了，人类社会发生了翻天覆地的变化，语言、文字、交通工具、通信方式……全部都变了，他肯定没有想到自己会那么狼狈地出现在我面前。

吴居蓝并不是没有接触过人类社会、不解人情世故的人鱼，他肯定明白那么落魄狼狈的他让我喜欢上几乎绝不可能，但是"绝不可能的可能"竟然发生了……

我双手交叉，贴放在了胸前。

难以想象，这个身体内竟然有属于吴居蓝的东西。

当年，高祖爷爷帮助了吴居蓝，吴居蓝应该慷慨地允诺了满足高祖爷爷的一个愿望。对海上的渔民而言，最害怕的就是淹死在大海里，吴居蓝用能"起死回生"的灵珠作为报答，让高祖爷爷不再畏惧下海。但做了一辈子渔民的高祖爷爷和曾祖爷爷都没有用到，爷爷也没有用到，我却在七岁那年意外溺水。

原来，我经常做到的噩梦是真的，我真的曾经死亡过，只不过，爷爷用吴居蓝馈赠的灵珠救活了我。

原来，茫茫人海中，吴居蓝和我的相遇，并不是毫无因由。他是特意寻我而来，为了取回他的灵魂之珠。

难怪刚见到他时，我总会被他的一个眼神就吓得心惊胆战，不是我胆子太小，而是我动物的本能，感觉到了他对我的杀意。

他那骄傲淡漠的性子，估计一想到居然要委曲求全地想办法让我心甘情愿地爱上他，就很郁闷、很不耐烦吧！肯定恨不得一掌劈了我，直接把属于他的东西拿回去。反正有恩于他的是我的高祖爷爷，他已经用"借出灵珠一百多年"的实际行动报答了。

可惜，事情超出了他的预料，他昏倒在了我的脚边，我对他有了"滴水之恩"，他只能在"一掌劈死我"还是"让我心甘情愿归还"之间纠结……

我忍不住微微地笑了起来，真可恶！本来是他有求于我，我可以享受一下美男的引诱和追求的，但是，他竟然完全无视规则，硬生生地把一切变成了我想尽办法去讨好他、追求他！

我心甘情愿地爱上了他，他不但不张开双臂热烈欢迎，还一次又一次冷酷地推开了我！真是可恶啊！

渐渐地，刚刚发现一切的惊恐和愤怒平静了，只剩下绵绵不绝的悲伤缠绕在心头，随着心脏的每一次跳动，尖锐地痛着。

我冲着蓝色的湖面笑了笑，轻声说："本来应该惩罚一下他的欺骗，玩一下失踪，让他好好着急一下，可是……我舍不得让他着急担忧呢！"

不管他是因为什么才对我好，我爱他却是不可改变的事实。我可以不清楚他的心意，但我不可以不清楚自己的心意。

我转过身，朝着公寓的方向，脚步坚定地走了回去。

Ⅲ

经过一段僻静的林荫小道时，一声呼唤突然传来："沈螺！"

我停住脚步，回过头，看到了 Violet。

Violet 快步走到我面前，目光炯炯地盯着我，殷切地问："你想清楚了吗？"

不是不理解她的心情，但还是让我觉得很不舒服。我冷冷地说："想没想清楚，都是我和吴居蓝之间的事，不用你管！"

我转身就要走，却突然感觉到后颈传来针扎般的疼痛。

我回过头，震惊地看着 Violet。

她拿着一个已经空了的注射器，喃喃说："对不起！"

我张开了嘴，却发不出任何声音，整个世界都变成了摇晃的虚影。我身子发软，脚步踉跄，努力地想抓住什么，却只看到 Violet 的身影越来越模糊，最后变成了一片漆黑。

Chapter 19 | 这就是我们的选择 ————————

如果我们的相拥只能隔着荆棘，那么我愿意用力、更
用力一点地抱紧他！即使荆棘刺穿我的肌肤，刺进我
的心脏，只要能距离他近一点、更近一点！

当我再次恢复意识、睁开眼睛时，发现自己在一个实验室
里，或者说手术室里。

我穿着白色的无袖长裙，平躺在一张手术床上，头顶的无
影灯照着我，不远处的无菌台上是琳琅满目的各种刀具和手术
器械，似乎只要再进来一个医生，就可以开始对我进行开膛剖
肚的手术。

一瞬间，我很迷惘，不明白我为什么会在手术室里。我生
病了吗？紧接着，我就想起了 Violet 和我昏迷的原因。

我惊恐万分，想要立即跳下手术床，却发现身子发软，根
本使不上力气。我挣扎了好一会儿，才连跌带撞地从手术床上
翻滚到了地上。

我盯着那扇代表着逃生的门，挣扎着向门口爬过去。

突然，门被打开了，巫靓靓穿着白大褂走了进来。

她看到我不在手术床上，而是在地上，愣了一愣，急匆匆地朝我走了过来。

我惊惧地挣扎着后退。

巫靓靓停住了脚步，她不安地说："抱歉！我以为你还在沉睡，却忘记了你体内有人鱼灵珠，不能以正常人的体质来看。"

我已经退到了墙角，再没有了退路，反倒慢慢地平静下来。

我仰头盯着巫靓靓，讥讽地说："抱歉什么？抱歉你们要把我开膛剖肚吗？"

巫靓靓的表情很窘迫，她缓缓地蹲到了地上，减少了对我居高临下的压迫感。她说："奶奶的确曾经这么想过，她派我去海岛时，曾对我说'那种巫术般的爱情太虚无缥缈了，我们必须做好另一个行动方案的准备'。我在见你第一面时，就没安好心，我觉得很抱歉！"

我没有想到她这么坦白，呆呆地看了她一瞬，想起了第一次见到巫靓靓的那个夜晚。

她指着桌上的海螺说："天王旁立着女王，像是娥皇女英、双姝伴君，但你可知道，天王赤旋螺是专吃女王凤凰螺的？"我以为这句点评海螺的话是对我说的，没有想到，她其实是对吴居蓝说的。她在婉转地游说着吴居蓝——食物链上，一个生物夺走另一个生物的生命很正常。

难怪吴居蓝会在饭桌前反常地说："我正式宣布，沈螺是我的女人，从现在开始，如果任何人再对她有任何不良企图，我都会严惩。请在采取行动前，仔细考虑一下能否承受我的怒火。"当时，我只觉得吴居蓝的话又雷又囧，如今才发现，他的话句句都有深意，他不仅仅是在警告周不闻和周不言，也是在警告巫靓靓和巫靓靓背后的Violet。

原来，我以为新朋旧友相聚、温馨浪漫的晚餐，一桌六个人，除了江易盛和我，其余四个人的心思压根儿不在晚餐上，也一点没有觉得气氛温馨浪漫。

真是讥讽啊！

我苦涩地问："你们现在想把我怎么样？"

巫靓靓沉默了一瞬，说："奶奶希望你能把人鱼灵珠还给 Regulus。"

我看了眼无菌台上放置的手术刀，问："你们现在已经有自信可以强行拿回灵珠了吗？"

"距离《小美人鱼》的故事已经过去了上千年，女巫的知识和技术都有了很大的进步。不过，我们还从来没有做过这事，只是一种理论上的自信。奶奶想要的最佳方案当然是你能心甘情愿地同意。"

看来他们的打算是我同意最好，如果我不同意，他们也不介意强行剖开我的身体。我说："你们这么做，吴居蓝知道吗？"

巫靓靓没有直接回答我的问题，而是反问道："你觉得呢？"

我背靠着墙壁，坐在地上，一言不发地沉默着。

吴居蓝肯定知道巫靓靓他们的企图，但是，从一开始，他就严厉地警告了巫靓靓。甚至，他特意带着我来纽约，安排了盛大的酒会，当众下跪求婚，举行了一个相当正式的订婚仪式，应该也是为了让 Violet 他们承认我，不至于乱来。

我想起了他对 Violet 他们说的那句话："沈螺是我选定的生命伴侣，从今日起，我们分享生命赐予的所有荣耀，也分担生命带来的所有苦难。"

当时，我就被这句话深深地触动了，可直到今日，我才真正地完全理解了这句话背后的千钧之重。

我含着眼泪，笑了起来。

巫靓靓看到我的表情，轻轻扯了扯嘴角，说："幸好我一早就打消了奶奶的念头，告诉她绝不可能欺骗你，这是老板的意愿。"

我问："你们这样对我，不怕吴居蓝发怒吗？"

巫靓靓盯着我，表情十分复杂："怕！但……我们没有选择！"

我说："吴居蓝现在在哪里？江易盛的检查结果应该已经出来了吧！"

巫靓靓一言不发地站了起来。

她走到操作台前，按了一个按钮，百叶窗缓缓升了起来，我这才发现整整一面墙都是用玻璃做的。

我有点莫名其妙，不知道她为什么要打开窗帘，不耐烦地瞪着站在玻璃墙前的巫靓靓。可是，当百叶窗升起到一半时，朦朦胧胧中，我看到了一条克什米尔蓝宝石般色泽瑰丽的蓝色鱼尾在水波里轻轻摇曳。

吴居蓝！

我从来没想过会在陆地上的某个屋子里看到他的人鱼形态，差点失声惊叫，立即手脚并用，迅速地爬到了玻璃墙前。

整个屋子就是一个长方形的容器，三面墙是坚硬的金属，朝着我们的一面墙是玻璃，很像海洋生物馆里那些豢养鲨鱼的巨大鱼缸。

"鱼缸"大概有四米多高，里面有三米深的海水。吴居蓝下半身浸泡在水里，颀长硕大的蓝色鱼尾像是美丽的蓝色绸缎般随着水波轻轻荡漾。他的上半身浮在水面上，头无力地低垂着，明显处于昏迷状态。蓝黑色的头发飘散而下，半遮着脸，看不清他的面容。

他的手臂上缠绕着铁链，双臂被迫张开，犹如古希腊神话中受难的神祇般，被扯成了一个"十"字形。八根粗粗的铁链一端固定在屋子的上下八个角，一端紧紧地缠绕在他身上，像一张巨大的蜘蛛网，将吴居蓝锁了个结结实实。

他们怎么敢这么对吴居蓝？！

愤怒像火山爆发一般喷涌而出，让我竟然一下子站了起来。我扑到巫靓靓身上，想要掐死她。

巫靓靓没有反抗，声音嘶哑地说："我们……只是按照老板的命令行事。"

我愤怒地吼叫："吴居蓝会命令你们这样对他？不管你们怎么对我，我都能理解，毕竟你们是为了吴居蓝好！可你们要是敢伤害他，我就算死也会拖着你们一块儿死！"

巫靓靓眼睛里满是泪花："江易盛像他爸爸，遗传性精神病发作的概率是89%。"

我一下子愣住了，89%？这个概率简直是在说江易盛必然会变成疯子！

巫靓靓的眼泪顺着脸颊滚落，她说："老板为了帮江易盛治病，不得不恢复人鱼的形态。经过老板的治疗，江易盛现在的发病概率可以控制在6%以下。"

我一方面为江易盛感到高兴，一方面更加愤怒，讥讽地质问："这就是你的报答方式吗？还是，从一开始就是你的计策，你利用江易盛的病把吴居蓝诱进你们的陷阱？江易盛只是你的一个诱饵？"

巫靓靓盯着我的眼睛，一字字说："沈螺，我爱江易盛，一如你爱老板！我们这么做真的是老板的命令！"

我相信了她说的话，慢慢地松开了掐着她脖子的手。

我整个人都趴在了玻璃墙上，目不转睛地盯着吴居蓝。

里面没有开灯，唯一的光源就是我们这边的灯光。透过玻璃墙，影影绰绰地照到吴居蓝身上。他的皮肤异常白皙，缠绕在他身上的铁链却是黑褐色。水波荡漾间，光影忽明忽暗，那些铁链就好像化作了无数条毒蛇，正在将他缠绕绞杀。

我听见自己的声音轻飘飘地响起："究竟是怎么回事？他为什么要这么对自己？"

巫靓靓说："老板为了给江易盛治病，过度使用了自己的精神力。就像一个人过度使用肌肉，必然会承受肌肉拉伤劳损的疼痛，老板现在正在忍受过度使用精神力的痛苦。只不过，这种痛苦远比我们想象的强烈。老板怕自己失控下会把这个研究室摧毁，所以让我们用最坚硬的钛合金链条锁住他。"

我喃喃自语："过度使用精神力？"吴居蓝之前肯定有过激烈的挣扎，他身休上有鳞片覆盖的地方还好些，没有鳞片覆盖的前半身，几乎被链条磨得皮开肉绽。

Violet 的声音在我身后响起："人鱼的精神力和他的灵珠息息相关，失去了灵魂之珠的人鱼应该很难使用精神力。我完全没有想到 Regulus 还能使用人鱼的歌声。即使有满月的帮助，那天晚上他也应该忍受着巨大的痛苦，才能完成这件对他而言已经是能力之外的事。其实，凭 Regulus 的力量，他完全可以直接杀了所有人，永绝后患。但是，只因为你是人类，他不想让你有心灵负担，就宁可自己去承受恐怖的痛苦。就像现在，只是因为江易盛是你关心在乎的人，Regulus 就不惜代价地去救他。"

我看着被铁链重重锁缚、遍体鳞伤的吴居蓝，眼睛里涌起了泪水，忍不住拍了一下玻璃墙，低声骂："真是个傻瓜！"

Violet 说："在我们眼里，Regulus 还很强壮，可实际上，作为人鱼里力量最强大的种族，他已经很虚弱了。小螺，你愿意心甘情愿地把你体内的人鱼灵珠还给 Regulus 吗？"

我慢慢地转过了身子，靠着玻璃墙，看着 Violet。

Violet 说："你有任何想做却未做的事情，我们都可以代你完成！你的亲人只有爸爸和妈妈，可是你爸爸和你妈妈都已经各自有了幸福的家庭。即使没有了你，他们的生活也不会受任何影响！在这个世间，你没有任何牵挂，可以平静地离开！我保证你不会感到任何疼痛，像睡觉一样，你会沉入一个宁静温馨的美梦中……"

"奶奶！"巫靓靓面露不忍，出声想打断 Violet 的话。

Violet 却完全没有理会巫靓靓，而是目光专注地盯着我，循循善诱地说："你不是爱 Regulus 吗？现在就是 Regulus 最需要你奉献出你全部爱意的时刻！"

"我愿意"三个字在我的舌尖上徘徊，并不是因为 Violet 魔女般的游说，而是因为我真的心甘情愿。当我在湖边，想清楚自己的心意，转过身朝着公寓走回去时，我就已经做了决定。

"我……"

突然，我感觉到背部传来一阵震动，立即回过头，看到吴居蓝颀长硕大的蓝色鱼尾正在上下拍打，打得水面上浪花翻涌。他的身体剧烈地挣扎着，被铁链拉在空中的双臂青筋暴起，连藏在手指里的锋利指甲都露了出来。八条粗粗的铁链被拽得簌簌直颤，整个屋子都跟着有点摇晃。他像是一头发怒的猛兽，似乎就要挣脱锁链，飞扑过来。

我着急地拍打着玻璃墙，大声地叫："吴居蓝、吴居蓝……"

巫靓靓一边熟练地操作着仪器，一边安抚我说："只是又一轮疼痛发作了，过一会儿就会过去。"

我整个人趴在玻璃墙上，紧张担忧地看着吴居蓝，却对他的痛苦束手无策。

Violet 站在我身侧，急促地说："Regulus 应该快醒了，你如果想要救他，就必须尽快做决定！只要你说一声'愿意'，Regulus 就不用再忍受痛苦的折磨！当他再次醒来时，就会恢复全部的力量，想在海洋里生活，就在海洋里生活；想在陆地上生活，就在陆地上生活。难道你不希望 Regulus 继续自由自在地活下去吗？"

怎么可能不希望呢？我愿意用我所有的一切去交换他的幸福！

但是，他肯定也是这么想的……

我凝视着被铁链捆住的吴居蓝，对 Violet 说："你说过'爱情是世界上最神奇的巫术，它能让自私者无私、怯懦者勇敢、贪婪者善良、狡猾者愚钝'。"

"我是这么说过！"

"你只说对了爱情的一面，爱情还有另外一面，它会让无私者自私、勇敢者怯懦、善良者贪婪、愚钝者狡猾。"

Violet 像是不敢相信一样，惊讶地瞪着我："你说什么？"

我说："面对深爱的人时，不管多么善良无私的人，都会变得贪婪自私，不愿分享，只想独占，贪婪地想让他只对自己一个人好，最好能更好、再更好一点，越多越好；不管多么勇敢愚蠢的人，都会变得怯懦狡猾，因为有了牵挂、有了担忧，会为了爱人，怯懦地忍受原本不能忍受的一切，也会在爱情里变得猜忌多疑起来。"

Violet 不耐烦地问："你究竟想说什么？"

"我想说，你对爱情的理解太自以为是了！就算是不顾一切的牺牲也要问对方愿不愿意接受！否则，也许给予的不是幸福，而是遗恨！"

Violet 恶狠狠地瞪着我。

我也恶狠狠地瞪着她："要么你现在用强迫的办法逼我就范，要么就让我等吴居蓝醒来！就算我要离开，我也要好好地和吴居蓝告别，确定他接受我的选择，会继续好好地生活，因为我牵挂他，不放心他，我不能就这样无声无息地离开他，这就是我的自私和怯懦！"

Violet 目不转睛地瞪了我一会儿，眼睛里渐渐地盈满了泪水。突然，她弯下了身子，向我深深地鞠了一躬："我们绝不敢违逆 Regulus 的选择，请原谅我所做的一切！"说完，她立即转身，疾步离开了。

我惊疑不定地看向巫靓靓。Violet 放弃把我开膛剖肚了？这么容易就放过了我？

巫靓靓含着泪笑了笑，说："老板已经一再警告过我们，甚至在给江易盛治病前，又警告了奶奶一次。你是老板选定的生命伴侣，奶奶绝不敢真伤害你，她只是诱导你自己发布命令，她做命令的执行者。"

我双腿一软，沿着玻璃墙，跪倒在了地上。

玻璃墙内，吴居蓝也平静了下来。

我的脸贴在玻璃墙上，痴痴地看着他。

他的双臂被铁链拽在空中，身子向前倾，头无力地低垂着，看上去十分平静安宁，没有一点刚才狂暴的样子。

巫靓靓看着仪器上的各种数据，说："老板应该快醒来了，但想要变回人身应该还需要一段时间。"

我说："能让我进去吗？我想进去陪着他！"

巫靓靓犹豫了一下，同意了我的请求。

|||

我通过注水管道游进了"大鱼缸"里。

游到近处时，吴居蓝身上的伤口看得更清楚了，十分狰狞吓人。虽然我知道他体质特异，伤口的恢复速度简直可以说是逆天。但是，我依然觉得很心痛，恨不得一巴掌拍醒他，质问他为什么不能另想一个办法。

我拿出巫靓靓帮我准备的药水，一点点洒在了他的伤口上。

我一边要让自己浮在水面上，一边要注意避开吴居蓝的身体，唯恐一个不小心就拉扯到铁链，把他勒得更痛了。

可是，这毕竟是在水里，很简单的上药动作却变得越来越费力，我的身体不受控制地一点点向下沉去。

突然，我感觉身子一轻，竟然如同站在陆地上一样稳稳地立在了水里。

这种感觉十分熟悉，我低头一看，果然是吴居蓝的鱼尾。平平摊开的尾鳍就像是一只强壮有力的巨大手掌，托着我的脚，将我托了起来。

吴居蓝醒了？！

我立即朝他看去，他慢慢地抬起了头，缓缓地睁开了眼睛。

一般人刚从昏迷中醒来时总会有一瞬间的迷茫，吴居蓝却目光湛然、表情坚毅，就好像他从没有昏迷过。只不过，他湛蓝的双眸里流露着恐惧，急切地盯着我，似乎我会随时消失不见。

我担心他又被铁链勒伤，皱了皱眉说："放开我！"

他却鱼尾一摆，直接卷住了我，同时双手用力地拽住铁链，想让我更加靠近他。幸好巫靓靓善解人意地及时解开了链条，只听"咔嗒、咔嗒"几声脆响，八条铁链全部松开了。

我松了口气，急急忙忙地想要帮他把缠在身上的铁链解开，他却理都没理身上的铁链，而是双手一得自由，就一手搂着我的背，一手摁着我的头，用力地吻住了我。

我下意识地挣扎了几下，他却更加用力，野蛮地撬开了我的唇，长驱直入地冲进了我口里，用他粗粝的舌头舔舐纠缠着我的舌。我被他吻得几乎要断气时，他才放开了我，却依旧有些狂躁不安，不停地吻着我的耳朵和脖颈。

我隐约明白了他的反常，搂住他的脖子，在他耳边轻声呢喃："我在这里、我在这里，我没有答应 Violet……"

吴居蓝终于渐渐平静了下来。他腾出一只手去解身上的铁链，近乎粗鲁地生拉硬拽，对自己的伤口完全不在意。

可是，我在意！

我拽住了他的手："你别动了，我来吧！"

他托着我，安静地漂浮在水中。

我低着头，小心翼翼地帮他解着链条，偶尔力气不济时，他会搭一把手，帮我分担去大部分重量。

直到我把他身上的链条全部解开后，我才抬起头看向他。

四目交投，两个人的眼睛里都有太多情绪在翻涌，陷入了古怪的沉默中。我是想说，却不知从何说起，而他，应该是还没有办法说话。

在这个密闭阴暗的空间里，整个世界缩小到只剩下我和他，人世间的斗转星移、潮起潮落都好像属于遥远的另一个世界。

我轻轻地抚摸着他的面孔，将他湿漉漉的头发全部拨到了脑后。

我抚过他的眼睛，漫天星河在他眼里缓缓流动；我抚过他的鼻子，晨曦微风在他鼻翼里慢慢吹过；我抚过他的嘴唇，他张开嘴，用锋利的牙齿温柔地咬住了我！

如果可以就这样，藏在怀里，咬在口里，不放开！

永远都不放开……

我钩住了他的脖子，含着泪低声说："再抱紧一点。"

他用整条鱼尾包住了我，双臂缠绕在我的背上。我像是个被蚕茧裹起来的蚕宝宝一般，被他紧紧地拥在了怀里。

我说："再紧一点！"

他越发用力，勒得我全身上下都痛，可是我们依旧想要更加用力，恨不得直接把自己嵌进对方的身体里。

我闭上了眼睛，想就这样和他相拥在一起，直到时间变成灰烬、世界化为虚无。

|||

很久后，吴居蓝的声音突然响起。

"小螺？"

我微微动了一下，表示自己听到了。

他问："Violet 把一切都告诉你了？"

我点点头。

他说："你没有答应 Violet，我很开心！"

如我所料，他听到了 Violet 和我的对话。

他说："就算 Violet 不告诉你，我也会告诉你一切，我只是想让你再多一些无忧无虑的时光，所以一拖再拖。我知道你现在有很多问题想要问我，我会向你一一解释。"

我抬起了头，盯着他问："你爱我吗？"

他毫不迟疑地说："爱！"

我展颜而笑，又依偎到了他的怀里。

他愣住了，迟疑地问："你……没有别的问题了吗？"

我摇摇头。

他说："你不生气吗？"

我摇摇头。

在那个初遇的清晨，他看到我的第一眼，目的并不单纯，甚至有过杀念。但是，事情因何开始的并不重要，重要的是过程和结果。我清楚地感受到了他的爱，也清楚自己对他的爱。我不想再浪费我们的时间去纠缠一个开始，尤其，我们的时间也许已经很有限……

我轻声地叫："吴居蓝！"

他温柔地回应："嗯？"

"我愿意给你我的一切，包括我的生命。"

吴居蓝微笑着说："我知道！我一直……都知道！"

"你已经做了选择吗？"

"嗯！"

"你……"我口舌发颤，用尽全身的力气努力让自己的声音听起来正常一点，"你真的不能……看着我变老变丑了吗？"

"对不起！"

"呵……这样也挺好！你只能记住我最美丽的样子了！"

我肌肉发颤地笑着，想让自己举重若轻一点，不要再加重本就已经很沉重的悲伤了。

但是，泪水不由自主地涌进了眼眶。

原来，他坐在我的床边，凝视着我病中的睡颜，一笔一画仔细绘制出的那三张素描图，不是因为想伤害我才那么笔端细腻、栩栩如生，而是因为那是他心底深处最渴望实现的愿望。

千年漫长的寿命，却不能再有短短几十年去照顾我变老、变虚弱。

我努力想克制，不想在他面前哭泣，却怎么都没有办法克制住。泪水潸然而下，犹如断线的珍珠一般一颗颗滑落，坠在了他的脖颈上。

吴居蓝静静地拥抱着默默哭泣的我。

从知道他身份的那天起，我就一直在纠结我短暂的生命该如何陪伴他漫长的生命。我一直以为他是由于这个原因才一次又一次地拒绝了我，现在我才明白，他一次又一次的狠心拒绝是另有原因。

不是我的生命有限，而是他选择了让自己的生命有限！

他怎么能对自己那么冷酷呢？

如果我脸皮稍微薄了一点，行动稍微迟疑了一点，他是不是就像小美人鱼一样什么都不解释地永远消失了呢?

可是,王子不爱美人鱼,我却爱他啊!

他怎么能让我伤透了心之后,还懵懵懂懂,甚至根本不知道自己失去了什么。

他怎么能对我这么冷酷呢?

各种复杂的情绪交杂在一起,像是蜘蛛网一般密密地缠绕进我的心脏,绞杀着我,让我痛得似乎就要晕过去。

我猛地张口,狠狠地咬在了他的肩头。

吴居蓝纹丝不动地立在水中,没有躲避,也没有丝毫防御,任由我重重地咬进了他的肉里,一手还轻轻地抚着我的背,安抚着我的痛苦。

我满嘴血腥,看着殷红从他的肩头一点点向下蔓延,将水面染成了胭脂红。

我的眼泪汹涌而下,趴在他肩头,失声痛哭了起来。

我现在才真正理解了,那个繁星满天的夜晚,他的三个问题。

"这就是你的选择?"

"就算会给你带来痛苦?"

"就算会给我带来痛苦?"

他质问的不仅仅是我,更是他自己。他强迫我思索的生离死别并不是指我离开他,而是指他离开我。

吴居蓝抚着我的背说:"我很清楚,奉献的一方需要勇气,接受奉献的一方更需要勇气!对不起!"

我哭着摇头,不需要对不起,也没有对不起!

一颗又一颗冰凉的、小石子般的东西坠落在我的脸颊和脖子上。刚开始,我没有留意,直到有几颗顺着我的脸颊,滚落到他的颈窝。

是……珍珠?

我惊讶地抬起了头,竟然看到一颗莹白的珍珠从他的眼睛里沁出,顺着脸颊缓缓滑落,荧荧珠光,就像是一颗坠落的星辰,慢慢地消失在了天际。他原本澄净美丽、湛蓝如宝石的眼睛渐渐地变成了浓墨一般的黑色,根本看不到瞳孔,就像是所有星辰都毁灭了的漆黑苍穹,没有了光明,只剩下了悲伤。

我慌乱地伸出手摸着他的眼睛,想要堵住他的眼泪。我一边努力地微笑,一边语无伦次地说:"不要伤心!不要伤心……你知道的,我脸皮很厚,比海龟壳都厚,我什么都不怕!我真的什么都不怕!不要担心我,你看你那么打击我,我都能转眼就满血复活，我就是个抗打击的奇葩小怪物……我刚才哭只是发泄一下，发泄完后我就好了！我很坚强，真的很坚强！不坚强能追到你这个老怪物吗？你放心，我会好好的，一定会好好的，一定会活得比你在时还好……"

我越说，一颗又一颗的珍珠滚落得越急。我的眼泪也不知不觉中再次潸然而下。

我闭上了嘴巴，沉默温柔地亲吻着吴居蓝的嘴唇。

吴居蓝说："对不起！"

我微笑着摇头，对不起什么呢？

对不起你选择了爱我吗？对不起你选择了让我活下去吗？

如果这是你的选择，也就是我的选择。

我看着一颗颗落在我们身上的珍珠，含着泪，微笑着说："这就是我的选择！就算会给我带来痛苦，就算会给你带来痛苦！"

爱情和人生一模一样，永远都是鲜花与荆棘同在。如果我的爱情是鲜花，我愿意拥抱它的美丽芬芳；如果我的爱情是荆棘，我也会毫不犹豫地拥抱它的尖锐疼痛。

因为，当我拥抱鲜花时，是吴居蓝用甜蜜和微笑为我种下的美丽芬芳；当我拥抱荆棘时，他的整个胸膛早已长满了用自己鲜血浇灌的荆棘。

如果我们的相拥只能隔着荆棘，那么我愿意用力、更用力一点地抱紧他！即使荆棘刺穿我的肌肤，刺进我的心脏，只要能距离他近一点、更近一点！

Chapter 20 | 恒星一般的生命 ————————————

有的人注定是恒星，即使远离，甚至死亡，那光芒依
旧留在你的星空中，照耀着你。

半个月后。

我和吴居蓝在海岛举行了婚礼。

婚礼地点选择了停泊在大海中的一艘游艇上，既脚踏实地，
又漂浮在海天之间。

游艇被江易盛和巫靓靓装饰得美轮美奂，活脱脱童话故事
中的梦幻之船。

因为吴居蓝对气味和声音很敏感，不喜欢嘈杂拥挤的人群，
我也正好不喜欢，所以我们的婚礼只邀请了最亲近的人。

吴居蓝那边是 Violet 和巫靓靓。我这边是江易盛和沈杨
晖。爸爸仍在养病，没有办法参加，沈杨晖就算代表爸爸了。
妈妈要照顾两个孩子，人又远在加拿大，也没有办法及时赶来

参加婚礼，我答应了她会把婚礼的视频发给她。

其实，从法律上来说，一周前，我和吴居蓝已经按照最严格的法律程序登记注册为夫妻。

但是，这一刻，碧海蓝天下，听到 Violet 问："吴居蓝，你愿意接受你身边的女人成为你的生命伴侣吗？分享生命赐予的所有荣耀，也分担生命带来的所有苦难？"我还是觉得心脏有一刹那几乎停止了跳动。

吴居蓝握着我的手说："我愿意！"

Violet 问："沈螺，你愿意接受你身边的男人成为你的生命伴侣吗？分享生命赐予的所有荣耀，也分担生命带来的所有苦难？"

我笑了笑，凝视着吴居蓝的眼睛说："我愿意！"

Violet 说："从现在开始，你们就是彼此生命的伴侣，可以亲吻你们的伴侣了。"

吴居蓝微笑着掀开了我的面纱，我闭上了眼睛，把自己放心地全部交给了他。

Ⅲ

大家吃完我和吴居蓝精心准备的海鲜大餐后，决定告辞，把整个游艇还给我和吴居蓝。

"祝你们蜜月愉快！"江易盛给了我一个大力的拥抱后，带着沈杨晖坐小船先离开了。

巫靓靓最后检查了一遍船上的所有设备，叮嘱我说："随时和我们保持联系！"

"我会的！"

Violet 问："决定去哪里了吗？"

我说："中国人说嫁鸡随鸡、嫁狗随狗、嫁个板凳抱着走，吴居蓝到哪里，我就去哪里。"

Violet 笑了起来，感叹地说："Regulus 的海洋之行……很令人期待啊！一定会看到许多令人大吃一惊的事物，记得拍了照片给我们看！"

我笑着说："好的！靓靓送了我防水相机，我会善加使用。"

Violet 说："那我们走了，等你们回来。"

我把她们一直送到了船舷边。

巫靓靓已经下到了小艇里，Violet 正要下梯子时，我说："Violet……"

Violet 停住了脚步，耐心地看着我。

我觉得不好意思，欲言又止。

Violet 说："您是 Regulus 的生命伴侣，不管任何事，我都愿意为您效劳。"

我越发不好意思了，回头看了眼正在驾驶舱里专心准备开船的吴居蓝，确定他没有留意我们。我往 Violet 身前凑了凑，压着声音，吞吞吐吐地问："*Agnete and the Merman* 的故事里说……Agnete 为金发人鱼生了孩子，是真的吗？"

Violet 愣了一愣，忍着笑说："是真的！"

我涨红着脸问："那我……我……和吴居蓝……"

"也可以的。"

我喜悦地说："谢谢你！"

Violet 摇摇头："是我应该谢谢你！"

我笑了笑，没有再多言。

Violet 说："祝你们蜜月快乐！"

|||

目送着 Violet 和巫靓靓开着小艇离开后，我正要弯身收起舷梯，吴居蓝快步走了过来："我来吧！"

他把梯子收好后，转身看着我，面无表情地问："出发吗？我的新娘！"

他可真是永远用最正经的口气说着最不正经的话！我禁不住大笑起来，搂着他的脖子说："出发吧！我的新郎！"

他说过最想我陪他去大海上，从现在开始，我就陪着他去看他出生、长大的地方，分享他收藏的美妙时光和记忆。

|||

随着天色越来越黑，我们的船距离人群居住的陆地也越来越远，天地之间似乎只剩下了我们。

吴居蓝设定了自动驾驶，由着船慢慢地驶向海洋的深处。

黑夜显得格外宁静，海浪起伏的声音听得十分清楚，像是某种生命律动的节奏，正在向我们倾诉着什么。

我和吴居蓝赤身裸体地裹在一张大毯子里，相拥躺在甲板上，静静地看着头顶的苍穹。

繁星密布，星光闪烁，璀璨的银河横跨在天上。

无数星辰汇聚而成的银河光芒万点、绚烂闪耀，就好像一条波光粼粼、奔腾流动的大河。

我向着苍穹，伸出了一只手，像是要去摘一颗星星。

吴居蓝的手从我的胸前，沿着肩膀、胳膊抚摸而上，绕过我的手腕，和我十指交缠在一起。

漫天星光璀璨，照耀着我们交握的手。

在整个苍穹下，亿万颗星辰间，我们显得多么渺小，可是，渺小的我们，却能看见浩瀚的整个苍穹。

在这漫天的繁星中，很多看似明亮闪耀的星星其实早已熄灭死去，有的甚至已经死了几千万年。可是，因为我们的眼睛依旧捕捉着它们的光芒，它们的美丽在几千万个光年之外被感知，和其他活着的星辰一起璀璨闪耀。

生和死，在这瑰丽辉煌的宇宙间，根本难以分辨。

有的人注定是恒星，即使远离，甚至死亡，那光芒依旧留在你的星空中，照耀着你。

——〈全文完〉